백석의 노래

백석의 노래

김수업 지음

Ⓗ

백석(1912~1996)이 태어난 지 벌써 온 해(백 년)를 훌쩍 넘었습니다. 남들이 모두 내버리고 돌보지 않던 토박이말을 찾아서 꽃 비단처럼 아름다운 노래로 겨레의 삶을 끌어안고 사랑하던 그가 새삼 그리워 그의 노래를 다시 읽어봅니다. 노래를 따라 그가 걸었던 마음의 길까지 더듬고자 하는 분들이 계실까 해서 그가 세상에 내놓은 차례대로 읽어보겠습니다. 백석의 노래를 다시 읽고 싶어진 데는 요즘 더욱 모질게 짓밟히고 버려지는 토박이말을 어떻게 하면 살려낼 수 있을지 여러분과 더불어 걱정해 보고 싶어진 까닭도 있습니다.

백석이 토박이말을 귀신처럼 알맞게 부려 쓰면서 토박이말을 찾지 못한 말은 한자를 그대로 드러내 놓았다는 점을 짚어두고 싶습니다. 스스로 눈에 거슬리는 한자를 보면서 토박이말로 쓰지 못한 아쉬움을 가슴에 새기려 하지 않았나 싶습니다. 그는 끝까지 이런 마음가짐을 버리지 않고 갈수록 한자를 줄여 썼습니다. 그래서 제가 읽는 노래에서는 모두 한자를 드러내지 않았습니다. 한자를 밖으로 드러내는 노릇이 요즘 여러분께도 별로 도움이 되지 않는다고 여겼기 때문입니다. 보잘것없는 글이지만 시인 백석과 그의 노래를 좋아하시는 여러분에게 작은 보탬이라도 되면 좋겠습니다.

끝으로 '말뜻 풀이'는 고형진이 지은《백석 시의 물명고》(고려대학교 출판문화원, 2015), 송준이 지은《백석시전집》(도서출판 학영사, 1995·2005)에서, 백석이 살아낸 삶의 자취는 안도현이 지은《백석평전》(다산책방, 2014)에서 도움을 받았습니다. 고맙습니다.

2018년 2월

김수업

다듬으며

 이 책은 지은이가 2012년 4월부터 2016년 11월까지 한국글쓰기교육 연구회가 펴내는 회보《우리 말과 삶을 가꾸는 글쓰기》에 연재한 글을 엮은 것입니다. 지은이는 한평생 토박이말을 살려 쓰는 일에 온 힘을 다했는데, 토박이말로 아름다운 노래를 부른 백석이 태어난 지 백 년을 맞아 노래에 실린 말뜻으로 그의 노래를 읽어보려고 글을 쓰기 시작했습니다.

 지은이는 '요즘말로 읽는 백석의 노래'라는 제목으로 글을 싣기 시작하여, '우리 말과 삶의 곳간인 백석의 노래', '거룩한 겨레 삶과 말의 곳간인 백석의 노래', '겨레의 땅·사람·삶을 속살까지 어루만진 백석의 노래'로 제목을 고쳐왔습니다. '백석의 노래 - 말뜻 풀이 - 군소리 - 노래의 본디 모습'의 짜임새로 글을 쓰면서, 요즘말로 읽는 백석의 노래를 앞세워 많은 이들이 좀 더 쉽게 백석의 노래를 맛보기 바랐습니다. 노래를 본디 모습 그대로 보고 싶은 분들이 없지 않을 듯하여 그 시절 맞춤법 그대로, 한자를 쓴 본디 모습 그대로를 군소리 뒤에 실어두었으나, 책의 전체 분량이 많아 다듬은이들이 뺐습니다.

 지은이의 글을 그대로 살리되 몇 군데를 다듬었습니다. 먼저 '온한마리(101편)', '군소리(해석과 비평)', '줄(행)', '월(문장)', '도막·묶음(연)',

'뜻겹침(비유)', '뜻건넘(상징)', '뒤집기(반어)', '비꼬기(풍자)', '셈말(세는 단위를 나타내는 말)', '해적이(연보)' 등 토박이말은 지은이의 뜻을 살려 그대로 두었습니다. 그리고 백석의 노래가 본디 모습과 다른 데가 없는 지 다시 한번 견주면서, 오랜 연재 탓에 같은 낱말을 노래에 따라 요즘 말로 조금씩 달리 고친 것은 앞뒤를 맞추어 정리했습니다. 되풀이한 말 뜻 풀이는 보태고 다듬었으며, 읽는이들께 도움을 드리고자 지은이의 말뜻 풀이와 다른 말뜻 풀이를 몇 군데 덧붙였습니다. 노래 이름을 알 아듣는 데 도움이 될까 하여 노래 이름에만 한자를 나란히 넣었고, 말 뜻 풀이 속에 나란히 적힌 한자는 더러 지웠습니다. 지은이는 백석이 세상에 노래를 내놓은 차례대로 글을 쓰다 보니, 《사슴》에 다시 실은 노래 일곱 마리는 다루지 않았습니다. 이 가운데 백석이 낱말이나 줄, 묶음을 고쳐서 시집에 실었던 노래 두 마리는 다듬은이들이 군소리 뒤 에 따로 실었습니다.

늦었지만 지은이의 글을 굳이 책으로 묶은 까닭은 셋입니다. 하나, 지은이의 '말뜻 풀이'는 사전 풀이에 그치지 않습니다. 사전에서 풀이 하는 말뜻에 말의 뿌리를 붙이기도 하고 비슷한 낱말을 가려 풀기도 하 며 낱말이 품은 겨레의 삶과 문화, 마음까지 담았습니다. 말꽃(문학)은 말에서 비롯하고, 말을 둘러싼 맥락을 볼 수 있어야 말꽃을 제대로 읽 을 수 있다고 여긴 까닭입니다. 둘, 지은이의 '군소리'는 겉모습과 속살 을 하나로 얽어 노래의 눈을 읽어냅니다. 낱말과 월, 묶음의 짜임과 흐 름을 꼼꼼히 살피면서 노래하는 세상에 발을 딛고 살아가는 시인의 마 음을 더듬어 노래가 숨겨놓은 삶의 진실을 찾습니다. 셋, 지은이는 백 석이 남녘에서 내놓은 '온한 마리 노래'를 차례대로 모두 보여주고자 했습니다. 처음 보는 노래에서는 백석이 세상을 바라보는 따뜻하고 섬세한 눈을, 익히 보았던 노래에서는 지은이가 백석을 바라보는 따뜻하고 깊이 있는 눈을 읽을 수 있습니다.

연재가 끝난 뒤 지은이에게 여러 차례 책으로 내기를 권했으나, 지은이는 다섯 해 가까이 나누어 실은 글이라 책이 되려면 손을 봐야 한다고 했습니다. 무엇을 손봐야 하는지 여쭈어보지도 못한 사이, 저희들의 스승님인 지은이가 돌아가셨습니다. 돌아가신 스승님의 컴퓨터 속에 '백석의 노래' 방이 있었고, 여러 모습으로 엮은 원고에 '책을 펴내며'가 있었습니다. 2015년 11월 19일에 저장된 것, 2016년 12월 성탄절에 쓰신 것, 2017년 3월 21일에 저장된 것, 2018년 2월 21일에 저장된 것 가운데 맨 마지막 것을 골라 '책을 펴내며'로 썼습니다.

끝으로, 책에 흠이 있다면 오롯이 저희들의 탓임을 밝힙니다. 원고를 붙들고 애만 태우던 때 지은이의 뜻을 살려 선뜻 책을 내주신 휴머니스트 출판사 식구들, 진심으로 고맙습니다.

다듬은이들 권유경, 김미숙, 김연희

일러두기

1. 백석의 노래를 요즘말로 고치되, 말맛을 살리고 싶은 낱말들은 본디 모습을 살려 썼습니다.
2. 백석의 노래 본디 모습은 고형진이 엮은《정본 백석 시집》(문학동네, 2007), 이숭원이 풀이하고 이지나가 엮은《원본 백석 시집》(깊은샘, 2006), 김재용이 엮은《백석 전집》(실천문학사, 1998)과 견주었습니다.
3. 말뜻 풀이가 되풀이될 때는 짧게 다시 풀이하되, 앞에 쓰인 풀이를 살피도록 표시를 하고 노래 이름을 적었습니다.
4. 말뜻 풀이에서 참고한 책은 '저자 이름(연도)'로 나타냈습니다.
5. 군소리에서 시를 인용할 때와 구절을 풀이하거나 강조할 때는 작은따옴표를 썼습니다.
6. 단행본과 잡지는《 》, 작품과 신문은〈 〉로 썼습니다.

차례

백석의 노래
온한 마리

정주성

산턱 원두막은 비었나 불빛이 외롭다
헝겊 심지에 아주까리기름의
쪼는 소리가 들리는 듯하다

잠자리 조을던 무너진 성터
반딧불이 난다 파란 혼들 같다
어데서 말 있는 듯이 커다란 산새 한 마리가
어두운 골짜기로 난다

헐리다 남은 성문이
하늘빛같이 훤하다
날이 밝으면 또 메기수염의 늙은이가
청배를 팔러 올 것이다

〈조선일보〉(1935년 8월 30일)

말뜻 풀이

쪼는: 타들어 가며 졸여지는.

파란 혼: 파란빛을 내는 넋. 예로부터 우리 겨레는 죽은 사람의 넋이 파란빛을 내며 하늘로 올라간다고 믿었다.

말 있는 듯이: 무슨 말이 있었다는 듯이.

메기수염: 메기의 수염처럼 몇 오라기만 양쪽으로 길게 드리워지는 수염.

청배: 익어도 껍질이 푸른 빛깔을 지니고 있는 배.

군소리

노래 이름이 '정주성'이다. 알다시피 정주성은 우리 겨레의 삶에서 잊을 수 없을 만큼 큰일을 겪었다. 19세기 들머리인 1811년 섣달 열여드레 평안도에서 타오른 홍경래[1]의 횃불이 처음 닷새 동안에 가산, 박천, 정주, 선천을 손아귀에 넣었다. 그러나 시간이 흐를수록 관군에 밀려 스무날 만에 정주성 안에 갇히고 말았다. 정주성에 갇혀서 석 달을 버티고 마지막 열흘 동안 피투성이 싸움을 벌이다 끝내 수많은 백성의 목

---

1 홍경래(1780~1812)는 평안도 용강군 다미리에서 양반으로 태어났으나 가난했다. 성리학, 병법, 풍수지리 따위를 익히고 서당에서 아이들을 가르치기도 했다. 1797년 평양 향시에 붙었으나 1798년 사마시('소과'라고도 하는데, 붙은 사람을 '생원' 또는 '진사'라 부르며, 성균관에 들어갈 수도 있었고 낮은 벼슬자리를 맡을 수도 있었다.)에 실패하고, 집을 나가 세상을 돌아보면서 나라를 바로잡아야 하겠다는 꿈을 꾸었던 듯하다.

숨과 함께 그 횃불은 울부짖으며 꺼져버렸다. 해가 바뀌고 사월 열여드 렛날 밤을 지새우고 열아흐렛날 새벽 북문 밑에 보름 동안 관군들이 몰래 파고 묻은 폭약을 터뜨리면서 백성의 횃불은 목숨과 더불어 하릴없이 꺼져버린 것이다.

노래는 세 도막으로 이루어졌다. 첫 도막은 원두막의 불빛을, 가운데 도막은 성터를, 끝 도막은 성문을 노래한다. '공간'으로 읽으면 성 밖에서 산턱 원두막의 불빛을 바라보고, 성터 언저리까지 와서 살아 움직이는 반딧불이와 산새를 보고, 헐리다 남은 성문에 다다르는 노래다. '시간'으로 읽으면 날이 어두워 원두막 불빛만 보이는 깊은 밤에서 동이 터오는 새벽을 지나 새날을 내다보는 때까지의 노래다.

첫 도막은 산턱에 자리 잡은 '원두막'을 노래하지만, 백석의 눈은 빈 원두막을 홀로 밝히고 있는 '불빛'에 꽂혀 있다. 불빛은 사기 종지에 아주까리기름을 붓고 헝겊으로 심지를 비벼 담가서 심지 끝에 불을 붙여 밝힌 것이다. 우리 겨레 백성이 길이길이 그렇게 하여 불을 밝히고 살았던 것이기에 낯설지 않다. 오늘 밤은 기름 먹은 심지가 타면서 기름이 졸여 내는 소리가 들릴 만큼 세상은 너무도 조용하다. 그래서 불빛은 참으로 외롭다.

가운데 도막은 '무너진 성터'를 노래하지만, 백석의 눈은 날고 있는 '반딧불이'와 '산새 한 마리'에 꽂혀 있다. 반딧불이 날아다니는 것은 파란 넋들이 날아다니는 것처럼 보이고, 커다란 산새 한 마리는 어두운 골짜기로 날아간다. 밤에 보이는 이런 움직임은 낮에는 보이지 않았던 것이다. 낮의 무너진 성터는 잠자리가 앉아서 졸고 있는 곳이었을 뿐이다. 백석이 반딧불이를 보고 떠올리는 '파란 혼들'이란 바로 지난날 홍경래와 더불어 울부짖으며 죽어간 백성들의 넋을 떠올리게 한다. 커다란 산새 한 마리가 날아가는 저 '어두운 골짜기'란 그렇게 죽어간 이들의 넋들이 아직도 서럽게 울부짖고 있는 골짜기가 아니었을까?

끝 도막은 '헐리다 남은 성문'을 노래하지만, 백석의 눈은 다른 곳과 때로 가서 새로운 세상에 꽂혀 있다. 먼저 공간을 건너 하늘로 가서 하늘빛처럼 훤한 세상을 보고 있다. 그리고 시간을 건너 밝는 날로 가서 청배 팔러 나오는 메기수염의 늙은이를 떠올린다. 속살은 늙어서 익었어도 겉모습은 늘 젊어서 익지 않은 것처럼 보이는 청배를 파는 늙은이의 삶을 떠올린다. 그러나 그것은 곧 세월이 흘러서 늙어도 늘 젊어서 푸른빛을 잃지 않는 성터의 쓰리고 저린 역사를 떠올리는 것이다.

백석은 정주성을 찾으면서 참혹했던 어제의 삶을 떠올리고 그런 역사의 횃불을 치켜들고 일어섰던 백성들의 넋을 만나고 있다. 그리고 그런 역사의 아픔을 딛고 다시 오늘의 삶을 일구어가지 않을 수 없는 우리를 떠올리며 청배같이 밝은 내일의 삶을 기다리고 있다. 나라를 빼앗기고 스물다섯 해를 일제의 종살이로 지내던 1935년 '오늘의 아픔'을 절로 생각하게 한다.

《사슴》에 다시 실린 노래 모습

정주성

산턱 원두막은 비었나 불빛이 외롭다

헝겊 심지에 아주까리기름의 쪼는 소리가 들리는 듯하다

잠자리 조을던 무너진 성터
반딧불이 난다 파란 혼들 같다
어데서 말 있는 듯이 커다란 산새 한 마리 어두운 골짜기로 난다

헐리다 남은 성문이
하늘빛같이 훤하다
날이 밝으면 또 메기수염의 늙은이가 청배를 팔러 올 것이다

2

늙은 갈대의 독백

해가 진다
갈새는 얼마 아니 하여 잠이 든다
물닭도 쉬이 어느 낯설은 논두렁에서 돌아온다
바람이 마을을 오면 그때 우리는 설게 늙음의 이야기를 편다

보름밤이면
갈거이와 함께 이 언덕에서 달보기를 한다
강물과 같이 세월의 노래를 부른다
새우들이 마름 잎새에 올라앉는 이때가 나는 좋다

어느 처녀가 내 잎을 따 갈부던을 결었노
어느 동자가 내 잎닢 따 갈나발을 불었노
어느 기러기 내 순 한 대를 입에다 물고 갔노
아— 어느 태공망이 내 젊음을 낚아 갔노

이 몸의 매듭매듭
잃어진 사랑의 허물 자국
별 많은 어느 밤 강을 내려간 강다릿배의 갈대 피리

비 오는 어느 아침 나룻배 내린 길손의 갈대 지팡이

모두 내 사랑이었다

해오라비 조는 곁에서

물뱀의 새끼를 업고 나는 꿈을 꾸었다

── 벼름질로 돌아오는 낫이 나를 데리러 왔다

　달구지 타고 산골로 삿자리의 벼슬을 갔다

《조광》 1권 1호(1935년 11월)

말뜻 풀이

갈새: 갈대밭에서 사는 새. 개개비.

물닭: 오리과의 물새. 비오리. 몸집도 조그맣고 모습도 보잘것없지만, 암수가 서로를 더없이 사랑하고 새끼를 둘이서 함께 돌보며 키울 뿐 아니라 목숨을 던져서 새끼를 지키는 새끼 사랑이 놀라운 텃새다.

설게: 서럽게.

갈거이: 갈게. 갈대밭에 사는 게. 또는 가을에 나오는 게.

마름: 연못이나 늪에서 자라는 한해살이풀. 뿌리는 진흙 속에 박고 줄기는 길게 자라 물 위에 뜨며 잎은 세모꼴로 줄기 꼭대기에 뭉쳐난다. 여름에 흰 꽃이 피고 나면 그 자리에 열매가 달리는데, 열매는 단단한 껍데기에 싸여 있어 호

두처럼 껍데기를 깨서 먹기도 한다.

갈부던: 갈잎을 결어서 방울처럼 만들어 여자아이들이 옷고름에 달고 다니던 노리개.

강다릿배: 냇가 맞은 켠에다 이물과 고물을 매어놓고 다리 삼아 건너다니도록 해놓은 배.

벼름질: 대장간에서 쇠붙이로 만든 연장의 날을 날카롭게 다듬는 노릇.

삿자리: 갈대를 엮어서 만든 자리. 대를 가늘게 쪼개서 엮어 만든 자리는 '대삿자리'지만 흔히 줄여서 '삿자리'라고 한다.

군소리

노래 이름이 '늙은 갈대의 독백'이다. '늙은 갈대가 혼자서 털어놓는 소리'라는 뜻이다. 갈대가 늙으면 마른 잎이 서로 부딪치면서 소리를 낸다. 바람이라도 불면 소리는 제법 시끄러워지기도 한다. 백석은 이런 갈잎의 소리를 갈대가 제 혼자 무슨 이야기를 하고 있는 것으로 들었다. 나 같은 사람은 평생을 갈대밭 가까이 산다 해도 갈대 그것들이 저마다 혼자서 무슨 사연을 가지고 이야기를 하고 있으리라고는 생각해 보지 못할 것이다. 갈대를 조금도 목숨으로 사랑하지 못하고, 물가에 나서 살다가 시들어 죽는 한낱 풀일 뿐이라고 업신여기며 살기 때문이다. 이 노래를 읽으면서 '백석은 갈대를 얼마나 사랑했으면 갈대의 이야기를 들을 수 있었을까?' 그리고 '어떻게 이런 노래를 부를 수 있었을까?' 하는 물음에 내 마음이 소용돌이를 치면서 나를 몹시 뉘우치게 했다.

다섯 도막으로 이루어진 이 노래의 첫 도막은 '해가 진다'로 문을 열고, '우리는 설게 늙음의 이야기를 편다'로 문을 닫았다. 해가 지면 머지 않아 개개비는 잠이 들고, 비오리도 곧장 일터를 버려두고 잠자리에 들려고 돌아온다. 갈대가 이렇게 물새들의 보금자리 몫을 품으면 마을은 아늑해진다. 그리고 이런 갈대 마을로 바람이 찾아오기 마련이다. 이때부터 갈대들은 저마다 서럽게 늙어온 제 이야기를 펼친다는 것이다.

　　나머지 네 도막은 갈대가 서럽게 늙어온 이야기를 펼쳐놓는 그대로 들려주는 것이다. 그러나 네 도막을 그냥 늙어온 차례대로 가지런히 늘어놓은 것은 아니다. 이야기의 속살로 보면 가운데 두 도막은 서로 이어지고 얽혀서 한 덩이인 셈이고, 그 앞과 뒤에 속살이 조금 다른 이야기를 앉혀놓았다.

　　앞 도막은 우선 살아오면서 좋았던 때를 이야기한다. 좋은 때는 둥근 달이 뜨는 보름이다. 보름이면 언덕으로 올라오는 갈게와 함께 달보기를 하고, 강물과 더불어 세월의 노래를 부른다. 이때는 새우들이 마름 잎새에 올라앉으니 갈대는 보름이 참으로 좋다고 이야기한다.

　　가운데 두 도막은 갈대가 사람과 짐승에게 몸을 내주어 사랑을 베풀었던 이야기다. 어떤 처녀에게는 갈잎을 내주어 갈부던을 결게 해주고, 어떤 아이에게는 갈잎을 내주어 갈나발을 불게 해주고, 어떤 기러기에게는 갈대 순을 내주어 주린 배를 채우게 해주고, 어떤 낚시꾼에게는 젊음까지 내주었다. 그러나 그들은 하나같이 그런 사랑을 아는 체도 하지 않고 떠나가서 갈대는 그들이 누구였는지도 전혀 기억하지 못한다. 그래서 이제 갈대의 몸에는 매듭마다 잃어버린 그 사람들의 허물 자국만 남았다. 그러나 잊을 수 없는 두 사람, 곧 어느 별이 많던 밤에 강다릿배에서 갈대를 몸통째 베어 피리를 만들어 불며 강을 내려간 사람과 어느 비가 오던 날 아침 갈대를 밑둥째 베어 지팡이를 만들어 짚고 나룻배를 내리던 길손이 있다. 그들은 갈대를 몸통째 또는 밑둥째 베어 갔다. 그러나 갈대는 그들까지 모두 저의 사랑이었다고 이야기한다.

뒤 도막은 갈대가 꿈을 꾼 이야기다. 갈대는 꿈을 꾸는 그때도 졸고 있는 해오라비 곁에서 벗이 되어주고, 등에는 물뱀의 새끼를 업어주고 있었다. 갈대는 꿈에서 자기를 찾아온, 벼름질로 날카롭게 다듬어진 낫을 맞이한다. 마치 사람이 자기를 찾아온 저승사자를 맞이하는 것과 같다. 그 낫이 갈대를 베어 달구지에 싣고 산골 길을 따라 삿자리 만드는 마을로 데려가는 꿈을 꾸었다. 갈대가 죽어서 삿자리가 되면 그것은 갈대에게 높은 벼슬에 오르는 것이라도 되는가? 갈대는 그렇게 주검까지도 사람들 삶에 알뜰하게 쓰이는 빛나는 죽음의 꿈을 꾸었다고 이야기한다.

백석을 만나 갈대는 온몸으로 자연과 짐승과 사람에게 사랑을 베푸는 거룩한 성자가 되었다. 백석의 노래를 만나 나 또한 갈대처럼 자연과 짐승과 사람에게 온몸으로 사랑을 베푸는 삶을 살아보고 싶어졌다.

3
—

산지

갈부던 같은 약수터의 산거리
여인숙이 다래나무 지팡이와 같이 많다

시냇물이 버러지 소리를 하며 흐르고
대낮이라도 산 옆에서는
승냥이가 개울물 흐르듯 운다

소와 말은 도로 산으로 돌아갔다
염소만이 아직 된비가 오면 산개울에 놓인 다리를 건너 인가 근처로
뛰어온다

벼랑탁의 어두운 그늘에 아침이면
부엉이가 무거웁게 날아온다
낮이 되면 더 무거웁게 날아가 버린다

산 너머 시오리서 나무뒝치 차고 싸리신 신고 산비에 촉촉이 젖어서
약물을 받으러 오는 산아이도 있다

아비가 앓는가 보다

다래 먹고 앓는가 보다

아랫마을에서는 애기무당이 작두를 타며 굿을 하는 때가 많다

《조광》1권 1호(1935년 11월)

말뜻 풀이

갈부던 같은: 어수선한. 갈잎을 이리저리 결어 만든 갈부던은 갈잎의 짜임새가
어수선하다.

산거리: '거리'는 길이 세 갈래 넘게 서로 얽혀 있는 곳으로, '산거리'는 산길이
여러 갈래로 얽혀 있는 곳이다.

다래나무 지팡이: 다래나무는 덩굴식물이라 줄기가 구불구불하고 아주 가볍
다. 다래나무로 지팡이를 만들면 가볍고 손잡이도 좋아서 안성맞춤이다.

승냥이: 개과에 속하는 사나운 짐승의 한 가지. 개와 비슷하나 좀 크고 꼬리가
길며 다리가 짧고 두 귀 사이가 좀 좁다. 온몸이 누른 밤색의 긴 털로 덮였는데
목 밑과 배와 네 다리의 안쪽은 희다. 늑대와 붉은여우를 섞어놓은 듯한 생김
새로 영리하고 용맹하며 무리를 지어 살면서 힘을 모아 사냥한다.

된비: 되게 오는 비. 세차게 오는 비.

벼랑탁: 벼랑턱. 벼랑 위쪽이 턱처럼 앞으로 튀어나온 부분.

나무뒹치: 통나무 속을 파서 물을 담아 들고 다닐 수 있도록 목을 가늘게 만든 뒤웅박.

싸리신: 싸리 껍질을 벗겨 짚신처럼 삼은 신.

애기무당: 큰무당 밑에서 굿을 배우며 큰무당을 돕는 작은 무당.

작두를 타며: 큰굿을 할 때 무당이 작두의 날을 딛고 올라서서 춤을 추는 것을 '작두 탄다'고 한다. 애기무당이 작두를 타면 사람들은 더욱 마음을 졸이며 영험이 크다고 믿었다.

군소리

노래 이름 '산지'는 산골과는 다르다. 산골은 산이 갈라지면서 만든 골짜기를 이르지만 산지는 산들이 둘러싸고 있는 평지를 뜻한다. 그러니까 산지가 산골보다는 들도 넓고 마을도 여럿이며 사람도 많이 산다. 그러나 노래는 산지를 온통 다루지 않고 약수터가 있는 한 마을만을 다룬다.

첫 도막은 '약수터의 산거리에 여인숙이 많다'는 이야기를 한다. 이야기의 뜻은 그뿐이다. 그런데 '약수터의 산거리' 앞에서 '갈부던 같은'이 매김을 하고, '여인숙이'와 '많다' 사이에서 '다래나무 지팡이와 같이'가 꾸며준다. 이들 매김과 꾸밈이 노래를 노래답게 만든다. 갈잎을 얼기설기 결어서 만든 갈부던의 얽히고설킨 갈잎 줄기들이 약수터의 산거리와 같다. 어수선한 약수터와 거기서 여러 마을로 펴져 나간 산길의 모습을 겹쳐서 절묘하게 드러낸다. 약수터의 모습에서 조그마한 갈부던의 짜임새를 떠올리고, 여인숙 많은 것에서 산골 마을에 집집이 널려 있는 다래나무 지팡이를 떠올리는 상상력을 백석 아니면 어디서 만날 수 있을까!

둘째 도막에서 넷째 도막까지는 약수터 언저리의 산지 모습을 시냇물, 승냥이, 소와 말, 염소, 부엉이 같은 자연, 산짐승, 집짐승, 날짐승의 움직임으로 고스란히 드러낸다. 사람의 말로써 드러낸 하나하나를 곰곰이 들여다보면 이들의 있음과 삶이 참으로 아름답고 거룩하다. 자연인 시냇물은 목숨 있는 벌레 소리를 하며 흐르고, 목숨 있는 승냥이는 자연인 개울물 소리처럼 운다. 이들 자연과 목숨의 소리와 몸놀림과 움직임을 삶과 더불어 깊이 살피면서 들어올려 사랑하지 않고서는 다다를 수 없는 솜씨며 마음자리다.

끝의 세 도막에 와서야 마침내 사람을 드러냈다. 약수터에 약물을 받으러 오는 산아이다. 자연인 '산'과 사람인 '아이'가 하나로 어우러졌다. 게다가 나무뒝치 차고, 싸리신 신고, 산비에 촉촉이 젖었으니 자연에서 따로 떼어낼 수도 없다. 이곳 산지에는 모두가 이처럼 자연과 하나로 어우러진 사람들만 살고 있겠지. 이들이 약물을 받으러 오는 까닭은 오직 하나, 누군가 앓고 있는 것이다. 산아이의 아비가 다래를 먹고 앓는가 보다고 했다. 약물이 앓는 이들을 고쳐주지 못하면 이들은 무당을 부르는 수밖에 없다. 자연과 푸나무와 짐승과 사람을 모두 지어내신 하느님의 힘을 빌어야 하기 때문이다. 애기무당이 작두를 타고 굿을 하는 그때, 사람들은 모두 그런 하느님과 어우러져 하나가 된다. 그러니까 노래는 자연에서 짐승을 거쳐 사람으로 와서 마침내 하느님께로 가는 이야기라 할 수 있다.

4

주막

호박잎에 싸 오는 붕어곰은 언제나 맛있었다

부엌에는 빨갛게 길들은 팔모알상이 그 상 우엔 새파란 싸리를 그린 눈알만 한 잔이 뵈었다

아들아이는 범이라고 장고기를 잘 잡는 앞니가 뻐드러진 나와 동갑이었다

울파주 밖에는 장꾼들을 따라와서 엄지의 젖을 빠는 망아지도 있었다

《조광》 1권 1호(1935년 11월)

말뜻 풀이

붕어곰: 붕어를 솥에 넣고 오래 곤 국물. 평안도에서는 붕어를 알맞게 지지거나 구운 것을 뜻한다고 한다.

팔모알상: 테두리가 여덟 모인 조그마한 밥상.

장고기: 잔고기. 크기가 자잘한 물고기. 농다리와 비슷하다.

울파주: '울바자'의 평안도 사투리. '울바자'는 갈대, 수수깡, 싸리, 대 따위로 엮어서 만든 울타리.

엄지: 짐승의 어미.

군소리

보다시피 이 노래는 한 줄을 한 도막으로 삼아 네 도막이다. 그리고 네 도막이 모두 지난날을 이야기하는 풀이말로 끝났다. '붕어곰은 맛있었다, 잔이 뵈었다, 나와 동갑이었다, 망아지도 있었다'. 이렇게 모두 지난날을 이야기한다. 그러니까 지금은 텅 빈 집만 을씨년스럽게 남아 있는 주막을 노래하고 있다는 사실을 알아차려야 하겠다.

　지난날 이 주막은 어떤 주막이었나? 첫 줄, 곧 첫 도막에서는 술안 주로 호박잎에 싸서 내오는 붕어곰이 언제나 맛있었다고 한다. 여기서 '언제나'라는 어찌씨에 귀를 기울이면 한두 차례 먹어본 것이 아니라 는 뜻이다. 오래도록 시도 때도 없이 다녔고 갈 때마다 '언제나' 호박잎 에 싸서 내놓는 붕어곰을 맛있게 먹었다. 둘째 도막에서는 부엌에 팔 모알상 위에 놓인 잔이 보이더라고 한다. 여기서 팔모알상은 빨갛게 길 이 들었으니 수많은 장꾼들 손길이 닿았던 것이며, 잔은 새파란 싸리가 그려진 눈알만 한 것이니 비싸게 샀을 중국 고량주 잔이다. 셋째 도막 에서는 주막집 아들 범이가 장고기를 잘 잡았고 앞니가 뻐드러졌으며

'나'와 동갑이었다고 한다. 이름과 장기와 모습이 참으로 순박한 조선의 어린아이다. 마지막 도막에서는 울타리 밖에 장꾼의 달구지를 끌고 온 어미 말의 젖을 빠는 망아지도 있었다 한다. 둘째 도막과 더불어 장날이면 손님이 득실득실하던 주막이었음을 알게 한다.

다만 넉 줄 네 도막으로써 입에 남은 붕어곰의 맛, 눈에 남은 부엌 안의 팔모알상과 잔과 울타리 밖의 망아지, 마음에 남은 동갑내기 범이를 이야기하여 텅 빈 주막을 떠올리게 하는 노래다. 그러나 그것은 텅 빈 한 주막의 쓸쓸함을 이야기하고 끝나지 않는다. 장꾼들이 득실거리던 장터의 몰락을 떠올리게 하고, 나아가 곳곳에서 삶터를 버리고 흩어져 버린 겨레를 떠올리게 하면서 우리 마음을 한없이 아프게 한다.

◎ 이 노래는 《사슴》에 다시 실렸으나 노래 모습이 같다.

비

아카시아들이 언제 흰 두레방석을 깔았나
어디로부터 물큰 개비린내가 온다

《조광》 1권 1호(1935년 11월)

말뜻 풀이

두레방석: 둥그렇게 짜서 만든 방석.

물큰: 냄새가 한꺼번에 심하게 풍기는 것을 나타내는 말.

개비린내: 장마철에 비를 맞은 개에게서 나는 비릿한 냄새.

군소리

아카시아는 콩과 식물이라 새끼를 잘 쳐서 여러 그루가 가까이 어울려
살고, 꽃은 비가 많이 내리는 오월에 핀다. 꽃이 활짝 피어 벌들에게 잔

치를 베풀고 난 즈음에 바람 없이 비가 조금 세차게 내려주면 하얀 꽃들은 물을 머금고 곧장 땅으로 내려앉는다. 꽃을 단 가지들이 사방으로 벋어 있으므로 하얀 꽃들은 땅 위에 둥그렇게 내려앉을 수밖에 없다. 이를 보고 백석은 '아카시아들이 언제 흰 두레방석을 깔았나' 하고 묻는다. 이 한마디로 가까이 어울려 사는 아카시아 피붙이들이 그대로 하얀 두레방석을 깔고 둘러앉아 잔치라도 벌이려는 세상이 되었다. 아카시아꽃 냄새를 맡아본 사람이라면 누구나 그것을 장마철 개에게서 풍기는 개비린내로 '맡아낸' 백석의 코에 놀라지 않을 수 없을 것이다. 그러나 눈으로 두레방석을 보아내고 코로 개비린내를 맡아내는 것은 실상 눈과 코가 아니다. 서양 사람들은 이것을 두고 상상력이라 부르는 정신의 힘이라 한다.

나는 이 한 마리 노래로 백석을 지난 20세기에 첫손 꼽히는 겨레의 노래꾼이라 부르고 싶다. 나는 이렇게 날카로운 눈과 코를 알지 못하고, 하늘이 만들어낸 자연을 이처럼 놀랍도록 우리말로 새롭게 만들어내는 솜씨를 알지 못한다. 이 노래에서 백석의 '비'는 아카시아 피붙이들에게 흰 두레방석을 하나씩 깔아주고 개비린내를 풍기며 잔치를 벌이도록 해주는 자연의 사랑이며 선물이 되었다.

◎ 이 노래는《사슴》에 다시 실렸는데, '어디로부터'를 '어데서'로 바꾸었다.

나와 지렁이

내 지렁이는

커서 구렁이가 되었습니다

천 년 동안만 밤마다 흙에 물을 주면 그 흙이 지렁이가 되었습니다

장마 지면 비와 같이 하늘에서 내려왔습니다

뒤에 붕어와 농다리의 미끼가 되었습니다

내 이과책에서는 암컷과 수컷이 있어서 새끼를 낳았습니다

지렁이의 눈이 보고 싶습니다

지렁이의 밥과 집이 부럽습니다

《조광》1권 1호(1935년 11월)

말뜻 풀이

농다리: 늪에 사는 가장 작은 민물고기. 바다의 멸치 새끼와 모습이 비슷하다.

이과책: 요즘 자연책 또는 과학책이라 할 것을 일제 때는 '이과책'이라고 했다.

군소리

이 노래를 천천히 읽고 있으면 얼마 동안 마음 깊은 곳에서 절로 행복한 웃음이 피어오른다. 네 살짜리 장난꾸러기 우리 손주 녀석이 흩어놓은 공룡들과 놀고 있는 모습을 지켜보던 때의 즐거움이 되살아나기 때문이다. 녀석은 일억 년을 훌쩍 건너 백악기의 온갖 공룡과 어우러져 지진과 용암과 싸우며 이리 뛰고 저리 달리며 뭐가 즐거운지 좋아서 어쩔 줄을 모르고 옆을 돌아보지 않는다. 그러나 백석은 그처럼 행복한 즐거움에 우리를 마냥 놓아두지 못한다. 오늘의 삶으로 돌아와 우리를 가슴이 먹먹해지는 슬픔으로 먼 산을 바라보지 않을 수 없게 만든다. '지렁이의 눈이 보고 싶습니다', '지렁이의 밥과 집이 부럽습니다' 하는 하소연이 너무도 애처롭게 그의 삶을 말해주기 때문이다.

보다시피 이 노래에는 두 세상이 있다. 지난날의 세상과 오늘날의 세상이다. 지난날의 세상은 또 둘로 나누어진다. 얼이 온전히 깨끗하던 어린 시절, 지렁이가 자라서 구렁이가 되고 천 년 동안 물을 먹은 흙이 지렁이가 되고, 하늘에 오른 지렁이가 장맛비를 타고 땅으로 내려오던 시절과, 삶에 눈을 뜨며 지렁이를 미끼로 삼아 고기를 낚고 학교에서 이과책을 들고 지렁이를 배우며 얼에 때를 묻히던 시절의 세상이 그것이다. 어쨌거나 이런 지난날의 세상에서는 그래도 늘 행복했다. 그러나 오늘날의 세상에서는 갑자기 지렁이의 눈이 보고 싶고 지렁이의 밥과 집이 부럽다. 한 끼 넘길 밥이 아쉽고 하룻밤 지낼 집이 기다려주지 않으니, 지난날의 저 행복이 더욱 뜨거워지며 오늘날의 이 슬픔이 더욱 서러워진다.

여우난골족

　명절날 나는 엄매 아배 따라 우리 집 개는 나를 따라 진할머니 진할 아버지가 있는 큰집으로 가면

　얼굴에 별 자국이 솜솜 난 말수와 같이 눈도 껌벅거리는 하루에 베 한 필을 짠다는 벌 하나 건너 집엔 복숭아나무가 많은 신리 고무 고무 의 딸 이녀 작은 이녀

　열여섯에 사십이 넘은 홀아비의 후처가 된 포족족하니 성이 잘 나는 살빛이 매감탕 같은 입술과 젖꼭지는 더 까만 예수쟁이 마을 가까이 사 는 토산 고무 고무의 딸 승녀 아들 승동이

　육십 리라고 해서 파랗게 보이는 산을 넘어 있다는 해변에서 과부가 된 코끝이 빨간 언제나 흰옷이 정하던 말끝에 설게 눈물을 짤 때가 많 은 큰골 고무 고무의 딸 홍녀 아들 홍동이 작은 홍동이

　배나무 접을 잘하는 주정을 하면 토방돌을 뽑는 오리치를 잘 놓는 먼 섬에 반디젓 담그러 가기를 좋아하는 삼춘 삼춘엄매 사춘 누이 사춘 동 생들

이 그득히들 할머니 할아버지가 있는 안간에들 모여서 방 안에서는 새옷의 내음새가 나고

또 인절미 송구떡 콩가루차떡의 내음새도 나고 끼때의 두부와 콩나물과 볶은잔디와 고사리와 도야지 비게는 모두 선득선득하니 찬 것들이다

저녁술을 놓은 아이들은 외양간 섶 밭마당에 달린 배나무 동산에서 고양이잡이를 하고 숨굴막질을 하고 꼬리잡이를 하고 가마 타고 시집가는 노름 말 타고 장가가는 노름을 하고 이렇게 밤이 어둡도록 북적하니 논다

밤이 깊어가는 집 안엔 엄매는 엄매들끼리 아르간에서들 웃고 이야기하고 아이들은 아이들끼리 웃간 한 방을 잡고 조아질하고 쌈방이 굴리고 바리깨돌림하고 호박떼기하고 제비손이구손이하고 이렇게 화디의 사기방등에 심지를 몇 번이나 돋우고 홍계 닭이 몇 번이나 울어서 졸음이 오면 아릇목싸움 자리싸움을 하며 히드득거리다 잠이 든다 그래서는 문창에 텅납새의 그림자가 치는 아침 시누이 동세들이 욱적하니 홍성거리는 부엌으로 샛문 틈으로 장지문 틈으로 무이징게국을 끄을리는 맛있는 내음새가 올라오도록 잔다

《조광》 1권 2호(1935년 12월)

말뜻 풀이

여우난골족: 여우난골에 뿌리를 둔 친족. '여우난골'은 여우가 자주 나타나는 산골.

진할머니, 진할아버지: 아버지의 외할머니와 외할아버지. 평안도 정주 고을에서는 '친할머니, 친할아버지'를 이렇게 불렀던 모양이다.

말수: 말소. 말과 소.

벌: 평평하고 넓은 땅. '들'과 비슷한 말이지만 '들'은 거의 논밭으로 이루어진 곳이고 '벌'은 논밭뿐만 아니라 풀밭이며 늪이며 언덕도 있는 곳이다. 그러니까 '벌'이 '들'보다 더 넓은 뜻을 지니고 있다.

고무: 고모. 아버지의 누나 또는 누이.

매감탕: 엿을 고아낸 솥을 가셔낸 물. 진한 갈색의 단물.

토방돌: ① 토방에 쌓았거나 쌓기 위한 돌. ② 토방이 높을 때 올라서기 좋게 고여놓은 돌. '토방'은 방으로 들어가는 문 앞에 좀 높이 편평하게 다진 흙바닥.

오리치: 겨울철에 찾아오는 오리를 잡으려고 만든 그물. 삼베로 노끈을 만들어 얽은 올가미로 오리가 잘 다니는 물가에 세워놓는다.

반디젓: 밴댕이로 담근 젓갈. 밴댕이젓.

삼춘엄매: 삼촌엄마, 곧 작은엄마. 숙모.

안간: 안채.

송구떡: 송기떡. 소나무 속껍질(송기)을 삶아 우려내고 쌀가루와 섞어서 절구에 찧은 다음 반죽하여 솥에 쪄내어 떡메로 쳐서 만든 떡.

콩가루차떡: 콩가루찰떡.

끼때: 끼니때. 밥때.

볶은잔디: 볶은 짠지. 무를 채처럼 잘게 썰어 삶아서 고춧가루를 뺀 갖은 양념을 하여 제사상에 반드시 올리는 나물.

도야지 비게: 돼지비계.

섶: '옆'의 평안도·함경도 사투리.

숨굴막질: '숨바꼭질'의 평안도 사투리.

아르간: 아래채.

조아질: 공기놀이.

화디: 호롱불을 올려놓는 받침대.

사기방등: 사기로 만들어 방 안에서 켜는 등잔.

아릇목: 아랫목.

텅납새: 청납새. '추녀'의 평안도 사투리.

동세: 동서. 자매의 남편 사이나 형제의 아내 사이에 서로 가리키거나 부르는 말.

무이징게국: 굵직하게 썰은 무를 삶아서 국물은 없애고 무만 말려놓았다가 잔치 때에 다시 민물새우를 넣고 끓인 국.

끄을리는: 끓이는.

군소리

여우난골에 뿌리를 두고 흩어져 살아가는 삼대의 집안 식구들, 진할머니·진할아버지와 그들에게서 난 두 아들 내외와 세 딸에다 또 그들이 낳은 아들딸들까지 모두 열아홉이 명절에 모여서 하룻밤을 지내며 '욱적하니 흥성거리는' 잔치를 노래하고 있다. 그런데 노래는 명절 잔치도 잔치지만 그보다 평안도 정주 고을의 토박이말 잔치로 더욱 욱적하고 흥성하다. 말이 곧 삶이니 그들의 욱적하고 흥성거리는 삶의 잔치가 토박이말의 아름다움에 힘입어 더욱 따뜻하고 즐겁고 애젓하다.

노래의 짜임새는 얼개가 가지런하다. 첫 도막은 이야기(잔치)의 문 열기다. 둘째, 셋째, 넷째, 다섯째 도막은 잔치 임자들 알리기다. 여섯째 도막은 잔치의 본부(?) 소개다. 여기까지는 잔치 곧 이야기의 준비였다. 그래서 문법으로 보면 하나의 문장에 가지런히 묶어놓았다. 재미있는 것은 준비를 마무리하는 여섯째 도막 맨 앞에 있는 '이'는 둘째 도막에서 다섯째 도막까지 모두를 벼리처럼 당겨 잡아주는 임자자리토(주격조사)[2]라는 사실이다. 일곱째 도막과 여덟째 도막은 마침내 벌어지는 잔치의 모습이다. 거기서도 일곱째 도막은 초저녁에 저녁밥 숟가락을 놓고 아이들이 집 밖 배나무 동산에서 벌이는 놀이 잔치 모습이고, 여덟째 도막은 밤이 깊어 집 안에서 아낙네들은 아래채에 아이들은 위채에 한 방을 차지하고 새벽 붉은 수탉이 몇 차례 울 때까지 벌이는 잔치 모습이다.

지난날 우리 겨레의 잔치 모습이 사진처럼 선연하다. 둘째 도막에서 다섯째 도막까지 잔치 임자를 알린다고 했으나 정작 잔치 모습을 열어보니 참된 임자는 아이들이다. 나, 이녀, 작은 이녀, 승녀, 승동이, 홍녀, 홍동이, 작은 홍동이, 사촌 누이, 사촌 동생들, 이렇게 여남은이 초저녁에는 배나무 동산에서 놀고, 밤이 깊어서는 안채 한 방에서 놀다가 새벽닭이 몇 차례 울고서야 잠자리에 든다. 추녀 그림자가 문창에 드리워

---

2 첫 도막 '나'부터 다섯째 도막 '사촌 동생들'까지 식구 열아홉이라는 뜻이다.

7 여우난골족

질 때까지 자고 있는 아이들이 잔치의 참임자임을 노래한다. 그다음 임자는 아낙네들이고, 진할머니와 진할아버지는 안채 큰방에 가만히 있을 뿐이고, 남정네들은 아버지와 삼촌이 보이지만 잔치 놀이에는 얼씬도 않는다. 이것이 우리 겨레의 내리사랑을 드러내는 참모습이다.

노래에서 겨레의 삶을 다시 배우는 재미도 크지만, 이런 삶을 사진처럼 그려내는 백석의 우리말 솜씨를 눈여겨보며 맛보는 재미를 놓치면 아깝고 아쉽다. 아이들 놀이의 이름들, 바깥 동산에서 벌이는 놀이의 이름과 집 안과 방 안에서 벌이는 놀이의 이름을 이제 우리는 거의 잊어버린 것이 아닌가! 무엇보다도 삼촌과 세 고모를 소개하는 노래꾼 백석의 말솜씨를 눈여겨 맛보지 않으면 안 된다. 신리 고모, 토산 고모, 큰골 고모, 삼촌, 이들을 앞에서 매김하는 말마디가 잇달아 포개져 있으니 쉼표라도 찍으면서 읽어보면 재미가 더욱 좋을 것이다.

《사슴》에 다시 실린 노래 모습

여우난골족

명절날 나는 엄매 아배 따라 우리 집 개는 나를 따라 진할머니 진할아버지가 있는 큰집으로 가면

얼굴에 별 자국이 솜솜 난 말수와 같이 눈도 껌벅거리는 하루에 베 한 필을 짠다는 벌 하나 건너 집엔 복숭아나무가 많은 신리 고무 고무의 딸 이녀 작은 이녀
열여섯에 사십이 넘은 홀아비의 후처가 된 포족족하니 성이 잘 나는 살빛이 매

감탕 같은 입술과 젖꼭지는 더 까만 예수쟁이 마을 가까이 사는 토산 고무 고무의 딸 승녀 아들 승동이

육십 리라고 해서 파랗게 보이는 산을 넘어 있다는 해변에서 과부가 된 코끝이 빨간 언제나 흰옷이 정하던 말끝에 설게 눈물을 짤 때가 많은 큰골 고무 고무의 딸 홍녀 아들 홍동이 작은 홍동이

배나무 접을 잘하는 주정을 하면 토방돌을 뽑는 오리치를 잘 놓는 먼 섬에 반디젓 담그러 가기를 좋아하는 삼춘 삼춘엄매 사춘 누이 사춘 동생들

이 그득히들 할머니 할아버지가 있는 안간에들 모여서 방 안에서는 새옷의 내음새가 나고

또 인절미 송구떡 콩가루차떡의 내음새도 나고 끼때의 두부와 콩나물과 볶은잔디와 고사리와 도야지 비게는 모두 선득선득하니 찬 것들이다

저녁술을 놓은 아이들은 외양간 섶 밭마당에 달린 배나무 동산에서 쥐잡이를 하고 숨굴막질을 하고 꼬리잡이를 하고 가마 타고 시집가는 노름 말 타고 장가가는 노름을 하고 이렇게 밤이 어둡도록 북적하니 논다

밤이 깊어가는 집 안엔 엄매는 엄매들끼리 아르간에서들 웃고 이야기하고 아이들은 아이들끼리 웃간 한 방을 잡고 조아질하고 쌈방이 굴리고 바리깨돌림하고 호박떼기하고 제비손이구손이하고 이렇게 화디의 사기방등에 심지를 몇 번이나 돋우고 홍계 닭이 몇 번이나 울어서 졸음이 오면 아릇목싸움 자리싸움을 하며 히드득거리다 잠이 든다 그래서는 문창에 텅납새의 그림자가 치는 아침 시누이 동세들이 웅적하니 흥성거리는 부엌으로 샛문 틈으로 장지문 틈으로 무이징게국을 끄을리는 맛있는 내음새가 올라오도록 잔다

8

통영

옛날엔 통제사가 있었다는 낡은 항구의 처녀들에겐 옛날이 가지 않
은 천희라는 이름이 많다

미역오리같이 말라서 굴껍지처럼 말없이 사랑하다 죽는다는

이 천희의 하나를 나는 어느 오랜 객주집의 생선 가시가 있는 마루방
에서 만났다

저문 유월의 바닷가에선 조개도 울을 저녁 소라방등이 불그레한 뜰
에 김 냄새 나는 실비가 내렸다

《조광》 1권 2호(1935년 12월)

말뜻 풀이

통영: '삼도수군통제영'이 줄어 '통제영'이 되고, '통제영'이 줄어 '통영'이 된
다. '삼도수군통제영'은 임진왜란이 터지자 경상도, 전라도, 충청도 삼도에 나
누어져 있던 수군을 하나로 묶어 통솔할 수 있도록 1593년에 만들었다. '통영'
을 땅이름으로 쓴 것은 일제 침략 시절인 1914년부터다.

통제사: '삼도수군통제사'의 준말이다. 삼도의 수군을 지휘하는 으뜸 장수를 일컫는다.

천희: 처니. '처녀'의 남해안 사투리. 남해안에서는 처녀를 이름으로 부르기보다 흔히 "처니야!" 하고 부른다. 이 소리를 백석이 듣고 한자로 '千姬'라 썼다. 그가 만났다는 한 '처니'의 아름다움에 마음을 빼앗겨 상상으로 만들어낸 한자 이름이다. 고형진(2015)은 '천희'를 여자 이름의 하나로 풀이한다.

미역오리: 미역의 줄기. '오리'는 실, 나무, 대 따위의 가늘고 긴 조각이다. 미역 오리는 먹을 수 없기 때문에 하찮게 버려진다.

객주집: 곳곳으로 돌아다니며 장사하는 사람들이 짐도 맡기고 잠도 자고 밥과 술도 먹을 수 있도록 마련해 놓고 돈을 받는 집.

마루방: 마루처럼 바닥에 널빤지를 깐 방. 구들에 불을 넣지 않도록 만든 방이다.

소라방등: 소라 껍데기에 기름을 붓고 심지를 박아서 방을 밝히는 등불.

<u>군소리</u>

노래는 월 셋으로 이루어졌다. 첫째 월은 '이름이 많다'가 임자말과 풀이말로서 뼈대다. 둘째 월은 '나는 만났다'가 임자말과 풀이말이고, 셋째 월은 '실비가 내렸다'가 그렇다. 그런데 둘째 월만 두 줄로 나누어놓았다. 그럴 만한 까닭이 있겠지. 월의 뼈대를 보면 첫째와 셋째 월의 임자말은 '이름이', '실비가'로 추상물과 자연물이다. 그런데 둘째 월의 임자말은 '나는'이다. 사물이 아니고 사람이며, 바로 노래하는 백석이다. 여기가 노래의 알맹이며 노른자위라 두 줄로 나누어놓았을 것이다.

첫 줄에서 '옛날엔 통제사가 있었다는 낡은 항구의 처녀들에겐'의 '옛날엔 통제사가 있었다는 낡은 항구'는 한마디로 '통영'이다. '통영의 처녀들에겐' 하면 그만인 것을 '옛날엔 통제사가 있었다는 낡은 항구'라 하여 '통제사가 있었다'는 옛날의 위엄과 '낡은 항구'인 오늘의 초라함을 한자리에 불러놓았다. 그래서 '처녀들에겐' 그런 두 세월의 그림자가 함께 드리워진다. 처녀들에겐 '천희라는 이름이' 많은데 '천희'라는 이름에는 '옛날이 가지 않'고 남아 있다고 한다. '천희'라는 이름만 들으면 통제사가 있었던 옛날 통영의 모습이 떠오르고, 이것이 이어질 노래 알맹이의 디딤돌이 되었다.

둘째 월은 두 줄로 나누어 '이 천희의 하나'를 매김하는 '미역오리같이 말라서 굴껍지처럼 말없이 사랑하다 죽는다는'까지만 첫 줄로 삼았다. 매김하는 말과 매김을 받는 임자(이 천희의 하나)를 갈라놓은 것이다. 통영의 역사가 어떠하든 천희라는 이름이 어떤 느낌을 일으키든 정작 그가 만나서 마주 앉은 천희의 '하나'는 미역오리같이 말라서 굴 껍데기처럼 바스라질 때까지 말없이 사랑하다 죽는다는 서러운 그들의 운명을 보란듯이 들어올렸다. 다음 줄에서 그런 천희를 '어느 오랜 객주집의 생선 가시가 있는 마루방에서' 만났다. 옛날 통제사가 있었던 시절에는 장사꾼이 둘러앉아 생선 가시를 발라 먹으며 거나하게 보냈으나 이제는 청소도 하지 않아 생선 가시가 그대로 흩어져 있는 오랜 객주집의 쓸쓸한 마루방이다.

셋째 월은 노래 알맹이인 '만남'을 부채질하는 자연의 모습이다. '실비가 내렸다'는 뼈대에 매김을 놓아 모습을 그렸다. '김 냄새 나는'은 임자말 '실비'를 매김하고, 나머지는 풀이말 '내렸다'를 때와 곳으로 갈

라 매김한다. '저문 유월의 바닷가에선 조개도 울을 저녁'은 때, '소라방
등이 불그레한 (빛을 비추는) 뜰에'는 곳이다. 실비에서 '김 냄새'를 맡는
코, 실비 내리는 뜰에 비치는 '소라방등의 불그레한 빛'을 보는 눈, 저문
유월 바닷가에서 '조개의 울음' 소리를 듣는 귀가 노래의 알맹이에 목
숨을 불어넣는다.

  노래는 메마르다 못해 까칠하다. 느낌이 피어오를 데가 곳곳에 널려
있으나 얼씬도 못 하게 막아버렸다. 이런 노래를 부른 사연을 알고 나
면 그것이 더욱 느껍다. 백석은 이 노래를 내놓은 1935년 12월보다 반
년 앞인 6월에 '난(蘭, 본명 박경련)'이라는 처녀를 통영에서 만났다. 노래
는 바로 그 만남을 쓴 것이다. 이 노래를 지어 불러도 마음을 달랠 수가
없어 이듬해 정월에 통영을 다시 찾아갔으나 길이 어긋나 만나지 못하
고, 그해 12월 다시 난이의 집으로 찾아가 담판을 짓고자 했으나 만나
주지 않았다. 그런데 이듬해 4월 난이는 백석이 함께 다니던 벗 신현중
과 혼인을 해버렸다.

  이런 사연을 알고 나면, 이 노래는 두 사람의 만남이 아프고 슬픈 뒷
날을 맞으리라는 사실을 내다본 예언 같다. 백석의 영감이 무섭다는 생
각을 아니 할 수 없다.

◎ 이 노래는《사슴》에 다시 실렸는데, 마지막 줄의 '뜰에'를 '마당에'로, '실비가'를
  '비가'로 바꾸었다.

9

흰 밤

옛 성의 돌담에 달이 올랐다
묵은 초가지붕에 박이
또 하나 달같이 하이얗게 빛난다
언젠가 마을에서 수절과부 하나가 목을 매어 죽은 밤도 이러한 밤이었다

《조광》1권 2호(1935년 12월)

말뜻 풀이

돌담: 돌을 쌓아서 만든 담. '성의 돌담'은 여느 돌담과 달리 돌을 깎고 다듬어
서 아주 튼튼하게 쌓아서 쉽게 무너지지 않으므로 모든 것이 허물어지고 사라
져도 덩그러니 남는다.
묵은: 일정한 때를 지나 오래된. 일정한 때가 지났으나 새것으로 바꾸지 않고
그냥 둔.
수절과부: 죽은 남편과 맺은 사랑을 깨끗하게 지키느라 사시사철 흰옷을 입고
홀로 살아가는 여인.

노래 이름 '흰 밤'은 예사롭지 않다. '달밤'으로는 도무지 담아낼 길 없는 '달'과 '박'과 수절과부의 '흰옷(소복)'이 겹쳐서 만들어내는 '하이얀 빛'으로 가득한 밤을 감쪽같이 빚어냈기 때문이다.

첫째 월부터 말씨가 조금도 낯설지 않다. 그러나 그런 말씨가 그려낸 그림은 말할 수 없이 뚜렷하다. 20세기 초 영국의 시를 이미지즘이란 이름으로 새롭게 끌어올린 흄(T. E. Hulme)의 〈가을〉을 떠올리게 한다. '옛 성의 돌담에' 오른 '달'은 나뭇가지에 걸리거나 산등성이에 오른 달과는 딴판이다. 옛 성의 돌담이 주는 든든하고 거뭇하고 곧은 느낌이 그 위에 오른 '달'을 긴장시키기 때문이다. 흰빛이 더욱 희어져서 눈을 부릅뜨고 마을을 노려보고 있는 듯하다.

둘째 월은 임자말 도막과 풀이말 도막을 잘라 줄을 바꾸었다. 첫 줄 '묵은 초가지붕에 박이'는 '박'만 덩그렇게 불러놓고 풀이말은 잘라버렸다. '박'을 눈여겨보아 달라는 뜻이다. 그리 보면 이것은 첫째 월의 '옛 성의 돌담에 달이'와 쌍둥이다. '묵은 초가지붕'이 '옛 성의 돌담'처럼 든든하고 곧지는 않으나 묵어 거뭇하니 하얀 '박'을 도드라지게 하는 몫은 넉넉하다. 초가지붕 위에 올린 박이 보름달처럼 자라 익을 때면 초가지붕은 한 해를 묵어 시커멓게 썩어 있다. 머지않아 새 짚으로 이엉을 엮어 지붕을 새로 덮을 것이다. 다음 줄 '또 하나 달같이 하이얗게 빛난다'는 풀이말 도막만으로 한 줄을 이루었다. 임자말 '박'에 얽매이지 않고 저만의 속살을 마음껏 드러내면서 첫째 월의 '옛 성의 돌담에' 오른 '달'과 겨루며 '또 하나 달'이 되었고, '하이얗게' 더욱 '빛난다'

고 할 수 있게 되었다.

　셋째 월은 노래 알맹이 '하얀 빛남'을 부채질하는 사람의 모습이다. 지나간 언젠가 이 마을에서 이처럼 '하얀 빛남'을 견디지 못하여 목을 매어 죽은 '수절과부 하나'를 떠올려 놓았다. 이런 '하얀 빛남'은 이승과 저승으로 갈라져서 사랑을 이어가는 사람을 저승으로 불러 모아 함께 사랑하도록 해주는 힘을 지녔나! '목을 매어 죽은 밤도 이러한 밤이었다'니, 그런 일이 이 밤에도 얼마든지 벌어질 수 있다는 소리다.

　노래의 짜임새가 앞의 노래 〈통영〉과 닮았다. 월이 셋인데 가운데 월을 두 줄로 나누어 모두 넉 줄이 되게 하고 가운데 월 두 줄을 노래의 알맹이로 삼은 것이 그렇다. 첫 줄은 디딤돌의 몫으로 삼고 끝줄은 노래 알맹이에 목숨을 불어넣는 부채질의 몫으로 삼은 것도 비슷하다. 그러나 노래의 알맹이가 앞의 〈통영〉은 사람의 일(만남)이고, 여기 〈흰 밤〉은 자연의 일(하얀 빛남)이다. 그러고 보니 앞의 노래에서는 알맹이인 사람의 만남을 자연인 실비가 하염없는 서글픔으로 부채질하더니, 이 노래에서는 알맹이인 자연의 빛남을 사람인 수절과부의 죽음이 소름 끼치는 슬픔으로 부채질한다. 두 노래에서 사람의 일과 자연의 일은 둘이 아니라 하나로 깊이 어우러져 있음을 한결같은 솜씨로 그려내고 있다.

　◎ 이 노래는 《사슴》에 다시 실렸으나 노래 모습이 같다.

10

고야

아배는 타관 가서 오지 않고 산비탈 외따른 집에 엄매와 나와 단둘이
서 누가 죽이는 듯이 무서운 밤 집 뒤로는 어느 산골짜기에서 소를 잡
아먹는 노나리꾼들이 도적놈들같이 쿵쿵거리며 다닌다

날기멍석을 져 간다는 닭 보는 할미를 차 굴린다는 땅 아래 고래 같
은 기와집에는 언제나 니차떡에 청밀에 은금보화가 그득하다는 외발
가진 조마구 뒷산 어느메도 조마구네 나라가 있어서 오줌 누러 깨는 재
밤 머리맡의 문살에 대인 유리창으로 조마구 군병의 새까만 대가리 새
까만 눈알이 들여다보는 때 나는 이불 속에 자즈러 붙어 숨도 쉬지 못
한다

또 이러한 밤 같은 때―시집갈 처녀 막내 고무가 고개 넘어 큰집으
로 치장 감을 갖고 와서 엄매와 둘이 소기름에 쌍심지의 불을 밝히고
밤이 들도록 바느질을 하는 밤 같은 때 나는 아릇목의 삿귀를 들고 쇠
든밤을 내어 다람쥐처럼 밝아먹고 은행 여름을 인두 불에 구워도 먹고
그러다는 이불 우에서 광대넘이를 뒤이고 또 누워 굴면서 엄매에게 웃
목에 두른 병풍의 새빨간 천두의 이야기를 듣기도 하고 고무더러는 밝
는 날 멀리는 못 난다는 메추라기를 잡아달라고 조르기도 하고

내일같이 명절날인 밤은 부엌에 째듯하니 불이 밝고 솥뚜껑이 놀으며 구수한 내음새 곰국이 무르끓고 방 안에는 일갓집 할머니도 와서 마을의 소문을 펴며 조개송편에 달송편에 쥔두기송편에 떡을 빚는 곁에서 나는 밤소 팥소 설탕 든 콩가루소를 먹으며 설탕 든 콩가루소가 가장 맛있다고 생각한다

나는 얼마나 반죽을 주무르며 흰 가루손이 되어 떡을 빚고 싶은지 모른다

섣달에 내빌날이 들어서 내빌날 밤에 눈이 오면 이 밤엔 쌔하얀 할미귀신의 눈귀신도 내빌눈을 받노라 못 난다는 말을 든든히 여기며 엄매와 나는 앙궁 우에 떡돌 우에 곱새담 우에 함지에 버치며 대냥푼을 놓고 치성이나 드리듯이 정한 마음으로 내빌눈 약눈을 받는다 이 눈 세기 물을 내빌물이라고 제주병에 진상항아리에 채워두고는 해를 묵혀가며 고뿔이 와도 배앓이를 해도 갑피기를 앓아도 먹을 물이다

《조광》 2권 1호(1936년 1월)

고야(古夜): 옛 밤. 옛날의 밤.

타관: 태어나서 자란 고향으로부터 멀리 떨어진 낯선 고장.

노나리꾼: 농한기같이 별일이 없을 때 여럿이 어울려서 소나 돼지를 잡아 몫을 나누어 가지는 사람들. 몫을 나누기 어려운 창자는 그 자리에서 삶아 안주 삼고 술판을 벌인다.

날기멍석: 나락의 멍석. 나락을 말리려고 널어놓은 멍석. 우케멍석.

니차떡: 이찰떡. 찹쌀을 쪄서 떡메로 치거나 절구에 넣어 찧어서 적당히 모나게 잘라 갖가지 고물을 묻혀서 만드는 떡. '인절미'의 평안도 사투리.

청밀: 말간 벌꿀.

조마구: 난쟁이처럼 키가 작고 외발로 다닌다는 도깨비. 조마구의 나라는 땅 밑에 있다. 고형진(2015)은 '조무래기(작은 어린아이)를 비유적으로 이르는 말'로 보았다.

재밤: 한밤. 깊은 밤.

고무: 고모. (☞ 7. 〈여우난골족〉)

큰집으로: 큰집으로부터. 큰집에서.

치장 감: 멋을 부리느라고 만드는 옷의 감. 아름답게 꾸미려고 만드는 옷의 감.

소기름에 쌍심지의 불: 소를 잡을 적에 창자에 끼인 기름을 걷어 녹여서 불을 밝히는 기름으로 쓴다. 그 소기름을 종지에 담고 실을 꼬아 만든 심지를 두 가닥으로 담가 밝힌 불.

아릇목: 아랫목.

삽귀: 삿자리의 귀. 삿자리의 귀퉁이. (☞ 삿자리 - 2. 〈늙은 갈대의 독백〉)

쇠든밤: 말라서 새들새들해진 밤.

밝아먹고: 속에 든 알맹이를 잘 가려 빼내어 먹고. 뼈다귀의 살이나 가시 따위를 걷어내고 추슬러서 먹고. 요즘에는 이 말이 '발라먹다'로 바뀌고 뜻도 '남을 꾀거나 속여서 물건을 빼앗아 가지다'로만 쓴다.

은행 여름: 은행 열매.

광대넘이를 뒤이고: '광대넘이'는 광대의 땅재주 가운데 몸을 공중으로 뛰어올라 앞으로 또는 뒤로 돌려서 내리는 놀이를 말한다. '뒤이고'는 몸을 뒤집는다는 뜻이다. '광대넘이를 하고'라고 할 것을 '광대넘이를 뒤이고'라 했다.

누워 굴면서: 누워 뒹굴면서.

천두: 천도, 곧 하늘 복숭아. 과학으로 말하면 복숭아나무의 변종으로 열매의 거죽에 털이 없고 윤이 나서 자두와 더 닮은 복숭아라 하겠으나, 동양에서는 예로부터 하늘나라의 신선들이 키워서 따먹는 복숭아로 사람이 먹으면 늙지 않고 길이 산다고 여기는 상상의 복숭아다.

째듯하니: 째듯하게. 눈이 부시게. 눈이 부실 만큼 밝게.

놀으며: 뛰놀며. 김이 빠져나오면서 솥뚜껑이 들썩거리는 모습을 말한다.

무르끓고: 무르익도록 끓고.

쥔두기송편: 진드기송편. 한입에 넣어 먹을 수 있도록 아주 작고 둥글게 만든 송편. 진드기가 아주 작은 벌레이기 때문에 끌어다 붙인 듯하다.

섣달: 한 해의 마지막인 12월을 뜻하는 토박이말 이름.

내빌날: 납일 날. '납일(臘日)'은 한 해를 마감하는 섣달에 하늘께 제사를 올리는 날. 시대에 따라 날짜가 달라졌는데 신라 때는 섣달의 호랑이날〔寅日(인일)〕, 고려 문종 때는 섣달의 개날〔戌日(술일)〕을 납일로 정했으나 민속에서는 대한 무렵의 미르날〔辰日(진일)〕을 납일로 삼았다. 그러다가 조선에 와서는 대한을 지난 다음의 염소날〔未日(미일)〕을 납일로 했다.

내빌눈: 납일에 내리는 눈.

앙궁: 아궁이.

떡돌: 떡을 칠 적에 안반 대신으로 쓰는 넓적한 돌.

곱새담: 곱새돌담. '곱새'는 '용마름'의 평북 사투리. '용마름'은 초가집 지붕마루나 토담 위를 덮는, 짚으로 지네 모양으로 뒤틀어 엮은 이엉이다. '곱새돌담'은 이엉을 얹은 돌담을 뜻한다.

버치: 버지기. '버지기'란 자배기보다 깊고 넓으며 아가리가 벌어지고 크게 만든 옹기그릇을 말한다.

내빌물: 납일에 내리는 눈을 받아서 녹인 물. 벌레를 쫓고 병을 물리치는 약으로 두루 쓰였다.

눈 세기 물: 눈 썩힌 물, 눈 녹인 물.

제주병: 제사에 올리는 술을 담아두는 병.

진상항아리: 궁중으로 올려보내려고 정성 들여 만든 항아리.

갑피기: 똥을 염소 똥처럼 간신히 누면서 배앓이를 하는 질병.

<u>군소리</u>

노래는 다섯 도막으로 이루어졌다. 그러나 다섯 도막 사이에 무슨 차례의 원리나 줄거리가 드러나게 있는 것은 아니다. 도막마다 하나씩 저마다 홀로 서는 이야기고, 그것들이 함께 어우러져 지나간 '옛날의 밤'이라는 제목을 살려내는 노릇을 너끈히 해낸다. 그렇기는 하지만 한편 눈여겨보면 셋째와 넷째 도막을 저마다 홀로 서는 이야기라 하기가 어렵다. 당장 셋째 도막이 '~ 조르기도 하고' 하는 이른바 연결어미로 그쳐서 이야기가 끝나지 않았다. 그렇다면 이들 셋째와 넷째 도막을 하나로 묶어도 좋을까? 속살을 조금 들여다보면 '묶어도 좋다'고 말할 수 있다.

우선 셋째와 넷째 도막에는 '엄매와 나' 아닌 사람이 이야기에 들어와 있다. 셋째 도막에는 '시집갈 처녀 막내 고무'가 들어와 있고, 넷째 도막에는 '일갓집 할머니도' 들어와 있다. 첫째, 둘째와 다섯째 도막에는 '엄매와 나' 단둘이서 밤을 보내는 이야기를 하고 있어서 셋째와 넷째를 따로 묶을 수 있다. 그리고 셋째와 넷째 도막은 혼인 잔치와 명절 잔치를 앞두고 지내는 밤의 이야기라 일상의 여느 밤을 이야기하는 나머지 세 도막과 달라서 하나로 묶어도 좋겠다. 잔치를 앞두고 지내는 밤이기에 외롭지도 않고 맛나는 먹거리도 푸짐하여 기쁘고 즐거우니 다른 세 도막의 외롭고 무서운 것과 사뭇 다르다.

셋째와 넷째 도막을 하나로 묶으면 노래는 네 덩이가 되어 '일으켜서(기)', '이어받고(승)', '돌려서(전)', '마무리하는(결)' 중국의 절구나 서양의 네 악장으로 짜는 교향악과 네 막으로 짜는 연극의 짜임새와 비슷해진다. 첫 덩이에서 '누가 죽이는 듯이 무서운 밤'을 일으키고, 둘째 덩이가 '자즈러 붙어 숨도 쉬지 못하는 밤'으로 이어받았는데, 셋째 덩이가 '이불 위에서 광대넘이를 하고' '흰 가루 손이 되어 떡을 빚고 싶어' 하는 즐거움으로 돌려서, 넷째 덩이가 '정한 마음으로 내빌눈 약눈을 받는다'고 마무리하는 듯도 하다.

그러나 노래를 이처럼 마무리를 겨냥하여 일으키고 이어받고 돌려서 나아간다고 보면 크게 잘못 읽는 것이다. '정한 마음으로 내빌눈 약눈을 받는다'는 것이 앞의 네 도막을 거쳐서 꿰뚫은 과녁이라 볼 수 없기 때문이다. 게다가 그것으로는 고야, 곧 '오래된 옛날의 밤'이라는 제목을 감당할 수가 없다. 그래서 첫째와 둘째 도막을 묶어 '엄매와 나' 단둘이서 '누가 죽이는 듯이 무서워' '자즈러 붙어 숨도 쉬지 못하던' 무섭고 두려웠던 밤 이야기, 셋째와 넷째를 묶어 엄매와 '나'와 막내 고무 또는 일갓집 할머니와 더불어 결혼 잔치나 명절 잔치를 앞두고 기쁘고 즐거웠던 밤 이야기, 다섯째 도막에서 '해를 묵혀가며' 온갖 질병에 쓸 내빌물 약물을 만들려고 내빌눈을 받느라 '치성이나 들이듯' 정성을 바치던 밤 이야기로 받아들이는 쪽이 훨씬 마땅하다.

여기까지 노래를 크게 뼈대부터 바라보도록 짜임새에 눈을 두고 이야기했다. 그러다 보니 노래가 주는 맛과 재미를 건드리지 못한 듯하다. 물론 낯선 말들의 뜻을 어지간히 풀이해 두었으므로 읽어보면 누구나 나름의 맛과 재미를 느낄 수는 있으리라. 그러나 앞에서 첫째와 둘째 도막을 묶어서 '무섭고 두려웠던 밤 이야기'로 밀어붙인 것에는 한마디 토를 달지 않을 수 없다. 그것들을 잔치나 납일처럼 특별한 날의 밤이 아니라는 뜻에서 하나로 묶을 수는 있지만, 무서움과 두려움을 안겨주는 밤의 속살이 서로 딴판임을 놓쳐서는 안 된다. 첫째 도막의 밤은 실제로 일어난 현실의 밤이지만, 둘째 도막의 밤은 옛이야기로 빚어진 상상의 밤이기 때문이다. 어린아이들에게 현실과 상상이란 조금도 다르지 않으면서 오롯한 삶이라는 사실을 이처럼 영절스럽게 그려낸 솜씨에 놀라지 않을 수가 없다.

둘째 도막 이야기가 나온 김에 둘째 도막은 월이 둘임을 짚어두고 싶다. 월이 둘이므로 마침표를 찍어 앞 월만 보이면 '날기명석을 져 간다는 닭 보는 할미를 차 굴린다는 땅 아래 고래 같은 기와집에는 언제나 니차떡에 청밀에 은금보화가 그득하다는 외발 가진 조마구' 이렇다. 보다시피 임자말 '조마구' 앞에 매김말이 거듭 겹쳐 있을 뿐 풀이말은 없다. 그래서 늘어선 매김말을 하나씩 임자말 앞에 놓아보면 '날기명석을 져 간다는' 조마구, '닭 보는 할미를 차 굴린다는' 조마구, '땅 아래 고래 같은 기와집에는 언제나 니차떡에 청밀에 은금보화가 그득하다는' 조마구, '외발 가진' 조마구, 이렇게 된다. 이렇게 하니까 노래를 알아듣기는 쉬우나 안개 속에 싸여 신비스럽던 조마구의 정체가 멋없이 드러나 백석에게 미안한 마음이 일어난다. 노래는 이야기가 아니므로 나머지는 읽는 분들에게 맡겨두어야겠다.

◎ 이 노래는《사슴》에 다시 실렸으나 노래 모습이 같다.

11

가즈랑집

승냥이가 새끼를 치는 전에는 쇠메 든 도적이 났다는 가즈랑고개

가즈랑집은 고개 밑의

산 너머 마을서 도야지를 잃는 밤 짐승을 쫓는 깽제미 소리가 무서웁
게 들려오는 집

닭 개 짐승을 못 놓는

멧도야지와 이웃사촌을 지내는 집

예순이 넘은 아들 없는 가즈랑집 할머니는 중같이 정해서 할머니가

마을을 가면 긴 담뱃대에 독하다는 막써레기를 몇 대라도 붙이라고

하며

간밤엔 섬돌 아래 승냥이가 왔었다는 이야기

어느메 산골에선간 곰이 아이를 본다는 이야기

나는 돌나물김치에 백설기를 먹으며

옛말의 구신 집에 있는 듯이

가즈랑집 할머니

내가 날 때 죽은 누이도 날 때

무명필에 이름을 써서 백지 달아서 구신간 시렁의 당즈깨에 넣어 대감님께 수영을 들였다는 가즈랑집 할머니

언제나 병을 앓을 때면

신장님 단련이라고 하는 가즈랑집 할머니

구신의 딸이라고 생각하면 슬퍼졌다

토끼도 살이 오른다는 때 아르대 즘퍼리에서 제비꼬리 마타리 쇠조지 가지취 고비 고사리 두릅순 회순 산나물을 하는 가즈랑집 할머니를 따르며

나는 벌써 달디단 물구지 우림 둥굴레 우림을 생각하고

아직 멀은 도토리묵 도토리범벅까지도 그리워한다

뒤우란 살구나무 아래서 광살구를 찾다가

살구 벼락을 맞고 울다가 웃는 나를 보고

밑구멍에 털이 몇 자나 났나 보자고 한 것은 가즈랑집 할머니다

찰복숭아를 먹다가 씨를 삼키고는 죽는 것만 같아 하루 종일 놀지도 못하고 밥도 안 먹은 것도

가즈랑집에 마을을 가서

당세 먹은 강아지같이 좋아라고 집오래를 설레다가였다

《사슴》(1936년 1월)

말뜻 풀이

가즈랑집: 가즈랑고개 밑에 있는 집. '가즈랑'은 '가주령'이니 정주에서 남청정으로 가는 길목에 있는 고개다.

승냥이: 개과에 속하는 사나운 짐승. (☞ 3. 〈산지〉)

쇠메: 쇠로 만든 메. '메'는 묵직한 통나무 묶음에 자루를 박아서 만든 커다란 망치다. 두 손으로 잡고 떡을 치거나 말뚝을 박는 따위에 쓴다. 쇠메는 힘이 장사라야 들 수 있다.

깽제미: 놋쇠 따위로 만들어 두드리는 악기. 꽹과리.

못 놓는: 못 기르는. 못 키우는.

정해서: 맑고 깨끗해서.

막써레기: 마구 썰어서 말린 담뱃잎. 내다팔지 않고 집에서 피우려고 맛 좋은 잎을 골라 거칠게 썰어서 말린 담뱃잎.

섬돌: 마당(뜰)에서 집채로 밟고 오르내리도록 층층으로 놓은 돌.

돌나물: 바위틈이나 길가 축축한 곳에 나서 자라는 돌나물과 풀의 한 가지. 줄기는 땅위로 기어서 마디마디에 수염뿌리가 나며, 잎은 길둥글고 살이 많아 부드러운 줄기와 잎은 먹을 수 있다. 잎에서 짜낸 물은 벌레에 물린 데나 불에 덴데 약으로 쓴다.

옛말의: 옛이야기의. (송준(2005)에서 '옛 마을의'로 읽었으나 옳지 않다. 다음에 읽을 노래 〈고방〉에도 '옛말'이 있는데 '옛이야기가'로 읽어야 마땅하다.)

구신간: 귀신(서낭)을 모셔둔 방.

시렁: 물건을 얹어놓으려고 방이나 마루 벽에 두 개의 긴 나무를 가로질러 선반처럼 만들어놓은 것.

당즈깨: 대껍질이나 껍질 벗긴 수양버들 줄기로 엮어 만든 뚜껑 있는 바구니. '당세기'의 평안도 사투리.

대감님: 할아버지 신령님. '대감'은 남자 조상의 신령.

수영: 수양. 말로서만 양아들이나 양딸로 삼아 사는 것. 그런 아들과 딸을 수양아들·수양딸이라 한다.

신장님 단련: 신장님(신령님)에게서 받는 단련(시련).

아르대: 아래쪽. 아랫녘.

즘퍼리: 진흙 펄(벌).

제비꼬리: 난초와 비슷하게 생겼는데 날것으로 먹어도 좋을 만큼 단맛이 나는 멧나물.

마타리: 마타리과의 여러해살이풀의 한 가지. 줄기는 곧게 자라고 깃처럼 많이 갈라지는 잎들이 마주 붙는다. 가을에 줄기 끝과 가지 끝에 노란빛의 작은 꽃들이 빽빽이 모여 핀다. 낮은 산자락에서 자라는데 봄에 나는 어린 새잎은 나물로 먹고 뿌리는 말려 약재로 쓴다.

쇠조지: 그냥 뜯어 먹어도 달콤한 맛이 나는, 첫손 꼽히는 멧나물. 잎이 나오다가 대 끝에서 노란 꽃이 된다.

가지취: 참취나물. 삶아서 먹으면 씁쓰름하고 꾸밈없이 향긋한 맛이 난다.

고비: 산속 축축한 땅이나 냇가에 자라는 여러해살이풀의 한 가지. 잎이 아래서부터 무더기로 나는데 어릴 적에는 주먹처럼 말려 있다가 자라면 펴져 깃처럼 된다. 어린 것은 나물로 먹고 뿌리는 약재로 쓴다.

두릅: 오갈피나무과의 잎 지는 떨기나무의 한 가지. 키는 3~4m에 이르고 줄기, 가지, 잎꼭지에 날카로운 가시가 있다. 잎은 깃 모양의 겹잎이며 여름에 누르스름한 잔꽃이 핀다. 봄에 나는 여린 순은 무쳐 먹기도 하고 국거리도 하며

김치를 담가 먹기도 한다. 껍질은 당뇨병, 중추신경계병, 기침에 약으로 쓰고 보약으로도 쓴다.

회순: 다래 덩쿨의 순.

물구지: 나리과의 여러해살이풀의 한 가지. 땅속에 둥근 알 같은 비늘줄기가 있고 거기서 좁고 긴 두 개의 잎이 나온다. 여름에 잎 사이에서 긴 꽃대가 나오고 그 끝에 연붉은 작은 꽃들이 빽빽하게 모여 핀다. 들판이나 산자락에서 자라는데 비늘줄기는 먹기도 하며 보고 즐기려고도 심어 기른다.

우림: 우려낸 것. 우려낸 물.

둥굴레: 산비탈이나 들에 절로 자라는 나리과 풀의 한 가지. 땅속줄기는 살이 많은데 길게 옆으로 벋으며 줄기는 모가 지고 잎은 길둥글다. 첫여름에 잎과 줄기 사이에서 한 개의 꽃줄기가 나와 푸르스름한 꽃이 핀다. 뿌리줄기는 달여서 물을 마시고 보약으로도 쓴다.

도토리범벅: 도토리가루로 만든 범벅. '범벅'은 늙은 호박이나 콩, 팥 따위를 푹 삶은 다음 거기에 곡식 가루를 넣어 된풀처럼 쑨 죽.

뒤우란: 뒤울안. 집의 몸채 뒤 울타리 안쪽. 뒤울안이 넓으면 뜰이나 마당을 만들어 뒤뜰과 뒷마당으로 쓰기도 하고 연못을 만들어 초당을 짓고 귀한 딸을 곱게 키우기도 했다.

광살구: 너무 익어 절로 큰 무리로 떨어지는 살구.

살구 벼락을 맞고: 하늘에서 벼락이 떨어지듯이 갑자기 살구가 와르르 몸으로 떨어지고.

찰복숭아: 털이 없고 매끈한 복숭아.

마을을 가서: 이웃집에 놀러 가서.

당세: 좁쌀이나 술 찌꺼기로 만든 다디단 죽.

집오래: 집 안팎과 언저리.

설레다: 가만히 있지 못하고 괜히 쉼 없이 움직이다.

군소리

먼저 백석의 노래에 낯익지 않은 분들에게 백석의 말씨 한 가지를 귀띔해 드리고 들어가야겠다. 앞에서 읽은 노래 〈고야〉에서도 말했듯이 백석은 더러 어떤 이름씨 말 앞에 매김말을 겹으로 잇달아 놓고 뜻이 헷갈리게 내버려둔다. 알고 보면 그것은 그만한 재미와 분위기를 만드는 솜씨다. 그러나 아직 백석의 노래에 낯선 분들에게는 어리둥절하고 헷갈리게 하는 걸림돌이다. 우선 첫째 묶음에서 '승냥이가 새끼를 치는'도 저 뒤에 있는 '가즈랑고개'를 매김하고, 셋째 묶음에서 '예순이 넘은'도 두 낱말을 뛰어넘어 '가즈랑집 할머니'를 매김한다. 그러니까 '새끼를 치는'과 '예순이 넘은'에 뒤에다 쉼표(,)를 찍으면 헷갈림은 사라질 수 있다. 말이 난 김에 그런 솜씨의 별난 보기가 둘째 묶음에 있어서 그것도 귀띔해 드리지 않을 수 없다. 보다시피 둘째 묶음의 첫 줄과 셋째 줄은 '고개 밑의', '못 놓는' 이렇게 매김씨 끝에서 줄바꿈을 해버렸다. 이들 매김을 받아야 할 말은 모두 다음 줄 맨 끝에 있는 '집'이라는 것을 알아차리지 못하면 낭패를 보게 되어 있다. 이래저래 우리 토박이말의 쓰임새는 가도 없고 끝[3]도 없다.

노래 이름은 '가즈랑집'이다. 그리고 노래는 아홉 묶음으로 펼쳐졌다. 첫 묶음은 '가즈랑고개', 둘째 묶음은 '가즈랑집', 셋째 묶음은 '가즈랑집 할머니'가 임자말이다. 넷째 묶음과 다섯째 묶음은 셋째 묶음에 딸린 노래다. 셋째 묶음에서 가즈랑집 할머니가 '마을을 가면' 넷째와 다섯째 묶음이 마을에서 벌어지는 두 가지 일을 나누어 노래하기 때문이다. 그리고 여섯째 묶음에서 여덟째 묶음까지 '가즈랑집 할머니와 나' 사이의 사귐을 노래하고, 마지막 아홉째 묶음은 '가즈랑집과 나' 사이의 사귐을 노래한다.

그러니까 노래는 '나'와의 사귐에 아랑곳없는 그대로의 가즈랑집(가즈랑집 할머니) 이야기 다섯 묶음과 '나'와의 사귐이 이루어지는 가즈랑집(가즈랑집 할머니) 이야기 네 묶음으로 크게 나누어지는 셈이다. 그렇게 나누어지는 고비에 다섯째 묶음이 있고, 거기서 '나'는 마을 사람들과 가즈랑집 할머니가 이야기를 주고받는 자리 언저리에 앉아 '돌나물 김치에 백설기를 먹으며 / 옛말의 구신 집에 있는 듯이' 으스스한 마음으로 가만히 듣고만 있다. 가즈랑집(가즈랑집 할머니)과는 사귐이 이미 있는 듯도 하고 아직 없는 듯도 하다. 놀라운 솜씨로 마련해 놓은 사귐의 고비를 제대로 읽으면 고비 앞쪽은 고비 뒤쪽으로 넘어가는 디딤돌임을 쉽사리 짐작할 수 있을 것이다.

앞쪽 다섯 묶음부터 잠시 들여다보자. 첫째 묶음은 한 줄로 가즈랑고개를, 둘째 묶음은 넉 줄로 가즈랑집을, 셋째·넷째·다섯째 묶음은 다섯

---

3 다듬은이: '가'는 바닥이나 자리나 바탕같이 얼마간의 넓이가 있는 자리(공간)에서 가운데로부터 가장 멀리 떨어진 데를 뜻한다. '끝'은 시간을 두고 흐르는 채로 맨 마지막, 시간의 흐름을 도막으로 잘라서 맨 마지막, 흐르는 시간에 따라 벌어지는 일이나 움직임에서 맨 마지막, '막대기 끝'처럼 길이가 있는 무엇의 맨 마지막을 뜻한다(김수업, 《우리말은 서럽다》, 휴머니스트, 2012 개정판, 32-33쪽).

줄로 가즈랑집 할머니를 노래했다. 가즈랑고개, 가즈랑집, 가즈랑집 할
머니를 마치 카메라로 원경에서 근경을 거쳐 목표물로 초점을 당겨 잡
듯이 대상을 확대해 나간 것이다. 목표물인 가즈랑집 할머니를 겨냥하
여 가즈랑고개와 가즈랑집은 멀고 가까운 배경 노릇만 하고 있어서 아
무런 느낌도 끼어들지 않았다. 가즈랑고개는 앞에다 사나운 짐승이 새
끼를 친다는 사실과, 전에는 무서운 도둑이 났다는 소문으로 매김을 해
서 사람이 오르내리기를 몹시 꺼리는 고개임을 드러냈다. 가즈랑집은
뒤에다 네 가지 사실로 풀이를 해서 '고개 밑의 집, ~가 들려오는 집,
~을 못 놓는 집, ~을 지내는 집'으로 멧짐승들과 더불어 살아가는 집
임을 드러냈다. 가즈랑집 할머니는 앞에다 두 가지 매김을 하고 뒤에다
한 가지 풀이를 하고는 곧장 마을을 가면 벌어지는 일을 잇달아 보여준
다. 늙고 외롭게 살지만 마을 사람들로부터 깊은 사랑을 받는 사람임을
드러냈다. 긴 담뱃대(그 시절까지도 담뱃대 길이는 신분의 높낮이를 드러냈
다.)에 독한 막써레기를 몇 대라도 피우라고 하는 것은 가장 높은 대접
을 한다는 뜻이다. 그리고 두 가지 이야기를 잘라 한 묶음으로 삼았는
데 앞 이야기는 마을 사람이 한 이야기고 뒤 이야기는 할머니가 내놓는
이야기다. 주고받은 여러 이야기에서 둘만 뽑아놓은 것임은 다음 묶음
에 '나는' '옛말의 구신 집에 있는 듯이' 꼼짝도 못 하고 앉아 있는 것으
로 짐작할 수 있다.

　뒤쪽 네 묶음은 '나'와 '가즈랑집 할머니' 사이의 사귐이다. 둘 사이
의 사귐을 노래하기 때문에 앞쪽과는 달리 '나'의 느낌이 마음껏 끼어
든다. 우선 여섯째 묶음은 '나'와 가즈랑집 할머니의 사귐이 '내가 날
때'부터 비롯하고(그보다 먼저 '죽은 누이도 날 때'부터 사귐은 맺어져 있었다.)

'병을 앓을 때'마다 깊어졌음을 드러낸다. 무명필에 이름을 써서 백지도 곁들여 대감님께 수양아들로 들이고 병을 앓아도 신장님 단련이므로 달게 받으며 귀신과 함께하는 믿음의 사귐이다. '가즈랑집 할머니'를 세 차례나 거듭 부르고 있으며, 할머니가 '구신의 딸이라고 생각하면 슬퍼졌다' 하며 느낌도 거침없이 털어놓았다. 일곱째 묶음은 귀신과 함께하는 믿음의 사귐이 아니라 자연과 함께하는 삶의 사귐이다. 토끼도 살이 오른다는 봄날 갖가지 멧나물을 하는 가즈랑집 할머니를 따라다니며 여름이 지나야 맛볼 물구지 우림과 둥굴레 우림을 미리 생각하고 가을이 깊어야 먹을 도토리묵과 도토리범벅까지도 그리워한다. 여덟째 묶음은 가즈랑집 할머니가 사는 가즈랑집에서 살구와 더불어 맺은 사귐이다. 뒤울안 살구나무 아래서 잘 익은 광살구를 찾아 따먹으려고 가지를 흔들다가 살구 벼락을 맞고는 아프고 놀라서 울다가 부끄럽고 창피해서 웃었더니 할머니가 '밑구멍에 털이 몇 자나 났나 보자' 했다. 임자 몰래 남의 물건 훔치면 '밑구멍에 털 난다'는 옛말로 장난을 걸어온 것이다. 마지막 아홉째 묶음은 가즈랑집에 마을을 가서 '당세 먹은 강아지같이 좋아라고 집오래를 설레다가', '찰복숭아를 먹다 씨를 삼키고는 죽는 것만 같아 하루 종일 놀지도 못하고 밥도 안 먹은' '나' 혼자 겪은 웃지 못할 사귐이다.

이처럼 들여다보니 노래는 앞뒤 쪽을 꿰뚫으며 가즈랑집 할머니와 '나'의 사귐을 다루었다. 그러나 그 사귐에는 가즈랑집에 할머니와 함께 사는 대감님·신장님과 마을에 '나'와 함께 사는 마을 사람들이 뒷받침을 한다. 게다가 가즈랑집과 마을을 둘러싸고 있는 산과 들에 사는 온갖 멧나물이며 과일나무와 갖가지 집짐승이며 멧짐승들도 뒷받침을 하고 있다. 그래서 할머니와 '나'의 사귐은 가즈랑집의 귀신들과 마을의 사람들, 이들을 둘러싸고 있는 산과 들에 사는 온갖 푸나무와 갖가지 짐승들도 함께 어우러지는 사귐이다. 이른바 문명이라는 것은 얼씬도 하지 않고 자연과 사람끼리 서슴없이 어우러지는 사귐이다. 그리고 이들 모두의 사귐은 그지없이 기쁘고 즐겁고 복되다. 일제 침략자들이 우리의 삶을 온통 헤집어 짓밟고 뿌리 뽑던 1935년 즈음에 백석은 이런 노래를 불렀다.

12

고방

낡은 질동이에는 갈 줄 모르는 늙은 집난이같이 송구떡이 오래도록 남아 있었다

오지항아리에는 삼춘이 밥보다 좋아하는 찹쌀 탁주가 있어서
삼춘의 임내를 내어가며 나와 사춘은 시큼털털한 술을 잘도 채어 먹었다

제삿날이면 귀머거리 할아버지 가에서 왕밤을 밝고 싸리꼬치에 두부 산적을 꿰었다

손자 아이들이 파리떼같이 모이면 곰의 발 같은 손을 언제나 내어 둘렀다

구석의 나무말쿠지에 할아버지가 삼는 소신 같은 짚신이 둑둑이 걸리어도 있었다

옛말이 사는 컴컴한 고방의 쌀독 뒤에서 나는 저녁 끼때에 부르는 소리를 듣고도 못 들은 척하였다

《사슴》(1936년 1월)

말뜻 풀이

고방: 광. 곳간. 집 안에 쓰이는 여러 가지 요긴한 물건과 물품을 갈무리해 두는 창고 같은 방. 집 바깥에 따로 한 채를 지어서 쓰거나 아래채나 위채에서 한 칸을 쓰기도 했다.

질동이: 질그릇 만드는 흙으로 빚어 구워서 만든 동이. '동이'는 물 긷는 데 쓰는 항아리인데, 둥글고 주둥이가 넓으며 양옆에 손잡이가 달려 있다.

집난이: 집을 나온 사람. 집이 없어 이 집 저 집 떠돌며 남의 집에 얹혀 살아가는 사람. 떠돌이. 이동순(1987), 송준(2005), 이숭원(2008), 고형진(2015)에서는 '시집간 딸'을 이르는 말로 풀이한다.

송구떡: 송기떡. (☞ 7. 〈여우난골족〉)

오지항아리: 흙으로 빚어 초벌 구운 위에 오짓물(잿물)을 입혀 다시 구운 항아리. 오짓물을 입혀 구운 그릇은 반들반들 빛이 난다.

임내: 흉내. 본디는 소리와 말로 내는 흉내를 뜻하는 '입내'였으나 뒷날로 내려오면서 '임내'로도 쓰게 되고 뜻도 여느 '흉내'로 넓어졌다.

밝고: 알맹이를 빼내어 먹고. (☞ 10. 〈고야〉)

두부산적: 두부를 기름에 튀겨 나무 꼬치에 꿰어놓은 것.

나무말쿠지: 나무로 만든 말코지. '말코지'는 물건을 걸 수 있도록 벽에 달아놓거나 박아놓은 갈고리나 걸개인데, 사방으로 어긋나게 자라나 있는 통나무의 가지들을 걸개로 쓸 만큼 잘라내고 방구석에 세워놓기도 한다.

소신: 소에게 신기는 신. 거칠고 툭툭한 짚신.

짚신: 짚으로 삼아서 만든 신.

둑둑이: 여러 둑을 포개서. '둑'은 짚신 열 켤레를 한 묶음으로 하여 헤아리는

셈말이다.

군소리

고방은 물건이나 물품을 갈무리해 두는 곳이다. 이 노래에서도 고방은 송구떡을 담아놓은 질동이, 찹쌀 탁주를 담아놓은 오지항아리, 짚신을 둑둑이 걸어놓은 나무말쿠지, 그리고 쌀독이 차지하고 있는 곳이다. 이처럼 고방은 본디 사물의 자리라는 말이다.

그러나 노래는 사물의 자리인 고방을 이야기하지 않는다. 이 노래가 이야기하는 고방은 어린 시절 '나'의 삶이 깃들인 보금자리다. 사촌과 함께 삼촌이 밥보다 좋아하는 찹쌀 탁주를 잘도 채어 먹고, 제삿날이면 귀머거리 할아버지 가에서 왕밤을 밝으며 싸리꼬치에 두부산적을 꿰고, 파리떼같이 모인 손자 아이들과 더불어 할아버지를 귀찮게 굴기도 하고, 혼자뿐일 적에도 쌀독 뒤에 숨어서 저녁 끼니때에 부르는 소리를 못 들은 척했을 만큼 더없이 아늑한 보금자리다. 사촌과 함께하든, 파리떼같이 모인 아이들과 더불어 하든, '나' 혼자뿐이든 상관없이 고방은 '나'에게 한결같은 삶의 포근한 보금자리였음을 이야기한다.

노래의 모습은 얼핏 보면 줄글 같은 월 하나씩을 도막으로 나누어 늘어놓았다. 참으로 어수룩하다. 그러나 가만히 보면 아무런 계산도 없이 늘어놓은 듯한 거기에 예사롭지 않은 솜씨가 감추어져 있다. 모두 여섯 도막으로 이루어진 노래에서 첫째와 다섯째 도막은 고방의 본디 뜻을 살리는 사물의 자리를 이야기한다. 그리고 나머지 네 도막이 노래의 속셈인 사람의 삶을 이야기한다. 그러니까 고방의 본디 뜻을 살리는 이야기를 먼저 꺼내놓고 거기에 잇달아 노래의 속셈인 사람의 삶을 이야기하는 묶음을 두 차례 거듭한 짜임새다.

노래의 마중물에 지나지 않는 첫째와 다섯째 도막을 잠깐 보자. '낡은 질동이에는 ~ 송구떡이 오래도록 남아 있었다', '구석의 나무말쿠지에 ~ 짚신이 둑둑이 걸리어도 있었다'. 보다시피 월의 뼈대가 영절스러운 쌍둥이다. 이른바 수사학의 반복 기법을 휘두른 솜씨다. 게다가 월의 임자말인 '송구떡이'와 '짚신이'를 앞에서 꾸미는 매김말 '갈 줄 모르는 늙은 집난이같이'와 '할아버지가 삼는 소신 같은'도 빼어다 박은 듯이 닮은 비유다. 사물인 '송구떡'과 '짚신'에다 사람인 '집난이'와 '할아버지'를 가지런히 끌어다 놓았다. 이야기가 옆길로 빗나가지만, 여기서 '낡은 질동이에 오래도록 남아 있는 송기떡'을 '갈 줄 모르는 늙은 집난이같이'라 비유한 솜씨를 이야기하지 않을 수 없다. 이런 비유를 끌어온 상상력에 놀라지 않을 수가 없기 때문이다. 송기떡이란 갓 쪄서 따뜻할 적에는 그런대로 먹을 수가 있지만 시간이 흘러 식어버리면 맛도 없고 굳어서 도무지 먹기 어렵다. 하지만 가난한 시절에는 쉽게 버릴 수도 없는 노릇이라 '낡은 질동이에' 오래도록 남아 있다. 집이 없어 이리저리 떠돌며 품을 팔아 살아가는 늙은 집난이의 신세가 바로 그렇다. 집난이가 늙으면 노동력이 되지 않아 어떤 집에서도 받아주지 않기 때문에 지금 몸 붙인 집에서 '갈 줄 모르는' 것이고, 주인집에서도 쓸모는 없지만 차마 내쫓을 수가 없어 송기떡처럼 남아 있어도 그냥 두는 것이다. 놀랍게 서로 닮았다. 이것이 제대로 된 비유다.

노래의 속셈이 들어 있는 나머지 네 도막도 잠깐씩 보자. 둘째 도막은 유달리 두 줄이다. 첫 줄은 월의 모습과 속살에서 첫째 도막을 거의 그대로 본뜨고 있다. 첫걸음인지라 대뜸 사람의 삶을 이야기하지 않고 디딤돌을 하나 놓아준 셈이다. 디딤돌을 딛고 올라서서 나타난 '나와 사촌'의 어른 흉내는 모든 독자의 웃음을 자아낼 만하다. 이런 체험을 하지 않고 어린 시절을 보낸 독자는 아무도 없을 터이기 때문이다. 그리고 어른에게 들키면 혼나는 이런 체험을 즐기기에 고방보다 더 좋은 곳은 없을 것이다. 셋째 도막에는 임자말이 없어 잠시 어리둥절하게 된다. 그것은 지은이가 겨냥한 노림수지만 앞줄의 임자말인 '나와 사촌은'을 넣으면 지은이도 눈감아 줄 것이다. 넷째 도막에도 임자말이 없는데 여기서도 앞 도막의 임자말인 '귀머거리 할아버지'를 넣으면 그만이다. 여섯째 도막은 노래의 마무리다. 여기서 '나'는 저녁 끼니때에 저녁 먹자고 부르는 소리를 듣고도 못 들은 척하며 컴컴한 고방의 쌀독 뒤에서 나오지 않는다. 사촌도 할아버지도 아이들도 없는데 무엇에 홀려서 저녁 먹자고 부르는 소리조차 못 들은 척하는가? '옛말이 사는'이 그 대답이다. 그 컴컴한 고방의 쌀독 뒤에는 '옛이야기가 살아 있는' 것이다. 컴컴한 고방의 쌀독 뒤에 홀로 앉아 옛이야기 속에 들어가 노니는 재미가 '나'에게는 저녁 먹는 일보다 훨씬 더 소중했다는 말이다.

노래 도막마다 풀이말의 씨끝이 '~ 남아 있었다', '~ 채어 먹었다'처럼 한결같은 지난 적 꼴이다. 어린 시절을 돌아보며 그때의 삶을 노래하기 때문에 절로 그럴 수밖에 없는 노릇이라고 하겠다. 그러나 이 노래가 총칼로 우리나라를 빼앗은 제국주의 일본이 이른바 대동아전쟁의 준비를 다그치던 1936년 초에 나왔다는 사실을 떠올리면 생각이 달라지지 않을 수가 없다. 그처럼 아늑하던 지난 적의 삶을 빼앗긴 겨레의 아픔이 가슴을 저미듯 밀려오기 때문이다.

모닥불

새끼오리도 헌신짝도 소똥도 갓신창도 개 잇바디도 너울 쪽도 짚 검
불도 가랑잎도 머리카락도 헝겊 조각도 막대 꼬치도 기왓장도 닭의 짖
도 개 터럭도 타는 모닥불

재당도 초시도 문장 늙은이도 더부살이 아이도 새 사위도 갓 사둔도
나그네도 주인도 할아버지도 손자도 붓 장사도 땜쟁이도 큰 개도 강아
지도 모두 모닥불을 쪼인다

모닥불은 어려서 우리 할아버지가 어미 아비 없는 서러운 아이로 불
상하니도 몽둥발이가 된 슬픈 역사가 있다

《사슴》(1936년 1월)

말뜻 풀이

새끼오리: 쓰다가 버린 새끼줄 도막.

갓신창: 짐승 가죽으로 만든 신의 밑창. '갓'은 갖, 곧 가죽이고 '신(발)창'은 신 (발)의 바닥 또는 신(발) 안에 까는 깔개다.

개 잇바디: 개의 이빨.

너울 쪽: 찢어진 너울의 조각. '너울'은 지난날 여자들이 나들이할 때 얼굴을 가리려고 머리에서 내려쓰던 가리개.

짚 검불: 볏짚 북데기 뭉치. '북데기'는 짚에서 떨어져 나온 잎사귀들.

닭의 짗: 닭의 짓, 곧 닭의 깃. 닭의 깃털.

재당: '재당숙'의 준말. '재당숙'은 칠촌아저씨.

초시: 조선 시대 서울과 지방에서 치르던 과거의 첫 시험. 또는 그 첫 시험에 뽑힌 사람.

문장: 문중에서 항렬과 나이가 가장 높은 사람.

더부살이: 남의 집에 얹혀 살아가는 노릇. 또는 남의 집에 얹혀 살아가는 사람.

갓 사둔: 갓 사돈. 이제 막 맺어진 사돈.

땜쟁이: 땜장이. 금이 가거나 구멍이 뚫린 쇠붙이 따위를 깁거나 때우거나 하는 사람.

불상하니도: 불쌍하게도.

몽둥발이: 몽동발이. (발가락이 불에 타서) 발이 몽둥이처럼 되어버린 사람.

군소리

임화(1908~1953)는 《현대조선시인선집》(학예사, 1939)을 엮으면서 《사슴》 에 실린 〈모닥불〉을 백석의 대표작으로 뽑아 실었다. 그리고 뽑은 까닭을 "예술적인 또는 정신적인 두 가지 의미에서"라고 했다. 예술로서 아름답고 정신으로서 거룩하기 때문에 뽑았다는 뜻이겠다.

우선 첫째 도막에서 노래하는 '모닥불'은 여느 모닥불이 아니다. 여느 모닥불은 마른 나뭇가지에 장작개비나 나뭇등걸같이 불땀 좋은 땔감을 모아서 태우는 것이다. 그런데 이 노래의 모닥불은 '새끼오리, 헌신짝, 소똥, 갖신창, 개 이빨, 너울 쪽, 짚 검불, 가랑잎, 머리카락, 헝겊 조각, 막대 꼬치, 기왓장, 닭의 깃털, 개 터럭'같이 모두가 이미 쓸모를 다하고 이제는 내버려진 잡동사니들이다. 심지어는 개 이빨이며 기왓장같이 불에 탈 수도 없는 것조차 버려진 것들이기에 함께 어우러졌다. 그리고 둘째 도막에서는 그처럼 내버려진 잡동사니가 제 몸을 태워 만들어내는 모닥불이 저를 찾아오는 모두에게 밝음과 따뜻함을 아낌없이 베푼다. '재당, 초시, 문장 늙은이, 더부살이 아이, 새 사위, 갓 사돈, 나그네, 주인, 할아버지, 손자, 붓 장사, 땜장이'같이 신분과 계층과 처지와 나이를 뛰어넘은 온갖 사람이 모두 모닥불 둘레에 앉아 그 밝음과 따뜻함을 즐긴다. 뿐만 아니라 큰 개와 강아지 같은 짐승까지 어우러져 모닥불을 쪼인다.

쓸모없다고 버려진 것들과 보잘것없다고 내버려진 것들이 한데 어우러져 모닥불을 만들어내고, 이 모닥불은 찾아오는 모든 사람뿐 아니라 짐승에게까지도 그의 밝음과 따뜻함을 아낌없이 베푼다는 뜻으로 들린다. 하찮다고 버려진 것들이 모여 제 몸을 불태우며 저를 내버린 목숨들에게 밝음과 따뜻함을 베푼다는 뜻으로 읽힌다. 하찮은 잡동사니를 태우는 모닥불을 그대로 그려놓았는데, 그것이 제 이익만 챙기며 남에게 베풀 줄 모르는 사람들의 어둡고 차가운 삶을 나무라는 꾸짖음으로 들린다. 임화가 '예술로서 아름답고 정신으로서 거룩하다'고 보았던 것은 결코 빗나가지 않았다. 노래는 여기서 끝나지 않는다.

마지막 도막에서 모닥불은 우리 할아버지의 '슬픈 역사'를 간직하고 있다고 한다. 이런 모닥불이 어려서 어미 아비도 없이 서러운 아이였던 우리 할아버지를 불쌍하게도 몽둥발이로 만들었다는 것이다. 어미 아비도 없이 서러운 어린아이가 잘못하여 모닥불을 밟아 몽둥발이가 되는 슬픈 사고를 당했던 것인가? 아무리 아름답고 거룩한 모닥불이라도 뜻하지 않은 슬픔을 남에게 안겨주는 수가 있다는 세상사의 얄궂은 진실을 시인은 놓치지 않았다.

14
—

오리 망아지 토끼

오리치를 놓으려 아배는 논으로 내려간 지 오래다

오리는 동비탈에 그림자를 떨어트리며 날아가고 나는 동말랭이에서 강아지처럼 아배를 부르며 울다가

시악이 나서는 등 뒤 개울물에 아배의 신짝과 버선목과 대님오리를 모다 던져버린다

장날 아침에 앞 행길로 엄지 따라 지나가는 망아지를 내라고 나는 조르면

아배는 행길을 향해서 커다란 소리로

— 매지야 오너라

— 매지야 오너라

새하러 가는 아배의 지게에 지워 나는 산으로 가며 토끼를 잡으리라고 생각한다

맞구멍 난 토끼 굴을 아배와 내가 막아서면 언제나 토끼 새끼는 내 다리 아래로 달아났다

나는 서글퍼서 서글퍼서 울상을 한다

《사슴》(1936년 1월)

말뜻 풀이

오리치: 오리를 잡으려고 만든 그물. (☞ 7. 〈여우난골족〉)

동비탈: 마을 동쪽 언덕의 비탈.

동말랭이: '말랭이'는 '마루'의 사투리다. '마루'는 산등성이의 지붕이나 꼭대기를 뜻하므로, '동말랭이'는 마을 동쪽 언덕의 꼭대기다.

시악: 심술이 나서 부리는 투정.

신짝: 신의 한 짝. 여기서는 '신'을 낮잡아 이른 말.

버선목: 버선의 모가지. 여기서는 '버선'을 낮잡아 이른 말.

대님오리: 대님의 한 가닥. 여기서는 '대님'을 낮잡아 이른 말. 한복에서 버선을 신고 바지를 입으면 버선목을 감싼 바짓가랑이 끝을 접어 대님으로 발목에다 두 번 돌려서 맨다.

행길: 한길. 큰길. 넓은 길.

엄지: 짐승의 어미.

망아지: 말의 아기, 곧 말의 새끼. '아지'는 집짐승의 '아기', 곧 집짐승의 '새끼'다. 송아지는 소의 아지, 강아지는 개의 아지, 망아지는 말의 아지다.

내라고: 내놓으라고. 달라고.

매지: '망아지'의 평안도 사투리.

새하러: 억새를 베러. '새'는 띠와 억새 같은 볏과의 여러해살이풀이다. 볕이 잘 들고 나무가 숲을 이루지 않는 번덕과 등성이와 구렁에서 잘 자란다. 어릴 적에는 베어서 마소의 먹이로 쓰거나 거름을 만들고, 늙어 시들면 베어서 땔감으로 쓰거나 손질한 대를 엮어 지붕을 덮는 이엉과 울이나 발을 만든다.

짐승 셋을 노래 이름으로 삼았다. 세 짐승이 날짐승 오리, 집짐승 망아지, 멧짐승 토끼로 서로 다르다. 이들 세 짐승이 제목에 놓인 차례대로 노래에 나타난다.

날짐승 오리가 나타나는 첫째 묶음은 석 줄이다. 첫째 줄의 임자말은 '아배'다. 아배는 오리치를 놓으려 논으로 내려간 지 오래다. 둘째 줄의 임자말은 '오리'와 '나' 둘이다. 오리는 동비탈에 그림자를 떨어뜨리며 날아가고, '나'는 동말랭이에서 강아지처럼 아배를 부르며 울었다. 셋째 줄의 임자말은 찾을 수 없다. 그러나 '시악이 나서는', '던져버린다' 같은 풀이말로 보아 둘째 줄 뒤쪽 임자말 '나'가 곧 셋째 줄의 임자말임을 쉽게 알아볼 수 있다. 그래서 날짐승 오리가 나타나는 첫째 묶음 석 줄은 아배가 한 줄, 오리가 반 줄, '나'가 한 줄 반씩 임자 노릇을 했다.

집짐승 망아지가 나타나는 둘째 묶음은 넉 줄이다. 첫째 줄의 임자말은 '나'다. '나'는 장날 아침에 앞 행길로 엄지 따라 지나가는 망아지를 달라고 조른다. 둘째 줄의 임자말은 '아배'다. 아배는 행길을 향하여 커다란 소리를 지른다. 셋째와 넷째 줄은 '아배'가 지른 커다란 소리 바로 그것이다. 그래서 집짐승 망아지가 나타나는 둘째 묶음 넉 줄은 '나'가 한 줄, 아배가 석 줄을 차지하고, 망아지는 한 줄도 차지하지 못했다.

멧짐승 토끼가 나타나는 나머지 노래는 석 줄이다. 첫째 줄의 임자말은 '나'다. '나'는 새하러 가는 아배의 지게에 지워 산으로 가며 토끼를 잡으리라고 생각한다. 뒤 묶음 둘째 줄의 임자말은 '토끼 새끼'다. 그냥 토끼가 아니고 '새끼'인 것은 견딜 수 없는 미움을 담은 말이다. 맞구멍 난 토끼 굴을 아배와 '나'가 막아서면 언제나 그 '새끼'가 다리 아래로 달아났기 때문이다. 뒤 묶음 셋째 줄의 임자말은 '나'다. '나'는 서글퍼서 서글퍼서 울상을 한다. 그래서 멧짐승 토끼가 나타나는 셋째 묶음 석 줄은 '나'가 두 줄, 토끼 새끼가 한 줄씩 임자 노릇을 했다.

노래 모두를 꿰어서 보면 오리, 망아지, 토끼는 노래를 꿰뚫어 나타나지 않는다. 노래 한 덩이씩에 나누어 나타났다가 사라진다. 잠깐 나타나서 '나'와 아배 사이에 일을 벌이는 노릇을 해내고는 사라진다. 노래를 꿰뚫어 줄곧 나타나는 것은 '나'와 아배 둘이다. 둘 가운데서도 '나'는 뚜렷하게 나타나지만 아배는 어쩔 수 없이 나타나 훨씬 희미하다. 그러니까 노래의 참된 임자는 '나'이며, 아배는 '나'의 임자 노릇을 거드는 몫에 머물 뿐이다.

이제 노래의 속살을 더듬어볼 차례다. 속살은 노래의 참된 임자인 '나'와 임자를 돕는 아배를 따라 더듬어야 한다. 오리가 일을 벌인 첫째 묶음을 보면, '나'는 동말랭이에 남아서 아배가 오리를 잡아 올 때까지 기다린다. 아배는 내려간 지 오래되어도 돌아오지 않고, 그사이 오리는 동비탈에 그림자를 떨어뜨리며 날아가 버렸다. 잡아 온다던 오리는 날아가 버리고 아배는 '나'에게로 돌아오지 않으니까 '나'는 아배를 부르며 울다가 끝내 시악이 나서 아배가 벗어놓고 간 신짝과 버선목과 대님 오리를 등 뒤 개울물에 모두 던져버린다. 노랫말 너머까지 더듬어보면, 아배는 집에서 오리를 잡아달라는 '나'에게 졸려서 오리치를 찾아 들고 '나'를 데리고 동말랭이까지 왔을 것이다. 오리치를 놓으려면 동말랭이에서 신과 버선과 대님을 벗어놓고 논으로 내려가야 하니까 '나'더러 거기서 기다리게 했을 터이다. 그리고 아배는 논에 내려가 오리치를 치니까 가까이 있던 오리가 놀라서 날아가고 또 다른 오리가 찾아올 때까지 몸을 숨기고 기다리고 있었을 것이다. 아들 사랑이 그지없는 아배의 모습을 쉽게 느낄 수 있다. 그런 아배에 견주어 그새를 기다리지 못하고 울다가 시악까지 부리는 '나'는 참으로 철이 없고 심술조차 궂은 몹쓸 아들이다.

망아지가 일을 벌인 둘째 묶음을 보면, 장날 아침에 '나'는 집 앞 한길로 엄지를 따라 지나가는 망아지를 내놓으라고 아배에게 조른다. 어림도 없는 억지를 부리는 것이지만 아배는 큰 소리로 '매지야 오너라', '매지야 오너라' 하며 망아지를 거듭 오라고 부른다. '나'는 턱없는 억지도 마음껏 부리는 철없는 아들이지만 아배는 그런 억지조차 말없이 들어주는 그지없이 착하고 좋은 아버지다.

토끼가 일을 벌인 셋째 묶음을 보면, 앞 첫 줄은 아배가 산으로 새하러 가면 '나'는 아배의 지게 위에 지워서 토끼 잡을 생각만 한다. 아배가 새하러 가면서도 '나'를 지고 가고 새를 해서 돌아올 적에도 '나'까지 져야 하니 얼마나 힘이 들지를 '나'는 조금도 생각하지 않고 토끼 잡을 생각만 하며 마냥 즐겁다. 뒤 두 줄은 아배가 새하는 것도 제쳐두고 '나'와 함께 토끼 굴에 막아서서 토끼잡이를 하지만 토끼는 언제나 '나'의 다리 아래로 달아난다. '나'는 토끼를 놓친 것만 한없이 서글프고 또 서글퍼서 울상을 한다.

보다시피 노래의 속살은 '나'와 아배가 만들어내는 삶을 드러내 보인다. '나'는 아배의 처지와 생각과 뜻을 아랑곳하지 않고 오직 하고 싶은 것만 하면서 막무가내로 조른다. 그지없이 철없는 아이의 삶이 완연하다. 어린 자식들이 누구나 하고 싶은 것을 마음껏 조르고 싶지만 많은 자식이 그러지 못하고 어버이 눈치를 보면서 하고 싶은 것을 억누르며 자란다. 어린 자식이 하고 싶은 것을 얼마나 마음껏 어버이에게 조르며 사느냐 하는 것은 오로지 어버이의 사람됨에 딸린 일이다. 이 노래의 아배는 아이가 하고 싶은 것을 조금도 억누르지 않고 마음껏 조를 수 있도록 스스로 몸을 낮추어 받아주는 착하디착한 아버지다. 철이 없어 어이없는 주문을 마음껏 하면서 시악조차 부리는 '나'를 천진하고 어여 쁜 아이라 한다면 아배는 아득히 높고 거룩한 어른이다.

이 노래는 어여쁜 아이와 거룩한 아버지의 삶을 드러내 보일 뿐인 가? 물론 그것만이 아니다. 노래는 '나'의 이야기를 모두 눈앞에서 벌어 지고 있는 이른바 현재형으로 노래한다. 그래서 '나'와 아배의 삶을 그 때 그 모습으로 고스란히 드러내 준다. 하지만 우리는 이 노래를 1930 년대 초엽 백석이 지은 작품임을 잊어버릴 수가 없다. 백석이 어린 시 절에 겪은 삶을 되돌아보며 이렇게 노래했다는 사실을 생각하면, 아배 의 아득히 높고 거룩한 사랑을 마음껏 받으며 살던 그때에 얼마나 행복 했던가를 떠올리면서 지금은 돌아가신 아버지께 갚아드리지 못한 사랑 을 뉘우치는 노래로 읽힌다. 그리고 이런 아배는 곧 빼앗겨 버린 조국 을 빗대어 이야기하는 듯하다.

15

초동일

흙담 벽에 볕이 따사하니
아이들은 물코를 흘리며 무감자를 먹었다

돌덜구에 천상수가 차게
복숭아나무에 시라리 타래가 말러갔다

《사슴》(1936년 1월)

말뜻 풀이

초동일(初冬日): 초겨울 날. 첫 겨울날.
흙담: 흙에다 짚이나 검불 따위를 섞어 물로 이겨서 쌓은 담.
물코: 감기가 들어 코에서 물처럼 자꾸 흘러내리는 콧물.
무감자: 물감자. 물기가 많은 감자. 평안도와 충청도 일부 지역에서는 고구마를 뜻한다.
돌덜구: 돌절구. 돌의 윗면을 정으로 쪼아 확을 파서 만든 절구통.

천상수: 하늘 위의 물. 빗물.

시라리: 시래기. '시래기'는 무청이나 배추의 잎을 새끼 따위로 엮어 그늘에 말려서 두었다가 삶거나 볶아서 나물로 먹기도 하고 갖가지 국이나 된장을 끓일 적에 넣어 먹기도 하는 먹거리다.

타래: 실이나 노끈 따위를 사려놓은 것. 여기서는 시래기를 새끼줄에 꿰어서 사려놓거나 짚에다 꿰어서 땋아놓은 것.

군소리

우리나라는 지구의 북반구에서도 한가운데 자리 잡고 있어서 한 해가 네 철로 뚜렷하게 바뀌며 돌아간다. 추운 겨울을 지나 따뜻한 봄을 거쳐 더운 여름을 지나고 선선한 가을을 거쳐 다시 추운 겨울로 돌아오고 또 그렇게 돌고 돌면서 세월이 흐른다. 그러나 지나가는 철과 다가오는 철의 가늠은 사람이 느낄 수도 알 수도 없다. 세월은 층이 지는 계단도 끊어지는 묶음도 아니고 냇물처럼 하염없이 이어지는 흐름이기 때문이다. 사람이 느낄 수도 알 수도 없다고 해서 철과 철 사이에 갈라지는 순간이 없는 것은 아니다. 노래 〈초동일〉은 가을을 보내면서 겨울로 들어서는 첫날을 붙들어 놓고 그날의 모습을 드러내 보여준다.

보다시피 노래는 넉 줄 두 묶음으로 이루어졌다. 두 묶음이 쌍둥이같이 가지런한 두 줄로 이루어졌다는 말이다. 그들 두 줄은 또 쌍둥이같이 가지런하게 앞줄은 이음꼴로 끝나는 어절이고, 뒷줄은 마침꼴로 끝나는 월이다. 앞 묶음의 앞줄은 '~에, ~이, ~니(게)'로 뒤 묶음의 앞줄

'~에, ~가, ~게'와 토씨나 씨끝의 꼴이 고스란히 같다. 두 묶음으로 가지런히 짝을 이루어 마주 세워놓았다는 말이다.

이쯤에서 노래의 속살을 더듬어보면, 한마디로 앞 묶음은 가을의 끝자락 모습이고 뒤 묶음은 겨울의 첫 자락 모습이다. 앞 묶음이 가을의 기운을 간직하도록 마련한 솜씨는 눈에 띄게 뚜렷하다. '볕이'와 '따사하게'는 말할 나위도 없거니와 '흙담 벽'도 '돌담 벽'으로 하지 않은 것이 가을의 따스한 기운을 살리려는 솜씨다. 아이들이 먹는 '무감자(고구마)'도 가을에 캐낸 먹거리로 가을 기운을 살리고 있다. 그러면서 아이들이 '물코를 흘리는' 모습은 가을에서 겨울로 철이 바뀌는 기운에 적응하지 못하여 아주 흔히 나타나는 현상을 기막히게 잡아냈다. 뒤 묶음이 겨울 기운을 간직하도록 마련한 솜씨 또한 못지않게 절묘하다. 마당 한켠 구석에 놓여 있는 '돌절구'와 절구 확에 고인 '빗물'이 '차게' 느껴지는 것은 겨울 첫 자락의 모습으로 기막히다. 겨울 먹거리로 가을에 미리 마련한 '시래기 타래'를 복숭아나무에 걸어놓았는데, 그것이 이미 '말라갔다'고 한다. 가을 끝자락 기운을 지니고 있으나 이미 겨울의 첫 자락으로 넘어선 모습을 기막히게 잡아냈다. 가을의 따스한 기운을 지닌 채로 겨울로 첫발을 내디딘 앞 묶음과 가을 끝자락 기운을 지니고 있으나 겨울 첫 자락으로 넘어선 뒤 묶음을 나란히 묶어서 '첫 겨울날'을 놀라울 만큼 드러냈다.

그러나 노래가 우리의 마음을 흔드는 까닭은 첫 겨울날의 모습을 기막히게 드러낸 솜씨뿐만 아니다. 그보다는 오히려 그런 모습을 드러내려고 백석이 붙든 세상이다. 가난한 시골 골목의 흙담 벽에 내리는 따사한 햇볕, 그 골목에 모여 물코를 흘리며 무감자를 먹고 노는 아이들,

빈 마당에 덩그렇게 놓인 돌절구에 고여 있는 차가운 빗물, 복숭아나무에 걸려서 가을 햇볕과 바람에 마른 시래기 타래. 이처럼 우리 산골 가난한 농촌이면 어디서나 만날 수 있는 허술하기 그지없는 풍경을 붙들어 겨울 첫날을 드러낸 낮고 낮은 눈길이 우리 마음을 깊이 흔든다는 말이다.

16

하답

짝새가 발부리에서 일은 논두렁에서 아이들은 개구리의 뒷다리를 구
워 먹었다

개구멍을 쑤시다 물쿤하고 뱀을 잡은 늪의 피 같은 물이끼에 햇볕이
따가웠다

돌다리에 앉아 날버들치를 먹고 몸을 말리는 아이들은 물총새가 되
었다

《사슴》(1936년 1월)

말뜻 풀이

하답(夏畓): 여름 논. 여름철 논.
짝새: 딱새. 참새목 딱새과에 드는 한 종으로 우리나라 곳곳에 사는 텃새였으
나 요즘에는 멸종 위기에 놓였다. 생김새는 수컷은 얼굴과 날개가 검은빛이고

머리 위는 잿빛이다. 날개에 흰 부분이 있고 가슴부터 꼬리까지 흙빛을 띤다. 암컷의 윗부분은 흙빛이고 아랫부분은 옅은 흙빛을 띤다. 암컷도 날개에 흰 부분이 있다.

발부리: 발 앞쪽 끝. 엄지발가락 끝. '부리'는 본디 새 주둥이를 일컫는 말이지만 흔히 그처럼 뾰족한 끄트머리를 일컫는다.

일은: 날아오른. 생겨난. 일어난. 솟아오른. 부풀어 오른.

논두렁: 논과 논 사이를 갈라놓으려고 논의 가장자리를 흙으로 둘러막은 두둑.

개구멍: 담이나 울타리 또는 대문 밑에 개 따위가 드나들 만큼 터진 작은 구멍. 여기서는 '게 구멍', 곧 게가 몸을 숨기고 사는 구멍을 뜻한다.

피 같은 물이끼: 핏빛처럼 붉은 물이끼. '물이끼'는 물기가 많은 곳이나 물속에 사는 이끼.

날버들치: 살아 있는 버들치. '버들치'는 잉엇과의 민물고기로 몸의 길이가 8~15cm이고, 실을 감은 가락 모양으로 몸통이 굵고 주둥이와 꼬리가 가늘며, 등 쪽은 어두운 흙빛, 배는 흰빛에 가깝고 옆구리에는 연한 푸른빛의 넓적한 무늬가 가로 둘러 있다. 피라미와 비슷하지만 입에 수염이 없고 비늘이 조금 더 크다. 암컷이 알을 낳을 때가 되면 수컷은 붉은빛을 띤다.

물총새: 물총샛과의 새. 몸길이는 17cm쯤이며 등은 어두운 푸른빛을 띤 하늘빛, 목은 흰빛이고 배는 밤빛이며 부리는 검정빛, 다리는 진홍빛이다. 물가에 사는 여름새로 강물 가까운 벼랑에 굴을 파고 사는데, 공중에 떠서 살피다가 총알처럼 물속으로 내리박아 민물고기, 어린 개구리 따위를 잡아먹는다. '물새' 또는 '쇠새'라고도 한다.

노래 이름이 '하답', 즉 '여름 논'이지만 '논'은 노래의 첫 자리인 논두렁을 마련하는 데서 몫을 끝내고, '여름'이 노래를 처음부터 끝까지 보듬고 가는 큰 몫을 다하고 있다. 그러니까 노래가 온통 여름을 노래한다는 말이다. 보다시피 노래는 다만 석 줄을 세 묶음으로 나누어놓아서 아주 짤막하지만 짧다고 아름다움이 줄어지는 것은 아니다. 노래 석 줄이 모두 지난꼴(과거형) 풀이말로 이루어져서 시인이 노래하고 있는 1930년대 중엽을 거슬러 이미 지나가 버린 옛날을 노래한다는 점은 짚어야겠다.

첫째 줄, 곧 첫째 묶음에서는 아이들이 논두렁에서 개구리의 뒷다리를 구워 먹었고 그 논두렁에서 딱새가 날아올랐다고 한다. 딱새는 개구리 잡는 아이들의 발부리에 밟힐 뻔해서 놀랐을 것이다. 둘째 줄, 곧 둘째 묶음에서는 (아이들이) 게 구멍에 손을 쑤셔넣다가 뱀을 잡았던 늪, 그 늪에서 자라는 피 같은 물이끼에 햇볕이 따가웠다고 한다. 셋째 줄, 곧 셋째 묶음에서는 아이들은 돌다리에 앉아 날버들치를 먹고 몸을 말리며 물총새가 되었다고 한다.

노래에게는 참으로 미안한 노릇이지만, 잠시 노래를 부수어 말본에 맞춘 줄글로 바꾸어보고 싶다. 노래가 드러내는 아름다움을 맛보기에 앞서 거기에 담긴 뜻을 온전히 알아보고 싶기 때문이다. 그러면 한 줄이던 묶음이 저마다 두 줄의 줄글로 바뀐다. 첫째 줄은 '아이들이 개구리를 잡는 논두렁에서 딱새가 아이들 발부리에서 날아올랐다.'와 '아이들은 논두렁에서 개구리의 뒷다리를 구워 먹었다.'로 늘어난다. 이처럼 갈라놓고 살펴보면, 논두렁은 딱새와 아이들의 삶터며 놀이터다. 딱새는 거기서 벌레를 잡아먹고, 아이들은 거기서 개구리를 잡아 뒷다리를 구워 먹는다. 그러나 딱새와 아이들은 맞먹을 수 있는 사이가 아니다. 딱새도 아이들에게 잡히면 먹이가 되기 때문이다. 딱새에게 아이들이란 매나 수리와 다를 바가 없다.

둘째 줄은 '늪에서 아이들이 게 구멍을 손으로 쑤시다가 물큰하고 뱀을 잡았다.'와 '늪에 자라는 피 같은 물이끼에 햇볕이 따가웠다.'로 늘어난다. 여기서는 늪이 게와 뱀과 아이들과 물이끼의 삶터며 놀이터다. 아이들은 거기서 게를 잡으려다 뱀을 잡고, 뱀은 게를 잡아먹고 집까지 빼앗았으나 아이들에게 잡히고, 게는 벌레와 물이끼를 잡아먹었으나 뱀에게 잡아먹히고 집까지 빼앗겼다. 거기서 온갖 벌레와 게와 뱀의 먹이가 되어주는 물이끼는 따가운 햇볕을 받아 싱싱하게 자란다.

셋째 줄은 '아이들은 돌다리에 앉아 날버들치를 먹고 몸을 말린다.'와 '아이들은 물총새가 되었다.'로 늘어난다. 여기서는 돌다리와 그 밑의 냇물이 아이들과 물총새의 삶터며 놀이터다. 아이들이나 물총새나 돌다리에 앉아 몸을 말리다가 냇물에 버들치가 몰려오면 총알같이 뛰어들어 잡아먹는다. 그러나 당장은 물총새가 삶터며 놀이터를 송두리째 내어주고 멀찍이 떠나고, 아이들이 물총새의 터전을 차지하여 온전히 물총새가 되어버렸다.

그러니까 이 노래는 햇볕이 따가운 여름철 한낮에 아이들이 논두렁, 늪, 냇물 위 돌다리로 자리를 옮겨가며 딱새와 개구리와 게와 뱀과 버들치와 물총새와 함께 어우러져 살아가는 모습을 그렸다. 먹이사슬의 맨 꼭대기를 차지한 목숨이기는 하지만 더위를 식혀주는 물과 더불어 살아가는 갖가지 다른 목숨들과 조금도 다를 바가 없는 자연 그대로인 아이들의 삶을 싱싱하게 노래하고 있는 것이다. 백석과 같은 시대를 살면서 빼앗긴 세월의 아름다운 삶을 자연과 어우러져 살아가는 아이들에게서 남달리 찾아내던 이중섭의 그림을 떠올리게 하는 노래다.

적경

신 살구를 잘도 먹더니 눈 오는 아침
나 어린 아내는 첫아들을 낳았다

인가 멀은 산중에
까치는 배나무에서 짖는다

컴컴한 부엌에서는 늙은 홀아비인 시아부지가 미역국을 끓인다
그 마을의 외따른 집에서도 산국을 끓인다

《사슴》(1936년 1월)

말뜻 풀이

적경(寂境): 고요하고 쓸쓸한 곳.

신 살구: 신맛이 나는 살구. 살구가 아직 익지 않고 풋살구일 적에는 맛이 아주
시어서 먹을 수가 없다. 그러나 아낙네들이 아기를 가져 입덧을 할 적에는 신

살구를 많이 찾는다.

산국: 아이를 낳은 아낙에게 먹이려고 끓이는 국.

군소리

노래는 세 묶음으로 이루어졌다. 첫째와 둘째 묶음은 한 줄인 것을 두 줄로 나누어 묶음으로 삼았으나, 셋째 묶음은 서로 다른 두 줄을 하나로 묶어 한 묶음으로 삼았다. 셋째 묶음의 짜임을 색다르게 해서 노래 전체의 맛을 어떻게 돋우는지 궁금하다.

첫째 묶음까지만 읽었을 적에는 더없이 반갑고 기쁘고 아름다운 삶을 만난다. 집안의 앞날을 열어주는 가장 큰 축복인 '첫아들'을 탈 없이 낳았을 뿐 아니라 '아내'는 아직 나이 어리고 튼튼해서 앞날이 더욱 밝다. 입덧을 할 적에 아내가 신 살구를 잘도 먹었기 때문에 아들은 반드시 똑똑하고 튼튼하고 씩씩할 터이다. 그래서 하늘도 이날 아침에 맞추어 하얀 눈으로 복을 듬뿍 내려주셨다.

둘째 묶음까지 읽으면 첫째 묶음의 더없이 반갑고 기쁘고 아름다운 삶에다 새로 외롭고 쓸쓸한 삶을 만나지 않을 수 없다. 배나무에서 짖는 까치의 소리는 말할 나위도 없이 커다란 축복으로 태어난 '첫아들'을 반기며 맞이하고 세상에 알리는 소리다. 그러나 '사람 사는 집들과 멀리 떨어진 산중'이 먼저 외롭고 쓸쓸한 삶의 모습을 보여주고 있다. 노래 이름으로 잡은 '고요하고 쓸쓸한 곳'을 이처럼 슬쩍 나타낸 셈이다.

셋째 묶음까지 읽으면 외롭고 쓸쓸한 삶의 모습이 가슴을 내리누를 만큼 무겁다. 무엇보다도 첫아들을 낳은 아내에게 먹일 미역국을 시아 버지가 끓이고 있다. 첫째 묶음에서 '나 어린 아내가 첫아들을 낳았다' 는 노래를 읽으면서 '아내'라는 말 때문에 절로 '남편'을 떠올린다. 남 편 없이 아내 혼자 첫아들을 가질 수가 없는 노릇이기 때문이다. 그런 데 아내에게 먹일 미역국을 시아버지, 그것도 홀아비인 시아버지가 끓 인다니 어찌 된 노릇인가? 남편은 지금 어디에 있단 말인가? 첫아들을 낳는 이처럼 기쁘고 복된 날에도 나타날 수 없는 남편은 어디서 무엇을 한단 말인가? 그래서 시아버지가 미역국을 끓이는 오늘 아침의 부엌은 더욱 '컴컴한' 것이구나! 그렇지만 셋째 묶음은 이처럼 서럽고 컴컴하 게 끝나지 않는다. 마을의 외딴집에서도 어린 산모에게 먹일 미역국을 끓인다는 사실을 알려놓고 끝난다. 더없는 기쁨을 맞으면서 기막힌 슬 픔에 빠진 '홀아비 시아버지'와 '나 어린 아내'에게 따뜻한 위로와 격려 를 아끼지 않는 이웃이 있음을 알리면서 노래는 끝이 난다.

18
—

미명계

잦은 닭이 울어서 술국을 끓이는 듯한 추탕집의 부엌은 뜨수할 것같
이 불이 뿌연히 밝다

초롱이 히근하니 물지게꾼이 우물로 가며
별 사이에 바라보는 그믐달은 눈물이 어리었다

행길에는 선장 대어 가는 장꾼들의 종이등에 나귀 눈이 빛났다
어데서 서러웁게 목탁을 두드리는 집이 있다

《사슴》(1936년 1월)

말뜻 풀이

미명계(未明界): 채 밝지 않은 세상. 미처 동이 트지 않은 세상.
잦은 닭이 울어서: 닭이 잇달아 자주 울어서. 닭은 새벽 동이 트기 전부터 새날
을 내다보아 미리 '홰'를 치며 우는데, 맨 처음 아직 어둠이 짙을 적에는 한 차

례 울고 다시 조용해진다. 이것을 첫닭 울음, 곧 '첫 홰'라 한다. 얼마를 지나 다시 한 홰를 울고 조용히 쉬었다가 또 한 홰를 울면 세 홰를 모두 우는 셈이다. 세 홰 때에는 이미 먼동이 터오므로 쉬지 않고 잇달아 울어서 이를 두고 '잦은 닭이 울어서'라고 했다. '홰'는 ① 닭이나 새가 올라앉도록 닭장이나 새장 속에 가로지른 나무 막대, ② 새벽에 장닭이 제가 올라앉은 횃대를 날개로 치면서 되풀이하여 우는 횟수를 헤아리는 셈말이다.

술국: 술로 시달린 속을 풀기 위해 먹는 국. 요즘 '술국'이라는 우리말은 '해장국'이라는 한자말에 밀려서 거의 사라지고 있다.

추탕집: 미꾸라짓국(추어탕)을 끓여서 파는 집. '추탕'은 '추어탕'의 준말.

초롱: 바깥으로 들고 다닐 수 있도록 만든 촛불 바구니. 대껍질을 다듬어 위로 주둥이를 내고 손잡이를 만들어서 바구니에 창호지를 발랐다.

히근하니: 히근하게. 희부연하게. 밝기가 엷어서 사물이 희미하게 드러나는 불빛을 뜻한다.

물지게꾼: 물을 지게에 지고 집으로 다니며 파는 사람. 삯을 받고 샘이나 우물에서 물을 져다가 집으로 날라주는 사람.

선장: 아직 덜 무르익은 장. 아직 장꾼이 많이 모이지 않아서 제대로 어우러지지 않은 장터.

대어 가는: 때나 시간에 맞추어 가는.

<u>군소리</u>

노래의 짜임새가 앞에서 읽은 〈적경〉과 아주 비슷하다. 첫째 묶음 한

줄을 두 줄로 나누지 않고 한 줄 그대로 둔 것만 다르고, 둘째와 셋째 묶음의 짜임은 고스란히 같다. 하지만 짜임새와는 달리 노래의 터전은 아주 다르다. 〈적경〉의 터전이 '외롭고 쓸쓸한 산중'인 것과는 달리 〈미명계〉의 터전은 '뭇 사람들이 몰려드는 장터 언저리'이기 때문이다. 장터 언저리에서 벌어지는 삶의 모습으로 백석은 또 무엇을 노래할까.

첫째 묶음을 이루는 노래 한 줄의 뼈대는 '추탕집의 부엌은 불이 밝다'이다. 더할 나위 없이 환하고 기분 좋은 느낌을 불러일으킨다. 추탕집의 부엌은 잦은 닭이 울어서 머잖아 모여들 장꾼을 기다리며 술국을 끓이는 듯하다. 그래서 부엌은 뜨뜻하고 구수할 것 같다. 헌데 여기서 술국을 끓이는 '듯하고' 부엌은 뜨수할 '것같이'라니 무슨 뜻인가? 아직은 모든 것이 또렷하지 않다는 뜻이다. 불이 밝다는 것까지도 '뿌연히' 밝다고 해놓았다. 노래 이름 '미명계'의 뜻을 넌지시 살려내는 솜씨다.

둘째 묶음은 줄글로 치면 한 줄이지만 두 줄로 나누어서 한 묶음을 이루었다. 앞줄에서는 '물지게꾼이 우물로 가고', 뒷줄에서는 '그믐달은 눈물이 어리었다' 한다. 두 줄로 갈라놓지 않았으면 땅에서는 물지게꾼이 희부연한 초롱을 들고 우물로 가고, 하늘에서는 별 사이에서 바라보는 그믐달이 눈물을 짓고 있는 모습을 이처럼 또렷이 드러내기 어려웠을 것이다. '별 사이에 바라보는 그믐달은 눈물이 어리었다'는 노래를 귀담아들으면, 불빛이 희근한 초롱을 들고 물지게꾼이 우물로 가는 걸음도 첫째 묶음에서 보여준 장터 언저리 추탕집 부엌의 부산한 움직임과는 사뭇 다른 느낌으로 다가온다. 별 사이에서 바라보는 그믐달이 눈물을 지을 만큼 뭔가 안타깝고 눈물겨운 일이 벌어졌음을 느끼게 한다.

셋째 묶음을 이루는 두 줄은 서로 다른 이야기를 노래하고 있는데,

굳이 하나의 묶음으로 묶어놓았다. 앞줄은 첫째 묶음에 어우러지는 노래다. 새벽잠을 설치고 모여 올 장꾼을 위하여 술국을 끓이던 추탕집을 떠올리며 발걸음이 가벼워지는 한길의 장꾼들과 나귀의 모습을 보여준다. 선장에 앞서 닿으려고 종이등을 켜고 달려오는 장꾼들보다 나귀들이 먼저 눈빛을 번뜩인다. 날이 새기도 전에 새날의 삶을 서두르는 사람들과 짐승의 모습을 보여준다. 뒷줄은 이와는 아주 딴판의 이야기다. '어데서 서러웁게 목탁을 두드리는 집이 있다'고 노래한다. 이것은 틀림없이 둘째 묶음에 어우러지는 노래다. 둘째 묶음에서 그믐달이 눈물을 짓던 까닭을 여기서 이렇게 드러내는 것이기 때문이다. 죽은 이의 넋이 극락에서 평안을 누리고 살기를 빌며 땅에서는 서럽게 목탁을 두드리는 집이 있고, 하늘에서는 별 사이로 바라보는 그믐달이 눈물을 머금고 있었던 것이다. 그러니까 밝아오는 새날을 내다보고 밤잠을 설치며 안간힘을 다하여 장터로 모여드는 사람들을 맞이하는 모습과 그처럼 바쁜 짐을 모두 내려놓고 조용히 홀로 저승으로 떠나는 넋을 배웅하는 모습, 곧 삶과 죽음을 아직 동트지 않은 '미명계'에서 만나도록 해놓았다.

19

성외

어두워 오는 성문 밖의 거리
도야지를 몰고 가는 사람이 있다

엿방 앞에 엿궤가 없다

양철통을 쩔렁거리며 달구지는 거리 끝에서 강원도로 간다는 길로
든다

술집 문창에 그느슥한 그림자는 머리를 얹었다

《사슴》(1936년 1월)

말뜻 풀이

성외(城外): 성 밖. 성문 밖. 성터 밖.

거리: 길이 세 갈래 넘게 얽혀 있는 곳. 백석은 노래에서 '장터거리'를 늘 '거

리'로만 쓴다.

엿방: 엿을 고는 집. 엿을 고아 상품으로 만들어 파는 집.

엿궤: 팔려고 상품으로 만든 엿을 벌여놓은 엿판을 올려놓는 궤.

양철통: 양철통으로 만든 워낭. '워낭'이란 마소의 귀에서 턱 밑으로 늘여 단 작은 방울. 마소의 굴레에 매달아 움직일 적마다 쩔렁거리는 소리가 나도록 양 철통에 부딪치는 쇠붙이를 함께 매단 워낭 비슷한 물건.

달구지: 짐을 싣고 소나 말이 끄는 수레. 소가 끄는 것을 '소달구지'라 하기도 한다.

문창: 사람이 드나들도록 만든 '문'과 빛과 바람이 드나들도록 만든 '창'을 아 울러 이르는 말. 흔히 창을 '문창'이라 부르기도 한다.

그느슥한: 여리고 희미한. 어렴풋한.

머리를 얹었다: 댕기머리를 풀어서 쪽진머리를 틀어 비녀를 꽂았다. 곧 처녀가 혼인을 해서 어느 남자의 아내가 되었다는 뜻이다.

군소리

노래는 네 묶음으로 짜였다. 네 묶음이지만 한 묶음이 모두 한 월씩이 다. 그러나 첫째 묶음은 다른 묶음과 달리 한 월을 굳이 두 줄로 갈라놓 았다. 무슨 까닭으로 굳이 첫째 월만 두 줄로 갈라놓았을까? 네 묶음을 월의 뼈대인 임자말과 풀이말만 간추리면, 첫째 월은 '사람이 있다', 둘 째 월은 '엿궤가 없다', 셋째 월은 '달구지는 든다', 넷째 월은 '그림자는 얹었다' 이렇다. 보다시피 네 묶음이 저마다 임자말도 다르고 풀이말도 달라서 이들을 하나로 꿰어낼 줄가리(맥락)를 찾아보기 어렵다. 그런데 이처럼 다른 네 이야기를 한 자리에 모아 꿰어낼 수 있는 열쇠가 다름 아닌 첫째 묶음의 앞줄이다. 첫째 묶음의 앞줄이 무엇인가? '어두워 오는 성문 밖의 거리'다. 이 거리는 우선 첫째 묶음 뒷줄인 '도야지를 몰고 가는 사람이 있다'는 이야기의 무대다. 그러나 '어두워 오는 성문 밖의 거리'가 첫째 묶음의 무대로서 제 몫을 다한 것이 아니다. 둘째 묶음 '엿방 앞에 엿궤가 없다'의 무대도 '어두워 오는 성문 밖의 거리'다. 셋째 묶음과 넷째 묶음의 이야기 무대 또한 '어두워 오는 성문 밖의 거리'다. 이처럼 네 묶음 이야기 모두의 무대가 '어두워 오는 성문 밖의 거리'이기 때문에 첫째 묶음에서 그것을 하나의 줄로 따로 세웠다. 하나로 꿰어낼 수 없을 것 같은 네 묶음의 이야기들이 '성문 밖 거리'의 모습이라는 뜻에서 거뜬하게 꿰어졌다. 노래 이름이 '성외', 곧 '성문 밖의 거리'라는 사실도 이로써 뚜렷해진다.

그러니까 노래는 '성문 밖의 거리' 모습을 서로 다른 네 장면으로 드러내고 있다. 우선 그냥 '성문 밖의 거리'가 아니라 '어두워 오는'이라는 빛깔로 매김을 받고 있다는 점을 놓칠 수 없다. 시시각각으로 어둠이 짙어가는 거리를 바탕에 깔고 네 장면의 그림을 펼쳐놓았다. 네 장면의 그림이 보여주는 세상에는 움직이지 않는 엿방과 술집이 있고, 움직이는 사람과 달구지가 있다. 움직이지 않는 엿방 앞에는 엿궤가 없고, 술집 문창의 그림자는 머리를 얹었다. 엿방에서는 엿을 팔지 않고 술집에서는 술을 팔지 않는다는 뜻이 아닌가! 움직이는 사람은 도야지를 몰고 가고, 양철통을 쩔렁거리면서 달구지는 거리를 뒤로하고 멀리 강원도로 떠나간다. 까닭을 쉽게 가늠할 수는 없지만, 도야지를 앞세운 사람도 가고 양철통을 쩔렁거리는 달구지도 강원도로 간다는 길로 들어선다. 움직이는 것들은 모두 떠난다는 뜻이 아닌가! 지난날에는 장터처럼 홍성거리던 거리가 이제는 엿방도 술집도 문을 닫고 사람들도 어디론지 떠나가는 모습을 붙들어 놓았다. 성문 밖 거리의 모습이 메마르고 쓸쓸한 것처럼 노래 말씨 또한 더없이 메마르고 쓸쓸하니 겉과 속이 한결같다.

20

추일산조

아침볕에 섭구슬이 한가로이 익는 골짝에서 꿩은 울어 산울림과 장
난을 한다

산마루를 탄 사람들은 새꾼들인가
파—란 하늘에 떨어질 것같이
웃음소리가 더러 산 밑까지 들린다

순례중이 산을 올라간다
어젯밤은 이 산 절에 재가 들었다

무리 돌이 굴러 내리는 건 중의 발꿈치에선가

《사슴》(1936년 1월)

말뜻 풀이

추일산조(秋日山朝): 가을날 뫼의 아침. 노래 이름으로 삼느라고 한자를 모아서 굳이 만든 말이다.

섭구슬: 구슬댕댕이나무의 열매. '구슬댕댕이나무'는 인동과에 속하며 평안도와 함경도 같은 북녘의 산골짜기에 자라는 잎 지는 키 작은 나무(낙엽관목)로 높이 1.5m에 이르며 가지의 골속은 희며 충실하다. 연한 누른빛 꽃이 잎 뿌리에서 5~6월에 핀다. 열매는 살과 물이 많으며 속에 씨가 들어 있고 크기는 지름이 5mm쯤으로 둥글고 잔털이 많은데 8·9월에 붉게 익는다.

산울림: 메아리. 울려 퍼져가던 소리가 뫼에 부딪쳐 울리며 되돌아오는 소리.

산마루: 뫼의 등성이에서 가장 높은 곳. 산꼭대기.

새꾼: 새를 베는 일꾼. (☞ 새 – 14. 〈오리 망아지 토끼〉)

순례중: 순례하는 중. '순례'는 신앙에 거룩한 뜻의 자취가 남아 있는 곳을 두루 찾아다니며 자신의 신앙을 돌아보고 가다듬는 여행을 뜻한다.

재: 죽은 사람의 명복을 빌고자 절에서 부처님께 드리는 공양 예절.

군소리

어느 맑은 가을날 아침 산골 풍경이다. 아침 햇볕과 파란 하늘과 산골짝과 산마루와 산 밑과 무리 돌과 산울림 같은 자연의 품에서 푸나무 섭구슬은 한가로이 익어가고 날짐승 꿩은 메아리와 장난을 하고 새꾼과 순례중 같은 사람들은 새로운 하루를 맞이하는 희망으로 생기가 넘친다. 자연으로부터 목숨을 받아 살아가는 푸나무나 짐승이나 사람이나 모두 자연에 어우러져 자연처럼 살아가는 모습이 맑고 밝고 깨끗하다.

첫째 묶음은 한 줄뿐인데 무대가 있고 연극이 있다. 무대는 아침볕이 내리는 골짜기를 터전으로 삼아 섭구슬이 한가로이 익으며 고요하다. 연극은 꿩의 울음과 산울림이 만들어내는 장난으로 요란하다. 푸드득 날아오르며 꿩- 꿩- 하는 꿩의 울음소리는 메아리와 장난을 하느라 고요한 무대인 골짜기를 흔들어 깨운다.

둘째 묶음은 석 줄이다. 줄글로 바꾸면 두 줄이지만 둘째 줄을 둘로 나누어 석 줄이 되게 했다. 그것은 첫째 줄의 '산마루를 탄 사람들'보다 둘째 줄의 '파란 하늘에 떨어질 것 같은 웃음소리'를 훨씬 더 크게 드러내려는 뜻에서 빚어진 일이다. 그러나 '웃음소리'가 그대로 '사람들'에게서 나온 것이니까 결국은 둘째 묶음 전체의 크기와 무게를 그만큼 더 키운 셈이 되었다. 자연과 푸나무와 날짐승이 만들어낸 첫째 묶음과는 달리 둘째 묶음은 자연과 사람들이 만들어내는 세상이다. 산마루를 탄 사람들, 곧 산마루를 탄 새꾼들이란 자연과 사람이 한 덩이가 되었음을 뜻한다. 파란 하늘에 떨어질 것 같은 웃음소리, 더러 산 밑까지 들리는 웃음소리 또한 자연과 사람이 어우러지는 세상을 꾸밈없이 드러냈다.

셋째 묶음은 두 줄이다. 첫째 줄은 순례하는 중이 산으로 올라가고, 둘째 줄에는 어젯밤 이 산 절에 재가 들었다 한다. 어젯밤 누군가의 넋을 위하여 재를 올리고 오늘 아침 일찍 순례를 떠나는 중을 노래한 것이다. 순례하는 중과 중이 드리는 재를 노래하지만 그보다는 이미 이승을 떠나 저승으로 넘어간 누군가의 넋을 돌보는 중과 절의 일을 보이고 자 했다. 눈에 보이는 자연과 푸나무와 짐승과 사람을 넘어서 눈에 보이지 않는 죽은 이의 넋까지 함께 아우른 셈이다.

넷째 묶음은 한 줄이다. '중의 발꿈치'를 보면 중과 절과 재를 노래한 셋째 묶음에 붙어야 어울릴 듯하지만 붙이지 않고 따로 한 묶음으로 삼았다. 이것은 중이 아니라 '무리 돌'을 노래하는 것이기 때문이다. 목숨 있는 푸나무와 짐승과 사람을 모두 품어 안고 있는 자연을 넘어서서 목숨 없는 자연인 '무리 돌'에게 눈길을 돌리도록 '굴러 내리는 무리 돌'을 노래하는 것이기 때문에 셋째 묶음과 함께할 수 없었다. 그리고 노래의 마무리인 이 줄에서 놓칠 수 없는 솜씨는 '중의 발꿈치에선가' 하는 물음꼴 씨끝이다. 이것은 둘째 묶음 첫째 줄에서 '새꾼들인가' 한 물음꼴 씨끝과 어울려 같은 소리의 되풀이로 얻는 가락을 만들었다. 게다가 이들 두 군데 물음꼴 씨끝은 드러난 현상을 어슴푸레하게 흐려놓는 효과가 있어서 분위기를 한결 신비롭게 한다.

21

광원

흙꽃 이는 이른 봄의 무연한 벌을
경편철도가 노새의 맘을 먹고 지나간다

멀리 바다가 보이는
가정거장도 없는 벌판에서
차는 머물고
젊은 새악시 둘이 내린다

《사슴》(1936년 1월)

말뜻 풀이

광원(曠原): 툭 트인 벌판. 텅 빈 벌판.

흙꽃: 흙에서 피어나는 꽃, 곧 봄날 흙에서 피어오르는 아지랑이를 뜻한다.

무연한: 텅 빈. 아득히 넓은.

경편철도: 궤도가 좁고 구조가 단순하여 많지 않은 사람과 가벼운 화물을 실

어 나르려고 놓은 철도. 여기서는 환유법으로 써서 그런 철도로 다니는 작고 가벼운 기차를 뜻한다.

노새의 맘: 노새의 마음. 가자고 하면 가고 서라고 하면 서고, 이처럼 시키는 대로 온순하게 따르는 노새의 마음.

가정거장: 정식 건물과 시설과 직원을 갖춘 정거장이 아니고 임시로 만들어놓은 정거장.

군소리

노래는 두 묶음이다. 두 묶음이 모두 줄글로 하면 한 줄씩이지만, 첫째 묶음은 두 줄로 나누고 둘째 묶음은 넉 줄로 나누었다. 이들 두 묶음은 사람이 손을 대지 않고 내버려 놓아 텅 비어버린 벌판이라는 노래 이름 '광원'의 뜻을 저마다 깊이 드러내 보이고 있다.

첫째 묶음의 뼈대는 '경편철도가 지나간다'이다. 아지랑이가 일어나는 이른 봄날에 텅 비어버린 벌판으로 경편철도가 노새 마음을 먹고 지나간다. 아지랑이 일어나는 이른 봄의 벌판이란 텅 비어 있을 수가 없다. 나물 캐는 아가씨들이며 농사 준비에 손길이 바쁜 사람들이며 공중으로 날아올라 지저귀는 종달새들로 기쁨이 가득 차게 마련이다. 그러나 지금은 아가씨도 농사꾼도 종달새마저 보이지 않고 텅 비어버렸다. 왜 이렇게 되었을까? 게다가 경편철도마저 가자고 하면 가고 서라고 하면 서는, 순종에 길들인 노새의 마음으로 지나가고 있다.

둘째 묶음의 뼈대는 '새악시 둘이 내린다'이다. 멀리 바다가 내다보이는 벌판, 아직 임시 정거장조차 없는 벌판에서 차는 머물렀다. 그리고 그 차에서 젊은 색시 둘이 내렸다. 사람의 자취란 찾아볼 수 없는 허허벌판에 기차를 타고 와서 내리는 젊은 색시 둘이란 도대체 누구인가? 입술연지를 짙게 바르고 일본 유행가에 젓가락 장단을 맞추며 술을 팔겠다고 형편을 살피려 찾아온 색시들이 아닐까? 나라를 빼앗겨 삶마저 빼앗겼던 시절에는 이런 색시들에 홀려 집안을 망가뜨린 사내들이 많았다.

짤막한 두 묶음으로 보여주는 '텅 빈 벌판(광원)'은 우리 겨레의 삶이 뿌리 뽑혀 나가고 그 자리에 일제 침략의 손길이 뻗쳐오던 초창기 모습이다. 노래가 솟구치는 울화와 슬픔을 가뭇없이 감추고 있어서 우리 마음은 더욱 노엽고 슬프다.

22

청시

별 많은 밤
하늬바람이 불어서
푸른 감이 떨어진다 개가 짖는다

《사슴》(1936년 1월)

말뜻 풀이

청시(靑枾): 푸른 감. 아직 익지 않은 감.
하늬바람: 서쪽에서 불어오는 바람. (북녘에서는) 서북쪽 또는 북쪽에서 불어오는 바람.

군소리

보다시피 석 줄에 한 묶음으로 이루어진 짤막한 노래다. 그러나 그 석 줄의 짜임새는 예사롭지 않다. 아래처럼 줄글로 바꾸어 견주면 예사롭지 않은 짜임새를 가늠할 수 있을 듯하다.

㉮ 별이 많은 밤이다. 하늬바람이 불어서 푸른 감이 떨어진다. 개가 짖는다.

㉯ 별이 많은 밤이다.

하늬바람이 불어서 푸른 감이 떨어진다.

개가 짖는다.

㉮, ㉯ 모두 줄글이지만 ㉯는 노래마냥 줄바꾸기를 했다. ㉮는 줄글의 규칙을 지킨 세 월을 잇달아서 그대로 사실 셋을 일러준다. ㉯는 줄글의 규칙을 지켰지만 줄바꾸기를 해서 뜻의 무게가 달라졌다. 첫째 줄과 셋째 줄은 빈자리를 거느린 그만큼 뜻의 무게가 불어났다. 이들에 견주어 백석의 노래는 줄글의 규칙을 지키지 않았다. 첫째 줄은 토씨 '이'와 씨끝 '이다'를 몰아냈고, 둘째 줄은 월의 몸통을 잘라버려 마디(절)가 되었고, 셋째 줄은 월 둘을 마침표도 없이 잇달아 놓았다. 줄글의 규칙을 이렇게 부수면서 무엇을 얻어 노래가 되었을까? 이 물음에 답하는 노릇이 노래를 읽어내는 힘의 저울이다.

첫째 줄은 줄글처럼 뜻이 사실대로 잡히지 않고 사방으로 흩어진다. 줄글의 규칙이 허물어지니까 뜻의 울타리도 헐려버렸기 때문이다. '별'에 토씨가 없으니까 그 자리에 '이', '만', '도', '들이', '들만', '들도' 같은 여러 토씨가 달려들고, '밤'에도 토씨나 씨끝이 없으니까 그 자리에 '이다', '이라', '이 되어', '이 되면', '이 오면', '이 가면', '이 와서', '이 가서',

'이 깊어' 같은 씨끝과 토씨가 몰려온다. 이처럼 갖가지 토씨와 씨끝들
이 붙을 수 있는 그만큼 뜻도 상상의 나래를 퍼덕이며 온갖 생각과 느
낌을 흔들어 깨우면서 노래가 되었다.

둘째 줄은 '하늬바람이 불어서' 하고는 뒤에 아무 말도 없이 빈터만
남겨놓았다. 노랫글에서 가장 널리 쓰는 솜씨다. '하늬바람이 불어서'
하는 말이 일으키는 느낌과 생각을 어루만지며, 그래서 뭐가 어떻게 되
는지 가늠하며 그만큼 머뭇거리지 않을 수 없다. 그런 머뭇거림만큼 상
상을 펼칠 수 있는 자리가 열리면서 노래가 되었다.

셋째 줄 앞 마디 '푸른 감이 떨어진다'는 누가 보아도 앞줄의 '하늬
바람이 불어서'에 붙어 이어지는 말이다. 그러나 줄을 바꾸었기 때문
에 '푸른 감이 떨어진다'는 사실이 따로 우뚝하게 나섰다. 푸른 감이 떨
어지는 것이 하늬바람 부는 것에 매이지 않는다는 말이다. 그래서 푸
른 감이 떨어진다는 사실이 또 다른 뜻, 일테면 앞길이 구만리 같은 젊
은이가 목숨을 잃는다는 뜻으로 다가온다. 게다가 또 '개가 짖는다'는
사실이 느닷없이 뒤따랐다. 푸른 감이 떨어지는 노릇은 도적이 드는
것처럼 나쁜 조짐이기에 개가 짖어 사람을 깨운다. 푸른 감이 떨어지
는 노릇은 정신을 바짝 차리고 막아내야 할 일이라는 뜻으로 다가드는
것이다.

이렇게 말들의 속살이 팽팽히 늘어나면서 노래가 되었다. 태어난 노
래는 짧막하지만 우선 백석이 살던 1930년대 이 땅의 슬픈 진단서로 보
인다. 첫째 줄은 깜깜하게 어두운 밤이지만 별이 많아서 꿈을 가꾸며
살아가던 우리 겨레 정신의 모습이다. 둘째 줄은 불어와서는 안 되는
하늬바람, 곧 일본제국주의 집단의 침략을 빗대는 것으로 보겠다. 셋째

줄은 우리나라와 우리 겨레가 겪고 있는 무섭고 서러운 현실 사정을 깨우친다.

　백석은 제 스스로 하늬바람을 맞고 떨어지는 푸른 감의 하나로 느끼며 이런 노래를 부르지 않았을까? 그러나 생각하면 이처럼 느닷없이 불어닥치는 삶의 하늬바람은 1930년대 사람만 맞는 것이 아니다. 오늘 우리네 세상과 삶에서도 갖가지 모습으로 맞고 있다는 사실을 깨닫게 한다.

23

산비

산뽕잎에 빗방울이 친다
멧비둘기가 인다
나무등걸에서 자벌기가 고개를 들었다 멧비둘기 켠을 본다

《사슴》(1936년 1월)

말뜻 풀이

산뽕: 산뽕나무. 메뽕나무. 뽕나뭇과의 잎이 넓은 큰키나무. 높이는 7~8m이며
잎은 어긋나고 달걀 모양 또는 둥근 달걀 모양이다. 암수딴그루로 봄에 꽃이
핀다. 열매는 둥근 모양으로 여름에 자줏빛, 검정빛으로 익는다. 잎은 누에를
먹이고 열매는 먹거나 약으로 쓰며 나무껍질은 종이를 만든다.

멧비둘기: 숲이나 나무가 있는 곳에 널리 사는 비둘깃과의 텃새. 암수 모습이
비슷하며 몸은 보랏빛을 띤 붉은 잿빛이다. 목 옆으로 파란 잿빛과 검정빛의
무늬가 있으며, 꼬리는 검은 갈색으로 끝에 잿빛 무늬가 있다. 부리는 어두운
잿빛이고 다리는 검붉은 빛이다. 눈의 홍채는 누르고 붉은빛을 띤다. 잔 나뭇

가지로 엉성하게 둥지를 틀고 두 개의 알을 낳는다.

인다: 날아오른다. 생겨난다. 일어난다. 솟아오른다. 부풀어 오른다.

자벌기: 자벌레. 자벌레나방의 애벌레. 몸은 가늘고 길며 둥근 통 모양이다. 가슴에 세 쌍의 발이 있고 배에 한 쌍의 발이 있다. 꽁무니를 머리 쪽에 갖다 대고 머리를 들면서 접힌 몸을 앞으로 쭉 벋으며 나아간다. 이때 모습이 마치 사람이 손가락을 쫙 펴서 뼘으로 길이를 재듯 자로 재는 것처럼 보여서 '자벌레'라는 이름을 얻었다.

켠: 어떤 쪽이나 어떤 쪽에 있는 곳.

군소리

석 줄 한 묶음으로 이루어진 짤막한 노래다. 그러나 앞의 〈청시〉와는 사뭇 다른 모습이다. 무엇보다도 마침표를 찍지 않은 것을 빼고는 석 줄이 모두 줄글 규칙을 다소곳이 지켰다. 토씨나 씨끝 하나 떼어버린 데가 없다. 그런데도 노래가 되는 까닭은 줄바꾸기를 했기 때문일까? 그렇다고 할 수도 있다. 그러나 줄바꾸기가 말 그대로 줄을 바꾸어놓기만 한 것이 아니다. 이들 석 줄은 한 줄에 잇달아 늘어 붙일 수 없는 속살을 저마다 지니고 있어서 줄바꾸기를 하지 않을 수 없는 사이다. 그렇다. '한 줄에 잇달아 늘어 붙일 수 없는 속살'과 '줄바꾸기를 하지 않을 수 없는 사이'를 읽어내는 노릇이 노래를 맛보는 첫걸음이다.

'산뽕잎에 빗방울이 친다'는 첫째 줄과 '멧비둘기가 인다'는 둘째 줄 사이에는 아무런 상관이 없다. 첫째 줄의 뼈대는 '빗방울이 친다'이고,

둘째 줄의 뼈대는 '멧비둘기가 인다' 그대로다. 첫째 줄의 '빗방울'은 목숨 없는 무기질이고, 둘째 줄의 '멧비둘기'는 목숨 있는 날짐승이다. 첫째 줄의 '친다'는 위에서 아래로 치는 것이고, 둘째 줄의 '인다'는 아래에서 위로 이는 것이다. 이처럼 서로 속살이 아주 다른 세상을 제대로 드러내자니 줄을 바꾸지 않고는 달리 길이 없다. 셋째 줄도 마찬가지로 또 다르다. '자벌기가 (고개를) 들었다'가 뼈대인데, '자벌기'는 '빗방울'처럼 무기질도 아니고 '멧비둘기'처럼 날짐승도 아니다. 목숨이 있어서 멧비둘기에 가깝다 하겠으나 그것의 먹이에 지나지 못하는 미물 벌레다. 빗방울처럼 위에서 아래로 치지도 않고 멧비둘기처럼 아래에서 위로 일지도 않고 기껏 나무등걸에 붙어서 고개를 들어 멧비둘기 날아오르는 켠을 쳐다볼 뿐이다.

그렇다면 이들 석 줄의 이야기는 뿔뿔이 흩어져 버리는가? 그러면 어떻게 한 마리 노래가 되겠는가? 오히려 이들을 빈틈없는 하나로 얽어주는 힘이 있다. 이 힘은 노래하는 이의 눈이다. 노래의 이름은 '산비', 곧 '산에 내리는 비'지만 노래하는 이의 눈은 산뽕나무 하나에 꽂혀 있다. 첫째 줄 빗방울이 치는 곳도 산뽕나무 '잎'이고, 둘째 줄 멧비둘기가 이는 곳도 산뽕나무 '가지'고, 셋째 줄 자벌기가 고개를 들고 멧비둘기 켠을 보는 곳도 산뽕나무 '등걸'이다. 비를 맞으며 서 있는 산뽕나무 한 그루에 눈을 꽂아놓고 거기서 벌어지는 세상, 곧 뽕잎을 치는 '빗방울'과 빗속으로 날아오르는 '멧비둘기'와 멧비둘기의 사랑으로 목숨을 건진 '자벌기'가 벌이고 있는 세상을 노래한다. 이처럼 이들 석 줄은 빈틈없는 하나의 세상으로 깊이 어우러져 있다.

온 산에 비가 내리자 산뽕나무 잎에 빗방울이 치고, 산뽕나무 가지에서 멧비둘기가 날아오르고, 산뽕나무 등걸에서 자벌기가 고개를 들어 멧비둘기를 쳐다본다. 너무나 맑고 깨끗한 자연의 세상, 그 속에 목숨이 마음껏 숨 쉬며 사랑을 나눈다. 무엇보다도 잡아먹고 싶어서 한참을 내려다보고 있었을 멧비둘기가 자벌기를 살려두고 빗속으로 날아올라 다른 사냥 길에 나섰다. 죽음을 코앞에 두고 마지막 숨을 몰아쉬던 자벌기가 멧비둘기의 사랑에 너무 놀라서 날아간 멧비둘기 켠을 바라보며 눈을 떼지 못한다. 목숨을 살리려 하늘에서 내려오는 빗방울의 사랑에서 비롯하여 한 그루 산뽕나무와 그 이웃의 사랑이 헛된 욕심에 찌든 우리네 마음을 이처럼 크게 울린다.

24

쓸쓸한 길

거적 장사 하나 산 뒷옆 비탈을 오른다
아— 따르는 사람도 없이 쓸쓸한 쓸쓸한 길이다
산까마귀만 울며 날고
도둑갠가 개 하나 어정어정 따라간다
이스라치전이 드나 머루전이 드나
수리취 땅버들의 하이얀 복이 서러웁다
뜨물같이 흐린 날 동풍이 설렌다

《사슴》(1936년 1월)

말뜻 풀이

거적: 짚을 엮거나 새끼로 날을 삼고 짚으로 짜서 멍석처럼 만든 물건. 허드레
깔개로 쓰기도 하고, 한데 쌓은 물건이나 겨울철 짐승을 덮어주기도 한다.
장사: 세상 떠난 사람을 저승으로 보내는 여러 절차의 예절과 일.
거적 장사: 제대로 예절을 갖추어 수의를 입히고 관에 눕혀 상여로 모시고 상

주와 호상꾼의 배웅을 받으며 무덤으로 보내는 것이 아니라, 그저 영구를 거적에 둘둘 말아서 지게에 짊어지고 무덤으로 보내는 장사.

이스라치전: 이스라치, 곧 산앵두가 이스라치나무 아래 지천으로 떨어져 있는 것을 하관(下棺)에 앞서 영좌(靈座) 앞에 이스라치를 차려놓고 제사를 올리는 것〔전(奠)〕으로 보았다. '이스라치'는 '산앵두'의 북녘 말. 북녘 사회과학원 언어연구소에서 펴낸《조선말대사전》에 '이스라치'가 올림말로 오른 것을 보면 북녘에서는 두루 쓰는 말인 듯하나 남녘에서는 거의 쓰지 않는다.

머루전: 머루가 익어 머루덩굴 아래 지천으로 떨어져 있는 것을 또한 머루로 전(奠)을 드리는 것으로 표현했다.

수리취: 국화과에 드는 여러해살이풀. 산에서 자라며 줄기에는 세로로 줄이 있고 흰털이 많다. 잎은 뿌리에서부터 줄기로 어긋나게 올라가는데 앞쪽은 꼬불꼬불한 털이 있고 뒤쪽은 부드러운 흰털이 촘촘히 나서 하얗게 보인다.

땅버들: 버드나무과에 드는 키 작은 나무. 물가에 사는 것은 '갯버들', 산속에 사는 것은 '멧버들'이라 한다. 줄기 밑에서 많은 가지가 나와 포기로 자라며 꽃은 잎이 나오기 전에 가지 위로 곧추선 꼬리모양 꽃차례로 무리 지어 피는데, 꽃이 피기에 앞서 봉오리가 부드럽고 하얀 털로 감싸인다.

하이얀 복: 하얀 상복. '상복'은 상주들이 입는 옷인데, 여기서는 수리취와 땅버들의 흰털을 뜻한다.

군소리

노래 이름과 처음 두 줄까지 읽으면 가슴 아픈 장사 하나를 '아!' 하는

24 쓸쓸한 길

감탄사까지 넣어서 설명하는 흔하디흔한 노래 같다. 그러나 셋째 줄부터는 쓸쓸한 거적 장사를 보내는 산비탈의 장례 잔치가 참으로 놀랍게 벌어지면서 노래는 더없이 깊은 삶의 신비를 일깨운다. 산까마귀 한 마리와 개 한 마리가 상주 노릇을 하고, 이스라치나무와 머루나무가 전상(奠床)을 차리고, 수리취와 땅버들이 백관 노릇을 한다. 게다가 흐린 날씨에 설레는 샛바람까지 불쌍한 넋의 쓸쓸한 길에 슬픔으로 거든다.

산까마귀가 울며 나는 노릇은 시도 때도 없이 있는 것이지만, 오늘 바로 이때는 그게 아니다. 따르는 사람 없이 홀로 쓸쓸히 저승길을 떠나는 서러운 넋의 딸이 되어 두 날개를 치면서 목놓아 울어준다. 도적갠가 개 한 마리도 서러운 그 넋의 아들이 되어 마음으로 울면서 어정어정 따라간다. 이들 둘은 짐승이다. 잘 익어서 떨어지는 이스라치로 전상을 차리고 무르익어 떨어지는 머루로 전상을 차려서 산앵두나무와 머루나무는 제전(祭奠)을 올린다. 이들 둘은 푸나무다. 길가에 늘어서 자라는 수리취는 하얀 소복을 입고, 여기저기 맺어 있는 땅버들 꽃의 봉오리는 하얀 두건을 쓴 백관으로 뒤따른다. 이들 둘도 푸나무다. 게다가 만물을 있게 하고 다스리는 하늘까지 뜨물같이 흐린 날과 으스스하게 설레는 샛바람을 보내어 슬픔을 함께 나눈다. 쓸쓸한 넋에게 보내는 자연의 사랑이 참으로 거룩하고 아름답다.

이런 하늘이 있고, 이런 자연이 있고, 이런 푸나무가 있고, 이런 짐승이 있어서 거적에 말려 번듯하지 못한 산 뒷옆 비탈을 홀로 오르는 넋의 쓸쓸한 저승길도 반드시 외롭지만은 않다. 그러니까 여기서 흔하디흔한 설명의 노래 같던 앞 두 줄도 새로운 뜻으로 살아난다. 불쌍한 이 넋이 살았을 적에 핏줄과 삶으로 이리저리 얽히고설켜서 지낸 사람은 하나도 따르지 않는 사실이 하늘과 자연, 푸나무와 짐승의 그지없는 사랑에 견주어 너무도 모질고 차가운 인심으로 도드라지기 때문이다. 만물의 영장이라는 소리까지 만들어 누리 만물을 업신여기며 내로라 뽐내는 사람이란 과연 무엇인가 곰곰이 뉘우치게 한다.

자류

남방토 풀 안 돋은 양지귀가 본이다
햇비 멎은 저녁의 노을 먹고 산다

태고에 나서
선인도가 꿈이다
고산 정토에 산약 캐다 오다

달빛은 이향
눈은 정기 속에 어우러진 싸움

《사슴》(1936년 1월)

말뜻 풀이

자류(柘榴): 석류. 아시아가 원산인 떨기나무 무리인 석류나무의 열매. '자류(柘榴)'라는 한자가 어렵다. 무엇보다도 '자(柘)'는 글자 짜임에서 흔히 '石'이 소리를 나타내는 몫을 하기 때문에 '석'으로 읽기 쉽다. 그래서 한자로 '柘榴'라 적어놓고도 '석류'라 읽는 사람이 많아지다가 끝내는 한자를 아예 '石榴'로 적기에 이르렀다.

남방토: 남녘의 흙 또는 땅. 남녘 더운 곳의 땅.

양지귀: 양지쪽 귀퉁이. 햇볕을 잘 받을 수 있는 땅의 귀퉁이.

본: 뿌리. 본향, 곧 본디 살던 고을. 맨 첫 할아버지부터 선조들이 오래도록 살아온 고을.

햇비: 그 해 들어서 맨 처음으로 내리는 비. 이숭원(2008), 고형진(2015)에서는 '볕이 나 있는 날 잠깐 오다가 그치는 여우비'라고 풀이한다.

선인도: 신선들이 살아가는 모습을 그린 그림. '신선'은 자연과 온전히 하나로 어우러져서 죽지 않고 길이길이 사는 사람.

고산 정토: 높은 산의 맑고 깨끗한 땅, 곧 신선이 사는 곳.

산약: 보통으로는 산에서 나는 약초를 싸잡아 일컫는 말이지만, 한약에서는 참마(산과 들에 절로 자라는 마)를 일컫는다. 일연 스님이 쓴 《삼국유사》에 신라 진평왕의 딸 선화공주와 혼인하여 백제 무왕이 되었다는 서동(마 아이)이 어릴 적에 홀어머니 모시고 참마를 캐서 살았다고 했으니 참마는 예로부터 우리에게 값진 약재였던 듯하다. 여기서는 신선이 되려고 먹는 마를 뜻한다.

이향: 타향. 낯선 고을. 고향이 아닌 고을.

정기: 세상 모든 목숨을 살려내는 참된 힘. 사람의 몸과 마음을 움직이는 본바탕의 힘. 참되고 깨끗하고 올바른 힘.

이 노래를 두고 말이 많다. 노래 이름 '자류'가 곧 '석류'인 줄 알고 아무리 읽어도 첫째 줄밖에는 석류 이야기가 아니라고 한다. 끝내는 '자류'를 '석류'로 보지 말고 '산뽕나무 열매'로 보아야 한다는 소리까지 나왔다. '자(柘)'를 따로 떼어내면 '산뽕나무 자'이기 때문이다. 어쨌거나 이 '자류'가 무엇을 노래하고 있는 것인지 알기 어렵다는 소리가 자자하다.

사실 이 노래는 정지용의 〈자류〉처럼 석류의 모습을 그려내지도 않았고, 석류의 나무나 잎이나 꽃이나 열매 같은 모습에서 일어나는 느낌을 노래하지도 않았다. 그렇다고 노래 이름이 석류를 뜻하는 것이 아니라고 주장하는 것은 지나치다. 틀림없이 석류를 노래하고 있기 때문이다. 석류를 노래하고 있다 했으나 똑바로 말하면 '석류의 노래'라 해야 옳다. 석류가 부르는 노래, 석류가 제 스스로를 노래하는 것으로 마련해 놓았다는 말이다. 그러니까 노래 한 줄 한 줄 앞에 '나(자류)는'이라는 말을 놓아보면 노래의 맛은 거의 죽겠지만 뜻은 쉽게 알아들을 수 있다. 물론 마지막 묶음 두 줄 앞에는 '나(자류)에게'를 놓아야 하겠다.

그래서 첫째 묶음은 '자류'의 제 소개다. 앞줄은 제 뿌리를 밝힌다. 남녘땅 햇볕 바른 귀퉁이, 아무 데서나 함부로 자라는 풀 따위는 돋지도 않는 따뜻한 거기가 제 본향이라 한다. 뒷줄은 그런 본향에서 사는 삶의 모습이다. 햇비에 깨끗이 씻긴 저녁의 노을을 먹고 산단다. 정녕 신선 같은 삶이다. 둘째 묶음은 본향을 떠나서 서럽게 살아가는 오늘의 삶이다. 첫째 줄은 어제의 뿌리, 둘째 줄은 내일의 꿈, 셋째 줄은 오늘의 고달픔이다. 본향을 떠나지 않았으면 '자류'에게 고산 정토란 무엇이며 산약이란 무슨 쓸모인가! 그러나 여기서는 선인도에 들어갈 꿈을 버리지 못하고 오늘도 고달프게 고산 정토를 헤매며 산약을 찾아다닌다. 셋째 묶음은 여기 살면서 가장 견디기 어려운 시련을 호소한다. 앞줄은 '달빛'이고 뒷줄은 '눈(雪)'이다. 둘 모두 남녘의 따뜻함과는 동떨어진 차가움과 추위의 상징이다. 그래서 '달빛'은 본향을 떠나 낯선 땅(이향)에 사는 아픈 신세를 거듭 건드리고, '눈'은 너무나 차가워 목숨의 본바탕 깊은 힘까지 기울여 싸움하지 않을 수 없게 만든다.

이렇게 읽으면 노래 〈자류〉는 나라를 빼앗겨 본향을 잃고 떠돌이처럼 살아가는 1930년대 백석의 서글픈 자화상이 아닐까 싶기도 하다. 그처럼 깊은 슬픔을 노래하지만 더러움에 물들지 않는 '자류'의 바탕을 깔끔한 어조와 이미지로 지켜내고자 안간힘을 다했다. 그래서 이것은 시인 백석의 자화상이 아닐까 했으나, 곧장 우리 겨레의 아픔과 분노와 자존심이 읽어내기 쉽지 않은 추상화로 드러나 있다는 생각이 든다.

머루밤

불을 끈 방 안에 횃대의 하이얀 옷이 멀리 추울 것같이

개 방위로 말방울 소리가 들려온다

문을 연다 머루빛 밤하늘에
송이버섯의 내음새가 났다

《사슴》(1936년 1월)

말뜻 풀이

머루밤: 머루빛 밤. 머루가 익으면 진한 보랏빛이다가 온전히 익으면 보랏빛을 띠면서 까만빛이 된다. 깜깜한 밤의 하늘빛을 보랏빛 머금은 까만빛으로 보아 낸 백석의 감각이 놀랍다. '머루밤'은 백석이 만든 말일 듯하다.

횃대: 옷을 걸어두도록 두 끝에 끈을 매어 벽에 달아놓은 대 또는 나무 막대.
(☞ 해 – 18. 〈미명계〉)

개 방위: 서북서쪽. 더 꼬집어 말하면, 시계가 열 시 정각일 때에 시침이 가리키는 쪽이다. 지난날 선 자리에서 어느 쪽(방위)을 알려면 열두 띠(십이지)로 가늠했으니 북의 자(쥐)로부터 시계처럼 동으로 돌며 축(소: 북북동), 인(범: 동북동), 묘(토끼: 동), 진(미르: 동남동), 사(뱀: 남남동), 오(말: 남), 미(염소: 남남서), 신(잔나비: 서남서), 유(닭: 서), 술(개: 서북서), 해(돝: 북북서)로 가늠했다. 이때 열두 띠의 자리는 곧 열두 시각의 자리와 똑같다.

군소리

노래 이름이 '머루밤'이다. 잘 익은 머루빛을 머금은 깜깜한 밤이다. 머금은 머루빛 덕분에 깜깜한 어둠이 깊은 절망으로 느껴지지는 않는다. 노래는 세 묶음인데, 앞 두 묶음은 한 줄씩이고 마지막 묶음은 두 줄이다. 그런데 첫째 줄인 첫째 묶음은 끝이 잘렸고, 둘째 줄인 둘째 묶음은 한 월이 온전하다. 셋째 묶음은 두 줄인데 앞줄은 임자말 없는 월에 어찌말 마디가 붙어 있고 뒷줄은 나무랄 데 없는 월이다. 단출한 짜임새의 노래지만 세 묶음이 묶음마다 남다른 모습을 하고 있어서 마음을 다잡게 만든다.

첫째 묶음의 임자는 '하이얀 옷'이다. 둘째 묶음의 임자는 '말방울 소리'다. 셋째 묶음의 임자는 '송이버섯의 내음새'다. 눈으로 들어오는 하얀 빛깔, 귀로 들어오는 말방울 소리, 코로 들어오는 송이버섯 내음새. 이처럼 노래는 몸에서 일어나는 느낌으로 이루어졌다. 자못 느낌의 노래라 할 만하다. 세상을 받아들이는 세 구멍, 눈과 귀와 코로 머루빛 밤을 받아들이면서 일어나는 느낌을 드러낸 노래다.

노래는 불을 끈 방 안에서 비롯한다. 눈에 들어오는 것이란 횃대에
걸린 하얀 옷뿐이다. 그 하얀 옷이 멀리 떨어져 있는 듯하고 추울 것 같
다. 더없이 외로워 어슬어슬 추워질 듯한 느낌이 인다. 얼마를 지나고
났을까, 깊은 고요를 깨고 서북서쪽에서 말방울 소리가 들려온다. 말
달구지에 삶의 무거운 짐을 싣고 밤중을 도와 어디론지 찾아 나서는 사
람의 기척이 느껴진다. 한참을 말방울 소리 임자의 고달픈 삶을 생각하
다가 마음이 설레고 견디기 어려워 마침내 방문을 열었다. 머루빛 밤하
늘이 세상을 온통 감싸 덮었고 느닷없이 송이버섯 냄새가 코끝으로 다
가온다. 불현듯 숲으로 둘러싸인 깊은 산골 외딴집까지 밀려 들어온 스
스로의 삶을 깨닫게 되었다는 말은 없다.

27

여승

여승은 합장하고 절을 했다
가지취의 내음새가 났다
쓸쓸한 낯이 옛날같이 늙었다
나는 불경처럼 서러워졌다

평안도의 어느 산 깊은 금점판
나는 파리한 여인에게서 옥수수를 샀다
여인은 나 어린 딸아이를 때리며 가을밤같이 차게 울었다

섶벌같이 나아간 지아비 기다려 십 년이 갔다
지아비는 돌아오지 않고
어린 딸은 도라지꽃이 좋아 돌무덤으로 갔다

산꿩도 섧게 울은 슬픈 날이 있었다
산절의 마당귀에 여인의 머리오리가 눈물방울과 같이 떨어진 날이
있었다

《사슴》(1936년 1월)

말뜻 풀이

여승: 여자 스님. 비구니.

합장하고: 두 손바닥을 붙여 모은 손을 가슴 앞으로 들어올려 마음을 가다듬고.

가지취: 참취나물. (☞ 11. 〈가즈랑집〉)

가지취의 내음새가 났다: 두 손 모으고 절하는 비구니에게서 나는 내음새다. 자연에서 나는 현실의 냄새가 아니라 노래하는 이가 마음으로 느끼는 상상의 냄새다.

옛날같이 늙었다: 세월이 흘러가 모든 것이 흐릿하게 낡아버린 옛날처럼 그렇게 늙었다.

불경처럼 서러워졌다: 여기서 '불경'은 팔만이나 되는 대장경이 아니라 두 손 모아 절하는 눈앞의 여승을 만들어낸 불교의 가르침이다. 고통에서 허덕이는 아낙을 여승으로 만든 불경이 서러워졌듯이 '나도 서러워졌다'는 말이다.

금점판: 산에 굴을 파고 금을 캐느라 젊은 남정들이 몰려들어 갑자기 장터처럼 붐비던 곳. 침략 일제의 착취로 농촌이 무너지던 1930년대 젊은이들이 단박에 가난을 벗어날 꿈을 안고 일제가 운영하는 금광(금점판)에 얼을 빼앗기던 시절이 있었다. 김유정의 단편 〈금 따는 콩밭〉이 그런 사정을 우스개처럼 그렸다.

파리한: 몸이 여위고 낯빛이나 살갗에 핏기가 없는.

섶벌: 나무 섶에 집을 지어놓고 꿀을 찾아 멀리 돌아다니며 사는 벌. '섶'은 두 가지 뜻이 있다. ① 풀섶. 어떤 자리 옆·곁·가장자리에 수북하게 자라난 풀 또는 털. 〔보기〕 ㉠ 길 가장자리에 수북하게 자란 풀을 '길섶'이라 한다. ㉡ 눈 가장자리의 눈썹과 속눈썹도 본디 '눈섶'과 '속눈섶'이었다. ② 키 큰 나무 몸통 아래쪽으로 많이 나서 자라는 잔가지 또는 그런 잔가지를 땔감으로 쓰려고 잘

라서 말려놓은 것. [보기] 옛말: 섶을 지고 불로 든다.

돌무덤: 돌을 쌓아 만든 무덤. 아기무덤. 지난날 어린 아기가 죽으면 땅을 파서 묻지 않고 옹기 독에 넣어 산자락 따뜻한 자리를 보아 돌멩이를 쌓아 무덤을 만들었다.

머리오리: 머리카락.

군소리

속내를 이야기처럼 숨김없이 드러내서 군소리가 쓸모없는 노래다. 그러나 네 묶음으로 이루어진 노래의 짜임새가 재미나서 쓸모없는 군소리라도 조금은 늘어놓고 싶다. 노래의 짜임새를 이루는 두 힘, 곧 시간과 공간의 흐름을 읽어내면 노래는 더 감출 것이 없다.

먼저 시간의 흐름을 보면 첫째 묶음의 시간은 현재다. 둘째 묶음의 시간은 십 년도 훨씬 더 옛날로 돌아갔다. 셋째 묶음은 둘째 묶음에서 현재 쪽으로 적잖은 세월이 흐른 뒤다. 넷째 묶음은 셋째 묶음에서 다시 현재 쪽으로 적잖은 세월이 흘러온 뒤다. 그러니까 노래의 시간은 현재에서 뒤로 돌아 십 년도 넘는 옛날로 갔다가 거기서 현재 쪽으로 성큼성큼 다가와 현재와 가까운 시간에서 끝났다. 공간도 시간의 흐름과 함께 움직이지 않을 수 없다. 첫째 묶음의 공간은 절이다. 둘째 묶음의 공간은 여인이 남편을 찾아와서 머물던 금점판이다. 셋째 묶음의 공간은 금점판에서 남편을 찾지 못한 여인이 다시 돌아간 본디 집이다. 넷째 묶음의 공간은 첫째 묶음의 공간인 바로 그 절이다. 그러니까 노래의 공간은 절에서 시작하여 금점판과 여인의 본디 집을 돌아 다시 절로 와서 동그라미를 이루었다.

　노래의 속살은 고스란히 드러났다. 첫째 묶음은 노래하는 이가 어느 절에 왔다가 뜻밖에 스님이 되어 있는 아낙을 만나 알아보는 이야기다. 둘째 묶음은 십 년을 훨씬 더 지난 옛날 평안도 어느 산골 금점판에서 어린 딸을 데리고 집 나간 남편을 찾고 있던 아낙을 만났던 이야기다. 셋째 묶음은 서로 만나지 못한 세월 동안 아낙이 겪었던 슬프고 서러운 삶의 이야기다. 마지막 묶음은 그 아낙이 끝내 절집으로 들어와 스님이 되던 날의 이야기다. 한 여인의 서럽고 고달픈 삶을 이야기한 노래지만, 그것은 곧 지아비와 지어미가 딸을 낳아 정겹게 살던 집안을 찢어 망가뜨린 모진 세상의 이야기다. 지난날 금점판에서 만나고 세월이 흐른 지금 또 이렇게 절에서 만나 스님이 된 아낙의 인사를 받았던 '나'는 과연 어떤 아픔과 서러움을 견디며 살았을까.

수라

거미 새끼 하나 방바닥에 내린 것을 나는 아무 생각 없이 문밖으로
쓸어버린다
차디찬 밤이다

어느젠가 새끼 거미 쓸려나간 곳에 큰 거미가 왔다
나는 가슴이 짜릿한다
나는 또 큰 거미를 쓸어 문밖으로 버리며
찬 밖이라도 새끼 있는 데로 가라고 하며 서러워한다

이렇게 해서 아린 가슴이 삭기도 전이다
어데서 좁쌀알만 한 알에서 가제 깨인 듯한 발이 채 서지도 못한 무
척 작은 새끼 거미가 이번엔 큰 거미 없어진 곳으로 와서 아물거린다
나는 가슴이 메이는 듯하다
내 손에 오르기라도 하라고 나는 손을 내미나 분명히 울고불고할 이
작은 것은 나를 무서우이 달아나 버리며 나를 서럽게 한다
나는 이 작은 것을 고이 보드라운 종이에 받아 또 문밖으로 버리며
이것의 엄마와 누나나 형이 가까이 이것의 걱정을 하며 있다가 쉬이
만나기나 했으면 좋으련만 하고 슬퍼한다

《사슴》(1936년 1월)

말뜻 풀이

수라: '아수라'의 준말. '아수라'는 인도의 고대, 들숨과 날숨 곧 목숨의 신인데 남성으로 드러날 때는 더없이 추악한 모습이고 여성으로 드러날 때는 말할 수 없이 아름다운 모습이다. 조각에는 얼굴 셋에 팔 여섯인 사람으로 나타나 두 손은 합장을 하고 두 손은 보석 수정을 들고 두 손은 칼지팡이를 들었다. 뒷날 힌두교, 불교, 이슬람교로 번져가며 아수라가 여러 성질과 모습으로 바뀌었는데 백석은 본디 인도 신화의 아수라를 끌어와 노래의 이름으로 삼았다. 이와 달리 송준(2005), 이숭원(2008), 고형진(2015)에서는 싸움을 잘하는 귀신이 모여 사는 곳, 또는 늘 싸움만을 일삼는 귀신들의 무리로 풀이한다.

방바닥에 내린 것: 방 안에 사는 거미는 흔히 천정에 머물다가 아래로 내려오고 싶으면 벽을 타지 않고 꽁무니에서 내는 줄을 타며 곧장 방바닥으로 떨어져 내린다.

어느젠가: 언젠가. 어느 사이인가.

좁쌀: 조의 쌀. 조의 열매를 찧어 껍질을 벗겨낸 알맹이. '조'는 볏과에 드는 한해살이풀인데 그 열매도 '조'라고 부른다. 좁쌀은 작고 둥글며 노란빛으로 오곡의 하나다. 밥에 넣거나 떡, 과자, 엿, 술의 원료로 쓰고 새나 닭의 모이로도 준다.

가제: 이제 막.

군소리

읽어보면 누구나 알 수 있듯이 '거미'와 '나' 사이에 벌어진 일을 노래한다. 벌어진 일이 셋이라 노래가 세 묶음이다. 첫 묶음은 두 줄, 둘째 묶음은 넉 줄, 셋째 묶음은 여섯 줄, 이렇게 뒤로 갈수록 노랫말이 불어났다. '나'와 거미 사이에 벌어진 일이 뒤로 갈수록 그만큼 커지고 무거워졌음을 알아보게 한다.

첫 묶음이 짤막하지만 거기 일의 씨앗은 빈틈없이 심어놓았다. 일의 씨앗이란 거미가 '새끼'인 것, '나'는 일을 '아무 생각 없이' 저지른 것, 때가 '차디찬 밤'인 것, 이렇게 셋이다. 이들 씨앗 셋이 일을 갈수록 키워서 놀라운 노래를 만든다. 첫째, 거미가 '새끼'이기 때문에 어미(큰 거미)가 찾아왔고, 어미가 찾아왔기 때문에 어미를 잃은 좁쌀알 같은 갓난이까지 찾아와서 거미의 비극을 끝장까지 보게 만든다. 둘째, '아무 생각 없이' 차가운 밤의 문밖으로 거미 새끼를 쓸어버렸기 때문에 찾아온 어미(큰 거미)도 '찬 밖이지만 새끼 있는 데로 가라고' 쓸어 문밖으로 버렸고, 큰 거미를 쓸어 문밖으로 버렸기 때문에 '엄마와 누나나 형이 가까이 이것의 걱정을 하며 있다가 쉬이 만나기나 했으면' 하고 발이 채 서지도 못한 작은 새끼 거미를 또 문밖으로 버렸다. 셋째, 문밖이 '차디찬 밤'이었기 때문에 큰 거미가 찾아왔을 적에 '나'는 '가슴이 짜릿했'고 그것을 쓸어 문밖으로 버리며 '서러워했'고 '아린 가슴'을 지녔으며, 그 때문에 작은 새끼 거미가 찾아왔을 적에는 '가슴이 메이는 듯하'고 그것이 '나'를 무서워하며 달아나는 것을 보며 '서러워하'고 그것을 문밖으로 버리며 '슬퍼한다'.

첫째는 거미와 '나' 사이에 벌어진 일 셋을 얽어매는 사슬이다. 아무 생각 없이 저지른 대수롭지 않은 일이 끊을 수 없는 사슬이 되어 무서운 일을 거듭 되풀이하지 않을 수 없도록 만든다. 둘째는 첫째로 말미

28 수라

암은 생각과 행동 사이에 빚어지는 어긋남이다. '아무 생각 없이' 행동을 했다가 '찬 밖이라도 새끼 있는 데로 가라'는 생각으로 같은 행동을 거듭하고, '엄마와 누나나 형이 가까이 이것의 걱정을 하며 있다가 쉬이 만나기나 했으면' 하는 생각으로 또 같은 행동을 되풀이한다. 셋째는 첫째와 둘째로 말미암아 일어나는 마음속의 아픔이다. 나름대로 깊이 헤아려 가장 좋은 행동을 한다고 했으나 '가슴이 짜릿하'고 '서러워하'고 또 '가슴이 아리'고 '서럽게 하고' 마침내 '가슴이 메이는 듯하'고 '슬퍼한다'.

여린 벌레인 거미에게 '아무 생각 없이' 저지른 작은 일로 말미암아 빚어진 노릇은 감당할 수 없는 비극에 이르렀다. 그렇고 보면 '나'는 마음으로 따뜻하고 부드러운 자비심을 지니고 있으면서 몸으로는 거미의 목숨을 빼앗고 집안을 망가뜨린 두 얼굴의 악마가 아닌가! 노래 이름 '수라'가 바로 이것이다. 추악한 남성의 모습과 아름다운 여성의 모습을 함께 지녔다는 '아수라', 세 가지 얼굴에 여섯 손을 가지고 합장(거룩한 신앙인)과 수정(맑고 아름다운 성인)과 칼지팡이(싸움을 일삼는 악마)를 함께 보여주는 '아수라'가 곧 '나' 아닌가! '서러워한다', '슬퍼한다' 하는 둘째와 셋째 묶음의 마지막 말은 '거미들'에게 보내는 뉘우침이면서 또한 '나'에게 보내는 고백이다. 새로운 앞날을 꿈꾸면서 흔들리고 있던 조선왕조를 총칼로 짓밟고 주권을 빼앗아 죄 없는 백성의 삶을 산산조각으로 부수며 온갖 달콤한 거짓말로 자비를 베푼다던 일본 침략자를 '나'로 보아도 노래의 뜻겹침이 그럴듯하다. 어쩌면 시인 백석이 자기 존재의 뿌리를 들여다보며 거기 도사리고 있는 천사와 악마의 두 모습, 또는 합장과 수정과 칼지팡이의 삼중 인격을 알아보고 스스로 '나'

를 불러내어 채찍질하는 마음으로 이렇게 노래하지 않았을까 싶기도 하다. 《지킬 박사와 하이드 씨》에서 다룬 주제를 한결 부드러운 우리말 노래로 풀어낸 놀라운 작품이다.

29

노루

산골에서는 집터를 치고 달궤를 닦고
보름달 아래서 노루 고기를 먹었다

《사슴》(1936년 1월)

말뜻 풀이

집터를 치고: 집 지을 터를 닦고. 산골에서 집을 지으려면 산자락을 보아 마땅한 곳을 잡고 나무와 풀을 베어내고 바위나 돌도 치워내고 집채를 앉힐 만한 자리는 바닥이 평평하도록 높은 데는 깎아내리고 낮은 데는 메워야 한다. 위채 뒤로는 뒤란을 만들고 산사태를 막도록 산자락에 대를 심어야 하고, 위채 앞으로는 마당을 만들고, 집짐승을 키우는 마구간과 곳간으로 쓰일 아래채를 세울 자리도 닦아야 한다. 백석의 고향인 평안도에서는 집터를 '닦는다'고 하지 않고 '친다'고 한 모양이다.

달궤를 닦고: 달구질을 하고. 달구질로 집터나 무덤을 단단하게 다지고. '달궤'는 '달구'의 평안도 사투리. '달구'는 나무나 쇠 또는 돌 따위에 두서너 개의 손

잡이를 달아서 여러 사람이 높이 들었다가 땅에 떨어뜨려 땅을 다지는 도구다. 집터나 강둑이나 무덤의 봉분을 다질 적에 달구를 쓴다. 나무로 만들면 '목달구', 쇠로 만들면 '쇠달구', 돌로 만들면 '돌달구'라 부른다.

군소리

보다시피 노래는 두 줄 한 묶음으로 짤막하다. 그래서 산골 풍경을 아주 꾸밈없이 간단히 그려낸 그림처럼 보인다. 그러나 눈에 보이는 자연의 풍경을 그린 그림은 아니다. 무엇보다도 첫째 줄과 둘째 줄의 속살은 하나의 그림에 담을 수가 없다. 첫째 줄에서 '집터를 치고', '달구질을 하는' 일은 모두 낮에 벌어진다. 그러나 둘째 줄에 '노루 고기를 먹었다'는 '보름달 아래서'라는 말로도 알 수 있듯이 밤에 벌어지는 일이다. 그러면 낮 그림과 밤 그림을 하나로 묶어서 산골의 낮과 밤 하루 모습이라면 제대로 읽은 셈이 될까? 물론 그것도 아니다. 왜냐하면 낮이거나 밤이거나 가만히 있는 자연 풍경을 노래하지 않았기 때문이다. 첫째 줄은 '~를 치고', '~를 닦고' 이렇게 풀이말 둘이 모두 움직씨고, 둘째 줄도 풀이말 '~를 먹었다'가 움직씨다. 그러니까 첫째 줄 '산골에서'와 둘째 줄 '보름달 아래서'는 모두 가만히 있는 자연으로 풍경을 이루는 그림이라 할 수 있지만 그것은 노래의 배경이며 바탕일 뿐이다. 노래의 뼈대며 알맹이는 '집터를 치고', '달구질을 하고', '노루 고기를 먹었다' 하는 사람들의 움직임이다. '사람들의 움직임', 곧 사람들의 삶이 노래의 뼈대며 알맹이다.

141

여기에서 놓치지 말아야 할 열쇠가 있다. 노래는 움직임의 임자인 '사람'을 드러내지 않았다는 사실이다. 노래의 뼈대며 알맹이가 '사람들의 삶'이라 했는데 '사람'은 굳이 드러내지 않고 '삶'만 드러내었다. 어째선가? 정녕 노래의 알맹이는 사람들의 '삶'이 아니라 '노루 고기'이기 때문이다. 노래의 이름이 '노루' 아닌가! 산골 사람들의 삶을 북돋우며 복되게 만들어주는 것, 집터를 치고 달구를 닦는 힘들고 고달픈 일 끝에 반드시 뒤따르는 노루 고기 잔치가 노래의 눈이다. 아니, 노루 고기 잔치가 아니라 그런 잔치를 벌일 수 있도록 제물이 되어주는 '노루', 그런 노루가 제 몸을 내어놓는 그 희생을 노래하고 있다.

그렇고 보면 첫째 줄에서 '집터를 치고'와 '달궤를 닦고'도 잇달아 이어진 일이 아니다. '집터를 치고' 그 집터에 '달궤를 닦고'가 아니다. '집터를 치고'와 상관없이 누군가가 죽어서 무덤을 다지는 달궤라야 한다. 새로운 삶의 보금자리를 마련하는 기쁨을 안고 집터를 치는 노릇과 또 다른 삶인 죽음의 보금자리를 마련하는 슬픔을 안고 달구질을 하는 것으로 나누어 읽어야 올바르다. 그래서 산골 사람들은 기쁨에 겨워 집터를 치는 일을 마치고도, 슬픔에 겨워 무덤을 다지는 달구질을 마치고도 '보름달 아래서 노루 고기를 먹었다'는 것이다. '노루'는 저처럼 착하게 살아가는 산골 사람들의 기쁜 삶이나 슬픈 삶이나 그 고비마다 하나뿐인 제 목숨을 기꺼이 내어준다. 노루의 그처럼 아름답고 거룩한 희생의 잔치는 반드시 하늘에서 보름달도 축복을 아끼지 않았다. 이래서 산골은 '노루'가 있어서 하늘과 더불어 자연과 사람이 함께 복되다.

30

절간의 소 이야기

병이 들면 풀밭으로 가서 풀을 뜯는 소는 인간보다 영해서 열 걸음 안에 제 병을 낫게 할 약이 있는 줄을 안다고

수양산의 어느 오래된 절에서 칠십이 넘은 노장은 이런 이야기를 하며 치맛자락의 산나물을 추었다

《사슴》(1936년 1월)

<u>말뜻 풀이</u>

영해서: 신령스러워서. 신기하게 뛰어나서.

수양산: 황해남도 해주시와 신원군 사이에 있는 높이 946m의 산. 기암절벽과 잘 자란 숲과 깊은 골짜기들이 놀랍게 어우러져 아름다움이 뛰어나다. 신광사와 안양사 같은 절이 있었다. '수양산'이란 이름은 곧장 옛날 은나라(동이족이 세워서 다스린 나라임) 고죽국 왕자였던 백이와 숙제 형제가 은나라를 무너뜨린 주나라의 곡식을 먹지 않으려고 들어가 고사리를 캐어 먹으며 굶어 죽었다는

수양산을 떠올리게 한다. 그 수양산은 지금 중국 산서성 포주 가까이 있고, 거기 백이와 숙제의 무덤도 있다.

노장: 나이가 많고 덕행이 높은 스님.

산나물을 추었다: 산나물을 먹을 수 있도록 가리고 다듬었다.

군소리

이 노래도 앞의 〈노루〉처럼 월 하나를 두 줄로 나누어 한 묶음으로 만든 짜임새다. 그러나 〈노루〉처럼 짧지 않은데, 그것은 월이 하나지만 그 속에 다른 월 하나를 안고 있기 때문이다. 보다시피 앞줄 '~ 소는 ~을 안다'가 안긴 월이고, 뒷줄 '~ 노장은 ~을 추었다'가 안은 월이다. 그러니까 앞줄은 '소'를 노래하고 뒷줄은 '노장'을 노래하는데, 소의 노래는 노장의 노래에 안겨 있다. 소 노래는 안기고 노장 노래는 그것을 안고 있으니, 소 노래는 새끼고 노장 노래는 어미인 셈이다. 노래가 아니고 줄글이면 뒷줄이 앞줄을 안은 그대로 이렇게 썼을 터이다. '수양산의 어느 오래된 절에서 칠십이 넘은 노장은 '병이 들면 풀밭으로 가서 풀을 뜯는 소는 인간보다 영해서 열 걸음 안에 제 병을 낮게 할 약이 있는 줄을 안다'는 이야기를 하며 치맛자락의 산나물을 추었다.'

노래이기에 앞줄과 뒷줄의 노랫말 짜임새가 아주 닮았다. 다 같이 임자말 '소'와 '노장'을 가운데 놓고 앞에서 매기고 뒤에서 풀이한 말들을 비슷하게 놓았다. 앞에서 매기는 말부터 보면, 앞줄은 '병이 들면 풀밭으로 가서+풀을 뜯는'이고 뒷줄은 '수양산의 어느 오래된 절에서+칠십이 넘은'이다. 말들이 만들어내는 소리의 흔들림이 거의 같다. 뒤에서 풀이하는 말도 보면, 앞줄은 '인간보다 영해서+열 걸음 안에 제 병을 낫게 할 약이 있는 줄을+안다'이고 뒷줄은 '이런 이야기를 하며+치맛자락의 산나물을+추었다'이다. 말마디 덩이의 크기가 앞줄과 같지는 않으나 말의 덩이가 만들어내는 뜻의 흔들림은 역시 아주 비슷하다.

그런데 노래의 뜻과 멋은 이름과 노랫말을 더불어 보아야 제대로 드러난다. 노래 이름은 앞줄을 어미처럼 안고 있는 뒷줄의 임자말 '노장'을 내버렸다. 앞줄의 속살인 '소 이야기'를 우뚝 세우고 노장이 사는 '절간'을 매김으로 써서 '절간의 소 이야기'라 했다. 그러니까 난데없이 '절간의 소'가 나타났다. 노랫말 앞줄의 '소'는 본디 절간과는 아무런 상관이 없었다. 그런데 느닷없이 '절간의 소'라니? '노장'을 겨냥한 뜻 겹침이 아닌가! 그래서 노장이 이야기하는 '열 걸음 안에 제 병을 낫게 할 약이 있는 줄을 아는 소'가 곧 '수양산 어느 절에서 칠십이 넘은 노장'으로 둔갑을 해서 보이게 되었다. 그렇고 보니 '풀밭으로 가서 제 병을 낫게 할 풀을 가려내는 소'는 '치맛자락의 산나물을 가려 추리는 노장'으로 얼마든지 둔갑하게 되었다. 수양산 오랜 절간에서 칠십이 넘도록 도를 닦은 노장이 풀밭에서 풀을 뜯는 소와 다를 바가 없다는 이야기를 하고 있는 셈이다. 노래의 속살과 맛을 살려내는 솜씨가 참으로 놀랍다.

31

오금덩이라는 곳

어스름 저녁 국수당 돌각담의 수무나무 가지에 여귀의 탱을 걸고 나물매 갖추어 놓고 비난수를 하는 젊은 새악시들
　─ 잘 먹고 가라 서리서리 물러가라 네 소원 풀었으니 다시 침노 말
　　아라

벌개늪 역에서 바리깨를 뚜드리는 쇳소리가 나면
누가 눈을 앓아서 부종이 나서 찰거머리를 부르는 것이다
마을에서는 피 성한 눈시울에 저린 팔다리에 거머리를 붙인다

여우가 우는 밤이면
잠 없는 노인네들은 일어나 팥을 깔이며 방뇨를 한다
여우가 주둥이를 향하고 우는 집에서는 다음 날 으레히 흉사가 있다
는 것은 얼마나 무서운 말인가

《사슴》(1936년 1월)

말뜻 풀이

오금덩이: 온금덩이(온전한 금덩이. 순금덩이). 수를 헤아릴 적에 '온'은 '백(百)'을 뜻하지만, 이름씨 앞에서 매길 적에 '온'은 온전한 것을 뜻한다. 그리고 매김말로 쓰일 때에는 흔히 '온'이 '오'로 바뀌어 '오만가지', '오밤중'같이 쓰기도 하는데 '오금덩이'도 마찬가지다. 다른 책에서는 무릎의 구부러지는 오목한 안쪽 부분인 '오금'을 떠올리며 대부분 지명으로 풀이한다. 이동순(1987)은 토속 지명, 송준(2005)은 무서운 것이 많이 있는 곳, 이숭원(2008)은 오금팽이와 관련된 뜻을 알 수 없는 지명, 고형진(2015)은 '덩이'는 '덤' 또는 '더미'에서 온 말로 짐작하여 지명으로 추정한다.

국수당: 국사당. '국사당'은 나라에서 제사를 드리던 신당이다. 곧 나라에서 큰굿을 하던 '굿당' 또는 '서낭당'이다. 먼 옛날 우리 겨레의 서낭당이 중국으로 들어가 '성황당'으로 적혔는데 고려 적부터 글하는 사람들은 그것을 들여와 썼다.

돌각담: 돌로 모가 지도록 쌓은 담.

수무나무: 스무나무, 시무나무. 느릅나뭇과에 딸린 잎 지고 키 큰 나무(낙엽교목). 키가 20m쯤 자라고 5월에 노란 꽃이 핀다. 옛날에는 먼 데서도 쉽게 볼 수 있어서 길잡이도 되었고, 이 나무에 기도하면 아들을 낳는다는 믿음도 주었으며, 마을을 지키는 서낭이 하늘로 오르내리는 당나무 노릇을 하기도 했다. (고형진, 2015: 435)

여귀의 탱: 넓고 길쭉한 베 조각에 여귀의 모습을 그린 걸개. '여귀'는 올 데 갈데가 없어 떠도는 귀신으로 무서운 역병을 몰고 다닌다고 여겼다. 조선 시대에는 고을마다 원님이 여귀를 달래려고 제사를 드려주는 여제단(厲祭壇)이 있었다.

나물매: 나물과 메. '메'는 귀신에게 드리는 밥.

비난수: 귀신에게 두 손을 비비며 복을 빌고 기도하는 노릇.

서리서리: 서둘러 시원시원하게. 망설이지 말고 시원스럽게.

벌개늪 역: 벌개늪 언저리. 벌개늪 가까이. '벌개늪'은 벌판에 갯벌처럼 넓게 생겨난 늪이라는 뜻으로 붙인 이름.

바리깨: 놋쇠로 만든 밥주발의 뚜껑.

부종: 살갗 밑의 세포 사이에 물 같은 것이 이상하게 모여서 살갗이 부어오르는 병.

찰거머리: 몸이 작고 빨판이 여물어서 잘 들러붙고 쉽게 떨어지지 않는 거머리. 거머리의 몸은 거의 편평하거나 원기둥 모양으로 길쭉하며 부드럽다. 앞뒤 끝 배 쪽에 하나씩 빨판이 있으며 앞 빨판 안에 입이 있어 동물의 피를 빨아먹는다. 항문은 뒤 끝 등 복판에 있고, 살갗에는 몸고리홈·감각돌기·눈이 있으며 살갗으로 숨을 쉰다.

피 성한: 핏발이 많이 선.

팥을 깔이며 방뇨를 한다: 팥을 땅바닥으로 쫙 뿌리며 오줌을 눈다. 팥이 붉은 빛을 내므로 잡귀와 재앙을 몰아내는 힘을 지녔다고 믿었다. 팥으로 재앙을 물리치는 비방은 재앙에 따라 갖가지인데, 여우가 울며 알리는 느닷없는 죽음의 재앙은 늙은 아낙네가 밤중에 마당가에 앉아서 오줌을 누며 대문 쪽으로 팥을 깔이는 비방으로 막을 수 있다고 믿었다.

으레히: '으레'의 평안도 사투리.

흉사: 궂은일. 좋지 않은 일. 여기서는 사람이 갑자기 죽는 일을 뜻한다.

노래 이름은 '곳'이라 했으나 속살은 그 '곳'에 살아가는 사람들의 삶이다. 꼬집어 말하면, 그곳 사람들이 살아가며 맞닥뜨리는 어려움을 이겨나가는 삶의 모습을 노래한다. 살아가며 맞닥뜨리는 어려움을 셋만 들었으니 하나는 여귀가 몰고 오는 역병이고, 둘은 눈시울이나 팔다리 살갗에 생기는 부종이고, 셋은 난데없이 밤중에 들이닥쳐 목숨을 앗아가는 궂은일이다. 이들 세 가지 어려움에 맞닥뜨려 이겨나가는 모습을 한 묶음씩 나누어 보여준다.

첫째 묶음은 두 줄이다. 앞줄은 여귀가 몰고 온 역병으로 앓는 아들 딸을 위하여 비난수하는 젊은 색시들을 보여주고, 뒷줄은 젊은 색시들의 비난수 사설을 고스란히 들려준다. 앞줄에서 비난수하는 자리가 바로 오금덩이다. 잡귀를 몰아내며 마을의 안녕을 지켜주는 서낭의 당집이 있고, 그 당집 돌각담 곁에 잡귀를 쫓아버리는 수무나무가 서 있고, 그 수무나무 가지에다 여귀의 탱화를 걸었다. 여귀를 물리치는 비난수하기에 이보다 좋은 자리가 어디 있겠는가. 그야말로 오금덩이 같은 곳이다. 그리고 한편으로는 오갈 데가 없어 찾아와 앙탈하는 여귀의 소원을 풀어주느라 나물에 메까지 정성으로 갖추어 제사를 드려준다. 무서운 위협을 주는 곳에서 따뜻한 달램으로 어루만지는 굿판이다. 뒷줄의 비난수 사설 또한 부드러운 말로 달래는 목소리 속에 날카롭게 위협하는 명령을 어김없이 갈무리했다. 우리 겨레 병굿의 두 얼굴 제 모습을 영절스럽게 담아냈다.

둘째 묶음과 셋째 묶음은 짜임새가 서로 닮았다. 월이 둘씩인데 앞 월을 두 줄로 나누어 모두 석 줄씩 베풀었다. 그리고 앞의 두 줄은 눈앞에서 벌어지는 삶의 모습이고 뒤의 한 줄은 그런 삶을 뒷받침하는 까닭이며 믿음이다. 노랫말의 짜임새가 닮았다 해서 담긴 속살까지 닮은 것은 물론 아니다. 둘째 묶음은 몸에 들어온 병을 찰거머리의 도움으로 물리치는 모습이고, 셋째 묶음은 집안에 들어오려고 하는 재앙을 여우의 도움으로 미리 막아내는 모습이다. 찰거머리의 도움은 사람이 먼저 찾아가 바리깨를 두드리고 빌어서 얻지만 여우의 도움은 사람이 까맣게 모르고 있을 적에 여우가 먼저 나서서 알려주어 서로 다르다. 그러나 찰거머리와 여우는 다 같이 사람으로부터 귀찮은 벌레며 요망한 짐승으로 미움이나 받는 처지지만 알고 보면 이처럼 커다란 도움을 주는 이웃이라는 점에서 다르지 않다.

당집에 서낭을 모시고 잡귀와 말을 주고받으며 어울려 살아가는 모습, 늪에 사는 찰거머리와 바리깨 소리로 뜻을 주고받으며 도움 받고 살아가는 모습, 사람의 목숨을 난데없이 거두어 가는 하늘의 뜻을 알려주는 여우의 울음을 알아듣고 팥과 오줌 누기로 저승사자를 물리치며 살아가는 모습. 이처럼 우주 자연과 더불어 마음을 주고받으며 살아가는 모습의 삶은 '오금덩이라는 곳' 사람들만의 것이 아니다. 지난날 우리 겨레 모두의 삶이었다.

32

시기의 바다

저녁밥 때 비가 들어서
바다엔 배와 사람이 흥성하다

참대 창에 바다보다 푸른 고기가 꿰이며 섬돌에 곱조개가 붙는 집의
복도에서는 배창에 고기 떨어지는 소리가 들렸다

이즉하니 물기에 누굿이 젖은 왕구새자리에서 저녁상을 받은 가슴
앓는 사람은 참치 회를 먹지 못하고 눈물겨웠다

어둑한 기슭의 행길에 얼굴이 해쓱한 처녀가 새벽달같이
아— 아즈내인데 병인은 미역 냄새 나는 덧문을 닫고 버러지같이
누웠다

《사슴》(1936년 1월)

말뜻 풀이

시기: 가키사키〔시기(柿崎)〕. 일본 도쿄 남서쪽 시즈오카현에 있다. 바다를 끼고 이즈반도 쪽으로 가면 반도 끝에서 태평양을 바라보고 있는 바닷가 마을이다.

비가 들어서: 비가 내려서. 비가 와서. '비가 내리다'는 비를 자연으로, '비가 오다'는 비를 사람으로, '비가 들다'는 비를 손님으로 여기는 말씨다. 비를 사람이나 손님으로 여길 적에는 흔히 '빗님'이라 부르며 높임말을 쓰기도 한다.

흥성하다: 넘치도록 많이 모여서 바삐 오가며 떠들어 시끄럽고 부산하다.

참대 창: 참대로 만든 창. '왕대'라고도 부르는 '참대'는 마디가 두 줄을 이루고 가지는 몸통과 직각으로 벋으며 몸통이 굵고 키가 커서 여러 가지 쓸모가 많다. 우리나라에서 자라는 대에는 참대보다 몸통이 가늘고 키가 작으며 가지가 위로 치켜 벋는 '솜대', 솜대와 비슷하지만 껍질이 검보라빛을 띠는 '까망대(오죽)', 마디가 한 줄이고 키가 크지 않으며 몸통의 빛깔이 뿌리 쪽으로 분을 바른 듯이 희고 위로는 누른빛을 띠며 죽순이 부드럽고 맛있는 '죽순대', 몸통이 손가락만 하게 가늘고 껍질을 잘 벗지 않으며 무리를 지어 배게 나고 잎이 넓고 긴 '설대'(흔히 조리를 만들기 때문에 '조릿대'라고도 함) 같은 것들이 있다.

섬돌: 마당(뜰)에서 집채로 밟고 오르내리도록 층층으로 놓은 돌.

곱조개: 껍질이 붉은 곱색을 띠는 조개.

배창: 배의 갑판 밑을 창고 삼아 쓰도록 만든 곳. 잡은 고기를 갈무리해 둔다.

이즉하니: 이즈막하게. 이슥한 시간이 되어서.

누굿이: '누긋이'의 평안도 사투리. 메마르지 않고 조금 눅눅하게.

왕구새자리: 왕골로 짠 삿자리. 일본 사람들이 방이나 마루에 까는 이른바 '다다미'.

아즈내: 초저녁. 평북 정주 지방의 사투리.

버러지: '벌레'를 낮잡아 이르는 말.

군소리

노래가 네 묶음이지만 모든 묶음이 한 월씩으로 이루어졌는데, 첫째 묶음과 넷째 묶음은 줄을 나누었다. 짜임새가 이처럼 단순하고 느슨한 그만큼 속살도 단순하고 느슨하다. 묶음이 하나씩 따로 흩어져 있기 때문이다. 그러나 노래를 따라가 보면 노래하는 사람의 움직임이 단순하고 느슨한 짜임새와 속살을 하나로 꿰어서 마침내 매우 튼튼한 졸가리를 깨닫게 해준다.

첫째 묶음에서는 노래하는 사람이 보이지 않는다. '비가 들어 배와 사람이 흥성한 바다'를 어디선가 바라보고 있다. 둘째 묶음에서는 '섬돌에 곱조개가 붙는 집의 복도'에서 그를 만난다. 거기서 그는 '배창에 고기 떨어지는 소리가 들렸다'고 한다. 그리고 셋째 묶음에서 '누긋이 젖은 왕골 삿자리에서 저녁상을 받은' 그를 또 만난다. 그는 '가슴 앓는 사람'이라 '참치 회를 먹지 못하고 눈물겨웠다'고 한다. 넷째 묶음에서는 다시 노래하는 사람을 볼 수 없다. 어디선가 '어둑한 기슭의 행길에 새벽달처럼 얼굴이 해쓱한 처녀'를 바라보고 있다. 그리고 '덧문을 닫고 버러지같이 눕는' '병인(가슴 앓는 사람)'인 그를 또 만난다. 그러니까 노래하는 사람(가슴 앓는 병인)의 움직임은 ① 방문을 열고 나서며 '흥성한 바다'를 바라보고, ② 복도를 지나며 '배창에 고기 떨어지는 소리'

를 듣고, ③ 저녁 밥상에서 '참치 회'를 먹지 못하여 눈물겹고, ④ 방으로 돌아가는 복도에서 '어둑한 행길의 해쓱한 처녀'를 바라보고, ⑤ 방으로 돌아와 '미역 냄새 나는' 덧문을 닫고 버러지같이 누워버린다. 이런 움직임의 시간은 '저녁밥 때'에서 '아즈내(초저녁)'까지다. 짙은 어둠이 눈앞에서 다가오고 있는 시간, '바다'에 사로잡힌 가슴 앓는 사람의 눈물겹도록 쓸쓸한 모습을 여지없이 드러낸 노래다. 그는 스스로를 '버러지 같다'고 하며 슬픔을 삼킨다. 그가 바로 나라를 빼앗아 짓밟는 침략자들 땅 일본에 가서 영문학을 공부하며 '가슴앓이(폐렴)'에 시달리던 시인 백석이다.

33

창의문 외

무이 밭에 흰나비 나는 집 밤나무 머루넝쿨 속에 키질하는 소리만이
들린다
　우물가에서 까치가 자꾸 짖거나 하면
　붉은 수탉이 높이 샛더미 우로 올랐다
　텃밭 가 재래종의 능금나무에는 이제도 콩알만 한 푸른 알이 달렸고
히스무레한 꽃도 하나둘 피어 있다
　돌담 기슭에 오지항아리독이 빛난다

《사슴》(1936년 1월)

말뜻 풀이

창의문 외(彰義門 外): 창의문 밖. '창의문'은 조선 시대 서울을 둘러싼 성곽의
작은 문 넷 가운데 하나로 서소문과 북대문(숙정문) 사이에 있으며 '자하문'이
라고도 부른다. 1396년(태조 5)에 지었으나 1413년(태종 13)부터는 경복궁을 내
리누른다는 풍수지리설의 풀이 때문에 닫아두고 다만 왕명으로 나라의 큰일이

있을 때에만 문을 열었다. 임진왜란에 불탔다가 1741년(영조 17)에 새로 세워 작은 문 넷 가운데 홀로 남아 있는 매우 값진 유적이다.

무이: 무.

샛더미: 새를 쌓아놓은 더미. (☞ 새 - 14.〈오리 망아지 토끼〉)

히스무레한: 희스무레한. 흰빛이 엷은 어둠에 가려 어스름한.

오지항아리독: 오짓물(잿물)을 입혀 구운 항아리. (☞ 12.〈고방〉)

군소리

다섯 줄로 이루어진 한 묶음의 노래다. 첫째 줄에서 무밭에 흰나비 나는 '집'이 한 채 있으나 밤나무와 머루넝쿨 속에서 (아낙네가) 키질하는 소리만 들린다. 사람은 보이지 않는다. 둘째와 셋째 줄은 한 월을 둘로 나누어서 무게가 곱절이 되었다. 우물가에서 까치가 자꾸 지저귀면 붉은 수탉이 높이 샛더미 위로 오른다. 까치와 수탉이 사람 노릇을 맡아 집을 지키는 모습이다. 이를 눈여겨보라고 두 줄로 펼쳤다. 넷째 줄에서 텃밭 가에 선 재래종 능금나무에는 이제('무이 밭에 흰나비 나는' 무르익은 봄철)까지도 콩알만 한 푸른 능금이 달려 있고(지난해 능금을 거두어들이지 않아 아직도 달려 있다), 세월은 흘러 새봄이 돌아오니 희스무레한 꽃이 하나둘 피었다. 다섯째 줄에서 돌담 기슭에 놓인 오지항아리독은 옛 모습 그대로 반들반들 빛난다.

집 밖에 무밭과 집 안에 텃밭도 있고, 능금나무와 밤나무와 머루넝쿨도 있고, 집 둘레로 둘러친 돌담 기슭에 오지항아리독도 놓였으니 지난날에는 반드시 서울 북녘에서 성안으로 끊임없이 오가는 사람들로 붐비던 숫막(나그네에게 술과 밥을 팔고 잠자리도 내어주던 집)이 있었을 듯하다. 그처럼 늘 사람들로 부산하던 창의문 밖이 지금은 이처럼 '적막강산'으로 바뀌고 말았음을 한 숫막의 괴괴한 모습으로 드러낸 노래다. 앞서 살핀 〈시기의 바다〉와 견주어 읽으면 여러 모로 짝을 이루어 '사람'과 '세상'의 눈물겨운 쓸쓸함이 더욱 가슴 아프게 다가온다.

이것으로 끝이 아니다. '창의문 밖'은 잊을 수 없는 두 가지 역사의 현장이기 때문이다. 가까이는 조선 광해군 때 능양군을 비롯한 반정 군사가 여기에 모여 이 문을 부수어 짓밟고 대궐로 들어가 능양군을 임금(인조)으로 앉히는 일을 이루었다. 또 멀리는 신라 무열왕 때 황산벌 싸움에서 목숨을 바친 두 화랑(장춘랑, 파랑)의 넋을 기리는 장의사(壯義寺)를 바로 여기에 세웠다. 두 화랑이 죽은 다음 싸움이 쉽게 풀리지 않을 적에 그들이 무열왕의 꿈에 나타나 충절을 보이었기에 넋을 기리고자 절을 세웠다 한다. 조선의 역사에서 앞의 일이 참으로 '옳음을 드러내는 노릇(창의)'이었는지, 겨레의 역사에서 뒤의 일이 참으로 '장한 옳음(장의)'이었는지는 아직도 깊이 헤아려볼 옹이가 남아 있다. 아무튼 백석이 노래한 이 '눈물겨운 쓸쓸함'이 이런 역사를 곱씹으며 빚어진 것인가 싶으면 가슴이 더더욱 아프다.

34
—

정문촌

주홍칠이 날은 정문이 하나 마을 어귀에 있었다

'효자노적지지정문' — 먼지가 겹겹이 앉은 목각의 액에
나는 열 살이 넘도록 갈지자 둘을 웃었다

아카시아 꽃의 향기가 가득하니 꿀벌들이 많이 날아드는 아침
구신은 없고 부엉이가 담벽을 띠쪼고 죽었다

기왓골에 뱀이 푸르스름히 빛난 달밤이 있었다
아이들은 족제비같이 먼 길을 돌았다

정문집 가난이는 열다섯에
늙은 말꾼한테 시집을 갔겄다

《사슴》(1936년 1월)

말뜻 풀이

정문촌: 정문이 서 있는 마을. '정문'은 조선 시대 나라에서 효자·충신·열녀가 살던 마을 들머리 또는 살던 집 앞에 그의 삶을 널리 알리고 본받도록 하자고 세운 두 기둥의 붉은 문.

날은: 빛깔이 바래어 엷어지거나 없어진.

효자노적지지정문(孝子盧迪之之旌門): 효자 노적지의 정문. 나라에서 효자 노적지에게 내린 정문. 노적지는 17세기 후반 숙종 때 평북 정주에 살던 노윤종의 둘째 아들로 효성이 지극하여 나라에서 정문을 내렸다.

목각의 액: 나무판에 글을 새겨서 만든 편액(현판).

갈지자 둘: '효자노적지지정문'에 나란히 쓰인 '갈 지(之) 자' 둘.

부엉이: 올빼미 가운데 머리에 귀가 곧추선 것을 이른다. 한자로 '묘두응(猫頭鷹)' 곧 '고양이 머리를 한 매'라고 하는데, 귀를 세우고 밤새 집 근처 나무나 담장이나 지붕 위에 앉아 있는 모습을 사람들은 집안을 지켜주는 귀신이라고 여겼다.

띠쪼고: 부리로 부딪치며 쪼고.

족제비: 몸길이 25~40cm의 털이 좋은 짐승으로 꼬리가 몸길이의 절반을 넘는다. 집 가까이 낮은 산과 논밭 언저리 물가에 사는데 호기심이 많고 성격이 급하며 냄새를 잘 맡고 귀가 밝아 새와 토끼, 물고기, 개구리, 뱀 따위를 잡아먹고 귀뚜라미, 메뚜기, 여치 같은 작은 벌레도 잡아먹는다.

정문집: 나라에서 내리는 정문을 받은 집. 정문의 임자가 살았고 그 후손이 사는 집.

말꾼: 말에 달구지를 지워서 남의 짐을 실어 나르며 살아가는 사람.

군소리

조선 왕조 시절에는 마을 어귀에 정문이 서 있으면 정문 임자의 후손은 말할 나위도 없거니와 마을이 온통으로 자랑스러웠다. 그런 마을을 모든 사람이 '정문촌'이라 부르며 우러러보고 부러워했다. 노래는 그런 '정문촌'이 버려지고 무너져 내린 시절의 모습을 다섯 묶음에 나누어 담담한 말씨로 구석구석 그렸다. 앞의 두 묶음은 버려진 '정문'의 모습을 그리고, 뒤의 세 묶음은 무너져 내린 '정문집'의 속살을 그렸다.

첫째 묶음은 마을 들머리에 '정문 하나'가 서 있었다 한다. 아직도 정문은 버티고 서 있지만 거룩함과 자랑스러움을 드러내던 '주홍칠'은 날아가 버렸다. 다시 새롭게 칠할 마음과 힘을 잃어버린 것이다. 둘째 묶음은 정문의 임자를 밝혀 그의 이름을 나무 널(판자)에 새겨 정문 이마에 걸어놓은 액자다. 그 액자에는 먼지가 겹겹이 앉아 있고, 거기 적힌 정문 임자의 이름은 자라는 어린아이에게 웃음거리가 되었다. 자라는 어린아이에게는 정문을 받은 효자의 이름이 그저 이상하게 보이는 글자일 뿐이다. 셋째 묶음은 정문집이 무너지던 속살의 첫걸음을 그렸다. 자연 만물이 목숨의 기운을 뿜어내는 초여름의 어느 아름다운 아침인데, 정문집에는 밤마다 귀신처럼 눈을 부릅뜨고 권위를 지켜주던 부엉이가 담벽을 부리로 쪼며 들이받고 죽어버렸다. 넷째 묶음은 정문집이 무너지던 속살의 둘째 걸음이다. 사람 눈에 띄지 않도록 굴속에 숨어서 살림을 지켜주던 지킴이(뱀)가 달 밝은 어느 밤에 지붕 기왓골에 똬리를 틀고 앉아 작별을 알렸다. 그런 뒤로 마을 아이들도 폐가 같은 정문집을 피해서 먼 길로 돌아다녔다. 다섯째 묶음은 정문집이 무너지던 속살의 마지막 걸음이다. 핏줄로는 귀족의 집안에 태어났으나 이미 가난에 쪼들려 '가난이'란 이름으로 자란 외동딸이 늙은 말꾼에게 팔려서 시집을 갔다. 무너져 내릴 대로 무너져 내린 정문집의 속살을 드러낸다.

효자 노적지의 집안처럼 어버이 섬기며 복되게 살아온 전통문화 깊은 나라를 총칼 들고 달려드는 침략자에게 빼앗기고, 사반세기를 싸우며 울고불고 지내던 시절에 부른 노래다. 그 시절에 이런 노래를 만난 우리 겨레는 누구나 '정문촌'이 그대로 우리나라의 모습임을 깨달으며 가슴을 치지 않았을까 싶다.

35

여우난골

박을 삶는 집
할아버지와 손자가 오른 지붕 우에 하늘빛이 진초록이다
우물의 물이 쓸 것만 같다

마을에서는 삼굿을 하는 날
건너 마을서 사람이 물에 빠져 죽었다는 소문이 왔다

노란 싸릿잎이 한불 깔린 토방에 햇칡방석을 깔고
나는 호박떡을 맛있게도 먹었다

어치라는 산새는 벌배 먹어 곱다는 골에서 돌배 먹고 아픈 배를 아이
들은 딸배 먹고 나았다고 하였다

《사슴》(1936년 1월)

말뜻 풀이

여우난골: 여우가 자주 나타나는 산골. (☞ 7. 〈여우난골족〉)

박을 삶는: 박은 흔히 덩굴을 지붕으로 올려서 키운다. 박이 잘 익으면 지붕에 올라가 따고, 딴 박은 톱으로 켜서 박 속을 파낸 다음 솥에 넣어 삶으면 바가지가 된다.

삼굿: 삼 껍질을 벗길 수 있도록 삼을 찌는 구덩이 또는 솥. 삼이 다 자라 삼대가 여물면 베어서 잎은 대칼로 쳐버리고 다발로 묶어 삼굿에 가지런히 포개어 넣고 푹 익도록 쪄서 껍질을 벗긴다. 껍질을 벗긴 삼대는 '겨릅'이고 껍질은 '삼'인데, 여러 손질을 거쳐 삼으로 삼베를 짠다. 삼굿은 논밭 들머리에 구덩이를 파서 만들지만 철판으로 직사각형의 큰 솥을 만들어 쓰기도 했다. 삼굿에 삼대를 넣어 쪄내는 일을 '삼굿한다' 하고, 삼굿하는 일은 온 마을이 함께 날을 잡아서 큰 잔치를 벌이듯이 했다.

싸릿잎: 싸리의 잎. 싸리의 잎은 석 장의 잔잎으로 이루어진 겹잎이다. '비사리'라 부르는 껍질로 밧줄을 만들고, 껍질을 벗기고 남은 매끈매끈한 '속대'라는 줄기로 '싸릿대' 또는 '싸릿개비'라는 채그릇을 만들고, 껍질을 벗기지 않은 '통대'로 발이나 삼태기 또는 싸리문을 만들기도 했다. 마른 잎은 땔감이나 거름으로 쓰는데 고방이나 토방 바닥에 깔기도 했다.

한불: 한벌. 어느만큼 널찍한 자리에 사람이나 물건 같은 것들이 쭉 널려 있는 모습.

토방: 방으로 들어가는 문 앞에 좀 높이 편평하게 다진 흙바닥.

햇칡방석: 올해에 새로 나서 자란 칡덩굴을 베어다 결어서 만든 방석.

호박떡: 호박 가래를 넣어서 쪄낸 시루떡. 잘 익은 호박을 가래로 썰어 말려서

쓴다.

어치: 몸길이가 35cm쯤 되는 텃새. 털빛은 분홍을 띤 갈색이 바탕이며 흰빛의 허리와 검은빛인 꼬리가 대조를 이룬다. 날개덮깃에는 푸른빛과 검은빛의 가로 띠가 있으며 날개에는 뚜렷한 흰빛 반점이 있고 세로무늬가 있는 정수리의 깃을 세워 낮은 댕기를 이루어서 몸 전체의 모습이 아주 곱다.

벌배: 벌배나무의 열매. '벌배나무'는 팥배나무, 물앵두나무, 산매자나무, 물방치나무라고도 하는데, 열매는 9~10월에 붉은빛으로 익고 빈혈과 허약한 체질을 다스리는 약으로 쓴다.

돌배: 돌배나무의 열매. 지름이 3cm쯤이고 가을에 다갈색으로 익는데 익을 때 꽃받침이 떨어지고 날것으로 먹거나 삶아서 먹고 약으로도 쓴다.

띨배: 산사나무의 열매. '아가위'라고도 하는데 구슬처럼 생겨 10월에 붉게 익는다. 화채를 만들거나 날것으로 먹으며 술을 빚어 마시기도 하고, 햇볕에 말리면 '산사자'라 하여 한방에서 약재로 쓰고 고기를 먹고는 소화제 삼아 먹기도 한다.

군소리

앞에서 읽은 〈여우난골족〉과 짝을 이루는 노래다. 앞 노래는 여우난골에 사는 한 집안의 삶을 그렸고, 이 노래는 '여우난골'이라는 마을의 삶을 그렸다. 앞 노래는 가족의 꽃인 아이들 가운데 하나가 명절 잔치에 모인 가족 안에서 삶을 노래하고, 이 노래는 마을에 사는 가난한 어느 집 어른이 늦가을 어느 날 마을을 둘러보며 마을의 모습을 노래한다.

하나는 삶 안에서 삶의 속살을 속속들이 노래하고, 하나는 삶의 안팎을 넘나들며 마을의 모습을 노래한다. 이렇게 두 노래는 오뉘처럼 좋은 짝을 이루었다.

이 노래는 네 묶음으로 이루어졌는데, 첫째 묶음은 '눈'에 들어오는 빛깔로 마을의 모습을 노래하고, 둘째 묶음은 '귀'에 들어오는 소문으로 마을의 모습을 노래하고, 셋째와 넷째 묶음은 '입'에 들어오는 떡과 배의 맛으로 마을의 모습을 노래한다. 마을의 모습을 온통 '몸'으로 받아들이도록 만들어놓았다.

첫째 묶음은 눈에 들어오는 하늘의 하늘빛과 땅의 우물 물빛이다. 눈에 들어오는 빛이기에 그 언저리가 어우러져 한 폭의 그림을 만든다. 눈은 박을 삶는 집에서 할아버지와 손자가 올라앉은 지붕 위로 가서 마침내 진초록의 하늘빛을 만났다. 하늘빛이 내려앉았을 수도 있는 우물의 물빛은 검푸른 진초록을 빛으로 드러내지 않고 입안의 혀가 맛보아 느끼는 쓴맛으로 드러냈다. 둘째 묶음은 온 마을 사람이 어우러져 삼굿을 하는 날, 삼굿의 열기만큼 들뜬 사람들의 흥성거리는 소리를 떠올리게 해놓고, 삶을 팽개치고 물에 뛰어들어 목숨을 던져버린 죽음의 소식을 귀에 들려준다. 느닷없이 닥친 죽음이 얼마간의 거리를 둔 '건너 마을'의 것이기에 마을의 삶을 온통 흩어놓지는 않고 숙고하게 만들어서 절묘하다. 셋째 묶음은 '맛있게도 먹었다'는 호박떡의 맛이다. 하지만 우리에게 오는 맛은 호박떡을 넘어서 '토방에 노란 싸릿잎을 한불 깔고, 그 위에 햇칡방석을 깔아' 호사(?)를 누리는 아름답고 넉넉한 가난의 맛이다. 넷째 묶음은 벌배, 돌배, 떨배의 맛을 노래하지만 거듭된 네 차례의 되풀이로 가락을 자아내는 '배'라는 소리가 웃음을 자아낼 만큼 더욱 빛난다. 멧새 가운데 아름답기로 첫손 꼽히는 어치가 '벌배'를 먹어서 그처럼 곱다는 여우난골 사람들의 벌배 자랑도 아름답거니와 돌배 먹고 아픈 배를 '띨배' 먹고 낫는다는 아이들의 띨배 자랑도 놀랍다. 띨배라는 이름은 흔히 더없이 못난 배를 일컫기 때문이다.

36

삼방

갈부던 같은 약수터의 산거리엔 나무그릇과 다래나무 지팡이가 많다

산 너머 시오리서 나무뎅치 차고 싸리신 신고 산비에 촉촉이 젖어서
약물을 받으러 오는 두메 아이들도 있다

아랫마을에서는 애기무당이 작두를 타며 굿을 하는 때가 많다

《사슴》(1936년 1월)

<u>말뜻</u> 풀이

삼방: 강원도 북녘 세포군 삼방리. 삼방협곡의 단풍과 삼방폭포와 삼방약수로
유명하다. 강원선 삼방역에서 북으로 4km쯤 떨어져 있으며 평강~세포~고산
을 잇는 한길이 나 있어 교통이 편리하다. 삼방약수는 탄산가스가 많아 만성위
염, 십이지장궤양, 담석증, 대장염, 만성신우염, 방광염 따위를 고치는 효과가
크다고 알려져 있다.

나무그릇: 나무를 깎아서 만든 그릇. 지난날에는 제사에 쓰는 제기는 말할 나위도 없고 숟가락 젓가락을 비롯하여 갖가지 그릇을 나무로 만들어 썼다.

두메: 도회에서 멀리 떨어져 사람이 많이 살지 않는 깊은 산골.

군소리

앞에서 읽은 〈산지〉와 같은 글감으로 읊은 노래다. 노래 이름을 〈삼방〉으로 바꾸어 자리를 뚜렷이 드러냈고, 노래 〈산지〉의 탐스럽던 삶을 이루던 자연 속 여러 짐승의 삶을 모두 밝아내 버렸다. 오직 목숨 없는 나무그릇과 다래나무 지팡이, 약수터의 약물과 애기무당의 작두 굿에 기대는 사람들의 아픔만 앙상하게 남겼다. 그러니까 자연과 어우러져 아름답던 삶의 노래(〈산지〉)가 자연을 잃어버려 애달픈 삶의 노래(〈삼방〉)로 바뀌었다.

　두 노래가 세상에 나온 때는 서로 두 달쯤 사이가 뜨지만 그만한 시간이 이처럼 다른 모습의 노래를 만들도록 시인의 눈과 마음을 바꾸었다고 볼 수는 없다. 두 노래는 아마도 한꺼번에 두 가지 영감을 받은 시인에게서 쌍둥이로 태어났을 것이다. 이런 사정은 앞의 〈여우난골족〉과 〈여우난골〉도 마찬가지니, 백석의 상상력이 그만큼 넉넉하고 신비하다.

37

통영

구마산의 선창에선 좋아하는 사람이 울며 내리는 배에 올라서 오는
물길이 반날
갓 나는 고장은 갓 같기도 하다

바람 맛도 짭짤한 물 맛도 짭짤한

전복에 해삼에 도미 가재미의 생선이 좋고
파래에 아가미에 호루기에 젓갈이 좋고

새벽녘의 거리엔 쾅쾅 북이 울고
밤새껏 바다에선 뿡뿡 배가 울고

자다가도 일어나 바다로 가고 싶은 곳이다

집집이 아이만 한 피도 안 간 대구를 말리는 곳
황화장사 영감이 일본말을 잘도 하는 곳
처녀들은 모두 어장주한테 시집을 가고 싶어 한다는 곳

산 너머로 가는 길 돌각담에 갸웃하는 처녀는 금이라던 이 같고

내가 들은 마산 객주집의 어린 딸은 란이라는 이 같고

란이라는 이는 명정골에 산다는데

명정골은 산을 넘어 동백나무 푸르른 감로 같은 물이 솟는 명정샘이 있는 마을인데

샘터엔 오구작작 물을 긷는 처녀며 새악시들 가운데 내가 좋아하는 그이가 있을 것만 같고

내가 좋아하는 그이는 푸른 가지 붉게 붉게 동백꽃 피는 철엔 타관 시집을 갈 것만 같은데

긴 토시 끼고 큰머리 얹고 오불고불 너멧 거리로 가는 여인은 평안도서 오신 듯한데 동백꽃 피는 철이 그 언제요

옛 장수 모신 낡은 사당의 돌층계에 주저앉아서 나는 이 저녁 울 듯 울 듯 한산도 바다에 뱃사공이 되어가며

녕 낮은 집 담 낮은 집 마당만 높은 집에서 열나흘 달을 업고 손방아만 찧는 내 사람을 생각한다

〈조선일보〉(1936년 1월 23일)

말뜻 풀이

물길이 반날: 배를 타고 오가는 길이 '물길'이고 하루의 절반이 '반날'이다. 그러나 흔히 '반날'을 낮의 절반으로 치기 때문에 '물길이 반날'이란 배를 타고 한나절을 가면 닿는 곳이라는 뜻이다.

가재미: 가자미. '가자미'는 바닷고기 이름. 몸이 납작하며 두 눈은 오른쪽에 몰려 붙어 있으며 크기는 넙치보다 작다. 넙칫과의 넙치가자미, 동백가자미, 참가자미, 목탁가자미, 줄가자미 따위를 통틀어 일컫는다.

아가미: 물속에 사는 동물이 숨을 쉬는 기관이다. 여기서는 대구, 명태, 조기, 민어, 갈치 같은 바닷고기의 아가미로 담근 젓갈(아가미젓)을 뜻한다.

호루기: 호래기. '호래기'는 '꼴뚜기'의 남해안 사투리다. 꼴뚜기젓은 서해와 남해 연안에서 주로 담그는데, 전남에서는 고록젓 또는 꼬락젓, 전북에서는 꼬록젓, 경남에서는 호래기젓, 황해도에서는 꼴띠기젓, 평북에서는 홀째기젓이라 부른다.

피도 안 간 대구: 피도 가시지 않은 대구. 피도 마르지 않은 대구. 아주 싱싱한 대구라는 뜻이다. '대구'는 아가미와 창자(알과 고니 따위)를 꺼내서 따로 젓을 담거나 국을 끓여서 먹고, 대가리와 몸통은 곧장 말려서 삐들삐들할 즈음에는 술안주로도 좋고 두고두고 갖가지 요리를 해서 먹는다.

황화장사: 황아장수. '황아(황화)'란 나무그릇·대나무그릇·방물(여인이 쓰는 화장품, 노리개와 패물, 바느질 도구 따위)과 더불어 누구에게나 요긴하게 쓰이는 온갖 자잘한 물건들이다.

어장주: 어장의 임자. '어장'이란 고기를 비롯한 해산물이 뿌리 내려 자라고 있거나 떼를 지어 머물거나 무리를 지어 지나가기 때문에 때를 맞추어 쉽게 잡거

나 거두어들일 수 있는 바다의 어느 자리다. 마치 뭍의 논밭처럼 바다의 어장도 임자가 있어서 사고팔고 한다.

들은: 든. 머무는.

객주집: 장사하는 사람들이 짐도 맡기고 밥도 먹고 잠도 잘 수 있도록 마련해 놓고 돈을 받는 집.

감로: 단맛 나는 이슬.

오구작작: 한곳에 오구구 모여서 떠들거나 붐비는 모양을 뜻하는 평안도 사투리.

타관 시집: 멀리 낯선 곳으로 가는 시집.

토시: 겨울에는 추위를 막고 여름에는 더위를 식히려고 한 끝은 좁고 다른 끝은 넓게 저고리 소매 비슷하게 만들어 끼는 팔소매. 겨울 것은 비단·무명 따위를 겹으로 누비거나 솜을 두기도 하고, 여름 것은 등나무·대나무 따위로 엮어 만들었다.

큰머리: 궁중이나 양반집에서 혼례나 큰 예식 때에 아낙네가 꾸미던 머리 모양. 어여머리 위에 '떠구지'라고 하는 나무로 만든 큰머리를 얹어 꾸민다. 모습이 매우 크고 거룩하다.

오불고불: 고르지 않게 고불고불한 모양.

너멧 거리: 너머에 있는 거리.

녕: '지붕'의 평북 사투리.

손방아: 한 손바닥을 방아확으로 삼고 다른 손 주먹을 방앗고로 삼아 주먹으로 손바닥을 찧는 노릇. 말 못 할 괴로움으로 견딜 수 없이 답답할 적에 혼자서 찧는 방아다.

군소리

노래는 토박이말이 담아내는 고삐 풀어버린 마음속 느낌의 잔치다. 고삐 풀린 마음속 느낌의 샘은 갓 나는 고장 통영, 그리고 거기 사는 '내가 좋아하는 사람'이다. 따라서 갓 나는 고장 통영에서 솟는 느낌이 절반, '내가 좋아하는 사람'에서 솟는 느낌이 절반으로 이루어진 노래다.

첫 묶음 두 줄은 노래로 들어가는 문이라 느낌의 샘인 '좋아하는 사람'과 '갓 나는 고장'을 함께 건드려 문을 열었다. 그리고 둘째 묶음 한 줄, 셋째 묶음 두 줄, 넷째 묶음 두 줄, 다섯째 묶음 한 줄, 여섯째 묶음 석 줄이 모두 갓 나는 고장 통영의 샘에서 솟는 느낌이다. 나머지 일곱째 묶음 두 줄과 여덟째 묶음 다섯 줄, 아홉째 묶음 두 줄은 '내가 좋아하는 사람'의 샘에서 솟는 느낌이다. 그러니까 갓 나는 고장 통영의 샘에서 솟는 느낌은 다섯 묶음으로 흩어놓고, '내가 좋아하는 사람'의 샘에서 솟는 느낌은 세 묶음으로 모아놓았다. 하지만 줄로 보면 앞 샘에서 솟는 느낌도 아홉 줄, 뒤 샘에서 솟는 느낌도 아홉 줄로 가지런히 맞추었다. 느낌의 양은 같으면서 느낌의 질이 다른 점을 영절스런 짜임새로 드러낸 셈이다.

물론 앞쪽 절반은 들머리다. 각시가 좋으면 처갓집 말뚝 보고 절한다는 옛말처럼 처갓집 말뚝 보고 절하는 셈이다. 그러나 본바탕인 뒤쪽 절반은 곰곰이 읽어야 한다. 일곱째 묶음 첫 줄은 보이는 처녀마다 '좋아하는 사람 난'인가 하는 느낌을 드러냈지만 '금'이라던 난이의 친구 같다며 변죽만 울렸다. 둘째 줄부터 마산 객주집(지난해 유월에 난이를 처음 만났던 그 객주집) 어린 딸이 난이처럼 보인다. 변죽이 아니라 복판을 때렸다.

여덟째 묶음 첫째, 둘째, 셋째 줄은 잇달아 복판을 때리는 것이니 난이가 산다는 명정골, 감로같이 물이 달콤한 명정샘, 샘터에서 오구작작 물을 긷는 처녀와 색시들…… 이래서 이제는 '좋아하는 사람'이 아니라 '내가 좋아하는 그이'다.

그런데 '내가 좋아하는 그이는 푸른 가지 붉게 붉게 동백꽃 피는 철엔 타관 시집을 갈 것만 같은' 이 불길한 예감은 무엇인가? '긴 토시 끼고 큰머리 얹고 오불고불 너멧 거리로 가는 여인'(난이와 백석 사이를 가로막고 있는 난이의 어머니) '평안도서 오신 듯한'(평안도처럼 쌀쌀한) 여인에게서 받은 예감이다. 그런 예감에 휩싸여 낡은 사당 돌층계에 주저앉아 '울 듯 울 듯 한산도 바다에 뱃사공이 되어가'는 '나'의 모습과 그를 애타게 기다리면서도 어머니의 손아귀에 사로잡혀 '열나흘 달을 업고 손방아만 찧는 내 사람' '난'의 모습을 나란히 드러냈다. 싸늘한 담장에 가로막힌 짝사랑이 애달프다.

뱀발(사족) 한마디를 덧붙이면, 이 노래는 '난이는 배 타고 마산으로 나가고 집에 없다.'라는 어머니의 전갈에 어쩔 수 없이 허탕치고 돌아와 지은 노래다. 노래 맨 첫 줄에 '구마산 선창에선 좋아하는 사람이 울며 내리는 배에 올라서'라고 한 구절의 뜻이 이제야 풀린다.

38

오리

오리야 네가 좋은 청명 밑게 밤은

옆에서 누가 뺨을 쳐도 모르게 어둡다누나

오리야 이때는 따디기가 되어 어둡단다

아무리 밤이 좋은들 오리야

해변 벌에선 얼마나 너희들이 욱자짓걸하며 멕이기에

해변 땅에 나들이 갔던 할머니는

오리새끼들은 장모이나 하듯이 떠들썩하니 시끄럽기도 하더란 숭인가

그래도 오리야 호젓한 밤길을 가다

가까운 논배미들에서

까알까알하는 너희들의 즐거운 말소리가 나면

나는 내 마을 그 아는 사람들의 짓걸짓걸하는 말소리같이 반가웁고나

오리야 너희들의 이야기판에 나도 들어

밤을 같이 밝히고 싶고나

오리야 나는 네가 좋구나 네가 좋아서

벌논의 늪 옆에 쭈구렁 벼알 달린 짚 검불을 널어놓고

닭이짗 올코에 새끼 달은 치를 묻어놓고
동둑 너메 숨어서
하루 종일 너를 기다린다

오리야 고운 오리야 가만히 안겼거라
너를 팔아 술을 먹는 노장에 영감은
홀아비 소의연 침을 놓는 영감인데
나는 너를 백동전 하나 주고 사 오누나

나를 생각하던 그 무당의 딸은 내 어린 누이에게
오리야 너를 한 쌍 주더니
어린 누이는 없고 저는 시집을 갔다건만
오리야 너는 한 쌍이 날아가누나

《조광》 2권 2호(1936년 2월)

말뜻 풀이

청명: 한 해를 스물네 마디로 나눌 적에 다섯째 마디의 첫날. 하늘이 맑고 밝다
는 뜻으로 춘분과 곡우 사이에 놓여서 음력 삼월 초승(양력 사월 5·6일)이다.

밎게: 미처서. 이르러서.

따디기: "한낮의 뜨거운 햇빛 아래 흙이 풀려 푸석푸석한 저녁 무렵"이라는 풀이가 있지만 그런 쓰임새를 달리 찾을 수가 없고, 백석의 노래에 두 차례 나타나는 문맥으로 도무지 어울리지 않는다. 나는 이들 두 차례의 문맥으로 보아 조심스럽지만 '초승께'(음력으로 매달 초하루부터 며칠 동안)를 뜻하는 평북 정주 지역의 사투리일 것으로 본다.

멕이기에: 큰 소리로 이야기를 주고받기에.

장모이: 장모임. 장터에 많은 사람이 와자지껄 모임.

숭인가: 흉인가. 흉을 보는 것인가.

논배미: 둑으로 갈라놓은 논의 한 바탕(자락, 도가리, 구역).

벌논: 너른 벌판에 있는 논.

벼알: '나락'의 북녘 말. 국어사전들이 '나락'을 '벼'라느니 '벼의 사투리'라느니 '벼의 북녘 말'이라느니 하고 풀이하지만 옳지 않다. '나락'은 '벼'의 열매다. 농사짓는 사람들도 '벼'를 '나락'이라 하고 '나락'을 '벼'라고 하지만 그건 어디까지나 제유로 쓰는 말이고, '나락'은 '벼'가 꽃을 피워 맺는 열매이기 때문에 서로 다른 말이다.

닭이짖 올코: 닭의 깃털을 붙여 만든 올가미의 코.

새끼 달은 치: 새끼줄을 달아놓은 덫.

소의연: 소 의원. 소의 질병을 고치는 사람.

백동전: 구리와 은을 섞어 만든 2전 5푼짜리 돈. 조선은 1894년 은본위제를 하면서 다섯 가지 돈을 찍었으니 5냥과 1냥은 은화, 2전 5푼은 백동전, 5푼은 적동전, 1푼은 황동전이었다. 일본 위폐범들이 백동전을 녹여 은을 가려내서 팔아먹고 구리에다 은으로 겉만 덮은 백동전을 만들어 떼부자가 되었다. 그리고 대한제국의 경제는 무너져 내렸다.

군소리

한마디로 날짐승인 오리에게 느끼는 그지없는 짝사랑을 여섯 묶음으로 나누어 털어놓은 노래다. 그러나 여섯 묶음의 속살이 그렇게 한마디로 쉽게 싸잡을 수 있는 것은 아니다. 크게 보면 앞쪽 세 묶음은 '나'의 마음속에 담긴 사랑을 오리에게 털어놓는 것이고, 뒤쪽 세 묶음은 '나'의 마음속에 담긴 사랑을 몸으로 드러내는 것이다. 그런데 맨 마지막 묶음은 '나'의 짝사랑을 아랑곳하지 않고 날아가 버리는 한 쌍의 오리를 고이 보내기까지 하는 그지없는 사랑을 드러낸다. 그래서 노래의 끝자락이 몹시 슬프고 거룩하다.

앞쪽 세 묶음을 보면, '나'가 오리를 좋아하는 까닭은 털빛이 곱다거나 생김새가 예쁘다거나 헤엄을 잘 친다거나 고기 맛이 좋다거나 그런 따위가 아니다. 청명 밝게 밤, 옆에서 누가 뺨을 쳐도 모르게 어두운 밤, 따디기가 되어 어두운 밤을 오리가 좋아하기 때문에 '나'도 오리를 좋아한다. 오리는 밤의 어둠만을 좋아하는 것이 아니라 그처럼 어두운 밤이면 바닷가나 논배미들에서 떠들썩하게 큰 소리로 이야기 주고받기를 좋아한다. 그처럼 까알까알 하며 즐겁게 주고받는 오리의 이야기가 '나'에게는 마을 그 아는 사람들의 지껄지껄 하는 말소리같이 반가워 그 이야기판에 들어가 함께 어울려 밤을 밝히고 싶다. 깜깜한 밤일수록 더욱 시끌벅적하게 이야기판을 벌이는 오리를 '나'는 그렇게 사랑한다.

뒤쪽 세 묶음을 보면 '나'는 오리를 마음으로만 좋아하는 것이 아니다. 가슴에 품어 안아주고 싶어서 여러 노릇을 다 한다. 벌논의 늪 옆에 쭈구렁 벼알 달린 짚 검불을 널어놓고 그 미끼 앞에 오리치를 묻어 놓은 다음 동둑 너머에서 하루 종일 걸려들기를 기다린다. 그래도 찾아와 안겨주지 않으니 소에게 침을 놓는 의원이면서 오리도 파는 노장 영감에게 백동전 한 닢을 주고 사서라도 품에 안는다. 그뿐 아니다. '나'를 생각하던 무당의 딸이 '나'의 어린 누이에게 오리 한 쌍을 선물로 주어서 온갖 사랑으로 키웠다. 그런데 그 어린 누이도 죽고, 그 무당의 딸도 시집을 가버리고, 남은 그 오리 한 쌍조차 짝을 지어 날아가 버리는구나!

온 마음으로 사랑하고 온갖 노릇으로 사랑해도 오리는 '나'의 사랑을 아랑곳하지 않고 날아가 버렸다. 짝사랑하는 사람의 애달픈 마음이 쓰라리다. 어떤 이는 이 노래에서 오리를 '올 이'로 읽는다는 글을 보았다. 재미나는 읽기지만, 나에게는 오리가 '우리'로 다가온다. 백석이 그처럼 사랑한 '우리나라와 우리 겨레'라는 느낌을 받는다. 어둠이 아무리 깊어도 꺾이지 않고 어둠이 깊으면 더욱 깊이 어우러져 왁자지껄 떠들며 일어서는 '우리'를 떠올린다.

39

연자간

달빛도 거지도 도적개도 모두 즐겁다
풍구재도 얼럭소도 쇠드랑 볕도 모두 즐겁다

도적괭이 새끼락이 나고
살진 쪽제비 트는 기지개 길고

홰낭 닭은 알을 낳고 소리 치고
강아지는 겨를 먹고 오줌 싸고

개들은 게 모이고 쌈지거리 하고
놓여난 도야지 둥구잡혀 오고

송아지 잘도 놀고
까치 보해 짖고

신영길 말이 울고 가고
장돌림 당나귀도 울고 가고

대들보 우에 베틀도 차일도 토리개도 모두들 편안하니

구석구석 후치도 보습도 쇠스랑도 모두들 편안하니

《조광》 2권 3호(1936년 3월)

말뜻 풀이

연자간: 연자방앗간. '연자방아'는 '연자매'라는 맷돌을 절구 위에 얹어 말이나 소가 끌어서 돌려 곡식의 껍질을 벗기거나 빻도록 만든 방아다.

도적개: 집을 나와서 혼자 돌아다니며 먹이를 훔쳐 먹고 살아가는 개.

풍구재: 바람을 불어주는 기구. 연자매가 찧어낸 곡식 낱알에 섞인 쭉정이, 겨, 먼지 따위를 바람으로 가려내는 기구로서 방앗간 한쪽 켠에 자리 잡는다.

쇠드랑 볕: 쇠스랑 창으로 들어오는 햇볕. '쇠스랑 창'이란 바람과 햇볕이 들어오도록 만든 창틀에 짐승이 들어오지 못하도록 쇠스랑처럼 나무나 대로 가는 기둥을 세워 박은 창이다. 이런 쇠스랑 창으로 들어온 볕은 창 기둥이 만든 그림자로 얼룩무늬가 되겠다.

도적괭이: 도적고양이.

새끼락: 새끼의 발가락.

홰낭: 홰 나무, 곧 횃대 나무. '낭'은 나무의 옛말인 '낡'이다. (☞ 홰 – 18. 〈미명계〉)

게 모이고: 계모임을 하고. '계'는 우리겨레가 옛날부터 힘들고 어려운 일을 서로 돕고 힘을 모아 함께 이루고자 규정을 만들어 내려오던 모임이다.

쌈지거리: 싸움짓거리. 싸움질.

둥구잡혀: 둥구나무를 안듯이 벌린 두 팔에 안겨서. '둥구나무'는 크고 오래된 정자나무.

보해: 뻔질나게. 쉬지 않고 잇달아.

신영길: 새 사람을 맞이해 오는 길. 본디 지방관아에서는 새로 부임하는 관장을 집으로 찾아가서 모시고 오는 일을 '신연(新延)'이라 했는데, 신연이 '신영(新迎)'으로 널리 퍼지며 여느 사람의 집에서 혼례를 모두 마친 다음 처갓집에 처음 인사하러 오는 신랑을 맞이하는 일을 뜻하기도 했다.

장돌림: 장사꾼이 팔 물건을 가지고 닷새 만에 서는 장터를 차례차례 잇달아 돌아다니는 노릇.

차일: 햇볕을 가리려고 공중에 치는 넓은 천. 요즘은 '텐트'에 자리를 빼앗겨 사라진 말이 되었다.

토리개: '씨아'의 평안도 사투리. '씨아'는 목화의 씨를 빼는 기구.

후치: '극젱이'의 강원도와 경남 사투리. '극젱이'는 땅을 가는 데 쓰는 농기구. 쟁기와 비슷하나 쟁깃술이 곧게 내려가고 보습 끝이 짧고 무디다. 보통 소 한 마리로 끄는데 소가 들어가기 힘든 곳에는 사람이 끌기도 한다. 쟁기로 갈아 놓은 논밭에 골을 타거나 흙이 얕은 논밭을 가는 데 쓴다.

보습: 쟁기, 극젱이, 가래 따위 농기구의 술바닥에 끼우는 넓적한 삽 모양의 쇳조각. 농기구에 따라 모양이 조금씩 다르다.

군소리

두 줄씩 가지런히 묶은 일곱 묶음으로 짜서 연자방앗간을 그려낸 노래다. 첫째 묶음 두 줄은 밤과 낮의 방앗간이고, 마지막 묶음 두 줄은 대들보 위와 땅바닥의 방앗간이다. 처음은 밤과 낮이 '모두 즐겁'고, 마지막은 대들보 위와 땅바닥이 '모두들 편안'하다. 그리고 가운데 다섯 묶음은 방앗간 안과 밖, 곧 방앗간과 그 언저리다. 거기서 벌어지는 일들만 보여주고 느낌은 말하지 않았다. 앞뒤로 즐거움과 편안함을 감싸놓았기 때문일까?

첫째 묶음에서 즐거움은 밤에 깃들인 달빛과 거지와 도적개가 누리고, 낮에 드러난 햇볕과 풍구재와 얼룩소가 누린다. 밤이면 하늘에서 내려온 달빛이, 낮이면 하늘에서 쇠스랑 창을 넘고 들어온 햇볕이 방앗간에서 즐거워하는 것은 자연의 이치다. 그런데 밤이면 거지와 도적개, 낮이면 풍구재와 얼룩소가 방앗간에서 즐거워하는 까닭은 무엇인가? 거지와 도적개는 밤이면 낮 동안 시달린 다리를 마음껏 뻗고 쉴 수 있으니, 풍구재와 얼룩소는 낮인데도 땀 흘려 풍구질과 맷돌 끌기를 하지 않으니 즐거워하는 것이다. 방앗간에는 지금 임자도 없고 연자방아도 돌아가지 않는다는 사실을 감추어 드러냈다. 마지막 묶음에서 드러난 편안함은 대들보 위에 얹힌 베틀과 차일과 토리개와 땅바닥 구석구석에 놓인 후치와 보습과 쇠스랑이 누린다. 길쌈에 쓰는 베틀과 차일과 토리개가 대들보 위에서 편안함을 누리고, 농사에 쓰는 후치와 보습과 쇠스랑이 구석구석에서 모두들 편안히 쉬고 있다. 방앗간의 임자는 본디 길쌈도 하고 농사도 지으면서 살았던 사람이지만 지금은 그런 삶을 모두 버려두고 어디론가 떠나가고 없으니 길쌈 기구와 농사 기구가 모두들 편안하지 않을 수가 없겠다.

가운데 다섯 묶음은 이런 방앗간과 그 언저리의 모습을 보여준다. 방앗간 안에서는 도둑고양이가 새끼를 쳐서 새끼의 발가락이 나오고, 잘 먹어서 살이 오른 족제비는 기지개를 길게 튼다. 닭은 알을 낳았다며 횃대에 올라 소리치고, 강아지는 겨를 먹고 마음대로 오줌을 싼다. 방앗간 언저리에서는 개들이 계모임을 하다가 싸움짓거리를 하고, 우리를 벗어나 먹이를 찾아 돌아다니던 돼지는 마을 사람에게 둥구잡혀 돌아온다. 송아지 잘도 놀고, 까치 잇달아 우짖고, 방앗간 앞으로 지나가는 한길에서는 신영길 가는 말이 울며 가고, 장돌림 하는 당나귀도 울면서 간다. 방앗간 안의 도둑고양이, 족제비, 닭, 강아지는 더없이 편안하고 즐거운 듯하지만 방앗간 언저리의 개는 싸우고, 돼지는 잡혀 오고, 송아지는 '잘도'(비웃는 말투다) 놀고, 까치는 잇달아 우짖는다. 모두들 편안하지도 즐겁지도 않다. 게다가 방앗간 앞으로 지나는 한길의 말과 당나귀는 끝내 울고 간다.

임자가 떠나면서 내버린 연자방앗간, 임자가 대대로 뿌리 내려 살아온 핏줄 같은 삶터를 버리고 떠나면서 느닷없이 버려진 연자방앗간의 모습을 그린 노래다. 가슴 치며 울고 떠나갔을 사람과는 달리 남아 있는 온갖 짐승은 즐겁게 살아 있고 목숨 없는 여러 연모는 편안히 쉬고 있다고 노래한다. 그러나 꼼꼼히 읽으면 노래가 뒤로 갈수록 짐승의 삶도 고달파지다가 끝내는 울면서 지나간다. 그래서 앞에서 짐승들이 모두 즐겁고 뒤에서 연모들이 모두들 편안하다고 감싸놓은 소리는 가슴 아픈 뒤집기며 비꼬기로 다가온다.

황일

한 십 리 더 가면 절간이 있을 듯한 마을이다

낮 기울은 볕이 장글장글하니 따사하다

흙은 젖이 커서 살갗이 깨서 아지랑이 낀 속이 안타까운가 보다

뒤울안에 복사꽃 핀 집엔 아무도 없나 보다

비인 집에 꿩이 날아와 다니나 보다

울 밖 늙은 들매나무에 튀튀새 한 불 앉았다 흰 구름 따라가며 딱정

벌레 잡다가 연둣빛 잎새가 좋아 올라왔나 보다

밭머리에도 복사꽃 피었다 새악시도 피었다 새악시 복사꽃이다 복사

꽃 새악시다

어데서 송아지 매— 하고 운다

골갯논두렁에서 미나리 밟고 서서 운다

복사나무 아래 가 흙장난하며 놀지 왜 우노

자개밭 둑에 엄지 어데 안 가고 누웠다

아랫동리선가 말 웃는 소리 무서운가

아랫동리 망아지 네 소리 무서울라

담 모도리 바윗 잔등에 다람쥐 해바라기하다 조은다

토끼잠 한잠 자고 나서 세수한다

흰 구름 건넌 산으로 가는 길에 복사꽃 바라노라 섰다

다람쥐 건넌 산 보고 부르는 푸념이 간지럽다

　저기는 그늘 그늘 여기는 챙 챙―

　저기는 그늘 그늘 여기는 챙 챙―

《조광》 2권 3호(1936년 3월)

말뜻 풀이

황일(黃日): 누른 해. 봄철 사월 초순에 고비사막과 타클라마칸사막 같은 중국과 몽골의 사막지대에서 일어난 흙먼지가 편서풍에 실려 우리나라로 날아오면 하늘을 누른빛으로 엷게 가려 해도 누렇게 보인다. 이런 흙먼지를 지난날에는 '흙비(토우)'라 불렀는데 요즘은 '황사(누른 모래)'라 부른다.

장글장글하니: 장글장글하게. '장글장글하다'는 내리비치는 햇볕이 살갗을 간질이는 듯이 따스하다는 뜻으로 북녘에서 '쟁글쟁글하다'와 함께 널리 쓰는 그림씨 낱말이다.

뒤울안: 집 뒤 울타리 안쪽. (☞ 11. 〈가즈랑집〉)

들매나무: 들메나무. 깊은 산골짜기나 냇가에 자라며 가을에 잎이 떨어지는 물푸레나무과의 큰키나무로서 목재는 단단하고 무늬가 아름다워 가구·건축·선박의 재료로 쓰고, 껍질은 약으로 쓴다.

튀튀새: 티티새. 딱샛과에 딸린 새로 '개똥지빠귀'라고도 한다. 배는 희고 옆구리에 검은 갈색 무늬가 있으며 다리가 길고 다른 새의 울음소리 흉내를 잘 낸

다. 벌레나 푸나무의 씨앗을 먹는데, 먹이를 먹고는 '티티' 하고 울어서 '티티새'라 부른다.

한 불: 한 쌍. 암수 한 쌍. 우리는 흔히 숟가락과 젓가락을 묶어 '수저 한 벌'이라 한다. '불'은 옷, 이부자리, 그릇 따위의 갖추어진 묶음을 헤아리는 이름씨 '벌'의 사투리다.

밭머리: 밭의 머리. 밭의 들머리. 농사꾼은 논과 밭을 사람처럼 여겨 위쪽을 '머리'라 부른다. 그리고 그 머리 쪽으로 드나들면서 거기를 '들머리'라 부른다.

골갯논두렁: 골 안 개울 논의 두렁. 좁은 골짜기로 흐르는 개울을 막아서 만든 논의 두렁. 골갯논에는 늘 물이 고여 있어서 벼를 베어내면 내년 봄에 모를 심을 때까지 미나리를 키운다.

자개밭 둑: 자갈밭 둑. '자갈밭'은 자갈이 많아서 농사짓기 어려운 밭.

담 모도리: 담 모서리. 담 귀퉁이.

토끼잠: 깊이 들지 못하고 자주 깨는 잠.

군소리

노래 모습은 이렇다 할 꾸밈도 없이 수수하고 편안하다. 열아홉 줄을 묶음으로 나누지도 않고 포개놓았으며 두 줄만 빼고 열일곱 줄은 모두 한 월씩이다. 그러나 월마다 마침표도 없이 줄바꾸기를 해서 줄글은 아니고 노래임을 간신히 드러냈다. 여섯째 줄과 일곱째 줄만 두 월과 네 월씩을 마침표 없이 이어놓았으니 무겁게 읽어야 마땅하다.

노래 이름이 '황일', 누른 해다. '흙비가 내리는 봄철'임을 넌지시 비친다. 꽃 피고 새 우는 봄철에 흙비가 내려 누른 해가 떠 있는 날이라니 좋음에 언짢음이 겹쳤다. 꽃과 새를 보면서 반가운 새봄을 마냥 좋아할 수만 없는 그런 봄날이다. 그리고 첫 줄에서 '한 십 리 더 가면 절간이 있을 듯한 마을'을 불렀다. 노래하는 이는 세상을 등지고 절간을 찾아 드는 걸음이고, 절간을 한 십 리 즈음에 앞두고 그의 눈길을 끌어당긴 마을을 만나서 걸음을 멈추어 섰다. 그러니까 노래는 이름난 절간이 멀지 않은 어느 산자락의 마을에서 벌어지는 봄철 흙비 내리는 날의 모습을 그려낸 것이다.

겉으로 드러난 노래의 모습으로는 묶음을 나누지 않았지만 펼쳐놓은 속살로는 뚜렷하게 갈라지는 마당이 있다. 마당은 노래하는 이의 눈과 귀에 따라 바뀐다. 첫째 마당은 멀찍이서 눈으로 바라보는 '마을'을 석 줄에 담았다. 둘째 마당은 그 마을 안의 어느 한 집, 곧 '뒤울안에 복사꽃 핀 집'으로 눈길을 돌려 넉 줄에 담았고, 셋째 마당은 어디서 들려오는 '송아지 울음'에 끌려 다시 그쪽으로 눈길을 돌려 여섯 줄에 담았고, 마지막 넷째 마당은 담 모서리 바위에 앉은 '다람쥐'에게 눈길을 돌려 여섯 줄에 담았다.

첫째 마당에서, 마을은 하늘이 내리는 장글장글하게 따사한 햇볕을 받고, 땅의 흙은 속이 몹시 안타깝다. 꽃이며 잎이며 나비며 벌이며 새로 살아나는 온갖 목숨을 키우자니 땅은 젖이 커지고 살갗이 터지고 속에 아지랑이가 끼어 하늘로 피어오른다. 그 속이 얼마나 안타까워 끓는 김이 아지랑이로 피어오를까! 둘째 마당에서, 뒤란에 복사꽃 핀 집에는 사람이 아무도 없나 보다. 임자 없이 빈 집에는 꿩이 날아와 다니며 집을 보아주나 보다. 울 밖에 서 있는 늙은 들메나무에는 티티새(개똥지빠귀)

한 쌍이 앉았으니 흰 구름 따라가며 딱정벌레를 잡다가 늙은 들메나무에 피어난 연둣빛 새잎에 반해서 내려앉아 즐기나 보다. 뒤란 텃밭머리에도 복사꽃이 피었다. 그 복사꽃이 노래하는 이의 눈에 꾸미고 시집가는 색시처럼 보인다. 그래서 색시 복사꽃이며 복사꽃 색시다. 꿩이 날아와 집을 보아주고, 티티새가 내려앉아 들메나무 새잎과 놀고, 복사꽃이 곱게 피어 색시 노릇을 하는 둘째 마당의 '빈 집'에서도 울 밖의 늙은 들메나무와 밭머리의 복사꽃은 한 줄에 두 월과 네 월씩 포개놓았으니 곱씹으며 무겁게 읽어야 깊은 맛을 볼 것이다. 셋째 마당에서, 매— 하는 울음소리에 따라 눈길을 돌리니 송아지는 골갯논 두렁에서 미나리를 밟고 서서 운다. '복사나무 아래에 가서 흙장난하며 놀지 왜 우노?' 어데 안 가고 자갈밭 둑에 누워 있는 어미 소의 나무람이다. '아랫마을에선가 히힝 하며 말 웃는 소리 들렸는데 그 소리 무서워 우나? 오히려 아랫마을 망아지가 네 울음소리 듣고 무서워 울겠다!' 이 또한 어미 소가 송아지에게 사랑을 담아 놀려주는 소리다. 넷째 마당에서, 다람쥐는 바위잔등에서 누런 해를 바라기하며 졸다가 토끼잠 한잠 자고 나서 세수하고, 흰 구름은 건넌 산으로 가는 길에 복사꽃 구경하느라 멈추어 섰다. 흰 구름이 멈추어서 건넌 산에 드리워진 그늘을 보고 다람쥐도 흥에 겨워 푸념 같은 노래를 부른다. '저기는 그늘 그늘 여기는 챙 챙—／저기는 그늘 그늘 여기는 챙 챙—'.

하늘에는 흙비에 가려 누런 해가 떠 있는 봄철 어느 하루. 절간 아래 산자락에 자리 잡은 마을에는 사람의 자취를 찾아볼 수가 없다. 사람이 없는 빈 마을에 햇볕과 흰 구름과 아지랑이, 복사꽃과 들메나무 새잎과 미나리, 꿩과 티티새와 딱정벌레와 송아지와 어미 소와 다람쥐, 이런 자연과 푸나무와 짐승들만 어우러져 구석구석 아름다운 삶을 누리고 있다. 흙비에 가려 누런 해와 아늑한 삶터를 버리고 떠난 사람들의 슬픔을 떠올리면 자연과 푸나무와 짐승들의 삶이 아름다울수록 그만큼 읽는 우리의 가슴은 더욱 아프다. 바로 앞에서 읽은 노래 〈연자간〉과 모습은 다르지만 속살은 조금도 다르지 않다. 둘이 모두 나라를 빼앗겨 삶까지 빼앗긴 '사람들'의 기막힌 서러움을 자연과 푸나무와 짐승의 천진한 즐거움으로 뒤집어 드러낸 노래다.

41

탕약

눈이 오는데

토방에서는 질화로 우에 곱돌탕관에 약이 끓는다

삼에 숙변에 목단에 백복령에 산약에 택사의 몸을 보한다는 육미탕

이다

약탕관에서는 김이 오르며 달큼한 구수한 향기로운 내음새가 나고

약이 끓는 소리는 삐삐 즐거웁기도 하다

그리고 다 달인 약을 하이얀 약사발에 밭아 놓은 것은

아득하니 깜하여 만년 옛적이 들은 듯한데

나는 두 손으로 고이 약그릇을 들고 이 약을 내인 옛사람들을 생각하

노라면

내 마음은 끝없이 고요하고 또 맑아진다

《시와 소설》 1권 1호(1936년 3월)

탕약: 약탕관에 달여서 먹는 약. 몸이 아프거나 힘이 없으면 자연에서 얻은 약재를 약탕관에 물과 함께 넣고 불 위에 얹어 쉬엄쉬엄 달여서 마시는 약. 우리 겨레의 약이라는 뜻으로 흔히 '한약'이라 부른다.

질화로: 흙으로 빚어 잿물을 입히지 않고 구워 만든 화로. '화로'는 숯불을 담아 두고 언제든지 불씨로 쓸 수 있도록 만든 그릇.

곱돌탕관: 곱돌로 만든 약탕관. '곱돌'은 기름처럼 반들반들하게 빛이 나고 만지면 매끈매끈한 돌. 예로부터 곱돌로 벼루, 냄비, 솥, 화로, 약탕관 같은 것을 만들었다.

육미탕: 산수유, 숙지황, 목단피, 백복령, 산약, 택사, 이렇게 여섯 가지 약재를 넣어서 달여 만드는 한방 보약. 이 노래에서는 '산수유'를 빼고 '삼(인삼)'을 넣었다.

밭아: 건더기가 섞인 국물을 체나 삼베 따위로 걸러서 국물만 받아내어.

온갖 푸나무와 벌레, 갖가지 짐승과 자연물 따위에서 질병을 다스리고 몸을 돕는 약물을 뽑아내는 노릇은 사람의 삶에서 뿌리 깊은 일이다. 우리 겨레는 일찍 환웅천황이 범과 곰에게 먹였다는 '쑥'과 '마늘'에서 그런 뿌리를 만날 수 있다. 백제의 서동이 뿌리를 캐서 먹고 살았던 '마'는 지금도 손꼽히는 약재 '산약'이거니와 《백제신집방》과 《신라법사방》 같은 의학책이 일본까지 알려졌다(일본 단바야스요리의《의심방(医心方)》(982)에서 이들 책을 인용했음). 고려 때부터《향약구급방》을 비롯한 여러 책을 나라에서 펴내었고 조선으로 이어져 선조 때 허준 (1539~1615)이 동양 세 나라에서 가장 우뚝한《동의보감》을 펴냈다.

〈탕약〉은 이처럼 뿌리 깊은 우리 겨레 삶의 그윽하고 놀라운 힘을 노래했다. 노래는 탕약을 달이고 만나는 이야기를 두 묶음으로 나누어놓았다. 앞 묶음에서는 토방에서 탕약을 '달이고', 뒤 묶음에서는 받아놓은 탕약을 '만난다'. 앞 묶음에서는 탕약을 '달이는 동안' 눈으로 김이 오르는 것을 보고, 코로 달콤하고 구수하고 향기로운 냄새를 맡고, 귀로 삐삐 약이 끓는 소리를 들으며 몸이 벌써 즐겁다. 뒤 묶음에서는 하얀 약사발에 받아놓은 까만 탕약에 들어 있는 만년 옛적을 '만나면서' 두 손으로 고이 받쳐 든 약그릇 속의 탕약에서 옛사람들을 생각하며, 이제 마음까지 끝없이 고요하고 또 맑아진다. 아직 한 모금의 약도 입에 넣지 않았으나 벌써 몸은 즐겁고 마음은 고요하고 맑아졌다. 여기서 노래가 끝나는 것은 더없이 마땅하다.

거룩한 속살을 더듬느라 뛰어난 솜씨를 지나쳐서 한마디만 덧붙이고 싶다. 뛰어난 솜씨의 열쇠는 무엇보다도 '꾸밈없음'이다. 낱말 하나 글월 하나 묶음 나누는 것까지 일부러 다듬고 꾸민 구석 없이 마냥 수수하다. 그저 이름 없는 백성이 나날이 쓰는 말씨 그대로 편안하게 풀어놓은 것처럼 다가온다. 그런데 곰곰이 읽으면 빼어난 솜씨로 빚어놓은 아름다움이 곳곳에 도사리고 있다. 탕약(보약)은 본디 만물이 기운을 갈무리하는 겨울철에 먹어야 한다. 노래의 문을 여는 '눈이 오는데' 한마디가 바깥세상이 겨울철임을 밝히니, 그것은 곧장 노래가 태어나던

1936년 조선 땅을 뒤덮은 어둠과 추위를 떠올리게 하여 우리의 마음을 조여놓는다. 그러고는 아무 일도 없다는 듯이 토방, 비록 아궁이에 불을 넣지는 않았으나 바깥세상의 추위에서는 떼어놓는 토방으로 들어와 질화로 위에 얹힌 곱돌탕관에서 끓는 탕약을 바라보며 노래의 세상은 탕관 안으로 들어갔다가 김과 냄새와 소리로 빠져나온다. 그리고 하얀 약사발에 까맣게 받아놓은 탕약을 만나서 만년 옛적 옛사람을 떠올리며 어둡고 추운 바깥세상을 뛰어넘어 맑고 고요한 마음을 되찾았다. 바깥세상의 추위와 맞설 힘이 솟는다.

이두국주가도

옛적 본의 휘장마차에
어느메 촌중의 새악시와도 함께 타고
먼 바닷가의 거리로 간다는데
금귤이 눌한 마을 마을을 지나가며
싱싱한 금귤을 먹는 것은 얼마나 즐거운 일인가

《시와 소설》1권 1호(1936년 3월)

말뜻 풀이

이두국주가도: 일본 시즈오카현 이즈반도에 있는 이즈노쿠니(伊豆の国)의 우찌하라만을 끼고 바닷가를 따라 돌아가는 길거리.

옛적 본: 옛적 모습. '본'은 본디 무슨 일이나 물건이나 사람의 가장 좋은 모습을 잡아주는 가늠이나 잣대를 뜻하는 이름씨 낱말이다. 반세기 이전만 해도 버선처럼 굽은 금을 그어 마름하는 옷감에는 '본'을 놓고 금을 그었으며, 아들딸에게 "누구의 '본'을 좀 보아라." 하는 꾸중을 더러 했다. 그러나 요즘에는 '본보

다', '본뜨다', '본받다'와 같이 쓰는 것이 고작이다.

휘장마차: 비단 여러 폭을 이어 만든 휘장을 사방으로 드리워 둘러친 마차.

어느메: 어느 곳.

촌중: 시골.

금귤: 운향과에 딸린 늘 푸른 떨기나무의 열매. 크기는 참새 알만 한데 겨울에 노란 금빛으로 익어 봄까지 떨어지지 않으며 단맛과 신맛이 있고 냄새가 아주 좋다. 일본말로 '낑깡(金柑)'이다.

눌한: 누런.

군소리

얼핏 읽으면 휘장마차 타고 바닷가 구경하는 즐거움을 그려낸 노래 같다. 옛적 모습이 그대로 살아 있는 휘장마차에 어느 시골 새색시와도 함께 타고 먼 바닷가 거리로 금귤이 누렇게 익은 마을 마을을 지나가며 싱싱한 금귤을 먹는 즐거움을 노래한 듯하다. 노래 짜임새도 하나의 월을 다섯 줄로 아무렇게나 나누어놓아 대수롭지 않은 듯하다. 이래저래 만만하게 읽히는 노래라는 말이다. 그러나 마음을 가라앉히고 정색하여 읽어보면 느낌과 분위기가 예사롭지 않다. 무엇보다도 노래의 속살이 사실과 실체로서 잡히지 않고 허깨비처럼 비어 있어서 야릇한 느낌을 일으킨다.

　우선 '옛적' 본의 휘장마차, '어느메' 촌중의 새색시, '먼' 바닷가의 거리, '얼마나' 즐거운 일, 이런 대목에서 작은따옴표 찍은 말들이 모두 뒤따르는 사실과 실체를 허깨비처럼 어름어름하게 만든다. 그런 가운데 서도 셋째 줄 '간다는데' 한마디는 허깨비의 으뜸이다. '간다고 하는데' 라니! 휘장마차에 남의 새색시와 함께 타고 바닷가 거리로 가고 있는 것은 노래하는 사람의 현실이 아니라는 소리다. 그러고 보니 마지막 줄 '먹는 것은 얼마나 즐거운 일인가' 하는 말도 '먹는 것'과 '즐거운 일' 이 그의 현실은 아니라는 뜻으로 들린다. '먹는 노릇은 얼마나 즐거운 일일까' 하는, 곧 머릿속에서 꿈꾸는 이야기로 들리기 때문이다. 그러고 보니 이 노래에는 노래하는 사람이 처음부터 끝까지 얼씬하지 않았다. '타고, 간다, 지나가며, 먹는' 이런 풀이말들에 걸리는 임자말이 없었다. 노래하는 사람도 허깨비처럼 모습은 없이 노래만 있었다는 말이다.

그러나 잊지 말아야 할 것은, 노래가 온통 허깨비는 아니라는 사실이다. 노래 이름인 '이두국주가도'도 실체이고, '옛적 본의 휘장마차'도, '금귤이 누런 마을'도, '싱싱한 금귤'도 모두 실체임이 틀림없다. 그런데 그런 실체들을 허깨비처럼 어름어름하도록 만들어놓은 솜씨와 까닭을 놓쳐서는 안 되겠다. 왜 실체를 이처럼 허깨비로 그려내 놓았을까? 이 노래가 시인 백석이 일본을 두고 노래한 오직 두 마리(《시기의 바다》와 《이두국주가도》) 가운데 한 마리라는 사실을 헤아리면 도움이 되지 않을까? 산술처럼 견줄 일은 아니지만 한 해 남짓 보낸 만주를 두고는 열 마리도 넘는 노래를 지었는데 네 해를 꼬박 보낸 일본을 두고는 겨우 두 마리 노래뿐이다. 게다가 만주(중국)를 두고는 "지나 나라 사람들과", "쪽 발가벗고", "한 물통 안에 들어" 목욕하는 노래(《조당에서》)까지 부르면서, 일본을 두고는 어떤 사람과 눈길 한번 맞추는 노래도 부르지 않

았다. 기껏 '갯마을의 바다'와 '바닷가 거리'를 노래하며 사람에게는 눈
길 한번 건네지 않았다. 이런 사실을 떠올리면 이 노래에서 사실과 실
체를 허깨비로 그려낸 시인 백석의 속뜻을 헤아릴 수 있지 않을까?

43

창원도 〔남행시초 1〕

솔포기에 숨었다
토끼나 꿩을 놀래주고 싶은 산허리의 길은

엎드려 따스하니 손 녹이고 싶은 길이다

개 데리고 호이호이 휘파람 불며
시름 놓고 가고 싶은 길이다

괴나리봇짐 벗고 땅불 놓고 앉아
담배 한 대 피우고 싶은 길이다

승냥이 줄레줄레 달고 가며
덕신덕신 이야기하고 싶은 길이다

떠꺼머리총각은 정든 님 업고 오고 싶을 길이다

〈조선일보〉(1936년 3월 5일)

말뜻 풀이

창원도: 창원 가는 길.

호이호이: 휘파람 소리를 흉내 내는 말.

괴나리봇짐: 먼 길을 떠날 적에 갖가지 쓸 물건을 보자기에 싸고 말아서 등에 짊어지고 다니던 보따리 짐.

땅불: 맨땅에 그냥 놓은 불.

승냥이: 개과에 속하는 사나운 짐승. (☞ 11.〈가즈랑집〉)

줄레줄레: 여럿이 어지럽게 줄줄이 뒤따르는 모습을 그려내는 말.

덕신덕신: 여럿이 한데 어우러져 신명나게 떠드는 소리를 흉내 내는 말.

떠꺼머리총각: 떠꺼머리를 하고 있는 총각. '떠꺼머리'는 장가나 시집 갈 나이가 넘은 총각이나 처녀가 길게 땋아 늘어뜨린 머리.

군소리

이 노래는 북녘 정주 사람 백석이 남녘 바닷가 통영을 중심으로 창원, 고성, 삼천포를 돌아보며 부른 네 마리 노래〔남행시초〕가운데 첫째다. 노래 이름이 '창원 가는 길'이고, 노래 첫 묶음에서 그 길을 '산허리의 길'이라고 밝혔다. 백석은 이 노래를 부르기에 앞서 통영을 두 차례 다녀갔고, 통영은 서울서 기차를 타고 삼랑진과 창원을 거쳐 마산까지 와서 뱃길로 갔으니 백석의 이번 남녘 길이 창원과 통영만은 셋째 걸음이다. 물론 창원은 통영과 달리 발로 땅을 밟은 걸음이 아니라 느릿느릿

기어가는 열차에 앉아 지나가는 걸음이었기에 열차에서 바라본 '산허리의 길'을 노래했다. 1936년이면 기차가 진영역을 지나고 서쪽으로 방향을 틀면서 창원으로 들어서면 왼켠(남쪽)으로 창원 벌판이 열리고 오른켠(북쪽)으로 창원을 감싸 안은 봉림산(고려 때에 '전단산', 일제 때에 '정병산'으로 이름이 바뀌었다.)이 병풍처럼 늘어섰을 터이다. 바로 이 봉림산 허리를 가로질러 이어진 길, 햇볕이 그리운 삼월 첫봄 남향의 산허리를 가로질러 이어지는 따사로운 양달 길을 노래하고 있다.

노래는 '산허리의 길은 ~고 싶은 길이다' 하는 말을 뼈대로 삼았다. 이 말의 알맹이인 임자말은 물론 '산허리의 길'인데, 거기에 풀이말 '~고 싶은(을) 길이다'가 다섯 차례나 되풀이하여 '줄레줄레' 달렸다. 이들 다섯 가지 풀이말을 하나하나 따로 떼어서 묶음으로 나누어놓았으니 저마다 값지게 숨 돌려가며 맛보아 달라는 뜻이다.

노래의 임자말을 담은 첫째 묶음 두 줄은 참으로 놀랍다. 두 갈래로 읽히는데 그 두 갈래의 속살이 기막히기 때문이다. 우선 '산허리의 길은'이 뒤에 따라오는 다섯 풀이말의 임자말 노릇을 제대로 하도록 하자니 '솔포기에 숨었다' 하는 첫 줄을 '솔포기에 숨었다가'로 읽지 않을 수 없다. '솔포기에 숨었다가 토끼나 꿩을 놀래주고 싶은 산허리의 길은'으로 읽어야 뒤따르는 다섯 묶음의 임자말로서 뜻을 환하게 드러내기 때문이다. 그런데 백석은 '숨었다가'로 하지 않고 굳이 '숨었다'로만 해서 줄을 바꾸었다. 그러니까 첫 줄 '솔포기에 숨었다'는 둘째 줄 '산허리의 길은'에게 따르는 풀이말로 읽힌다. 이른바 자리바꿈(도치법)으로 읽힌다는 말이다. 그래서 '산허리의 길은 솔포기에 숨었다'로 읽으면 지나가는 기차에서 바라보는 백석의 눈에 산허리의 길은 잘 보이다가 솔포기에 숨었다가를 되풀이하는 사실을 영절스럽게 드러낸다. 산등성이에서는 길이 잘 보이고 산골짜기에서는 길이 보이지 않았을 것이기 때문이다. 이런 두 갈래의 읽힘을 이처럼 감쪽같이 이루어낸 솜씨가 참으로 놀랍지 않은가!

둘째 묶음 뒤로 이어지는 다섯 묶음은 한마디로 백석이 창원 봉림산 허리로 굽이굽이 이어지는 산길에서 느끼는 사랑의 깊이를 맛보게 한다. 백석의 사랑과 노래 솜씨로 말미암아 추위에 손이 얼어 곱아도 녹일 데가 없는 사람들(둘째 묶음), 가슴속에 시름이 가득해도 내려놓지 못하는 사람들(셋째 묶음), 괴나리봇짐 메고 정처 없는 떠돌이가 되어버린 사람들(넷째 묶음), 영리하고 용맹한 승냥이 무리 길들여 큰 사냥하러 다니는 사람들(빼앗긴 나라를 찾으러 나선 의병들로 읽을 수도 있겠다, 다섯째 묶음), 나이가 차도 장가들어 집안을 꾸릴 길이 없는 사나이들(여섯째 묶음). 이처럼 가난하고 외롭고 괴로운 삶에 허덕이는 사람들에게 봉림산 허리의 길은 따뜻하고 아늑한 어머니의 가슴이 되어 우리까지 감싸 안는다. 백석의 이런 우리 자연 사랑이 어찌 창원 봉림산 산길에만 갇혀 있을 것인가!

44

통영 〔남행시초 2〕

통영장 낫대 들었다

갓 한 닢 쓰고 건시 한 접 사고 홍공단 댕기 한 감 끊고 술 한 병 받아
들고

화륜선 만져보려 선창 갔다

오다 가수내 들어가는 주막 앞에
문둥이 품바타령 듣다가

열이레 달이 올라서
나룻배 타고 판데목 지나간다 간다

— 서병직 씨에게

〈조선일보〉(1936년 3월 6일)

말뜻 풀이

낮대: 낮때. 대낮에. 한낮에. 경남 남해안에서 두루 쓰는 사투리로 '낙때'라고도 한다. 이동순(1987), 송준(2005), 이숭원(2008), 고형진(2015)에서는 '낫대 들었다'를 '바로 대뜸 들어갔다', '내달아 들어갔다'는 뜻으로 본다.

건시: 곶감. '건시'는 말린 감이라는 뜻의 한자말이다.

한 접: 과일 일백 개. '접'은 과일을 헤아리는 셈말로 백 개가 한 접이다.

홍공단: 붉은 빛깔의 공단. '공단'은 무늬 없이 두껍고 기름기가 흐르는 값진 비단이다.

한 감: 옷 하나를 만드는 데 드는 베. '감'은 옷이나 이불이나 댕기 따위를 만드는 데 드는 베를 헤아리는 셈말.

화륜선: 증기 기관으로 물바퀴를 돌려서 움직이는 배.

가수내: '계집아이'의 경상도 사투리. 이밖에도 가시내, 가수나, 가시나 따위 여러 소리가 있다. 이숭원(2008)은 지명으로 풀이하기도 한다.

판데목: '땅을 판 데의 물목'이라는 뜻의 땅이름. 임진왜란 때 왜적 수군이 통영 앞바다에서 이순신 장군에게 쫓겨 서쪽으로 달아나다가 판데목에 와서 배가 지나갈 수 없으니까 물밑의 땅을 파고 넘어간 곳이라 해서 붙여진 이름이다.

군소리

백석은 1935년 6월에 친구 허준의 결혼식에 가서 '난'이라는 아가씨를 처음 만났다. 그 만남을 '7. 〈통영〉'으로 노래하고 그해 12월호 《조광》에 신고 시집 《사슴》에 다시 실었다. 그리움을 이기지 못해 이듬해 정월 초에 친구 신현중과 함께 난이를 만나러 다시 찾아가 난이의 외사촌 서병직의 베풂을 받았으나 만나지 못하고 돌아갔다. 이 헛걸음을 '37. 〈통영〉'으로 노래하고 1월 23일자 〈조선일보〉에 실었다. 그러고도 통영에 느낌의 응어리가 남아서 3월 초에 다시 이 '44. 〈통영〉'을 〈조선일보〉에 실었다. 그리고 곧장 4월에 서울을 떠나 함흥의 영생고등학교 영어교사로 가서 신들린 듯이 살았으나 난이를 잊지 못해 12월에는 결혼 담판을 지으러 통영으로 다시 내려갔지만 난이가 만나주지 않았다. 그리고 이듬해(1937년) 4월 난이는 신현중과 결혼을 해버려 백석의 짝사랑은 어이없이 막을 내렸고 다시는 통영을 노래하지 않았다.

이 노래는 호기심에 싸여 마음이 들뜨고 말들이 살아 춤추던 앞의 두 〈통영〉과는 사뭇 다르고 메마르다. 노래를 시간의 흐름에 따라 다섯 묶음으로 짰는데, 앞쪽 세 묶음은 한 줄씩이고 뒤쪽 두 묶음은 두 줄씩이다. 앞쪽 세 묶음은 ① 한낮에 장터에 들어(바닷가 장터는 한낮이 가장 생기 없다.) ② 갓·곶감·댕기·술을 사고, ③ 화륜선 만지려 선창에 갔다(오죽할 일이 없었으면 화륜선을 만지러 갔을까?). 뒤쪽 두 묶음은 ④ 선창에서 오다가 주막 앞에서 각설이의 품바타령을 듣고, ⑤ 열이레 달이 올라(삼월 열이레 달이 오르는 시각은 저녁 여덟 시 즈음) 나룻배 타고 판데목을 지나서 간다. 이처럼 한낮에서 늦은 초저녁까지 있었던 일을 차례대로 적었는데 어떤 느낌도 내보이지 않았지만 '할 일'이 없어 억지로 시간을 보내다가 나룻배 타고 판데목을 지나 '간다'고 했다. 메마른 말들이 쓸쓸하고 따분한 느낌을 불러일으키는데, 난이와의 사랑이 어그러지리라는 예감을 깊이 느꼈던 것일까? '간다' 소리를 겹쳐놓았다.

45

고성가도 〔남행시초 3〕

고성장 가는 길
해는 둥둥 높고

개 하나 얼른하지 않는 마을은
해 바른 마당귀에 맷방석 하나
빨갛고 노랗고
눈이 시울은 곱기도 한 건반밥
아 진달래 개나리 한창 피었구나

가까이 잔치가 있어서
곱디고운 건반밥을 말리우는 마을은
얼마나 즐거운 마을인가

어쩐지 다홍치마 노란저고리 입은 새악시들이
웃고 살을 것만 같은 마을이다

〈조선일보〉(1936년 3월 7일)

말뜻 풀이

고성가도: 고성 가는 길거리. 여기 노래에서 '고성장 가는 길'이라 했다.

얼른하지 않는: 얼른거리지 않는. 얼씬거리지 않는.

해 바른 마당귀: 햇볕이 똑바로 쪼이는 마당 귀퉁이.

맷방석: 매통이나 맷돌 밑에 깔려고 짚으로 짜서 만든 방석. 매통·맷돌뿐 아니라 거기서 갈려 나오는 곡물을 받아야 하므로 빙 둘러 전을 달아 넓게 짠 방석이다. 콩·팥·고추 따위 곡물을 넣어 말리거나 사람들이 둘러앉아 길쌈이나 이야기를 나누는 방석으로도 쓴다.

시울은: 눈이 부셔서 바라보기 어려운.

건반밥: 말린 밥. '건반밥'은 말린 밥이라는 뜻의 한자말 '건반(乾飯)'이니 거기에 '밥'이 포개진 말이다. '반'이 밥을 뜻하는 한자인 줄 모르는 여느 사람들은 흔히 밥을 포개서 '건반밥'이라 했고, 시인은 여느 사람들이 쓰는 그대로 썼다.

진달래 개나리 한창 피었구나: 햇볕 바른 마당귀의 맷방석에 넣어 말리고 있는 빨강물 들인 밥을 한창 핀 진달래꽃으로, 노랑물 들인 밥을 한창 핀 개나리꽃으로 보았다. 사랑이 없으면 일으킬 수 없는 상상력의 열매다. (유과를 만들 적에 쓰는 빨강물은 '잇꽃(홍화)'에서 뽑아 쓰고 노랑물은 '치자'에서 뽑아 쓴다.)

가까이 잔치가 있어서: 여기 쓰인 '가까이'는 공간의 거리가 아니라 시간의 거리를 뜻한다. 앞으로 며칠만 지나면 잔치가 있다는 뜻이다.

건반밥을 말리우는: 밥을 말리는 노릇은 유과를 만드는 첫걸음이다. 지난날 명절이나 잔치가 다가오면 장작불 위에 솥뚜껑을 뒤집어 엎고 씻은 모래를 달구어 잘 말린 밥을 올려 튀겨서 물엿에 버무려 갖가지 유과를 만들었다.

노래를 네 묶음으로 짰다. 첫 묶음 두 줄은 노래 부르는 시인의 무대로
서 땅이고 하늘이다. 앞줄은 무대의 바탕으로 시인이 서 있는 땅의 '길'
이고, 뒷줄은 무대의 도움으로 높이 둥둥 뜬 하늘의 '해'다.

둘째 묶음 다섯 줄은 노래의 무대와 임자에 두 줄씩 쓰고, 노래하는
이의 느낌에 한 줄을 썼다. 앞 두 줄 노래의 무대는 '마을'과 '맷방석'
으로 첫 묶음 노래하는 이의 무대인 '길'과 '해'의 뒷받침을 받으며 또
렷하게 좁아진 자연이고 현실이다. 다음 두 줄 노래의 임자는 '건반밥'
으로 앞줄 '빨갛고 노랗고'는 자연이며 현실이지만, '눈이 시울은 곱기
도 한'은 노래하는 이의 느낌이다. 마지막 한 줄은 자연도 현실도 아니
고 온통 노래하는 이의 느낌이다. 눈이 부시고 곱기도 한 건반밥이 한
창 피어나는 진달래와 개나리로 보이는 꿈결 같은 아름다움에 빠져버
린 느낌을 고스란히 드러냈다. 여기가 노래의 눈인데, 많은 이들이 잘
못 짚어 읽고 있다.

셋째 묶음 석 줄은 느낌의 용마루를 넘어서 마음을 가라앉히고, 노래
의 무대인 마을을 상상으로 미루어 짐작하며 찬미한다. 어느 집 잔치를
앞두고 아름다운 유과를 만들어 축복하려고 건반밥에 곱디고운 물을
들여서 말리는 마을은 얼마나 즐거운 마을이겠는가! 이런 상상이다.

마지막 묶음 두 줄은 셋째 묶음에서 상상한 마을의 즐거움을 눈에 보
이고 손에 잡히는 색시들로 아름답게 드러냈다. 그것도 노래의 마루를
이루었던 둘째 묶음의 빨간 진달래꽃과 노란 개나리꽃을 되살려 다홍
치마와 노랑저고리를 입혀서 불러내고 그들이 웃으며 살아가는 마을로

만들어냈다. 노래하는 이의 사랑이 흥건하다.

　개 한 마리 얼씬하지 않는 고요한 마을의 한 마당귀 맷방석에 널어놓은 빨갛고 노란 건반밥. 이것에 불붙은 시인의 상상력이 잔치를 앞두고 어여쁜 색시들이 즐겁게 웃으며 살아가는 복된 마을을 만들어냈다.

46
—

삼천포 〔남행시초 4〕

졸레졸레 도야지 새끼들이 간다
귀밑이 재릿재릿하니 볕이 담복 따사로운 거리다

잿더미에 까치 오르고 아이 오르고 아지랑이 오르고

해바라기하기 좋을 볏곳간 마당에
볏짚같이 누우런 사람들이 둘러서서
어느 눈 오신 날 눈을 치고 생긴 듯한 말다툼 소리도 누우러니

소는 기르매 지고 조은다

아 모두들 따사로이 가난하니

〈조선일보〉(1936년 3월 8일)

말뜻 풀이

삼천포: 고려가 일어선 뒤로 진주가 지리산과 낙동강 사이 여러 고을을 다스리면서 세금으로 거둔 곡식을 사천만 여러 창(곡식을 저장해 두는 곳)에서 배에 싣고 서해를 거쳐 개성으로 떠날 적에 사천만을 벗어나는 마지막 포구 이름이 '삼천포'였고, 그곳 마을이 '삼천리'였다. 거기서 서해를 거쳐 개성까지 가는 뱃길이 삼천 리이기에 붙인 이름이다.

졸레졸레: 짐승의 어린 새끼들이 어미를 따라 서로 앞을 다투며 앞서거니 뒷서거니 쫓아가는 모습. '줄레줄레'와 비슷한 말이지만 더 작은 새끼들 모습이다.

도야지 새끼: '도야지' 곧 '돼지'는 본디 '돝아지'로 '돝의 아기' 곧 '돝의 새끼'였다. 일제 침략 시기를 만나 '돝'이 제 본디 뜻을 잊어버리고 도야지에게 밀려서 '도야지 새끼'라는 말까지 나타났다.

재릿재릿하니: 재릿재릿하게. 따사한 햇볕이 살갗에 닿아 부드럽고 따스한 느낌이 간지럼을 타는 듯하게. '자릿자릿'보다는 작지만 세고 '짜릿짜릿'보다는 작으면서 여리다.

담복: '담뿍'의 여린말. 넘칠 정도로 가득하거나 소복하도록.

잿더미: 푸나무를 태우고 남은 재를 모아놓은 더미. 재는 논밭의 산성 땅을 알칼리성 땅으로 바꾸어주는 아주 값진 거름이기 때문에 한 해 내내 모아서 더미로 쌓아두었다가 이른 봄 씨뿌리기에 앞서 논밭에 거름으로 넣는다.

해바라기하기: 해 바라기를 하기. 해를 똑바로 바라보면서 볕을 쬐는 노릇을 하기.

볏곳간 마당: 벼를 곳간처럼 쌓아놓은 마당. 논에서 벼를 제대로 말리지 못하고 걷이를 했을 적에는 마당에 곳간처럼 볏단을 쌓아두고 그때그때 볏단을 조

금씩 헐어 타작을 하고 찧어서 먹었다. 볏단을 쌓되 이삭을 안으로 모으고 뿌리를 밖으로 내어 둥근 탑처럼 쌓고 맨 위에 짚단으로 지붕처럼 덮어 이삭이 비에 젖지 않도록 했다.

어느 눈 오신 날 눈을 치고 생긴 듯한 말다툼: 아주 대수롭지 않은 일로 생긴 말다툼. 돌아서면 눈처럼 녹아서 사라지고 마는 말다툼.

누우러니: 누렇게.

기르매: 길마. 소·말·노새 같은 집짐승의 등에 무거운 짐을 실을 적에 짐승의 등이 편안하도록 얹는 틀거리. 말굽쇠 모양으로 구부러진 나무 두 짝을 나란히 놓고 안쪽으로 막대 둘을 질러서 만든 나무 틀거리다.

가난하니: 가난하게.

군소리

노래가 다섯 묶음이다. 그런데 그 다섯 묶음을 줄글로 보면 첫째와 넷째 묶음은 옹근월로 끝나고 둘째, 셋째, 다섯째 묶음은 안옹근월로 끝났다. 다섯 묶음에서 세 묶음이 이야기를 마무리하지 않은 채로 끝난 것이다. 이른바 '여운'으로 끝났으니 거기를 채워서 끝내는 노릇은 읽는 사람의 몫으로 남겨둔 셈이다.

첫 묶음 두 줄이 줄글이라면 차례를 바꾸고 한 월로 줄여 '귀밑이 재릿재릿하게 볕이 담복 따사로운 거리에, 돼지 새끼들이 졸레졸레 간다.' 이래야 옳다. 그러나 노래는 '거리'보다 '도야지 새끼들'을 앞세우고, '도야지 새끼'보다 '졸레졸레'를 앞세웠다. '거리'보다 '도야지 새끼들'이, '도야지 새끼'보다 '졸레졸레'가 더 아름다웠기 때문이다. 그렇게 보면 둘째 줄 '거리'에도 비슷한 이야기를 할 수 있다. '귀밑이 재릿재릿하니'와 '볕이 담복 따사로운'이 나란히 '거리'를 매김하고 있는데, 이 또한 줄글이면 '볕이 담복 따사로워 귀밑이 재릿재릿하는 거리다.'로 해야 올바르다. 그러나 노래는 '귀밑이 재릿재릿하다'는 느낌을 드높이 고자 앞에 놓았다.

둘째 묶음은 한 줄이다. 그나마 줄글이라면 온전히 마무리도 못한 안 옹근월이다. 머잖아 논밭에 나가 뿌려질 잿더미, 빗물이 스며들지 못하 도록 짚단과 이엉으로 덮어둔 잿더미의 꼭대기에 반가운 소식 알리는 까치와 철없이 즐거운 아이와 따사로운 햇볕으로 피어오르는 아지랑이 가 함께 오른다. 잿더미는 까치와 아이와 아지랑이가 다함께 오르는 놀 이터다.

셋째 묶음은 석 줄이다. 네 묶음 가운데 가장 줄이 많고 그만큼 무거 운 묶음이다. 그러나 줄글로 보면 하나의 월로 싸잡히는 이야기다. '해 바라기하기 좋을 볏곳간 마당에, 볏짚같이 누런 사람들이 둘러서서, 어 느 눈 오신 날 눈을 치우다가 생긴 듯한 말다툼 소리도 누렇게'. 이처럼 하나의 줄글로 이어지면서 또한 안옹근월이다. 게다가 가운데 줄의 '볏 짚같이 누런 사람'이 뒷줄의 '말다툼 소리도 누렇게'와 앞줄 '해바라기' 의 빛깔까지 누렇게 서로 얽혔다. 눈으로 보는 사람도, 귀로 듣는 소리 도, 볏짚같이 '누런' 빛깔이다. '볏짚같이 누런'이라 한 그 '누런'이 어떤 느낌과 생각과 뜻으로 다가오는가는 읽는 이의 삶에 따라 다를 것이고, 달라야 한다. 내게는 그것이 침략 일제가 어처구니없는 야욕에 사로잡 혀 전쟁 준비를 하느라 남김없이 빼앗아 가는 바람에 굶기를 밥 먹듯이 하던 그 시절을 '누런 빛깔'로 나타낸 것으로 다가온다.

넷째 묶음은 한 줄이고, 한 월이고, 오직 네 낱말뿐이다. 노래는 굳이 그것을 한 묶음으로 따로 세웠으니 두 줄인 첫 묶음이나 석 줄인 셋째 묶음과 다름없는 무게로 읽어달라는 뜻이다. 둘째와 셋째 묶음처럼 월로서 마무리가 덜 된 것도 아니고, 첫 묶음처럼 두 줄이며 두 월로 이루어진 것도 아니다. 짜임새만 보아도 남다른 모습을 지녔다. '소는 길마를 지고 존다' 이것의 속살은 '소는 길마를 졌다'와 '소는 존다'로 나누면 쉽게 드러난다. '소는 길마를 졌다' 하면 소는 일할 채비를 차렸다는 뜻이다. 사람이 짐이나 수레를 길마에 지우기만을 기다리고 있다는 말이다. '소는 존다' 하면 소는 할 일이 아무것도 없어 서서 졸고 있다는 뜻이다. 길마를 졌으면 짐이나 수레를 얹고 일을 해야 하는데 일을 하지 못한다. 가만히 졸려면 길마를 벗고 편안히 앉거나 누워야 하는데 앉지도 눕지도 못한다. 일도 못하고 쉬지도 못하는 '소'의 신세가 야릇하고 안타깝다.

마지막 다섯째 묶음은 네 낱말뿐이고 게다가 안옹근월이다. 그러나 속살은 앞의 네 묶음을 모두 싸잡은 노래의 마무리다. 귀밑이 재릿재릿하게 볕이 따사로운 거리, 까치와 아이와 아지랑이가 함께 오르는 잿더미, 누런 사람들이 둘러서서 누런 소리로 말다툼을 하는 볏곳간 마당, 길마 지고 조는 소, 이들 모두가 어우러져 이루어내는 '따사롭고' '가난한' 삼천포, 이런 삼천포에 '아!' 하며 놀라고 있다.

47

이주하 이곳에 눕다

가난한 아들로 단천에 나니
재간이 뛰어났다
자라 영생에 배우고
뒤에 영신에 가르칠새
맑고 고요한 마음이
하늘과 사람을 기쁘게 하였다
뜻을 두고 스물세 살로
동해에 가니
우리들의 정은 울다

김철손 증언(1937년 8월)

말뜻 풀이

이주하(1914~1937): 함경남도 단천 가난한 집에서 태어나 1936년 3월에 함흥 영생고등보통학교를 마쳤다. 경성의대에 시험을 쳤으나 떨어져 함흥 영신보통

학교 가르침이로 들어갔다. 이듬해 다시 경성의대에 시험 쳐서 떨어지고 1937
년 첫여름에 함흥 송도해수욕장에서 물놀이하다 심장마비로 스물세 살에 돌아
갔다. 백석을 만났기에 그의 짧은 삶이 이처럼 남아 있다.

단천: 함경남도 단천군.

영생: 함흥 영생고등보통학교.

영신: 함흥 영신보통학교.

뜻을 두고: 앞으로 이루려고 다짐하며 꿈꾸던 뜻을 던져두고.

군소리

돌아간 이의 넋을 어루만지고자 무덤 앞에 세울 조그만 빗돌에 맞추
어 일흔일곱 자로 적은 노래다. 짜임새는 아홉 줄을 한 묶음으로 짰지
만 속살은 이주하의 삶을 세 걸음으로 간추린 노래다. 첫 걸음은 앞의
두 줄로 어린 시절이고, 둘째 걸음은 가운데 넉 줄로 원산 시절이고, 셋
째 걸음은 뒤의 석 줄로 돌아감이다. 이들 세 걸음은 줄글로 풀어버리
면 저마다 한 월씩 차지한다. 그만큼 누구나 쉽게 알아보고 느낄 수 있
는 속살이며 짜임새다.

이주하는 1936년 3월에 함흥 영생고보를 마쳤고, 백석은 바로 며칠
뒤인 그해 4월에 그 학교 영어 가르침이로 들어갔다. 이주하는 돌아갈
때까지 꼬박 한 해 동안 백석을 나이 두 살 많은 벗으로 또는 영어와 문
학과 삶의 스승으로 여기면서 사귀었다. 맑디맑은 얼을 지닌 두 사람은
남다른 깊이로 사귀었던 듯하다.

48
—

북관 〔함주시초〕

명태창난젓에 고추무거리에 막 칼질한 무이를 비벼 익힌 것을
이 투박한 북관을 한없이 끼밀고 있노라면
쓸쓸하니 무릎은 꿇어진다

시큼한 배척한 퀴퀴한 이 내음새 속에
나는 가느슥히 여진의 살 내음새를 맡는다

얼근한 비릿한 구릿한 이 맛 속에선
까마득히 신라 백성의 향수도 맛본다

《조광》3권 10호(1937년 10월)

말뜻 풀이

북관(北關): 함경남도와 함경북도를 싸잡아 이르는 이름. 북쪽 국경의 문이라
는 뜻이다. 고조선에서 고구려를 거쳐 발해로 이어진 우리 겨레의 땅이었으나,

발해가 무너져 요나라와 금나라 땅이 되었을 적에 신라와 고려의 땅은 아니었다. 조선 시대에 와서 세종임금이 김종서 장군을 시켜 다시 품에 안았다.

명태창난젓: 명태의 창자와 아가미를 손질하여 소금과 고춧가루로 버무려 담은 것. 우리 겨레가 아득한 예로부터 즐겨 먹어오는 젓갈의 하나다.

고추무거리: 햇볕에 잘 말린 고추를 빻아 체에 쳐서 가는 가루를 빼고 남은 굵은 가루.

무이: 무.

끼밀고: 끼고 앉아 얼굴 가까이 들이밀고 자세히 살피며 느끼고.

시큼한: 맛과 냄새가 제법 코를 쏠 만큼 신.

배척한: 양념을 치고 담근 무 따위가 아직 익지 않아 조금 비릿한 냄새가 나는.

퀴퀴한: 먹거리가 상하고 찌들어 비위에 거슬릴 만큼 구리고 메스꺼운 냄새가 나는.

가느슥히: 여리고 희미하게. 어렴풋이.

여진: 본디 송화강·목단강·흑룡강 언저리와 간도·연해주 바닷가(함경도까지)에 흩어져 살던 겨레. 일찍이 고조선의 오랜 백성이었고, 고구려·발해·요나라 백성으로 살아오다가 마침내 금나라(1115~1234)를 세워 중원을 다스리고, 다시 청나라(1616~1911)를 세워 중원을 차지하고 마지막 황제나라의 임자가 되었다.

얼근한: 매워서 입안이 조금 얼얼한. 술에 취하여 정신이 조금 흐릿한. (북녘에서는) 얼굴이 불그스름하거나 화끈한 느낌이 있는.

신라 백성의 향수: 함경도, 거기서도 두만강 언저리는 발해가 무너진 뒤로 신라와 고려의 땅이 아니었다가 조선 세종임금 때에 육진으로 품어 안으면서 경상도 백성을 거기 옮겨 살게 했다. 그런 경상도 백성, 곧 신라 백성이 고향을 그리워하던 마음.

군소리

언뜻 보면 놀라운 '느낌'의 노래다. 함경도 사람들이 즐겨 먹는 명태창
난젓 깍두기 한 사발을 끼밀고 앉아서 일어나는 몸의 느낌을 샅샅이 붙
들어 노래한다. 그러나 그 느낌은 날카로운 몸의 살에서 일어나는 느낌
만이 아니고, 오랜 세월 동안 부대끼며 이겨내고 견뎌낸 겨레 삶의 깊은
바닥까지 들여다보는 설미에서 일어나는 느낌이기에 더욱 놀랍다.

보다시피 노래는 세 묶음인데, 첫째 묶음은 '명태창난젓 깍두기'를,
둘째 묶음은 그 깍두기에서 나는 '내음새(코의 느낌)'를, 셋째 묶음은 그
깍두기에서 느끼는 '맛(혀의 느낌)'을 노래한다. 첫째 묶음부터 보자. 첫
째 줄에서 깍두기를 '명태창난젓에 고추무거리에 막 칼질한 무이를 비
벼 익힌 것'이라 했다. 깍두기를 그냥 풀이한 듯하지만 그게 아니다. 우
선 '명태창난젓'은 가장 이름난 젓갈이지만 그 거리인 명태의 아가미와
창자는 그것만으로 거의 쓸모가 없다. 대구창난젓의 대구 아가미와 창
자가 그것만으로 여러 가지로 쓸모가 있는 것과 크게 다르다. '고추무
거리'도 그렇다. 고춧가루 고운 것은 모두 가려내고 빛깔도 맛도 어수
룩하여 그냥 버려도 아깝지 않은 찌꺼기다. 게다가 '무'도 반듯반듯 썰
지 않고 마구 칼질을 해서 볼품없이 생겼다. 이런 것을 한데 섞어 '비
벼'서 깊이 어우러지게 하고, 다시 느긋한 세월에 맡겨 '익힌'다. 둘째
줄에서는 첫째 줄의 깍두기 그것을 한마디로 '투박한 북관'이라 했다.
그리고 그것(깍두기, 곧 투박한 북관)을 '한없이 끼밀고 있노라면' 했다.
셋째 줄에 와서 첫째와 둘째 줄의 마무리를 했으니, 마음은 '쓸쓸하'게
되고 몸의 '무릎은 꿇어진다'.

둘째와 셋째 묶음은 첫째 묶음의 까닭을 노래한다. 첫째 묶음이 '깍두기, 곧 투박한 북관'을 '끼밀고 있으니' 마음은 '쓸쓸하'고 '무릎은 꿇어진다' 했는데, 둘째와 셋째 묶음은 그럴 수밖에 없는 까닭을 밝혀 노래한다. 둘째 묶음의 첫 줄은 깍두기의 '시큼한 배척한 퀴퀴한 냄새 속에' 들어가고, 둘째 줄은 '가느슥히 여진의 살 냄새를 맡는다'. 셋째 묶음의 첫 줄은 깍두기의 '얼근한 비릿한 구릿한 이 맛 속에' 들어가고, 둘째 줄은 '까마득히 신라 백성의 향수도 맛본다'. 시큼한 배척한 퀴퀴한 '냄새 속에' 들어가 가느슥히 '여진의 살 냄새'를 맡고, 얼근한 비릿한 구릿한 이 '맛 속에' 들어가 까마득히 '신라 백성의 향수'도 맛보니, 쓸쓸하니 무릎은 꿇어진다고 했다.

여기서 '쓸쓸하니'와 '무릎은 꿇어진다'는 두 마디 서로 어긋나는 노랫말이 노래의 열쇠로 떠오른다. 명태창난젓 깍두기 한 사발을 끼밀고 있으니 그 냄새 속에서 '여진의 살 냄새'를 맡고 그 맛 속에서 '신라 백성의 향수'도 맛본다 했는데, 마음이 쓸쓸하고 몸이 무릎 꿇어지는 까닭은 무엇인가? 백석은 여기서 북관인 함경도가 북녘 고조선에서 고구려로 내려온 겨레의 삶터이며 또한 남녘 삼한에서 신라로 내려온 겨레의 삶터이기도 하다는 사실을 깨달았다. 그러니 이런 겨레의 삶을 빼앗긴 오늘의 신세가 눈물겨워 마음이 '쓸쓸하고' 지난날 기나긴 세월 떨치던 삶을 떠올리며 몸은 '무릎이 꿇어진' 것이다. 이처럼 깊고 높은 뜻을 명태창난젓 깍두기 한 사발에서 빚어지는 냄새와 맛으로 그려냈다.

49
—

노루 〔함주시초〕

장진 땅이 지붕 넘에 넘석하는 거리다
자구나무 같은 것도 있다
기장감주에 기장차떡이 흔한 데다
이 거리에 산골 사람이 노루 새끼를 데리고 왔다
산골 사람은 막베 등거리 막베 잠방등에를 입고
노루 새끼를 닮았다
노루 새끼 등을 쓸며
터 앞에 당콩 순을 다 먹었다 하고
서른닷 냥 값을 부른다
노루 새끼는 다문다문 흰 점이 백이고 배안의 털을 너슬너슬 벗고
산골 사람을 닮았다

산골 사람의 손을 핥으며
약자에 쓴다는 흥정소리를 듣는 듯이
새까만 눈에 하이얀 것이 가랑가랑한다

《조광》3권 10호(1937년 10월)

말뜻 풀이

노루: 사슴과에 드는 멧짐승으로 모습이 사슴과 비슷하며 여름털은 붉은 감빛이고 겨울털은 누른 감빛이다. 수컷에게만 세 갈래 뿔이 있는데 봄에 나서 겨울에 빠진다. 엉덩이에 흰 털이 있고 꼬리가 거의 없으며 잘 놀라고 먼 곳을 바라보는 버릇이 있다.

장진: 함경남도 북서녘에 자리 잡은 고을. 거의 개마고원에 들어 있으며 감자, 보리, 귀리, 콩, 옥수수같이 밭에서 나는 먹거리가 넉넉한 산골이다.

넘에: 너머에.

넘석하는: 크게 힘을 들이지 않고 곧장 닿을 만큼 가까운.

자구나무: 자귀나무. 콩목 콩과의 나무로 육칠월에 분홍 꽃이 작은 가지 끝에 우산처럼 달리고 열매는 구시월에 익는다. 미모사가 잎을 건드리면 움츠리듯이 밤이 되면 양쪽으로 마주 난 잎을 서로 포갠다. 잎은 줄기에 하나씩 달리는 것이 아니라 아카시아처럼 작은 잎들이 모여 하나의 가지를 만들고 이들이 줄기에 달린다.

기장: 볏과에 속한 한해살이풀 또는 그 열매. 곧게 자라며 잎은 어긋나고 갈라진 줄기마다 이삭이 나오고 원뿔 꽃차례를 이루며 열매가 익으면 고개를 숙인다. '황실(黃実)'이라고도 하는 열매는 엷은 누런색으로 떡, 술, 엿, 빵 따위를 만들거나 집짐승의 먹이로 쓴다.

감주: 단술. 쌀밥을 엿기름(겉보리 싹을 틔워 말려서 빻은 가루, 흔히 '질금' 또는 '지름'이라 한다.)에 버무려(골고루 잘 섞어) 삭혀서 먹는 단맛 나는 마실 거리.

차떡: 찰떡.

막베: 마구 짠 베. 거칠게 마구 짜서 볼품없고 값이 싼 베.

등거리: 조끼처럼 등에 걸쳐 입는 홑옷.

잠방등에: 잠방이. 가랑이가 무릎까지만 내려오도록 짧게 만든 홑바지.

당콩: '당콩'은 우리 땅의 콩이 아니라 중국 당나라에서 들어온 콩이라는 말로서 북녘 사투리고, '강낭콩'은 중국 양쯔강 남쪽(강남)에서 들어온 콩이라는 말로서 남녘 사투리다. 다른 책에서는 대체로 '당콩'을 강낭콩, 강낭콩의 북녘말이라고 하나, 말의 뿌리를 밝히고 있지는 않다. 다만 이동순(1987)은 '당(唐)'에 한자를 나란히 써서 당나라를 떠올리게 했다.

냥: 조선 시대 돈을 헤아리던 셈말. '전'과 '돈'의 열 곱절, 곧 '십 전'이나 '열 돈'이 한 '냥'이다.

다문다문: '드문드문', '듬성듬성'과 비슷하지만 조금 더 가깝고 정답다.

배안의 털: 어미 뱃속에서 이미 나 있던 털.

너슬너슬: (길고 연한 풀이나 털 같은 것이) 늘어져 흐트러지고 흔들리는 모양.

약자: 한약의 재료.

가랑가랑한다: 그렁그렁한다. '그렁그렁'은 물방울이 가득 차서 곧 떨어지려는 모양.

군소리

노래가 두 묶음이다. 앞 묶음은 열한 줄인데, 뒤 묶음은 석 줄이다. 뒤 묶음을 앞 묶음과 같은 무게로 읽으려면 세 곱절로 곱씹어 읽어야 한다. 뒤 묶음의 속살이 그만큼 무겁다.

앞 묶음 열한 줄은 속살로 보아 다시 세 도막으로 나뉜다. 첫 도막은 넉 줄로서 '거리'를, 다음 도막은 다섯 줄로서 '산골 사람'을, 끝 도막은 두 줄로서 '노루 새끼'를 노래한다.

첫 도막 '거리'는 넉 줄이다. 첫 줄은 거리가 어디에 있는지 그 '자리'를, 둘째 줄은 거리에서 팔려고 내다 놓은 '나무'를, 셋째 줄은 거리에서 팔려고 내다 놓은 '먹거리'를, 넷째 줄은 산골 사람이 팔려고 데리고 온 '노루 새끼'를 노래한다. 다음 도막 '산골 사람'은 다섯 줄이다. 첫 줄은 그의 '입성'을, 둘째 줄은 그의 '모습'을, 셋째 줄은 그의 '움직임'을, 넷째 줄은 그의 '말'을, 다섯째 줄은 그의 '흥정'을 그려냈다. 산골 사람의 가난함과 사람됨을 보여준 셈이다. 마지막 도막 '노루 새끼'는 두 줄로 노래한다. 앞줄은 '털의 빛깔과 상태'를, 뒷줄은 '모습'을 그려냈다. 노루 새끼가 아직 어려서 '흰 점'과 '배안의 털'을 미처 벗지도 못했다.

앞 묶음을 세 도막으로 나누어 살펴보았으니 간추리면 이렇다. 첫째 도막은 노래의 바탕을 깔았는데, 바탕의 두 속살이 '산골 사람'과 '노루 새끼'였다. 따라서 둘째 도막은 '산골 사람'을 노래하고, 셋째 도막은 '노루 새끼'를 노래했다. 여기서 눈길을 붙드는 것은 산골 사람과 노루 새끼의 '모습'이다. 둘째 도막에서 산골 사람의 모습을 '노루 새끼를 닮았다' 하고, 셋째 도막에서 노루 새끼의 모습을 '산골 사람을 닮았다' 했기 때문이다.

뒤 묶음 석 줄은 앞 묶음의 세 곱절로 곱씹어 읽어야 한다고 했는데, 먼저 뒤 묶음 석 줄은 모두 임자말이 없다는 것부터 곱씹어야겠다. 물론 그 까닭은 앞 묶음 셋째 도막 첫 줄의 임자말 '노루 새끼는'을 넌지시 믿기 때문이다. 그러니까 짜임새로는 묶음을 동떨어지게 따로 떼어 놓고, 속살로는 임자말을 없애 앞 묶음의 임자말에 얽매어 놓은 것이다. 밀어내면서 잡아당기는 놀라운 솜씨로 뒤 묶음의 무게는 세 곱절로 높이고, 갈라놓은 두 묶음이 떨어질 수 없는 하나임을 그윽하게 드러냈다. 만약 임자말을 살려서 '노루 새끼는' 하며 나갔으면 노래는 맥 빠지고 줄글로 떨어졌을 것이다.

이제 이들 석 줄의 무게를 더듬어보자. 첫 줄 '산골 사람의 손을 핥으며'는 노루 새끼의 혀가 움직이는 모습이 아니다. 산골 사람에게 건네주는 노루 새끼의 뜨거운 사랑으로 곧장 읽히기 때문이다. 다음 줄 '약자에 쓴다는 흥정소리를 듣는 듯이'는 저를 한 푼이라도 더 받고 팔려고 안간힘을 다하는 산골 사람의 흥정소리를 알아듣는 듯하다는 말이다. 손을 핥고 있는 제 뜨거운 사랑은 아랑곳하지 않고 돈 몇 푼 더 받고 팔려는 산골 사람의 배신을 가만히 받아주고 있다는 말이다. 마지막 줄 '새까만 눈에 하이얀 것이 가랑가랑한다'는 배신까지 조용히 받아주는 그의 사랑이 까만 눈에 하얗게 빛나는 눈물방울로 맺어졌다는 말이다. 앞 묶음 열한 줄이 거리와 산골 사람과 노루 새끼의 '드러난 모습'을 있는 그대로 보여주었다면, 뒤 묶음 석 줄은 노루 새끼의 '감추어진 마음'을 움직임과 몸가짐과 눈물방울로 남김없이 드러낸다.

앞 묶음에서 '드러난 모습'으로 보았을 적에 산골 사람은 노루 새끼를 닮았고 노루 새끼는 산골 사람을 닮았다. 이제 뒤 묶음에서 '감추어진 마음'으로 보니까 산골 사람은 사랑을 저버리는 배신자에 지나지 않고, 노루 새끼는 맑디맑은 사랑으로 죽음을 맞이하며 고요히 기다리는 거룩한 희생 제물이다. 그러니 노래는 말의 꽃으로서 느낌이 마음과 몸을 흔들면 더 바랄 것이 없지만, 착하디착한 산골 사람조차 감추어진 마음으로 보니까 노루 새끼와 견줄 수도 없이 더럽다는 비밀까지 보여준다. 그래서 '약자에 쓴다'는 흥정소리가 노루 새끼의 몸으로 병든 사람의 몸을 고쳐준다면, 노루 새끼의 마음으로 산골 사람처럼 착하디착한 사람들 마음 깊이 감추어진 탐욕마저 고쳐줄 수 있다는 가르침에 닿게 된다.

50

고사 〔함주시초〕

부뚜막이 두 길이다

이 부뚜막에 놓인 사닥다리로 자박수염 난 공양주는 성궁미를 지고
오른다

한 말 밥을 한다는 크나큰 솥이

외면하고 가부 틀고 앉아서 염주도 셀 만하다

화라지 송침이 단 채로 들어간다는 아궁이

이 험상궂은 아궁이도 조왕님은 무서운가 보다

농마루며 바람벽은 모두들 그느슥히

흰 밥과 두부와 튀각과 자반을 생각나 하고

하품도 남 직하니 불기와 유종들이

묵묵히 팔짱 끼고 쭈그리고 앉았다

재 안 드는 밤은 불도 없이 캄캄한 까막나라에서

조왕님은 무서운 이야기나 하면

모두들 죽은 듯이 엎드렸다 잠이 들 것이다

(귀주사 – 함경도 함주군)

《조광》3권 10호(1937년 10월)

말뜻 풀이

고사(古寺): 옛 절. 오래된 절. 함경남도 함주군 설봉산에 있는 귀주사를 이른
다. 고려 말엽 이성계가 공부한 적이 있어 조선의 불교 탄압 속에서도 특별한
대우를 받아 왕실의 원당으로 함경도 지역을 대표하는 큰 절로 이름이 높았다.
그러나 이때(1937년)는 '귀주사'라는 이름조차 아는 사람이 없어지고 그저 '옛
절'로만 알려진 절이다.

부뚜막: 아궁이 위에 솥을 얹을 수 있도록 아궁이 가로부터 돌과 흙으로 쌓아
만든 턱.

두 길: 어른 키의 두 곱절쯤 되는 높이. '길'은 어른 키만 한 높이를 이르는 셈
말이다.

자박수염: 더부룩하게 흩어져 난 짧은 나룻.

공양주: 절에서 밥을 짓는 일을 맡은 사람.

성궁미: 부처님께 바치는 쌀.

한 말 밥: 쌀 한 말로 지은 밥. '말'은 물·가루·곡식의 부피를 가늠하는 그릇의
하나. 홉→되→말→섬으로 나가되 열 홉이 한 되, 열 되가 한 말, 열 말이 한

섬이다. 한 홉의 부피는 180ml쯤 된다.

가부 틀고: 가부좌로 두 다리를 틀고. '가부좌'는 불교에서 좌선을 할 때 한 쪽 발을 다른 쪽 넓적다리에 올려놓고 남은 쪽 발도 같이하여 두 쪽 발바닥이 위로 보도록 하여 앉는 자세의 하나.

화라지: 옆으로 길게 뻗어 나간 나뭇가지를 땔나무로 이르는 말.

송침: 말라서 땅에 떨어진 솔잎, 곧 솔가리(갈비).

단 채로: 묶어놓은 나뭇단을 풀지 않고 묶인 채로.

조왕님: 부엌에서 불을 다스리고 집안의 나쁜 일을 막아내며 좋은 일이 일어나도록 돕는 서낭. 불교는 이런 우리 겨레의 믿음을 그대로 받아들여서 불법을 보호하는 신으로 받들며 부뚜막 벽에 조왕단을 만들어 모셨다.

농마루: 용마루. 마룻보. 천장.

바람벽: 흙, 나무, 돌, 벽돌 같은 것을 쌓아서 만든 벽. 토박이말 '바람'과 한자말 '벽'을 붙여서 만든 낱말이다. '바람'이 본디 '벽'을 뜻하는 토박이말이었으나 공기가 움직이는 '바람'과 부딪쳐서 헷갈리니까 한자 '벽(壁)'을 덧붙여 쓰게 되었다.

그느슥히: 여리고 희미하게. 어렴풋이. 여기서는 배고프고 힘이 빠져서.

튀각: 다시마나 죽순 따위를 잘라 기름에 튀긴 반찬.

자반: 소금으로 간한 물고기를 구워서 마련한 반찬.

불기: 부처께 올릴 밥을 담는 그릇.

유종: 유기 종지. 놋쇠로 만든 종지. 놋쇠로 만든 작은 그릇.

재: 죽은 사람의 명복을 빌고자 절에서 부처님께 드리는 공양 예절.

까막나라: 깜깜하게 어두운 나라.

노래 이름 '고사', 즉 '옛 절'은 옛날 절이 아니라 오래된 절을 뜻한다. 오래된 절의 부엌만을 구석구석 노래한다. 부엌만으로 절의 옛날과 오늘날을 영절스럽게 견주어 드러내고 있다. 시인이 절의 쓸쓸하고 가난하고 캄캄한 오늘을 보면서 더없이 넉넉하고 북적거리던 옛날을 자랑스럽게 노래하고 싶었기 때문이리라.

　노래는 모두 여섯 묶음으로 짜였고, 마지막 여섯째 묶음만 석 줄인데 앞쪽으로 다섯 묶음은 한결같이 두 줄씩이다. 겉으로 드러나는 짜임새의 모습이 그처럼 둘로 나누어지듯이, 안에 담긴 속살도 앞쪽 다섯 묶음은 과녁이 하나씩이지만 마지막 여섯째 묶음만 다섯 과녁을 모두 싸잡았다. 이렇게 모습과 속살을 다섯 묶음과 한 묶음으로 나누어놓은 것과는 달리, 노래를 더듬어나가 보면 앞 세 묶음은 오늘날 절과 옛날 절을 아울러 드러내면서 뒤 세 묶음은 오늘날 절만을 슬픈 눈으로 바라보며 노래한다.

　첫째 묶음의 속살 과녁은 '부뚜막'이다. 더 꼬집어 말하면 '부뚜막의 높이'를 노래한다. 앞줄에서 높이를 '두 길'이라 밝히고, 뒷줄에서 그것을 현실로써 드러내 보여준다. 그런데 앞줄의 노래는 오늘의 절이나 옛날의 절이나 다를 수가 없으니 따질 일도 없다. 하지만 뒷줄은 오늘의 절을 노래하는지 옛날의 절을 노래하는지 가늠이 서지 않고 아리송하다. 시인은 또렷하게 오늘의 절인 듯이 노래하고 있지만, 노래 전체를 읽어가는 우리에게는 그것이 아무래도 옛날의 절에서나 늘 있었던 일로 다가오기 때문이다.

둘째 묶음의 속살 과녁은 '솥'이다. 더 꼬집어 말하면 '솥의 크기'를 노래한다. 앞줄에서 크기를 '한 말 밥을 한다는 크나큰'으로 밝히고, 뒷줄에서 그것을 현실로써 드러내 보여준다. 그런데 앞줄의 노래는 오늘이나 옛날이나 그 솥이 그 솥이니 따질 일도 없다. 하지만 뒷줄은 오늘의 절이거나 옛날의 절이거나 도무지 '현실일 수 없는 현실'을 만들어놓았다. 솥 안에 두 중이 서로 등을 돌려 외면하고 가부좌를 틀고 앉아서 염주를 헤아릴 만하다니, 이것은 상상의 현실일 뿐이므로 옛날인지 오늘인지 가릴 까닭도 없다.

셋째 묶음의 속살 과녁은 '아궁이'다. 더 꼬집어 말하면 '아궁이의 크기'를 노래한다. 앞줄에서 크기를 '화라지 송침이 단 채로 들어간다' 하고, 뒷줄에서 그것을 난데없이 '조왕님은 무서운가 보다' 했다. 앞줄의 노래는 오늘의 절이나 옛날의 절이나 다를 수가 없으니 따질 일도 없지만, 뒷줄은 오늘의 절을 노래하는지 옛날의 절을 노래하는지 가늠이 서지 않아 아리송하다. 이 험상궂은 아궁이가 다소곳이 조왕님 다스림에 고분고분 따랐기 때문에 화재를 당하지 않고 절간이 이렇게 남아 있다는 노래니 옛날과 오늘이 싸잡혀 있는 셈이다.

넷째 묶음은 부엌에서 위로 용마루 옆을 둘러보면 바람벽이 모두 여위고 배고프고 힘이 빠져 옛날에는 마음껏 먹던 흰 밥, 두부, 튀각, 자반만 생각하고, 다섯째 묶음은 부엌 시렁에 느런히 얹힌 밥그릇과 놋종지들이 말없이 팔짱 끼고 쭈그리고 앉아만 있고, 여섯째 묶음은 재 안 드는 밤(옛날에는 밤마다 재가 들었지만 오늘날은 재 드는 밤이 없어졌지!)이면 '불도 없이 캄캄한 까막나라에서' 부엌을 다스리는 조왕님조차 아무런 도움을 주지 못하고 오히려 무서운 이야기나 꺼내면 '모두들 죽은 듯이 엎드렸다 잠이 들'고 만다. 이들 뒤쪽 세 묶음은 그대로 나라를 빼앗기고 '캄캄한 까막나라'에서 '모두들 죽은 듯이 엎드려' 살아가고 있는 우리 겨레의 삶을 빗대놓은 노래로 읽히면서 울고 싶어진다.

51

선우사 〔함주시초〕

낡은 나조반에 흰 밥도 가재미도 나도 나와 앉아서
쓸쓸한 저녁을 맞는다

흰 밥과 가재미와 나는
우리들은 그 무슨 이야기라도 다 할 것 같다
우리들은 서로 미덥고 정답고 그리고 서로 좋구나

우리들은 맑은 물밑 해정한 모래톱에서 하고 긴 날을 모래알만 헤이
며 잔뼈가 굵은 탓이다
바람 좋은 한 벌판에서 물닭이 소리를 들으며 단 이슬 먹고 나이 들
은 탓이다
외따른 산골에서 소리개 소리 배우며 다람쥐 동무하고 자라난 탓이다

우리들은 모두 욕심이 없어 희어졌다
착하디착해서 세관은 가시 하나 손아귀 하나 없다
너무나 정갈해서 이렇게 파리했다

우리들은 가난해도 서럽지 않다

우리들은 외로워할 까닭도 없다

그리고 누구 하나 부럽지도 않다

흰 밥과 가재미와 나는

우리들이 같이 있으면

세상 같은 건 밖에 나도 좋을 것 같다

《조광》 3권 10호(1937년 10월)

말뜻 풀이

선우사(膳友辞): 반찬 벗한 노래. 반찬 벗한 이야기.

나조반: 나주반, 곧 전라남도 나주의 특산물인 큰 밥상. 굵은 변죽에 얇은 천판을 끼우고 네 귀는 모가 지게 만든다. 다리는 범의 다리를 본떠 굵게 만들기 때문에 호각반(범다리반) 또는 호족반(범발반)이라 일컫기도 한다.

가재미: 가자미. (☞ 37. 〈통영〉)

해정한: 맑고 깨끗한.

모래톱: 가람이나 바다를 끼고 모래가 넓고 길게 쌓여 있는 벌판.

하고 긴 날: 많고도 긴 날. 날이면 날마다.

물닭: 오리과의 물새. (☞ 2. 〈늙은 갈대의 독백〉)

소리개: 솔개.

세괄은: 굳센. 억센.

정갈해서: 깨끗하고 깔끔해서.

파리했다: 몸이 여위고 낯빛이나 살갗에 핏기가 없었다.

밖에 나도: 눈 밖에 나도. 마음에 들지 않아도. 눈길을 주지 않아도.

군소리

겉으로 보면 노래를 여섯 묶음으로 짰는데, 속살로 들어가 보면 처음 두 묶음과 가운데 두 묶음과 끝 두 묶음으로 다시 묶여서 크게 세 덩이로 나뉜다. 이들 세 덩이는 이야기의 시간으로 볼 때 오늘(요즘)에서 어제(지난날)로 갔다가 다시 오늘(요즘)로 되돌아오는 짜임새를 이루고 있다.

처음 두 묶음, 곧 오늘의 노래부터 더듬어보자. 첫째 묶음에서는 낡은 밥상 위에 흰 밥도 가자미도 '나'도 나와 앉아서 쓸쓸한 저녁을 맞을 참이다. 사실로 말하면, 흰 밥과 가자미는 밥상 위에 얹힌 밥과 반찬이고 '나'는 그것들을 먹으려고 밥상 앞에 앉은 사람이다. 그렇게 밥과 반찬은 먹히는 희생물이고 '나'는 그것을 먹어야 사는 사람으로 서로 뜨레[4]가 다르다. 그러나 노래는, 흰 밥도 가자미도 '나'도 서로 먹고 먹히는 뜨레 따위는 벗어던지고 똑같이 밥상 위에 나와 앉아서 함께 쓸쓸한 저녁을 맞이했다. 둘째 묶음에서는 흰 밥과 가자미와 '나'는 하나로 어

---

4 '뜨레'는 아직 사전에 오르지 못한 우리 고향 토박이말이다. 값어치의 무게, 값어치의 높낮이를 가늠하는 잣대를 뜻한다(김수업, 앞의 책, 166-167쪽).

우러지는 '우리들'이 되었다. 그래서 무슨 이야기라도 다 할 것 같고, 서로 미덥고 정답고, 그리고 서로 좋다. 참으로 서로 '벗'[5]이 된 것이다.

　다음은 가운데 두 묶음, 곧 어제의 노래를 보자. 지난날에도 이들 셋은 우리들이었고, 곧 벗이었다. 셋은 모두 물밑 맑고 깨끗한 모래톱에서 모래알만 헤이며 잔뼈가 굵었고, 바람 좋은 한 벌판에서 물닭의 소리 들으며 단 이슬 먹으며 나이 들었고, 외딴 산골에서 소리개 소리 배우며 다람쥐 더불어 놀며 자랐다. 그러니까 모두 욕심이 없어서 모습이 하얗고, 착하디착해서 억센 가시 하나도 굳센 손아귀 하나도 없었고, 너무나 깨끗하고 깔끔해서 몸들이 말랐고 핏기가 없이 파리했다. 보다시피 이 어제(지난날)는 현실의 어제일 수 없다. 꿈꾸는 어제? 이승으로 오기 앞선 저승? 나라를 빼앗기지 않았던 시절?

　끝으로 마지막 두 묶음, 곧 다시 오늘의 노래를 보자. 우리들은 가난해도 서럽지 않고, 외로워할 까닭도 없고, 누구 하나 부럽지도 않다. 우리들이 같이 있으면 세상 같은 것은 아랑곳하지 않아도 좋을 것 같다. 우리들이 함께 있으면 더 바랄 것이 아예 없는 천국이며 극락이다. 쓸쓸한 저녁을 맞는 바로 여기가 곧 하느님 나라며 부처님 세상이다.

　'우리들'이 이처럼 복된 하느님 나라와 부처님 세상에 살 수 있게 된 말미는 뭔가? 보다시피 '나'가 먹히는 흰 밥과 가자미와 달리 먹는 사람으로서 지녔던 본디 자리를 버리고 먹히는 밥과 반찬의 자리로 가지런히 나와 앉았기 때문이다. 이것은 "그리스도 예수는 본디 하느님과 같

5　예로부터 우리 겨레는 사람끼리 '무슨 이야기라도 다 할 수 있어서 서로 미덥고 서로 정답고 서로 좋은 사이'를 '벗'이라 했다. 말할 나위도 없지만, 이때 나이는 따지지 않았다.

은 분이셨지만 굳이 하느님과 같이 되려 하지 않으시고 오히려 지닌 것을 다 내어놓고 우리와 똑같은 사람이 되셨다(필립 2, 6~7)."라는 성서의 예수님 사랑을 생각하게 한다. 이것은 또 "세상의 모든 목숨은 높낮이 없이 모두 하나로서 돌아가며 모습을 달리하여 나고 죽을 뿐이다."라는 부처님 사랑을 떠올리게 한다. 백석이 10대 소년 시절 오산고보 다섯 해 동안 불교를 무척 좋아하고, 20대 청년 시절 일본 도쿄 청산학원에서 세례를 받고 기독교를 믿은 사실을 짚어보면 노래의 바탕을 헤아릴 수 있을 듯하다.

52

산곡 〔함주시초〕

돌각담에 머루송이 까마니 익고
자갈밭에 아주까리알이 쏟아지는
잠풍하니 볕바른 골짜기다
나는 이 골짝에서 한 겨울을 나려고 집을 한 채 구하였다

집이 몇 집 되지 않는 골 안은
모두 터앞에 김장감이 퍼지고
뜨락에 잡곡 낟가리가 쌓여서
어느 세월에 비일 듯한 집은 보이지 않았다
나는 자꾸 골 안으로 깊이 들어갔다

골이 다한 산대 밑에 자그마한 돌능와집이 한 채 있어서
이 집 남길동 단 안주인은 겨울이면 집을 내고
산을 돌아 거리로 내려간다는 말을 하는데
해 바른 마당에는 꿀벌이 스무남은 통 있었다

낮 기울은 날을 햇볕 장글장글한 툇마루에 걸터앉아서
지난여름 도락구를 타고 장진 땅에 가서 꿀을 치고 돌아왔다는 이 벌

들을 바라보며 나는

　날이 어서 추워져서 쑥국화꽃도 시들고 이 바즈런한 백성들도 다 제 집으로 들은 뒤에 이 골 안으로 올 것을 생각하였다[6]

《조광》3권 10호(1937년 10월)

말뜻 풀이

산곡(山谷): 산골. 두메.

까마니: 까맣게.

잠풍하니: 잔풍하니. 바람이 고요하고 잔잔하게 부니.

터앝에: 텃밭에. 집터에 딸려 있거나 집 가까이 있는 밭에.

퍼지고: 푸지고. 매우 많아서 넉넉하고.

낟가리: 낟알이 붙어 있는 곡식을 그대로 쌓아놓은 더미.

산대: 산대배기. 산꼭대기.

6　여기 마지막 두 줄을 송준(《백석시전집》, 도서출판 학영사, 2005. 중판)은 "지난 여름 도락구를 타고 장진 땅에 가서 꿀을 치고 돌아왔다는 / 이 벌들을 바라보며 나는" "날이 어서 추워져서 쑥 국화 꽃도 시들고 / 이 바지런한 백성들도 다 제집으로 들은 뒤에 / 이 골 안으로 올 것을 생각하 였다" 이렇게 다섯 줄로 나누었다. 안도현(《백석평전》, 다산책방, 2014)도 "마지막 연의 두 행이 지나치게 길어지는 것은 신문을 조판할 때 실수가 있었던 것으로 보인다. (중략) 따라서 마지막 연은 5행이나 6행으로 나눠 읽을 필요가 있다." 했으나, 시인이 스스로 고치지 않은 것을 오늘 우리가 함부로 고치기 어려워 그대로 두었으니 읽으시는 분들이 짐작하시기 바란다.

돌능와집: 돌너와집. 납작한 돌로 지붕을 덮은 너와집. '너와집'은 널빤지(납작한 나뭇조각)로 지붕을 덮은 집, 곧 '널+기와+집'이다. '기와'는 본디 '딜새(陶草(도초), 곧 흙에다 풀을 섞어 빚은 것)에서 '디새 → 지새 → 지애 → 지와 → 기와'로 바뀌어 오늘에 이르렀다.

남길동: 남끝동. 저고리에 댄 쪽빛(남빛) 끝동. '길동'은 '끝동'의 평북 사투리고, '끝동'은 저고리 소맷부리에 댄 다른 빛의 천을 뜻한다.

거리: 길이 세 갈래 넘게 얽혀 있는 곳. 장터거리.

장글장글한: 햇볕이 살갗을 간질이는 듯이 따스한. (☞ 40. 〈황일〉)

도락구: 화물차. 물건을 실어 나르는 '트럭'을 일본인은 '도락구'라 했다.

쑥국화꽃: 쌍떡잎식물 초롱꽃목 국화과에 딸린 여러해살이풀. 가을이면 노란 꽃이 초겨울까지 지천으로 피는데, 꽃이 달린 포기 채로 위장을 돕고 뱃속 벌레를 죽이는 약재로 쓴다.

바즈런한: 바지런한. '부지런한'의 작은 말. 작은 짐승이나 벌레 따위가 몸집은 작으면서 재바르게 움직이며 쉬지 않고 일하는 모습을 이른다.

군소리

노래는 네 묶음을 때와 곳의 흐름에 맞추어 짜서 읽기에 아주 편안하다. 산골 들머리에서 한 묶음, 골 안으로 들어가면서 한 묶음, 골이 다한 산대 밑에서 한 묶음, 산대 밑 돌너와집 뒷마루에 걸터앉아 한 묶음, 이렇게 곳과 때의 흐름에 따라 차례를 잡고 줄가리를 맞추어 이야기처럼 짠 노래다. 그래서 누구나 쉽게 읽고 맛볼 수 있겠지만, 가볍게 설렁설렁 읽어서는 속살까지 쉽게 드러나지 않을 수도 있다.

첫째 묶음은 넉 줄인데 줄글처럼 읽으면 두 월이다. 앞 월은 석 줄로 나누어놓았으니 그만큼 무겁게 읽히고, 뒤 월은 그냥 한 줄이니 그만큼 가볍게 읽힌다. 앞 월 석 줄에서 앞 줄 둘은 서로 짝을 맞추었는데 소리 내어 읽어보면,

돌각~담에~~머루~송이~~까마~~니~익고
자갈~밭에~~아주~까리~~알이~쏟아~지는

이렇게 세 걸음 고른 가락이 살아난다. 소리로 드러나는 가락이 가지런할 뿐만 아니라 뜻으로 드러나는 속살의 맛도 '돌각담 : 자갈밭', '머루송이 : 아주까리', '까마니 익고 : 알이 쏟아지는' 이처럼 가지런히 손 잡고 다가온다. 남은 한 줄은 앞 두 줄의 가락과 속살을 더욱 북돋우고자 바람과 햇볕으로, 골짜기의 밝고 아늑하고 따뜻함으로 맞장구친다. 뒤 월 한 줄도 세 걸음 가락처럼 보이지만 앞 두 줄과 가지런히 어우러지지 않아서 소리 내어 읽어보면 가락이 살아나지 않는다. 가락으로 드러나는 모습뿐 아니라 거기 담긴 속살도 앞줄의 밝고 아늑하고 따뜻함과는 아주 딴판이다. 이 골짜기에서 한 겨울을 견디며 이겨나려고 집 한 채를 찾고 있는 '나'의 처지가 몹시 쓸쓸하게 다가온다. 앞 월 석 줄이 노래하는 산골의 자연과 뒤 월 한 줄이 노래하는 '나'의 삶이 얼마나 다른가를 돋보이게 하려고 시인은 노래의 모습과 속살을 촘촘하게 견주어 드러내 놓았다.

둘째 묶음은 다섯 줄인데 줄글처럼 읽으면 또한 두 월이다. 앞 월은

넉 줄로 나누어놓았으니 그만큼 무겁게 읽히고, 뒤 월은 그냥 한 줄이니 그만큼 가볍게 읽힌다. 여기서 누구나 이 둘째 묶음의 짜임새가 앞 첫째 묶음을 닮았구나 싶을 것이다. 다만 앞 월을 넉 줄로 나누어서 조금 달라졌고, 가락을 고르게 살리지 않아서 크게 달라졌다. 하지만 노래의 속살을 보면, 앞 넉 줄 한 월은 집집마다 텃밭과 뜨락에 김장감과 낟가리가 넉넉하고 푸짐해서 비워둘 집이 없을 것 같고, 뒤 월 한 줄은 몸 붙일 집을 찾지 못하고 자꾸 골 안으로 깊이 들어가야 하는 '나'의 신세가 더욱 춥고 쓸쓸하다. 노래의 속살은 그러니까 첫째 묶음을 한 걸음 더 돋우면서 되풀이했다는 말이다.

셋째 묶음은 넉 줄인데 줄글로 읽으면 한 월이다. 첫째와 둘째 묶음과는 짜임새를 아주 다르게 짰다. '나'는 막다른 골 안까지 와서 돌녀와 집 한 채를 찾았으며, 겨울이면 집을 비우고 거리(마을 또는 장터)로 내려간다는 쪽빛 깃동 저고리 입은 안주인도 만났고, 햇볕 바른 마당에 꿀벌 스무남은 통이 있는 것도 보았다. 이만하면 '나'의 바람은 이루어진 셈이 아닌가? 그러나 '나'에게는 아무런 반가움도 기쁨도 없다. 오히려 겨울이면 집을 내놓고 꿀벌도 버려두고 산을 돌아 거리로 내려간다는 쪽빛 깃동으로 멋 부리며 사는 안주인의 말을 듣고, 여름 내내 안간힘 다해 모은 꿀을 모두 빼앗기고 해 바른 마당에서 겨울나기 걱정에 몹시 바쁜 꿀벌 스무남은 통을 바라보며 '나'는 더욱 춥고 쓸쓸하다. '안주인'에게서 일제가 짓밟고 뒤틀어서 삶이 몹시 추운데도 아무렇지도 않다는 듯이 장단 맞추며 살아가는 사람들을 떠올리고, '꿀벌'에게서 여름 내내 땀 흘려 얻은 수확을 모두 빼앗겨도 아무 소리 못 하고 살아보려고 애쓰는 여느 백성을 떠올리며 더욱 춥고 쓸쓸하지 않았을까?

마지막 넷째 묶음은 줄글로 읽으면 한 월인 것을 석 줄로 베풀어놓았다. 석 줄을 줄글처럼 읽어도 노래의 속살과 맛을 아주 잃지는 않겠다. 노래가 가락보다는 뜻에 기대고 있기 때문이다. '낮은 이미 기울었으나 햇볕은 아직도 장글장글 따뜻한 툇마루에 걸터앉아서, 지난여름 트럭에 실려 장진 땅까지 가서 꿀을 모아 돌아왔다는 이 벌들을 바라보며 나는, 날이 어서 추워져서 쑥국화꽃도 시들고 이 바지런한 백성들도 다 제집으로 들은 뒤에 이 골 안으로 올 것을 생각하였다.' 이렇게 줄글로 읽어도 '이 바즈런한 백성들'이 안간힘을 다하고 있는 동안에는 '나'도 세상을 버려두고 산골로 들어와 이처럼 안간힘 다하는 꿀벌의 삶을 가만히 바라보고만 있을 수가 없겠다는 뜻을 읽을 수 있을 것이다.

53

바다

바닷가에 왔더니

바다와 같이 당신이 생각만 나는구려

바다와 같이 당신을 사랑하고만 싶구려

구붓하고 모래톱을 오르면

당신이 앞선 것만 같구려

당신이 뒤선 것만 같구려

그리고 지중지중 물가를 거닐면

당신이 이야기를 하는 것만 같구려

당신이 이야기를 끊은 것만 같구려

바닷가는

개지꽃에 개지 아니 나오고

고기비늘에 하이얀 햇볕만 쇠리쇠리하여

어쩐지 쓸쓸만 하구려 섧기만 하구려

《여성》 2권 10호(1937년 10월)

말뜻 풀이

구붓하고: 몸을 구부정히 하고. 마음이 즐겁지 못한 사람의 모습이다.

지중지중: 곧장 나아가지 않고 발을 옮길 적마다 생각에 잠기며 걸음에 가락을 넣어 머뭇거리며 걷는 모습을 그려낸 말.

개지꽃: 버들강아지꽃. 물가에 자라는 갯버들과 산골에 자라는 멧버들에 피는 꽃으로 털이 복슬복슬하다고 '강아지꽃'이라 부른다. 아이들이 손바닥에 올려놓고 양쪽으로 살살 흔들며 '오요요…' 하고 부르면서 정말 강아지처럼 앞으로 걸어 나오는 모습을 즐기는 놀이를 한다. 이동순(1987)은 '강아지풀' 또는 '메꽃', 송준(2005)은 '나팔꽃', 이숭원(2008)은 '메꽃', 고형진(2015)은 나팔꽃과 비슷한 '갯메꽃'으로 풀이했다.

개지 아니 나오고: 강아지꽃을 손바닥에 올려놓고 '오요요…' 하며 불러도 앞으로 아니 나오고. 복슬복슬한 털이 제대로 자라지 않으면 '오요요…' 불러도 나오지 않는다.

쇠리쇠리하여: 눈이 시울어. '시울다'는 눈이 부셔서 바로 보기가 거북하다는 뜻이다.

군소리

바닷가에 와서 받는 느낌을 네 묶음으로 나누어 드러낸 노래다. 곧장 눈에 들어오는 바와 같이 앞 세 묶음은 겉으로 드러난 짜임새의 모습이 가지런하다. 묶음마다 석 줄씩인데, 첫째 줄을 뺀 나머지 두 줄씩은 모두 나란히 짝을 지어 낱말마저 가지런히 세워서 이른바 대구법을 아주 온전하게 만들어놓았다. 게다가 묶음마다 둘째와 셋째 줄의 처음과 끝에 같은 소리를 내는 낱말로 두운과 각운까지 놓았다. 나들숨(호흡)을 고르게 하여 소리를 길게 늘이면서 천천히 읽으면 가락의 아름다움을 쉽사리 맛볼 수 있다. 묶음마다 첫 줄은 짜임새 모습이 가지런하지 않은데, 노래하는 이가 움직이면서 노래의 자리가 달라지기 때문에 가지런한 가락은 속살과 어울리지 않아서 그렇게 되었다.

짜임새 모습과 마찬가지로 노래의 속살도 앞 세 묶음은 서로 비슷하다. 세 묶음에서 노래의 알맹이로 쓰는 열쇠말이 한결같은 '당신'이기 때문이다. 첫째 묶음은 노래하는 이가 바닷가에 왔지만 아직 바닷물과는 떨어진 곳에 있다. 그러나 출렁이는 바닷물을 멀찍이서 바라보기만 해도 '당신'이 생각만 나고 '당신'을 사랑하고만 싶다. 둘째 묶음은 노래하는 이가 바다 물결이 밀어 올려 쌓은 모래톱을 구붓하고 오른다. 바닷물에 이만치만 가까이 다가와도 '당신'이 앞선 것만 같고 '당신'이 뒤선 것만 같다. 셋째 묶음은 노래하는 이가 물가까지 다가와서 지중지중 거닐고 있다. 바닷물을 밟을 수 있는 곳까지 오니까 '당신'이 이야기를 하는 것만 같고 '당신'이 이야기를 끊은 것만 같다. 처음 멀찍이서는 '당신'이 생각나고 사랑하고 싶다가, 모래톱을 오르면서는 '당신'이 함께 앞서거니 뒤서거니 하면서 걷다가, 물가를 거닐면서는 '당신'이 마음을 담아서 이야기를 하고 이야기를 끊고 하는 것만 같았다.

그러면 노래하는 이가 바닷가에 오면 만나는 '당신'은 누구인가? 멀찍이서 출렁이는 바다만 봐도 생각나고 사랑하고 싶은 '당신', 구붓하고 모래톱에 오르면 가까이 다가와서 앞서거니 뒤서거니 하며 함께 거니는 '당신', 물가에 와서 지중지중 거닐면 옆에서 소곤소곤 이야기를 하고 이야기를 끊는 '당신'은 누구인가? 먼저, 통영의 난이를 떠올리지 않을 수가 없다. 두 해 동안 마음을 빼앗겨 세 차례나 통영을 찾아가면서 노래를 세 마리나 지을 만큼 가슴을 태웠던 난이가 오랜 벗과 혼인을 해버렸다는 날벼락 같은 소식을 들었기 때문이다. 그러나 난이에게 끌렸던 짝사랑은 1936년 말 청혼조차 먹히지 않아 한풀 꺾여 있었고, 그즈음 함흥서 김진향(자야)을 만나 새로운 사랑에 빠져 있었다.

"하루는 당신이 조선일보사에서 발간하는 잡지《여성》1호(2권 10호)를 들고 와서 시 한 편을 펼쳐 보였다. 당신이 쓴 〈바다〉라는 제목의 시였다. 한 줄 한 줄 읽어가노라니 바로 당신께서 그 무렵의 내 타는 심정을 따뜻하게 헤아리고 있음을 알 수 있었다. (중략) 이 시의 셋째 연, 그러니까 '당신이 이야기를 하는 것만 같구려 / 당신이 이야기를 끊은 것만 같구려'라는 두 행에서 내 시선은 못이 박혀 떠날 줄을 몰랐다. 이 두 행이야말로 당시 우리 사랑의 슬픈 내력과 또 아기자기하게 꾸민 사연을 고스란히 함축하고 있었다."[7] 이렇게 자야는 노래의 '당신'이 바로 자신이라고 굳게 믿고 있었다.

하지만 백석의 깊은 속마음은 그게 모두가 아니었을 터이다. 백석의 삶과 노래를 좀 더 깊이 헤아리면 '당신'은 난이 또는 자야보다도 일본 제국이 총칼로 빼앗아간 '우리나라', '우리 겨레의 삶'이라고 보는 것이 올바르다. '당신'이 일제의 총칼에 빼앗긴 우리나라며 우리 겨레의 삶이라는 생각은 무엇보다도 이제까지 읽어온 백석의 노래 모두에 깊고

7 김자야,《내 사랑 백석》, 문학동네, 1995, 91~92쪽.

넓게 퍼져 있던 속뜻이었기 때문이다.

　마지막 넷째 묶음은 겉으로 드러나는 모습을 가다듬지도 않은 채 노래하는 이의 마음을 거르지도 않고 털어놓았다. 바닷가는, 강아지꽃이 피어 있으나 '오요요…' 불러도 강아지는 아니 나오고, 희생된 고기들이 남긴 비늘에 하얀 햇볕만 쇠리쇠리 눈이 시울고, 어쩐지 쓸쓸만 하고 서럽기만 하다. 앞 세 묶음의 바닷가가 가슴 졸이며 꿈꾸는 세상이었다면 이 마지막 묶음의 바닷가는 어쩔 수 없이 겪어내야 하는 눈앞의 세상이다. 이런 눈앞의 세상을 겪어내면서 쓸쓸하고 서러운 마음을 굳이 감추려 하지 않았다.

단풍

빨간 물 짙게 든 얼굴이 아름답지 않으뇨 빨간 정 무르녹는 마음이
아름답지 않으뇨

단풍 든 시절은 새빨간 웃음을 웃고 새빨간 말을 지줄댄다

어데 청춘을 보낸 서러움이 있느뇨 어데 노사를 앞둘 두려움이 있
느뇨

재화가 한껏 풍성하여 시월 햇살이 무색하다 사랑에 한창 익어서 살
찐 땅 몸이 불탄다

영화의 자랑이 한창 현란해서 청청하늘이 눈부셔 한다

시월 시절은 단풍이 얼굴이요 또 마음인데 시월 단풍도 높다란 낭떠
러지에 두서너 나무 갸우뚱히 외로이 서서 한들거리는 것이 기로다

시월 단풍은 아름다우나 사랑하기를 삼갈 것이니 울어서도 다하지
못한 독한 원한이 빨간 자주로 지지우리지 않느뇨

《여성》 2권 10호(1937년 10월)

지줄댄다: 작은 소리지만 쉬지 않고 지껄여 댄다.

어데: 어디에. 어느 곳에.

노사: 늙어서 죽음. 늙음과 죽음. 늙고 죽는 노릇.

재화: 재물과 돈.

영화: 몸이 귀하게 되어 이름이 세상에 빛나게 드러나는 것.

현란해서: 눈이 부시도록 빛나서.

기로다: 그것이로다. 여기서 '그것'은 단풍이 시월 시절의 얼굴이요 마음이라는 것을 뜻한다.

지지우리지: 눈이 부시도록 환하게 빛나지.

군소리

노래의 짜임새는 일곱 줄로 이루어진 한 묶음이다. 그런데 첫 줄과 셋째 줄과 넷째 줄은 저마다 마침표를 찍지 않고 잇달아 놓은 두 월씩이다. 게다가 이들 두 월씩은 모두 소리가 만드는 가락과 말뜻이 만드는 속살이 서로 쌍둥이처럼 닮은 짝으로 가지런하게 만들었다. 그뿐 아니다. 노래 일곱 줄은 소리가 만드는 가락으로 보나 말뜻이 만드는 속살로 보나 한 묶음으로 싸잡기 어렵다. 말의 임자가 서로 다르기 때문이다. 첫 줄의 임자는 '얼굴·마음'이다. 둘째 줄부터 다섯째 줄까지의 임자는 '단풍 든 시절'이다. 여섯째 줄의 임자는 '시월 시절'이고, 마지막 일곱째 줄의 임자는 '시월 단풍'이다. 그래서 이 노래를 아래와 같이 줄을 월로 바꾸고, 말의 임자에 따라 묶음을 넷으로 나누어볼 수 있다.

빨간 물 짙게 든 얼굴이 아름답지 않으뇨!
빨간 정 무르녹는 마음이 아름답지 않으뇨!

단풍 든 시절은 새빨간 웃음을 웃고 새빨간 말을 지즐댄다.
어데 청춘을 보낸 서러움이 있느뇨!
어데 노사를 앞둘 두려움이 있느뇨!
재화가 한껏 풍성하여 시월 햇살이 무색하다.
사랑에 한창 익어서 살찐 땅 몸이 불탄다.
영화의 자랑이 한창 현란해서 청청하늘이 눈부셔 한다.

시월 시절은 단풍이 얼굴이요 또 마음인데 시월 단풍도 높다란 낭떠러지에 두서너 나무 갸우뚱히 외로이 서서 한들거리는 것이 기로다.

시월 단풍은 아름다우나 사랑하기를 삼갈 것이니 울어서도 다하지 못한 독한 원한이 빨간 자주로 지지우리지 않느뇨!

이렇게 하니까 한결 알아보기 쉽다. 하지만 노래의 속살은 쉽사리 드러나지 않는다. 먼저, 첫 묶음의 임자인 '얼굴과 마음'은 누구의 얼굴이며 마음인가? 그 대답을 셋째 묶음에서 '시월 시절은 단풍이 얼굴이요 또 마음인데' 이렇게 내놓았다. 그러고 보니 넷째 묶음의 임자인 '시월 단풍'도 곧 '시월 시절의 얼굴이요 또 마음인' '단풍' 그것이다. 따라서 셋째 묶음에서 '시월 단풍도 높다란 낭떠러지에 두서너 나무 갸우뚱히 외로이 서서 한들거리는 것이 기로다'라는 말도 알아들을 만하고, 둘째 묶음의 임자인 '단풍 든 시절'도 셋째 묶음의 '시월 시절' 바로 그것임을 알겠다.

그러니까 네 묶음으로 나뉘는 이 노래는 ① 시월 단풍은 얼굴도 아름답고 마음도 아름답다. ② 시월 단풍 든 시절은 젊음을 보낸 서러움도 죽음을 앞둘 두려움도 없이 새빨간 웃음 웃고 새빨간 말을 지즐대니 시월 햇살이 무색하고 살찐 땅 몸이 불타고 청청하늘이 눈부셔 한다. ③ 시월 시절의 얼굴이요 마음인 시월 단풍도 높다란 낭떠러지에 두서너 나무 외로이 서서 한들거리는 그것이 참된 단풍이다. ④ 시월 단풍은 아름답지만 울어서도 다하지 못한 지독한 원한이 빨간 자줏빛 되어 눈부신 것이니 섣부른 사랑은 삼가야 한다. 이렇게 읽을 수 있겠다.

그러나 이것은 백석의 노래가 아니다. 백석이 지은 노래는 묶음으로 나누지도 않았거니와 두 월을 마침표 없이 한 줄에 잇달아 놓기를 거듭했다. 말할 나위도 없지만 백석이 줄 바꾸기와 묶음 나누기를 몰라서 이러지 않았다. 백석이 드러내고자 한 노래의 참뜻이 묶음을 나누고 줄을 바꾸는 여느 노래의 길을 따를 수 없었기 때문이다. 백석이 드러내고자 한 노래의 참뜻을 '울어서도 다하지 못한 독한 원한이 빨간 자주로 지지우리지 않느뇨' 하는 대목에서 잠깐 엿볼 수 있다. 겉으로 그처럼 빨간 자줏빛으로 눈부시게 아름다운 단풍이 속으로는 울어서도 다하지 못한 독한 원한을 지녔다는 뜻이다. 시월 단풍의 가장 높은 마루를 '높다란 낭떠러지에 두서너 나무 갸우뚱히 외로이 서서 한들거리는'

그것이라는 대목에서도 마찬가지다. 지금 가장 눈부시게 빛나는 이 아름다움이 눈 깜짝하는 사이 모두 떨어지고 텅 빈 허무만 남는다는 뜻이다. 한마디로, 시인 백석의 눈에는 시월 단풍의 눈부신 아름다움이 울음보다 더 아픈 슬픔을 속에 감추고 다가왔기 때문에 편안하게 묶음을 나누고 줄을 바꾸는 여느 노래의 길을 따를 수가 없었다는 말이다.

추야일경

닭이 두 홰나 울었는데
안방 큰방은 홰즛하니 당등을 하고
인간들은 모두 웅성웅성 깨어 있어서들
오가리며 석박지를 썰고
생강에 파에 청각에 마늘을 다지고

시래기를 삶는 훈훈한 방 안에는
양념 내음새가 싱싱도 하다

밖에는 어데서 물새가 우는데
토방에선 햇콩두부가 고요히 숨이 들어갔다

《삼천리문학》1호(1938년 1월)

말뜻 풀이

추야일경(秋夜一景): 가을밤 한 모습.

닭이 두 홰나 울었는데: 동틀 시간이 가까웠는데. (☞ 홰 - 18. 〈미명계〉)

홰즛하니: 홰즛하게. 어둑하여 호젓한 느낌이 들게.

당등: 장등. 오래 밝혀두는 등불. 밤새껏 켜두는 등불.

오가리: 호박이나 박, 무 따위의 살을 길게 오리거나 썰어서 말린 먹거리.

석박지: 섞박지. 무와 배추를 얄팍하고 네모지게 썰어 절인 다음, 파·미나리·갓 따위에 갖은 양념을 한데 섞어서 젓국으로 버무려 담그는 김치의 하나.

청각: 붉은 말무리에 딸린 바닷풀. 빛깔은 검푸르고 얕은 바닷속 바위에 붙어 살며 사슴의 뿔과 비슷하게 생겼다. 김장 때 김치의 고명으로 쓰기도 하고 그냥 무쳐 먹기도 한다.

시래기: 무청이나 배춧잎을 말린 먹거리. (☞ 15. 〈초동일〉)

숨이 들어갔다: 숨이 죽어갔다. 살아 있던 숨결이 잦아들어 갔다. 끓인 콩물에 간수를 넣어 엉켜진 순두부를 보자기에 싸서 그 위에 알맞은 무게로 눌러 물기를 빼면 두부로 굳어진다. 이때 순두부가 굳어가는 것을 '숨이 들어간다'고 했다.

군소리

눈에 들어오는 짜임새로 보면, 세 묶음으로 펼쳐서 가을밤 한 모습을 보여주는 노래다. 그러나 줄글로 풀어보면, 앞에 두 묶음이 한 월로 이어져 모두 두 월로서 속살을 드러낸다.

먼저, 줄글처럼 두 월로 읽어보면 앞 월은 안방(큰방)의 따뜻하게 살아 있는 모습을 드러내고, 뒤 월은 불기 없이 싸늘한 토방의 모습을 드러낸다. 그러나 안방이든 토방이든 방 안의 모습을 드러내기에 앞서 첫 줄에서 방 바깥세상의 깜깜한 가을밤 모습을 닭과 물새의 울음으로 때를 알려주고 들어간다. 바깥세상에서는 닭이 두 홰나 울었고 먼데 물새까지 울었으니 깜깜하던 밤도 거의 지나가고 머잖아 동이 트며 새벽이 다가왔음을 귀띔했다. 그런 다음 잇달아 두 방 안의 모습을 드러내는데, 안방은 인간들이 훈훈한 방 안에서 밤을 지새우며 겨울 넘길 먹거리를 장만하고 토방에선 햇콩두부가 고요히 굳어간다.

하지만 줄글로 풀어 읽으면 백석의 노래가 아니다. 백석은 다섯 줄로 한 묶음과 두 줄씩으로 두 묶음, 이렇게 세 묶음으로 노래를 불렀다. 세 묶음을 하나씩 저마다 가지런한 무게로 맛보아야 백석의 노래다. 첫째 묶음은 줄이 다섯인데, 첫 줄은 '닭'이 임자말이고, 둘째 줄은 '안방'이 임자말이고, 셋째 줄은 '인간들'이 임자말인데, 넷째와 다섯째 줄은 임자말 없이 셋째 줄의 임자말 '인간들'에 매여 있다. 그러니까 첫째 줄은 깜깜한 밤을 지나 새날이 동터 오는 바깥세상의 '시간'을, 둘째 줄은 바깥 어둠을 밀어내고 호젓한 등불을 밝힌 큰방의 '공간'을, 남은 석 줄은 그런 시간과 공간이 마련하는 무대에서 살아 움직이는 '인간들'을 노래한다. 여기서 '인간들'이란 이름을 불러줄 만한 사람이 아니라 마치 장등이나 섞박지 같은 사물에 지나지 않는다는 사실을 드러낸다.

둘째 묶음은 첫째 묶음과 같은 무대인 훈훈한 방 안에는 '양념 냄새가 싱싱도 하다' 했다. 이것을 앞의 첫째 묶음 다섯 줄과 가지런한 무게로 읽으면, 이 안방의 '인간들'이란 더욱 값어치 없는 존재로 무시되어

떨어진다. 셋째 묶음은 같은 '시간'의 가을밤이지만 등불도 없고 훈훈
하기는커녕 쌀쌀한 토방으로 '공간'을 바꾸었다. 이 두 줄 묶음 또한 앞
의 두 묶음과 가지런한 무게로 읽으면, 고요히 숨이 들어간 '햇콩두부'
가 두드러지면서 첫째 묶음의 '인간들'은 더없이 업신여김을 받지 않을
수가 없다.

　백석의 노래에서 '사람'을 이처럼 낮잡는 보기를 찾기 어려우니 어찌
된 일인가? 이 노래를 내놓기 바로 앞인 12월에 백석은 깊은 사랑에 빠
져 있던 자야를 잠시 비껴두고 어버이 강요에 못 이겨 죄 없는 처녀와
사랑 없는 혼례를 치르고 곧장 내버리는 짓을 했다. 지난 4월에 오랜 벗
이 우정을 팽개치고 난이를 가로챘을 적에도 이처럼 사람에게 절망하
지 않았는데, 백석이 스스로 저지른 짓을 '사람 노릇이 아니었다'고 가
슴 찢고 뉘우치면서 이런 노래를 불렀으리라는 생각을 해본다. 참으로
서로 깊이 사랑하는 사이를 신분 때문에 갈라놓고 난생 본 적도 없는
사내와 계집을 억지로 짝지어 놓는 사람들. 이런 짝짓기를 앞두고 밤을
지새우며 잔치 먹거리를 장만하는 사람들이 바로 스스로의 핏줄임을
부끄러워하며 스스로를 싸잡은 '인간들'을 낮잡아 이렇게 노래한 것이
아닐까 싶다.

56

산숙 〔산중음〕

여인숙이라도 국수집이다

모밀가루 포대가 그득하니 쌓인 웃간은 들믄들믄 더웁기도 하다

나는 낡은 국수분틀과 그즈런히 나가 누워서

구석에 데굴데굴하는 목침들을 베어보며

이 산골에 들어와서 이 목침들에 새까마니 때를 올리고 간 사람들을
생각한다

그 사람들의 얼굴과 생업과 마음들을 생각해 본다

《조광》 4권 3호(1938년 3월)

말뜻 풀이

산숙(山宿): 산골 여인숙. '여인숙'은 크기가 작고 값이 싼 여관을 이른다. '여인
숙'과 '여관'은 모두 일제 침략 때에 생겨난 말이다.

모밀: 메밀. 예로부터 날씨 때문에 농사를 제대로 지을 수 없을 때에 가난을 이
겨내는 먹거리로 산골 메마른 밭에 많이 심었다. 가뭄이나 추위에도 잘 견디며

빨리 자라고 열매도 빨리 익어서 흉년을 때워가기에 알맞고 영양가도 높으면서 오래 두고 먹을 수도 있다.

'메밀'을 표준어로 정하면서 '모밀'을 버렸으나, 강원도 사람 이효석도 1936년 10월에 〈모밀꽃 필 무렵〉을 썼고, 평안도 사람 백석도 1938년 3월에 〈산숙〉에서 '모밀가루'를 서슴없이 썼다. 사실 '모밀'은 잎도 세모꼴이고 열매도 세모졌다. 그래서 '모밀도 굴러가다가 서는 모가 있다.' 또는 '모밀이 세 모라도 한 모는 쓴다.' 같은 옛말(속담)이 있는 것이다. '모밀'은 '모가 난 밀'이라는 본디 뜻을 곧장 드러내지만, '메밀'이라면 '뫼(산)에서 나는 밀'로 뜻을 잘못 짚거나 아예 뜻을 헤아릴 수도 없다. 이제라도 '메밀'을 버리고 '모밀'을 살려 쓰는 것이 좋겠다는 생각을 한다.

포대: 종이·베·가죽 따위로 만든 자루.

웃간: 웃간방. 위채에 있는 안방.

들믄들믄: 불을 많이 때어 온돌방이 제법 덥다는 느낌을 드러내는 평안도 사투리.

국수분틀: 국수틀. 국수를 뽑아내는 틀. '분'은 반죽을 뜻하고, '틀'은 기구를 뜻한다. 틀은 큰 통나무를 가운데에 배가 부르도록 다듬어서 그 배부른 가운데에 지름 10~15cm 크기의 구덕을 만들고 구덕 안을 양철로 싸서 그 바닥에 작은 구멍을 촘촘히 뚫어서 만들었다. 큰 솥 위에다 국수틀을 걸어놓고 반죽을 구덕 안에 넣은 다음 위에서 공이로 반죽을 눌러 물이 끓는 솥 안으로 국수가 빠져 내리도록 했다.

그즈런히: 가지런히. 들쭉날쭉하지 않고 나란하고 고르게.

목침: 나무토막을 깎아서 만든 베개. 주로 남정네들이 베었다.

여섯 줄을 한 묶음으로 묶고 일부러 가다듬은 자취를 보이지 않아서 그저 수더분한 노래다. 줄글로 보면 월이 넷인데 셋째 월을 석 줄로 나누어 모두 여섯 줄이 되었다. 한 월을 석 줄로 벌여놓은 것으로 보아 여기에 무게가 놓였음을 알겠고, 게다가 뒤따르는 넷째 월도 셋째 월의 속살을 더욱 깊게 펼쳐 보이고 있다.

노래 이름을 '산숙'이라 걸어놓고 첫째 월이 '여인숙이라도 국수집이다' 하였으니 바로 노래의 이름을 노래한 셈이다. '~이라도'를 놓치지 않으면 '겉으로는 여인숙이지만 속으로는 국수집이다' 또는 '밖에서 볼 적에는 여인숙이더니 안에 들어와 보니 국수집이구먼!' 이런 뜻으로 다가온다. 잠도 잘 수 있고 국수도 먹을 수 있는 집인데, 국수를 먹을 수 있어서 더욱 고맙다는 마음이 드러난다. 노래하는 이가 문밖에서 마당으로 들어서며 그런 마음으로 '집'을 노래한 것이다.

둘째 월은 웃간 '방'을 노래한다. 웃간은 '모밀가루 포대가 그득하니 쌓인' 방이며 '들믄들믄 덥기도 한' 방이다. '모밀가루 포대가 그득하니 쌓인'으로 국수가 많이 팔렸음을 알리고, '들믄들믄 덥기도 하다'로써 매우 따뜻하여 늙은이나 고된 일에 시달리는 사람이 지내기 좋은 방임을 느끼게 한다.

셋째 월로 넘어가면 그 첫 줄에서 '나'를 만난다. 그리고 끝날 때까지 노래는 '나'의 움직임과 생각을 드러내 보여준다. 그러고 보니 첫째 월과 둘째 월에서 만난 '집'과 '방'은 모두 여기서 만나는 '나'를 위하여 미리 마련한 무대임을 알겠다.

첫 줄에서 '나'는 '낡은 국수분틀'과 깊이 어우러졌다. 국수분틀은 본디 부엌에 있다가 솥 위로 오르내리며 국수를 뽑아 삶을 적에 몫을 다하는 도구다. 그런데 지금은 '낡아'서 방 안에 들어와 '나가 누워' 있다. 국수를 뽑아 삶는 노릇을 감당할 수 없어 버려진 지가 오래되었다는 뜻인데, '나'도 버려진 이 국수분틀과 가지런히 나가 누워서 하나가 되었다.

국수분틀이 버려져 있다면 언제부턴가 국수집 노릇을 하지 않았다는 뜻이다. 앞서 읽은 둘째 월을 다시 읽어야겠다. '웃간은 들믄들믄 덥기도 하다'를 '오늘'로 읽을 수가 없다는 말이다. '그득히 쌓인 모밀가루 포대들'도 주인이 뒷손질을 하지 않은 채 버려진 포대들로 다가온다. 그러고 보니 처음부터 집에 주인이 없었다. 그러니까 노래하는 이가 웃간방에 들어서서 잠깐 국수가 많이 팔리던 지난날을 상상하고 있었던 것이다.

셋째 월부터는 다시 오늘로 돌아왔고, 노래 임자인 '나'의 몸짓과 마음을 보여주는 풀이말에 따라 석 줄로 나누었다. 첫 줄 풀이말 '나가 누워서'가 몸짓을, 둘째 줄 풀이말 '베어보며'도 몸짓을, 셋째 줄 풀이말 '생각한다'는 마음을 보여준다. 노래하는 이가 '낡은 국수분틀과 그즈런히 나가 누워서' 했을 적에 나가 누운 것은 몸이다. 하지만 '그즈런히'라는 어찌씨 낱말은 몸만 아니라 마음까지 드러낸다. '나'의 마음은 스스로 낡은 국수분틀과 가지런히 버려졌음을 보여준다는 말이다. 마찬가지로 구석에 데굴데굴하는 목침들을 '베어볼' 적에도 이미 '나'의 마음은 목침들과 하나가 되었으며, 이 목침들에 새까맣게 때를 올리고 간 사람들을 '생각할' 적에도 이미 '나'의 마음은 그 사람들과 하나가 되었음을 보여준다.

마지막 월에서 '나'는 '그 사람들'을 생각하되 그들의 '얼굴'과 '생업'과 '마음들'을 하나씩 나누어 곰곰이 생각해 본다. '얼굴'은 겉으로 드러난 모습이고, '마음'은 속에 간직된 속살인데, '생업'은 뭔가? 글자대로 말하면 살자고 하는 노릇이라 하겠으나, 여기서는 목침들에 새까맣게 때를 올리고 간 그 사람들이 이 산숙에서 국수를 먹으며 살았던 그 '노릇'이다.

이렇게 노래를 더듬으니까 노랫말이 굳이 드러내지 않았으나 그 사람들의 얼굴과 마음과 노릇이 절로 드러난다. 이 '산숙' 가까이에 일제가 굴을 파고 광물을 긁어내던 광산이 모습을 드러내고, 거기 끌려와 낮에는 굴속에서 광물을 캐다가 밤이면 산숙에 돌아와 국수 한 그릇 먹고 목침 베고 뜨뜻한 방에 이리저리 흐드러져 자기를 나날이 되풀이하던 그 사람들의 얼굴과 마음과 노릇이 보인다. 그리고 이곳 땅속 광물이 바닥을 드러내자 그 사람들은 또 다른 광산으로 끌려가고, 이 산골 여인숙도 집과 부엌과 방 안을 그대로 버려둔 채 임자만 세간을 챙겨 사람들 따라 떠나갔음을 알겠다. 뱀 허물처럼 버려진 '산숙'에서 노래하는 이는 낡은 국수분틀과 나뒹구는 목침들을 어루만지면서 스스로의 신세와 겨레의 서러움을 깊이 그러나 넌지시 드러냈다. 무엇보다도, 날만 새면 굴속에 들어가 짐승처럼 일하지만 돌아오는 삯이란 겨우 하루에 모밀국수 두 그릇뿐이던 그 사람들을 생각하고 또 생각해 본다.

57

향락 〔산중음〕

초승달이 귀신불같이 무서운 산골 거리에선

처마 끝에 종이등의 불을 밝히고

쩌락쩌락 떡을 친다

감자떡이다

이젠 캄캄한 밤과 개울물 소리만이다

《조광》 4권 3호(1938년 3월)

말뜻 풀이

향락(饗樂): 맛나는 먹거리를 마련하여 대접하는 즐거움. 대부분 한자로 쓰인 노래 이름을 '향악'으로 읽으며 이숭원(2008)은 잔치를 알리는 음악으로서 이 시에서는 떡 치는 소리와 개울물 소리를 가리킨다고 했고, 고형진(2015)은 잔치 노래로 풀이했다.

초승달: 음력 초사흘 즈음 초저녁 서녘 하늘에서 잠깐 볼 수 있는, 꼬리가 아래로 처지고 눈썹처럼 가는 달이다. 음력 스무엿새 즈음 새벽에서 해 오르기까지

동녘 하늘에서 잠깐 볼 수 있는 꼬리가 위로 솟고 눈썹처럼 가는 '그믐달'과 짝을 이룬다.

귀신불: 넋불. 혼불. 사람의 목숨이 떨어져 넋이 하늘로 돌아갈 적에 밤이면 파란빛으로 올라가는 넋이 불처럼 보인다고 한다.

쩌락쩌락: 떡메로 떡을 칠 때 떡이 메에 붙었다가 떨어지면서 만들어내는 소리.

군소리

이름을 '대접하는 즐거움'이라 달고 다섯 줄을 한 묶음으로 짠 노래다. 줄글로 읽으면 앞쪽 석 줄이 한 월이므로 모두 세 월로 펼쳐놓은 노래다.

첫째 줄에서 초승달이 귀신불같이 무서운 두메 마을이라고 노래한다. 두메산골에서 보이는 초승달은 서녘 멧부리에 바짝 붙어 넋불같이 파랗게 보이니까 무섭다는 것일까? 깊은 두메의 초승달은 곧장 멧부리 너머로 사라지니까 둘째 줄에서 처마 끝에 종이등의 불을 밝혔나? 초승달 여린 빛조차 사라지고 나면 두메는 아주 캄캄하니까 마당에서 떡을 치려면 처마 끝에 등불을 밝혀 어둠을 밀어내지 않을 수가 없겠지? 셋째 줄에서 마침내 '떡을 친다' 앞에 놓인 '쩌락쩌락'은 찰지고 쫄깃쫄깃한 떡 맛의 느낌을 제대로 불러일으킨다. 넷째 줄에서 그렇게 찰지고 쫄깃쫄깃하게 맛난 떡이 '감자떡'이라고 잘라 말한다. 그리고 마지막 다섯째 줄에서 '이젠 캄캄한 밤과 개울물 소리만이다' 한다. 여기서 '이젠'이라니? 그러면 여태 노래한 넉 줄은 지나간 옛날이었다는 뜻이 아닌가?

그렇다. 그러나 넉 줄 모두는 아니고 바로 앞 석 줄은 지나간 옛날이다. 노래하는 이의 마음 안에 갈무리되어 있던 지난날의 따뜻하고 아름답던 겨레의 삶이 문득 떠오른 것이다. 갖가지 명절을 맞아, 조상들 돌아가신 날을 맞아, 어버이 회갑이며 칠순을 맞아, 아들딸 짝을 지우는 잔치를 맞아 기쁜 마음에 겨워 어두운 밤에 등불을 달아놓고 즐겁게 떡을 치던 지난날의 넉넉하고 평화롭던 삶이다.

그러고 보니 첫째 줄은 노래하는 이가 견디기 어려운 세상을 버려두고 견디며 살아보자고 애써 찾아온 오늘의 산골 거리다. 도시의 삶터를 버리고 자연과 사람이 두루 아늑하고 넉넉한 두메를 찾아 몸과 마음을 평안히 쉬고 싶어서 산골로 들어왔다. 그런데 들어온 첫날 초저녁 산골 거리에서 만난 초승달이 귀신불처럼 무서웠던 것이다. 도시에서 일제 순사나 헌병의 눈빛이 무서워 이곳 두메로 들어왔는데, 여기 와서 처음 만난 초승달이 일제의 눈빛 같은 귀신 불빛으로 그를 지켜보고 있었던 것이다. '자라 보고 놀란 가슴 솥뚜껑 보고 놀란다.'라는 옛말을 떠오르게 한다.

그리고 마지막 줄에서 '이젠 캄캄한 밤과 개울물 소리만이다' 했다. 여기서 '이젠'이란 한마디가 무거운 슬픔으로 다가온다. 지칠 줄 모르고 대접하며 즐겁게 살아가던 겨레의 '삶'이 이처럼 깊은 두메에서조차 이미 가뭇없이 뿌리 뽑히고 말았다는 사실을 일깨우기 때문이다. 그리고 그처럼 무거운 슬픔을 다짐이라도 하듯이 '캄캄한 밤과 개울물 소리만이다' 이렇게 조용히 오늘 눈앞의 서러운 삶을 노래했다.

야반 〔산중음〕

토방에 승냥이 같은 강아지가 앉은 집
부엌으론 무럭무럭 하이얀 김이 난다
자정도 훨씬 지났는데
닭을 잡고 모밀국수를 누른다고 한다
어느 산 옆에선 캥캥 여우가 운다

《조광》 4권 3호(1938년 3월)

말뜻 풀이

야반(夜半): 한밤중.

승냥이: 개과에 속하는 사나운 짐승. (☞ 11. 〈가즈랑집〉)

닭을 잡고: 닭고기를 삶아서 국수 국물을 만들려고 닭을 잡는다는 말이다.

모밀국수를 누른다: 모밀반죽을 넣은 국수분틀 구덩이에 맞추어진 공이를 내
리누른다는 말이다. 분틀이 국물 끓는 솥 위에 얹혀 있기 때문에 구덩이 밑으
로 빠지는 국수 가락은 곧장 솥 안으로 떨어지도록 마련되어 있었다.

군소리

노래 겉모습이 앞의 〈향락〉처럼 다섯 줄 한 묶음이고, 줄글로 읽으면
월이 셋이기도 하다. 노래 속의 시간이 오늘과 지난날로 오가지 않고
오늘에 머물러 있어서 서로 다르지만, 노래의 무대인 때와 곳이 한밤중
산골인 것뿐만 아니라 가운데 석 줄을 앞과 뒤에 두 줄이 에워싸고 있
어서 앞의 〈향락〉과 서로 많이 닮은 짜임새다.

　가운데 석 줄부터 더듬어보자. '부엌으론 무럭무럭 하이얀 김이 난
다' 첫 줄은 보다시피 노래하는 이가 눈으로 부엌 쪽을 바라보면서 보
이는 그대로 드러냈다. 둘째 줄 '자정도 훨씬 지났는데'는 잠자리에 들
어서 내일을 내다보며 평안히 쉬어야 할 '때'가 '훨씬' 지났음을 노래한
다. '닭을 잡고 모밀국수를 누른다고 한다'는 셋째 줄은 보다시피 누군
가 귀띔해 주는 말을 듣고 들은 그대로 노래했다. 그러니까 석 줄을 함
께 더듬어보면, 노래하는 이가 눈으로 본 것에서 스스로 판단한 것을
거쳐 누군가에게서 들은 바를 잇달아 노래했다. 그런데 눈으로 보고 스
스로 판단하고 누군가에게서 들은 바가 모두 눈앞에 드러나 있는 겉모
습일 뿐이다. 거기에 갈무리된 속살은 건드리지 않았다. '무엇'은 있으
나 '왜'는 없다는 말이다. 어째서 이럴까? 노래의 열쇠는 이들 석 줄이
아니라 앞과 뒤에서 에워싼 두 줄에 있기 때문이다.

　앞에서는 '토방에 승냥이 같은 강아지가 앉은 집'이라 노래하고, 뒤
에서는 '어느 산 옆에선 캥캥 여우가 운다'라고 노래한다. 앞에서는 '승
냥이 같은 강아지가' 집 안 토방에 앉아서, 뒤에서는 '캥캥 우는 여우
가' 어느 산 옆에서 집을 지켜보고 있다. 그리고 그 가운데 '집'의 겉모

267

습을 드러내는 노래 석 줄을 놓았다. 그러니까 승냥이 같은 강아지는 '토방'에서 '무럭무럭 하이얀 김이 나'는 부엌을 노려보고, 캥캥 우는 여우는 '어느 산 옆'에서 '닭을 잡고 모밀국수를 누르'는 집을 노려본다. 승냥이 같은 강아지는 '집 안'에서 부엌을 노려보고, 캥캥 우는 여우는 '집 밖'에서 집을 노려보고 있다.

　이쯤에서는 누구나 이 노래가 '다른 무엇을 말하고 있다'는 낌새를 알아차릴 듯하다. 그렇다. 이것은 이른바 알레고리(다른 것을 말하는 말법)로 이루어진 노래다. 다른 무엇을 말하고 있는 참된 알레고리라면, 토방에 앉아서 부엌을 노려보는 '승냥이 같은 강아지'와 어느 산 옆에서 집을 노려보며 '캥캥 우는 여우'는 다른 무엇을 뜻하는가, '하이얀 김이 무럭무럭 나는 부엌'과 '닭을 잡고 모밀국수를 누르는 집'은 다른 무엇을 말하고 있는가 하는 물음에 알맞은 대답이 드러날 것이다. 그 대답은 노래를 만들던 1938년 그때 시인 백석이 시달리던 현실을 더듬어 어렵지 않게 찾을 수가 있을 것이다. 이들 네 물음에 하나씩 대답을 찾아 맞추면 노래가 말하고자 하는 커다란 '다른 무엇'이 환히 드러나게 마련이다. 그런 '무엇들'을 찾아 맞추어 보는 노릇은 여기서 하지 않는 것이 좋겠다. 읽으시는 분들이 누릴 '재미'를 가로채는 짓이기 때문이다.

59

백화 〔산중음〕

산골 집은 대들보도 기둥도 문살도 자작나무다
밤이면 캥캥 여우가 우는 산도 자작나무다
그 맛있는 모밀국수를 삶는 장작도 자작나무다
그리고 감로같이 단 샘이 솟는 박우물도 자작나무다
산 너머는 평안도 땅도 보인다는 이 산골은 온통 자작나무다

《조광》4권 3호(1938년 3월)

말뜻 풀이

백화(白樺): 자작나무. 뫼에서 자라는 버드나무의 하나. 몸통과 가지의 껍질이
온통 흰빛이다.
대들보: 집을 받치는 가장 큰 보(들보). '보'는 기둥과 기둥 사이를 건너지르는
나무.
문살: 문짝에 종이를 바르거나 유리를 끼울 적에 버팀이 되도록 끼워놓은 가
느다란 나무오리 또는 대오리.

감로: 단맛 나는 이슬.

박우물: 바가지로 퍼서 동이에 담을 수 있도록 언제나 많은 물이 고이는 얕은 우물.

군소리

이 노래도 다섯 줄 한 묶음으로 짠 작품이다. 그러나 앞 두 노래와는 달리 한 줄이 모두 옹근 한 월로 이루어졌다. 게다가 월 다섯의 풀이말이 모두 똑같은 낱말 '자작나무다'라는 것은 읽는 이들을 어리둥절하게 만든다. '산골 집은 자작나무다', '산도 자작나무다', '장작도 자작나무다', '박우물도 자작나무다', '산골은 온통 자작나무다'. 이것은 누가 보아도 사실과 너무 달라 말이 되지 않기 때문이다. 노래하고 있는 말이 사실이나 현실을 드러내려고 하지 않는다는 느낌을 받으니까 읽는 이들은 어리둥절하기 마련이다.

노래하고 있는 말들은 송두리째 다른 무엇을 빗대어 비꼬는 풍자다. 문득 1934년 7월 24일 〈조선중앙일보〉에 시인 이상이 내놓아 읽는 이들을 어리둥절하게 만들었던 〈오감도 시제1호〉가 떠오른다.

(앞 줄임)
제1의아해가무섭다고그리오.
제2의아해도무섭다고그리오.
제3의아해도무섭다고그리오.

제4의아해도무섭다고그리오.

제5의아해도무섭다고그리오.

제6의아해도무섭다고그리오.

제7의아해도무섭다고그리오.

제8의아해도무섭다고그리오.

제9의아해도무섭다고그리오.

제10의아해도무섭다고그리오.

제11의아해가무섭다고그리오.

제12의아해도무섭다고그리오.

제13의아해도무섭다고그리오.

13인의아해는무서운아해와무서워하는아해와그렇게뿐이모였소.

(다른사정은없는것이차라리나았소.)

(뒤 줄임)

침략자 일제가 1931년 만주로 쳐들어가 1932년에 허수아비 나라 만주국을 세우고, 중국 본토 침략을 겨냥하여 우리나라를 모질게 쥐어짜기 시작하던 그때 시인 이상이 내놓은 노래다. 노래 이름이 '까마귀가 높이 떠서 내려다보는 그림'이라 했으나, 그때 노래를 읽는 이들은 그 그림이 무엇을 빗대어 비꼬는 것인지를 몰라 어리둥절을 넘어 아우성을 쳤다. 온 겨레 사람이 너나없이 '무섭다!' 하면서 살고 있다는 노래 아닌가! '무엇'을 무섭다고 하는지는 말하지 않았는데, 그것은 모두들 알고 있기 때문이다. 그러면서 그렇게 '무섭다' 소리만 하며 살아서야 되겠느냐? 무서운 그 '무엇'을 물리치고 뿌리치는 길을 찾아야 하지 않느냐? 이렇게 말하고 싶은 속내를 감추고 엉뚱한 모습의 말로 빗대어 비꼬는 말법, 이것을 '풍자'라 일컫는다.

이상이 〈오감도〉를 내놓고 세 해가 지난 1937년 7월 7일 일제는 끝내 중국 본토를 쳐들어갔고, 우리나라를 더욱 모질게 짓밟으며 쥐어짰다. 이상이 그랬던 것처럼 백석도 이런 모진 세상을 견디기 어려워 비꼬기의 말법으로 노래를 불렀던 것이다. 그렇다면 '산골은 온통 자작나무다'라는 노래가 무엇을 빗대어 비꼬는 것일까? 이 물음의 대답을 가늠하는 데 아래의 글이 조금은 도움이 되지 않을까 싶다.

"중일전쟁이 발발하면서 식민지 조선 사회도 발 빠르게 친일로 바뀌어 갔다. (줄임) 기회주의적인 지식인들과 문인도 예외는 아니었다. 그들은 입에 침이 마르도록 일왕을 찬양하고 전쟁 병역과 물자를 동원하는 일에 앞장섰다. 중일전쟁은 식민지 조선이 일본과 하나 되어 협력해야 한다는 '내선일체론'과 새로운 세계 체제를 구축해야 살아남을 수 있다는 '대동아공영론'의 소용돌이 속으로 몰고 갔다."[8]

'산골은 온통 자작나무다'라는 노래는 '이 나라 지식인들은 온통 침략 일제의 앞잡이가 되었다.'라는 뜻으로 읽힐 수 있다는 말이다. 명색이 배웠다는 사람들과 우리말로 예술을 한다는 사람들이 어떻게 모두들 이럴 수가 있단 말인가? 이러고도 삶을 안다는 사람이며 글로써

---

8 안도현, 앞의 책, 159-160쪽.

삶을 밝히는 사람이라 할 수가 있는가? 산골 집은 언제나 산골 집으로 있도록 지켜야 하고, 밤이면 캥캥 여우가 우는 산은 늘 밤이면 캥캥 여우가 우는 산으로 남아 있도록 가꾸어야 하지 않겠는가? 이렇게 말하고 싶은 속내를 감추고 '산골이 온통 자작나무다'라는 비꼬기를 한 것이다. 그릇되어 가는 '식민지 조선 사회의 지식인과 문인들'을 빗대어 꼬집으면서 누리 자연의 진리를 끌어와 그들을 깨우치게 하려는 노래다.

여기서 뱀발(사족) 같은 소리 한마디를 덧붙이고 싶다. 실제로 1938년 초에 시인 백석은 일제의 발악을 견디기 어려워 함경도 깊은 두메로 찾아 들어갔다. 그 깊은 두메산골에서 지금 읽는 〈산숙〉, 〈향락〉, 〈야반〉, 〈백화〉를 쓰고, '산중음(두메에서 읊음)'이라는 이름으로 묶어 잡지 《조광》 1938년 3월호에 내놓았다. 네 마리 노래는 모두 여섯·다섯 줄 한 묶음의 어수룩한 짜임새지만 거기에는 겨레의 따뜻하고 아름답던 지난 날 삶과 무섭고 두렵고 캄캄한 오늘의 삶이 꾸미지 않는 솜씨에 얹혀 보일 듯 말 듯 가슴을 깊이 흔드는 힘이 있다.

60

나와 나타샤와 흰 당나귀

가난한 내가
아름다운 나타샤를 사랑해서
오늘 밤은 푹푹 눈이 내린다

나타샤를 사랑은 하고
눈은 푹푹 날리고
나는 혼자 쓸쓸히 앉아 소주를 마신다
소주를 마시며 생각한다
나타샤와 나는
눈이 푹푹 쌓이는 밤 흰 당나귀 타고
산골로 가자 출출이 우는 깊은 산골로 가 마가리에 살자

눈은 푹푹 내리고
나는 나타샤를 생각하고
나타샤가 아니 올 리 없다
언제 벌써 내 속에 고조곤히 와 이야기한다
산골로 가는 것은 세상한테 지는 것이 아니다
세상 같은 건 더러워 버리는 것이다

눈은 푹푹 내리고

아름다운 나타샤는 나를 사랑하고

어데서 흰 당나귀도 오늘 밤이 좋아서 응앙응앙 울을 것이다

《여성》 3권 3호(1938년 3월)

말뜻 풀이

나타샤: 러시아의 여성 이름이다. 말밑(어원)은 라틴말 '나탈레 도미니(Natale Domini, 주님 성탄)'에서 말미암은 여성 이름 '나탈리아(Natalia)'다. 나탈리아를 러시아말로는 '나탈리야(Наталия)'라 하고, 나탈리야를 사랑스럽게 부를 적에 '나타샤'라 한다. 톨스토이의 장편소설 《전쟁과 평화》에 나오는 주인공 '나타샤'로 더욱 널리 알려졌다.

출출이: '뱁새'의 평안도 사투리. 지저귀는 소리가 작지만 '추루루 추루루' 이렇게 들려서 '출출이'라 부르나 보다. '뱁새'는 박새과에 딸린 텃새로서 우리나라 산골 숲속에 두루 산다. 몸집이 작으면서 생김새가 예쁘고 꽁지가 길며 동작이 매우 재바르다.

마가리: '오막살이'를 뜻하는 평북·함남 사투리. '오막살이'는 사람이 겨우 살아갈 수 있을 만큼 보잘것없고 조그맣게 풀과 나무로 지은 집이다.

고조곤히: '고요히'를 뜻하는 평북 사투리.

보다시피 네 묶음으로 짠 노래다. 첫 묶음과 끝 묶음은 석 줄씩 베풀었는데 줄글로 풀면 한 월씩이라 짜임새가 닮았다. 이들 묶음이 감싸주는 둘째와 셋째 묶음은 일곱 줄과 여섯 줄씩이라 부피가 비슷하지만, 줄글로 풀어서 월을 견주어 보면 서로 닮은 짜임새가 아니다. 노래의 속살이 이들 두 묶음에서 소용돌이치며 달라지기 때문이다.

노래 네 묶음마다 빠짐없이 나타나는 말은 '나'와 '나타샤'와 '눈', 곧 '가난한 나'와 '아름다운 나타샤'와 '푹푹 내리는 눈'이다. 첫 묶음은 이들 말마디 셋을 한 줄씩 펼쳤다. 앞으로 벌어질 노래의 바탕을 깔아놓은 셈이다. 첫 줄은 '가난한 내가' 이렇게 두 낱말만 꺼내놓고 뒤에 빈자리를 남겨둔 채로 가만히 기다린다. 다음 말을 섣불리 꺼낼 수가 없어 뜸을 들이는 셈이다. 둘째 줄 '아름다운 나타샤를 사랑해서' 하는 세 낱말은 마음속 깊은 곳에서 끌어올렸다. 그래서 셋째 줄 '오늘 밤은 푹푹 눈이 내린다'가 기다렸다는 듯이 뒤따른다. '아름다운 나타샤를 사랑해서', 그 사랑이 참되고 거룩해서 하늘이 이처럼 캄캄한 밤에도 함박눈을 푹푹 내려주시는 것이라고 장담한다.

둘째 묶음 일곱 줄은 가운데 넷째 줄을 사이에 두고 앞뒤로 석 줄씩 덩이진다. 앞 덩이 석 줄에서 앞 두 줄 '나타샤를 사랑은 하고 / 눈은 푹푹 날리고'는 앞 묶음에서 깔아놓은 바탕을 이어받았고, 셋째 줄 '나는 혼자 쓸쓸히 앉아 소주를 마신다'가 새로운 속살이다. 나타샤를 사랑하는 노릇의 속살은 쓸쓸히 혼자 소주를 마셔야 하는 짝사랑임을 밝힌 셈이다. 넷째 줄 '소주를 마시며 생각한다'는 '소주를 마시며'로 앞 덩이 석 줄을 이어받고, '생각한다'로 뒤 덩이 석 줄을 부른다. 그러니까 뒤 덩이 석 줄은 '생각한다'의 속살 풀이다. 앞 덩이 석 줄의 짝사랑을 허물고 '생각'으로 온전한 사랑을 이루어내고 있다.

뒤 덩이 석 줄에서 첫째 줄 '나타샤와 나는'은 서로 떨어져 있던 '가난한 나'와 '아름다운 나타샤'를 하나로 묶었다. 둘째 줄은 '밤'을 가운데 두고, 앞에는 '눈이 푹푹 쌓이는'을 놓고 뒤에는 '흰 당나귀 타고'를 놓았다. 하늘이 축복으로 푹푹 내려주어 쌓이는 하얀 '눈'으로 '밤'을 밀어내고, 흰 당나귀를 탔으니 캄캄한 이 '밤'을 벗어나 '나타샤와 나'는 새로운 사랑의 나라로 떠나갈 채비를 끝낸 셈이다. 셋째 줄은 '나타샤와 나'가 함께 세울 사랑의 나라 '출출이 우는 깊은 산골 마가리'를 보이며, 마지막 고비며 열쇠인 나타샤의 뜻을 얻고자 '가자'··'살자'를 부르짖는다.

셋째 묶음 여섯 줄은 앞뒤로 석 줄씩 덩이진다. 앞 덩이 석 줄에서 앞 두 줄은 앞에서 살핀 둘째 묶음 앞 덩이를 간추려 바꾼 이른바 '변주'고, 셋째 줄은 둘째 묶음 끝에서 '가자'··'살자' 하던 부르짖음의 자기 대답이며 예언이다. 뒤 덩이 석 줄에서 첫 줄은 바로 앞줄의 예언이 이루어진 것이니, 나도 모르는 사이 나타샤가 내 속에 조용히 들어와 이야기한다. 그리고 뒤따르는 두 줄은 나타샤가 내게 하는 이야기를 옮겨놓은 것이다. '산골로 가자 출출이 우는 깊은 산골로 가 마가리에 살자'라는 초대를 기쁨으로 받아들이면서 그것은 '세상한테 지는 것이 아니'라 '세상 같은 건 더러워 버리는 것'이라고 한술 더 얹어 맞장구를 치고 있다.

끝 묶음 석 줄 짜임새가 첫 묶음과 매우 닮았다고 앞서 말했다. 그러나 짜임새 안에 담긴 노래의 속살은 아주 달라졌다. 하늘의 축복인 '푹푹 내리는 눈'은 첫 줄로 자리를 옮겼고, '가난한 내가 아름다운 나타샤를 사랑하'던 것인데 이제는 '아름다운 나타샤가 나를 사랑하고' 있다. 끝줄은 나타샤와 '나'를 태우고 사랑의 나라로 데려다줄 '흰 당나귀도 오늘 밤이 좋아서 응앙응앙 울을 것'이라 했다.

첫 묶음에서 '가난한 내가 아름다운 나타샤를 사랑해서' 하늘이 푹푹 눈을 내리더니, 둘째와 셋째 묶음의 소용돌이를 거쳐 마침내 아름다운 나타샤가 '나'를 사랑하고, 끝 묶음에서 푹푹 내리는 눈에다 흰 당나귀까지 좋아서 응앙응앙 울기에 이르렀다. 한없이 기쁘고 즐거운 사랑이 이루어졌다. 그러나 이처럼 하늘이 축복하고 당나귀도 좋아서 울어주는 사랑의 이루어짐은 삶이 아니라 '생각'일 뿐이다. 혼자 쓸쓸히 앉아 소주를 마시며 하는 '생각' 속의 바람이며 꿈에 지나지 않는다. 그래서 노래의 속살에 사랑의 기쁨과 즐거움이 눈부시게 드러나면 날수록 읽는 이에게 일어나는 느낌은 더욱 슬프고 안타깝다.

김자야의 앞 책에서는 백석이 이 노래를 그에게 아주 감동스러운 솜씨로 건네준 사실을 길게 적어놓았다. "누런 미농지봉투를 뜯어보니 당신이 친필로 쓰신 한 편의 시 〈나와 나타샤와 흰 당나귀〉가 들어 있었다. 그것을 단숨에 찬찬히 읽고 나니 몸과 마음이 야릇한 감격에 오싹 자지러졌다.", "나는 당신의 시를 읽으면서 그만 나도 모르게 당신의 족쇄에 채워진 포로가 되어버렸다.", "당신은 과연 연애 철학자이셨다. 순간적으로 대기를 뚫을 듯, 내 가슴속은 곧장 당신이 계신 곳으로 쫓아간다." 이처럼 감동받은 사연이 이어져 있다.[9] 그러나 백석은 이 노래를

---

9 김자야, 앞의 책, 100-104쪽.

비슷한 때에 소설가 최정희에게도 보냈다. 이런 사실은 일흔세 해가 지난 2001년 9월호《문학사상》에 소설가 서영은이 최정희의 딸인 소설가 김채원으로부터 받아 백석의 편지와 함께 이 노래를 발표해서 알려졌다.[10] 백석이 최정희에게 이 노래와 편지를 보낸 속내를 안도현은 이렇게 짐작했다.

최정희는 그녀의 연인 김동환이 편집인 겸 발행인으로 있는《삼천리문학》에서 일을 하고 있었다. 이 잡지는 최정희와 시인 모윤숙이 청탁과 편집 실무 일체를 맡고 있었다. 백석은 1938년 1월에 나온 창간호에 시를 청탁받아〈추야일경〉을 발표했다. 추측건대 이때〈나와 나타샤와 흰 당나귀〉를 편지와 함께 우송한 것으로 보인다. 창간호에는 노천명의 시〈황마차〉와〈슬픈 그림〉이 실린 것을 비롯해 대부분 시인들의 시를 두 편씩 실었다. 그런데 어떤 이유에서인지 백석의 시는 한 편만 실렸다. 백석은 이때 실리지 못한〈나와 나타샤와 흰 당나귀〉를 2개월 후《여성》 3월호에 다시 발표를 하는 것이다.[11]

보다시피 김자야는 이 노래를 읽으면서 그만 저도 모르게 백석의 "족쇄에 채워진 포로가 되어버렸다." 하고, 최정희는 이 노래를 읽어본 다음 잡지에 실어 세상에 내놓지 않고 노래와 편지를 함께 혼자 갈무리하고 있었다.

---

10 소설가 최정희 육필편지·작품 공개, 경남신문(2001년 8월 25일)

11 안도현, 앞의 책, 177-178쪽.

그러나 백석의 노래 〈나와 나타샤와 흰 당나귀〉를 한 여인을 겨냥한 연애시로만 읽을 수는 없다. 노래를 이루는 낱말들과 말마디들과 줄들과 묶음들이 이루어낸 말꽃의 짜임새를 속속들이 더듬어보면, 이 노래는 어느 한 여인을 겨냥한 사랑 고백만의 노래가 아니다. '나타샤와 나(나와 나타샤)는 서로 깊이 사랑하고 싶다.'라는 바람과 '더러운 세상 버리고 하늘의 축복을 받으며 흰 당나귀 타고 맑고 깨끗한 세상에 가서 가난하지만 사랑하며 살고 싶다.'라는 두 가지 목마른 바람을 담아낸 노래다. 여기서 '나타샤'는 물론 어느 여인일 수도 있지만, 빼앗긴 나라일 수도 있고, 짓밟힌 겨레의 삶일 수도 있는 것이다.

61

석양

거리는 장날이다

장날 거리에 영감들이 지나간다

영감들은

말상을 하였다 범상을 하였다 족제비상을 하였다

개발코를 하였다 안장코를 하였다 질병코를 하였다

그 코에 모두 학실을 썼다

돌체돋보기다 대모체돋보기다 로이도돋보기다

영감들은 유리창 같은 눈을 번득거리며

투박한 북관 말을 떠들어대며

쇠리쇠리한 저녁 해 속에

사나운 짐승같이들 사라졌다

《삼천리문학》 2호(1938년 4월)

말뜻 풀이

말상: 말처럼 긴 얼굴.

범상: 범처럼 무서운 얼굴.

족제비상: 족제비처럼 뾰족한 얼굴. (☞ 족제비 - 34. 〈정문촌〉)

개발코: 개의 발 모양으로 너부죽하고 뭉툭하게 생긴 코.

안장코: 말안장 모양으로 콧등이 잘록하게 생긴 코.

질병코: 질병처럼 검고 뭉실하게 생긴 코. '질병'은 검은 질흙으로 빚어 구운 술병.

학실: 학슬, 곧 학슬안경. '학슬'이란 두루미 무릎이라는 한자말이니 '학슬안경'이란 두루미 무릎처럼 생긴 안경이란 뜻이다. 안경다리 가운데를 접도록 만들어 접히는 데가 두루미 무릎처럼 생겼다고 학슬안경이라 한다. 늙은이가 쓰기도 좋고 간수하기도 좋다. 이숭원(2008), 고형진(2015)에서는 '돋보기'의 평북 사투리로 풀이한다.

돌체돋보기: 석영유리로 테를 만든 돋보기안경.

대모체돋보기: 대모갑(바다거북의 등 껍데기)으로 테를 만든 돋보기안경.

로이도돋보기: 미국에서 삼대 희극왕의 하나로 꼽히던 배우 헤럴드 로이드가 즐겨 쓰던 돋보기안경. 둥글고 굵은 셀룰로이드로 테를 만들었다.

쇠리쇠리한: 눈이 부신. (☞ 53. 〈바다〉)

열한 줄이나 되는데 한 묶음에 싸잡아 놓았고, 줄글로 보면 월이 일곱이나 되어 얼핏 어지러울 듯 보이는 노래다. 그러나 조용히 읽어보면 뜻밖에 튼튼한 짜임새가 드러난다. 첫째와 둘째 줄이 들머리로서 '거리와 장날', 곧 공간과 시간으로 무대를 만들고 그 무대로 '영감들이' 지나가도록 했다. 이렇게 무대와 인물과 움직임이 잘 갖추어져 노래의 바탕은 튼튼하다.

남은 아홉 줄은 '영감들은'을 임자말로 하여 두 덩이로 나누어진다. 앞 덩이는 임자말 '영감들은'을 한 줄로 따로 세워서 다섯 줄이고, 뒤 덩이는 '영감들은'을 한 줄로 따로 세우지 않아서 넉 줄이다. 앞 덩이는 '영감들'의 얼굴 모습을 그렸고, 뒤 덩이는 '영감들'의 눈빛과 말씨를 그렸다. 앞 덩이는 얼굴 모습을 첫 줄에서 짐승 낯짝에 견주어 그리고, 둘째 줄에서 얼굴 가운데 자리 잡은 코만 잡아서 그리고, 셋째와 넷째 줄에서 코 위에 얹힌 돋보기안경으로 그렸다. 영감들의 얼굴 모습은 짐승처럼 힘차고 사납고 날쌔게 보이고, 크고 우뚝한 코와 거기 얹힌 학슬돋보기들이 그런 얼굴 모습을 더욱 돋보이게 한다. 뒤 덩이는 앞서 보인 얼굴 모습의 힘차고 사납고 날쌔게 보이는 것을 눈빛과 말씨로써 거듭 다졌다. 첫 줄에서 '유리창'이란 낱말은 안경알의 사실과 눈빛의 번득거림을 함께 담아 두 몫으로 앞 덩이에서 보인 얼굴 모습을 북돋우고, 둘째 줄에서 북관 말 앞뒤에다 투박하다는 매김말과 떠들어댄다는 풀이말을 놓아 또한 앞 덩이에서 보인 얼굴 모습을 돋보이게 했다. 그리고 셋째와 넷째 줄에서 짐승들 세상의 문턱인 '쇠리쇠리한 저녁 해

속'으로 짐승같이들 사라졌다.

쇠리쇠리한 저녁 해를 바라보며 눈앞에 다가오는 저들의 세상으로 사라져 들어가는 북관 영감들의 앞날을 빌어주는 노래로 읽으면 어떨까? 노래 이름 '석양'이 그런 뜻을 더욱 부추기는 듯하다.

62

고향

나는 북관에 혼자 앓아누워서

어느 아침 의원을 보이었다

의원은 여래 같은 상을 하고 관공의 수염을 드리워서

먼 옛적 어느 나라 신선 같은데

새끼손톱 길게 돋은 손을 내어

묵묵하니 한참 맥을 짚더니

문득 물어 고향이 어데냐 한다

평안도 정주라는 곳이라 한즉

그러면 아무개 씨 고향이란다

그러면 아무개 씰 아느냐 한즉

의원은 빙긋이 웃음을 띠고

막역지간이라며 수염을 쓴다

나는 아버지로 섬기는 이라 한즉

의원은 또다시 넌지시 웃고

말없이 팔을 잡아 맥을 보는데

손길은 따스하고 부드러워

고향도 아버지도 아버지의 친구도 다 있었다

《삼천리문학》 2호(1938년 4월)

말뜻 풀이

의원을 보이었다: '의원을 찾아가 병을 보이었다'에서 '찾아가 병을'은 줄였다. 서로 마주 보고 나누는 입말은 흔히 이렇게 줄여 써도 마음을 주고받는 데에 어려움이 없다.

여래: 본디는 '진리에 다다른 사람'이라는 뜻의 산스크리트 '타타아가타'에서 온 말인데, 뒷날로 내려와서 '부처'를 뜻하는 말로 쓰인다.

관공: 나관중이 지은 《삼국지연의》에서 '관운장'으로 널리 알려진 중국 촉한 사람 관우(162~219)를 높여 부르는 말. 죽은 뒤에 전쟁의 신으로 받들어지고 임진왜란 때에는 명나라 군사를 본받아 우리나라에서도 '관우를 모신 사당(관제묘)'을 지어 제사를 드리기도 했다. '수염이 아름다운 사람'이라는 뜻으로 '미염공'이라는 별호도 있었다.

신선: 우리 겨레의 오랜 믿음인 선교(仙教)에서 자연에 깊이 어우러져 마음을 깨끗하게 닦으면 하늘 위로 날아 오르내리며 길이 죽지 않는다고 믿었던 사람. 이 믿음도 일찍이 석기와 옥기와 청동기 문화에 실려서 중국으로 퍼져 나가 진나라 시황이며 한나라 무제 같은 임금들이 깊이 믿었고 춘추전국시대 사람 노자가 일으킨 도교(道教)에도 끼침이 컸다.

돋은: 잘 가다듬은.

막역지간: 마음으로 서로 거슬리지 않는 사이라는 뜻의 한자말.

쓴다: 쓰다듬는다. 쓸어내린다.

군소리

앞 노래 〈석양〉보다 여섯 줄이나 더 많은 열일곱 줄을 한 묶음에 펼쳐 놓은 노래다. 노래를 줄글로 읽으면 처음 두 줄이 한 월, 그다음 다섯 줄이 한 월, 그다음 두 줄이 한 월, 또 그다음 석 줄이 한 월, 마지막 다섯 줄이 한 월, 이렇게 모두 다섯 월이다. 노래를 노래로 읽지 않고 줄글로 읽는다는 말은, 노래를 느낌으로 읽지 않고 뜻으로 읽는다는 말이다. 말이 건네는 뜻을 올바로 잡지 못한 채로 말에서 일어나는 느낌을 맛보며 즐긴다는 노릇은 있을 수 없다. 노래를 먼저 줄글로 읽으며 뜻을 바로 알아들어야 거기로부터 올바른 느낌과 상상의 세계를 맛볼 수 있다는 말이다.

노래의 처음 두 줄, 곧 첫째 월부터 보면, 첫 줄은 노래하는 '나'의 외롭고 고달픈 신세타령이다. 이때 '북관'은 함경도라는 뜻보다 '타향'이라는 뜻으로 읽히고, 그것이 '혼자'와 '앓아누워서'와 손잡고 외롭고 고달픈 느낌을 북돋운다. 이 외로움과 고달픔이 '나와 의원'을 만나게 했고, 이렇게 두 줄 한 월은 노래 바탕을 넉넉히 마련했다.

둘째 월 다섯 줄은 의원의 모습에 두 줄, 의원의 움직임에 두 줄, 의원의 말에 한 줄, 이렇게 모두 '의원'을 그렸다. 처음 두 줄 '의원의 모습'은 여래의 모상, 관운장의 수염, 옛적의 신선을 견주어 그리고, 다음두 줄 '의원의 움직임'은 새끼손톱 길게 가꾼 '손'으로 아무 말도 하지 않고 한참 동안 '맥' 짚는 것으로 그리고, 마지막 한 줄 '의원의 말'은 문득 던진 '고향이 어데냐?' 하는 물음이다. 여기서 드디어 노래 이름 '고향'이 나타났다.

셋째 월 두 줄은 앞서 던진 의원의 물음에 내놓은 '나의 대답'과 그 대답에 던진 '의원의 군소리'다. 의원이 혼잣말로 던진 이 군소리 한마디가 노래에 불을 붙이는 심지가 되어, 넷째 월 석 줄이 '나와 의원'의 사이를 바짝 당겨놓았다. 마침내 마지막 월 다섯 줄이 '의원과 나'를 팔과 손과 맥으로 하나가 되게 하여 '따스하고 부드러운 고향'에 함께 안기도록 만들었다. '고향'이란 땅만을 뜻하는 말이 아니구나 싶기도 하고, 시골에 이름 없는 의원 한 사람의 느긋하고 따뜻한 삶으로 우리 겨레 참모습을 보는 듯도 하다.

63

절망

북관에 계집은 튼튼하다
북관에 계집은 아름답다
아름답고 튼튼한 계집은 있어서
흰 저고리에 붉은 길동을 달아
검정 치마에 받쳐 입은 것은
나의 꼭 하나 즐거운 꿈이었더니
어느 아침 계집은
머리에 무거운 동이를 이고
손에 어린것의 손을 끌고
가펴러운 언덕 길을
숨이 차서 올라갔다
나는 한종일 서러웠다

《삼천리문학》 2호(1938년 4월)

계집: 사내 아닌 사람. 사내와 짝을 이루어 딸아들 낳아 사람이 길이 살아간다.

길동: 끝동. (☞ 52. 〈산곡〉)

받쳐 입은: 윗도리 옷을 아랫도리 옷과 서로 잘 어우러져 돋보이게 차려입은.

가펴러운: 몹시 가파른.

군소리

열두 줄을 한 묶음에 싸잡아 펼쳐놓았는데 짜임새를 아주 공들여 가다듬은 노래다. 먼저 노래의 모습을 보면, 앞쪽은 맨 앞 두 줄이 모두 짤막한 월이고 뒤쪽은 맨 뒤 두 줄이 모두 짤막한 월로 보인다. 노래 앞뒤로 모습이 닮은 두 월을 가지런히 놓아서 짜임새가 튼튼하다는 느낌을 살렸다. 그리고 속살을 보면, 앞쪽 여섯 줄과 뒤쪽 여섯 줄씩 반듯하게 나누어서 앞쪽은 즐거운 꿈을 노래하고 뒤쪽은 서러운 삶을 노래했다. 앞쪽 여섯 줄은 지난날 '나'에게 꼭 하나 즐거운 꿈이었던 북관의 계집을 노래하고, 뒤쪽 여섯 줄은 어느 아침에 머리와 손에 삶의 무거운 짐을 이고 쥐고 숨이 차서 가파른 언덕길을 올라가는 신세가 되어 '나'를 서럽게 만들었던 북관의 계집을 노래한다. 시인 백석에게 '북관의 계집'은 과연 누구일까? 또는 무엇을 빗대었을까?

64

외갓집

내가 언제나 무서운 외갓집은

초저녁이면 안팎 마당이 그득하니 하이얀 나비수염을 물은 보독지근한 복족제비들이 씨굴씨굴 모여서는 쨍쨍 쨍쨍 쇳스럽게 울어대고

밤이면 무엇이 기왓골에 무리 돌을 던지고 뒤우란 배나무에 째듯하니 줄등을 켜서 달고 부뚜막의 큰 솥 작은 솥을 모조리 뽑아놓고 재통에 간 사람의 목덜미를 그냥그냥 내려 눌러선 잿다리 아래로 처박고

그리고 새벽녘이면 고방 시렁에 채곡채곡 얹어둔 모랭이 목판 시루며 함지가 땅바닥에 넘너른히 널리는 집이다

《현대조선문학전집(시가집)》(1938년 4월)

말뜻 풀이

그득하니: 그득하게. 그득하도록.

나비수염: 양쪽으로 갈라 나비 날개처럼 위로 꼬부라지게 길러 멋을 부린 코밑 나룻.

보독지근한: 털이 바짝 말라 까칠까칠한 듯한.

복족제비: 복을 가져다준다는 족제비. 족제비는 몸과 꼬리가 가늘고 길며 네 다리는 짧고 귀는 작다. 털은 거칠고 털빛은 누른 갈색으로 윤기가 나며 입술과 턱은 희고 주둥이 끝은 검은 갈색이다. 사람 집 가까운 논밭의 둑이나 냇가의 큰 돌 밑 같은 곳에 구멍을 파고 살며, 밤에 돌아다니면서 집쥐와 들쥐·뱀·개구리를 잡아먹고 때로는 닭이나 달걀도 훔쳐 먹는다.

씨굴씨굴: 우글우글. 살아 있는 짐승들이 떼를 지어 모여 있는 모습.

쉿스럽게: 쉿소리처럼.

째듯하니: 눈이 부실 만큼 밝게.

줄등: 줄을 치고 가지런히 여러 개를 달아 밝히는 등불.

재통: 뒷간의 한 가지. 재를 담아놓고 그 위에 똥을 누어 거름으로 쓰도록 만든 통.

잿다리: 재통 위에 올라앉아 똥을 눌 수 있도록 걸쳐놓은 나무다리.

모랭이: 나무로 함지처럼 만든 작은 그릇.

넘너른히: 함부로 아무렇게나 흩어져 어지럽게 널려 있는 모습.

군소리

'무서운 외갓집'의 모습을 초저녁과 밤과 새벽녘으로 나누어 그려내고 있다. 시간의 흐름에 따라 초저녁과 밤과 새벽녘으로 차례차례 한 줄씩 그려내지만 월을 나누지는 않았다. 한 월씩 마침표를 찍어서 나누면 무서운 느낌이 끊어지고 도막나기 때문에 줄은 바꿀지언정 하나의 월에 숨이 가쁘도록 서리서리 사려서 노래 한 마리를 담았다. 노래하는 이는 초저녁에서 새벽녘까지 무서움에 떨면서 외갓집의 모습을 지켜보고 있다.

한 줄씩 좀 더 살펴보자. 첫째 줄 '내가 언제나 무서운 외갓집은'은 읽기가 쉽지 않다. 뒤따르는 석 줄을 보면, '내가 언제나 무서워하는 외갓집은' 이렇게 읽어야 옳을 듯하나 그러면 시인이 글을 잘못 쓴 셈이고, 그런 읽기는 시인에게 몹시 미안한 노릇이다. 시인이 잘못 쓴 것이 아니라 알면서 굳이 그렇게 썼다면 '내가 언제나 무서운 외갓집은'이란 '외갓집은 언제나 내가 무섭다', 곧 외갓집이 나를 무서워한다는 말로 읽힌다. 그러니까 읽기에 따라 '내가 무서워하는 외갓집'이 되기도 하고, '외갓집이 무서워하는 나'가 되기도 한다는 말이다. 나는 외갓집이 무섭고, 외갓집은 내가 무섭고…… 이렇게 '나'와 '외갓집'이 서로 무서워한다는 말이 된다.

게다가 이처럼 놀라운 말법은, 사실 노래를 부르는 이가 아직 말을 제대로 하지 못하는 어린애라는 사실을 드러낸다. 이 점을 놓치면 뒤따르는 석 줄을 제대로 읽을 수가 없다. 노래를 부르는 이가 아직 말을 제대로 깨치지 못한 두서너 살 어린애라는 사실을 알고 읽으면, 뒤따르는 석 줄의 노래는 쉽사리 품 안에 들어와 안긴다.

둘째 줄은 '나'의 눈에 보이고 귀에 들리는 초저녁의 외갓집 풍경이다. 어린애인 '나'의 눈에는 안팎 마당 가득히 하얀 나비수염을 물고 털이 까칠까칠한 복족제비들이 우글우글 모여 있는 모습이 보인다. 귀에는 복족제비들이 짱짱 짱짱 쇳소리로 울어대는 소리가 들린다. 그런데 노래하는 이가 보는 복족제비들의 실체는 과연 무엇이며, 듣는 쇳소리의 실체는 과연 무엇일까? 복족제비들이란 굿을 벌이려고 굿판을 준비하는 무당과 바라지꾼들이 아닐까! 쇳소리란 풍물을 맞추고 굿판을 신성한 자리로 거룩하게 씻어내는 풍물 소리가 아닐까! 이렇게 읽으니까 그냥 '족제비'가 아니라 복을 가져다주는 '복족제비'인 까닭도 드러나는 것이 아닌가!

셋째 줄은 굿이 한창 고비로 올라선 깊은 밤의 풍경이다. 여기는 풀이말로 보아 네 마디로 끊어 읽을 수 있다. ① '무엇이 기왓골에 무리 돌을 던지고' ② '뒤우란 배나무에 째듯하니 줄등을 켜서 달고' ③ '부뚜막의 큰 솥 작은 솥을 모조리 뽑아놓고' ④ '재통에 간 사람의 목덜미를 그냥그냥 내려 눌러선 잿다리 아래로 처박고'. 여기서 ②와 ③은 굿을 청한 외갓집 사람들이 벌인 일이고, ①과 ④는 굿하는 무당들이 벌인 일이다. 이처럼 밤을 새워 벌이는 큰굿은 부엌 안에서는 먹거리와 뒷바라지를 제대로 받쳐줄 수가 없기 때문에 뒤란에 줄등을 켜서 달아야 하고(②), 부엌의 크고 작은 솥들도 뽑아서 뒤란에 내다 걸어야 했던 (③) 것이다. ①에서 '무엇이 기왓골에 무리 돌을 던지고' 하는 '무엇'은 무당의 신통력이라 해도 좋고, 무당이 지금 모시고 굿을 하는 서낭이라 해도 좋다. ④를 보면 굿은 질병을 고치는 병굿, 나아가 무병(무당이 되게 하는 서낭을 받아서 앓는 병) 같은 정신병을 고치는 굿임이 틀림없다. 무병 같은 정신병 굿에서는 앓는 사람을 굿판에 데려다 놓고 서낭의 공수와 더불어 시련을 받게 하기 마련이다.

마지막 넷째 줄은 굿이 뒷전거리까지 모두 끝나고, 굿에 함께했던 모든 사람이 나누는 뒤풀이마저 끝나고, 모두들 피곤한 나머지 설거지는 미루어둔 채로 곤한 잠에 빠지고, 고방 시렁에 가지런히 얹혀 있던 갖가지 그릇들만 땅바닥에 어지럽게 널려 있는 모습이다.

　우리 겨레의 삶에서 '외갓집'이란 가장 아늑하고 따뜻한 사랑을 맛보는 보금자리다. 더구나 어릴 적에 찾아가는 외갓집은 언제나 무슨 잔치가 벌어지는 잔치집이다. 가장 고운 때때옷을 입고, 가장 맛나는 과일과 떡을 먹고, 가장 귀한 선물을 받고, 가장 포근한 사랑을 넘치도록 받을 수 있는 꿈같은 보금자리가 외갓집이다. 그런 보금자리가 이제는 숨조차 제대로 쉴 수 없이 무서움으로 가득한 난장판으로 바뀌었다. 1938년 즈음 '우리나라'와 '우리 겨레'의 모습을 어린아이의 눈을 빌려 참으로 놀라운 상상력의 솜씨로 그려낸 노래다.

65
—

개

접시귀에 쇠기름이나 소뿔등잔에 아주까리기름을 켜는 마을에서는 겨울밤 개 짖는 소리가 반가웁다

이 무서운 밤을 아래웃방성 마을 돌아다니는 사람은 있어 개는 짖는다

낮배 어느메 치코에 꿩이라도 걸려서 산 넘어 국수집에 국수를 받으러 가는 사람이 있어도 개는 짖는다

김치가재미선 동치미가 유별히 맛나게 익는 밤

아배가 밤참 국수를 받으러 가면 나는 큰마니의 돋보기를 쓰고 앉아 개 짖는 소리를 들은 것이다

《현대조선문학전집(시가집)》(1938년 4월)

말뜻 풀이

쇠기름: 소에서 얻는 기름. 흰빛의 덩어리로 특이한 냄새가 있으며, 식용유·양
초·비누·연고 따위를 만드는 원료로 쓴다.

소뿔등잔: 소뿔의 속을 파내고 거기에 기름을 부어 심지를 담그고 불을 켜는
등잔.

아주까리기름: 익은 아주까리 열매에서 짜낸 기름.

방성: 소식을 알리는 소리. 지난날 마을 사람에게 두루 알릴 소식이 있으면, 저
녁 설거지를 끝냈을 즈음에 방군(방을 알리는 사람, 마을에서 새경을 받고 허드렛일
을 해주던 사람)이 마을을 돌며 모든 집에서 들을 수 있는 곳에 서서 알리는 말
을 크게 외쳤다. '아래웃방성'이란 아랫마을 사람들에게 알리는 방성과 윗마을
사람들에게 알리는 방성이다.

낮배: 대낮에. 한낮에.

어느메: 어디에. 어느 곳에.

치코: 새를 잡으려고 치는 그물의 촘촘한 코(그물 구멍).

김치가재미: 평북 사투리로, 겨울철에 김칫독을 묻어두고 그 위에 짚이나 수수
깡 따위를 가마니처럼 엮어서 덮어두는 움막.

동치미: 무김치의 하나. 흔히 늦가을 잘 익은 통무를 씻어 얼간으로 절여 큰 독
에 재어 넣고 끓인 소금물을 식혀 넉넉히 부어서 담가 겨울 내내 먹는다.

큰마니: '할머니'의 함경도 사투리.

65 개

군소리

요즘 쓰지 않는 낱말이 더러 있는 것을 빼면 노래는 어려울 것이 없다. 무엇보다도 짜임새가 뻔하다. 모두 네 월인데, 앞선 월 셋은 그대로 줄이면서 묶음이고, 넷째 월은 두 줄로 나누어 두 묶음으로 갈라놓았다. 그러니까 줄글 한 월이 그대로 노래 한 줄이며 한 묶음이니, 따로따로 펼쳐진 한 월(줄·묶음)씩 곰곰이 읽기가 편안하다. 잇달아 놓은 줄글 읽기보다 오히려 훨씬 편안하고 쉽다.

하지만 정작 그렇게 읽어보면 뜻밖으로 노래가 속내를 쉽게 드러내 보이지 않는다. 네 월을 하나로 꿰어주는 말미가 드러나지 않기 때문이다. 오직 '개'가 네 월을 꿰어주는 말미인 듯하지만, 첫째 월에서는 '개 짖는 소리가 반가웁다' 하고, 둘째와 셋째 월에서는 '개는 짖는다' 하고, 넷째 월에서는 '개 짖는 소리를 들은 것이다' 했다. 우리말에서 월의 속내를 밝히는 임자며 열쇠인 풀이말이 이처럼 서로 달라 하나로 꿰어지지 않으니 노래의 속내를 붙들어 잡기가 어렵다.

그래서 네 월을 하나로 꿰려는 뜻을 버리고 다시 읽어보아야겠다. 그러고 보면 둘째와 셋째 월에서는 '개는 짖는다' 해서 때가 이제(오늘)지만, 넷째 월에서는 '개 짖는 소리를 들은 것이다' 해서 때가 지난날이다. 첫째 월에서는 '개 짖는 소리가 반가웁다' 해서 때가 이제 같기도 하지만, 전기는 말할 나위도 없고 석유도 초도 없어 '쇠기름이나 소뿔등잔에 아주까리기름을 켜는 마을에서는 겨울밤 개 짖는 소리가 반가웁다' 했으니 틀림없이 지난날이다. 그러니까 이 노래의 짜임새는 지난날을 이야기하는 첫째와 넷째 월과 오늘을 이야기하는 둘째와 셋째 월로 가려서 베풀어놓았음을 알겠다.

　그러고 보니까 노래의 속내가 훤히 드러난다. 노래하는 이가 어렸던 시절, 아배가 밤참 국수를 받으러 가고 나면 할머니 돋보기를 써보며 놀던 그 시절 '겨울밤 개 짖는 소리가' 반가웠다. 비록 쇠기름이나 아주 까리기름에 심지를 담가 불을 켜고 살았지만, 할머니 돋보기를 쓰고 밤참 국수 받으러 가신 아버지가 돌아오시는 발자국 소리에 개 짖는 소리를 반갑게 들었던 것이다. 그런데 이제는 어떤가? 둘째 월은 첫 마디에 '이 무서운 밤'이라 했다. 방성꾼이 마을 소식을 알리러 다녀도 '개'는 짖는다. 셋째 월은 밤이 아니라 한낮에 산 넘어 국수집에 국수를 받으러 가는 사람이 있어도 '개'는 짖는다. 밤이고 낮이고 마을 사람들이 조금만 움직여도 '개'는 짖으니 밤이고 낮이고 가릴 것 없이 송두리째 '무서운 밤'이다. '이 무서운 밤'은 1938년 즈음 조선을, 밤낮없이 짖어대는 '개'는 일본 순사며 헌병 나아가 침략 일제를 빗대어 노래한 것으로 어렵지 않게 다가온다.

66
—

내가 생각하는 것은

밝은 봄철 날 따디기의 누굿하니 푹석한 밤이다
거리에는 사람도 많이 나서 흥성흥성할 것이다
어쩐지 이 사람들과 친하니 싸다니고 싶은 밤이다

그렇건만 나는 하이얀 자리 우에서 마른 팔뚝의
새파란 핏대를 바라보며 나는 가난한 아버지를 가진 것과
내가 오래 그려오던 처녀가 시집을 간 것과
그렇게도 살뜰하던 동무가 나를 버린 일을 생각한다

또 내가 아는 그 몸이 성하고 돈도 있는 사람들이
즐거이 술을 먹으러 다닐 것과
내 손에는 신간서 하나도 없는 것과
그리고 그 '아서라 세상사'라도 들을
유성기도 없는 것을 생각한다

그리고 이러한 생각이 내 눈가를 내 가슴가를
뜨겁게 하는 것도 생각한다

《여성》 3권 4호(1938년 4월)

말뜻 풀이

따디기: 초승께. (☞ 38. 〈오리〉)

누굿하니: 누굿하게. 메마르지 않고 조금 눅눅하게.

살뜰하던: 잔재미가 있게 알뜰하고 빈틈없던. 마음 쓰는 품이 넉넉하고 따뜻하던.

신간서: 출판사에서 새로 펴낸 책.

아서라 세상사: 1930년대 이름난 소리꾼 임방울이 부르고 유성기판으로 널리 알려진 단가 〈편시춘(片時春)〉의 들머리 노랫말. 단가 〈편시춘〉의 이름 노릇을 했다.

유성기: 소리판(음반)에 녹음한 소리를 되살리는 기계. 축음기.

군소리

보다시피 노래를 네 묶음으로 짰는데, 첫째 묶음은 월 셋을 석 줄로 베풀었고, 나머지 둘째와 셋째와 넷째 묶음은 모두 한 월씩을 넉 줄, 다섯 줄, 두 줄로 베풀었다. 그리고 이들 세 묶음은 모두 노래 이름 '내가 생각하는 것은'에 맞추어 풀이말을 '생각한다'로 끝맺어서 노래 이름과 노래 속살을 단단히 얽어놓았다.

노래의 디딤돌로 깔아놓은 첫째 묶음부터 보자. 우선 첫째 줄에서 '봄철 날 따디기의 누굿하니 푹석한 밤'이라 했는데 앞에다 '밝은'이라는 말을 놓아서 '안은' 아직 '봄철'이 오지 않았음을 내비치고 있다. 둘째 줄에서도 '사람도 많이 나서 흥성흥성할 것'이라 했으나 그 앞에 '거리에는'이라는 말을 놓아서 '집 안에는' 그렇지 못하다는 뜻을 내비친다. 셋째 줄에서는 거리에 흥성흥성하는 '사람들과 친하게 싸다니고 싶은 밤'이라면서 앞에다 '어쩐지'를 내놓아 세상에 발맞추는 사람들과 친하게 싸다니고 싶은 스스로의 마음에 채찍을 겨냥하고 있다. 한마디로, 시절이 푹석한 봄철로 바뀌고 거기 맞추어 사람들이 흥성거리는 '바깥 거리'와 거기 어우러지지 못하는 '집 안의 나'를 노래의 바탕으로 깔아놓았다.

둘째 묶음에서는 바뀌고 흥성거리는 세상에 발맞추지 못하는 '나'의 속내를 짚어보며 생각한다. '나'는 ㉮ '하이얀 자리 우에서' ㉯ '마른 팔뚝의 / 새파란 핏대를 바라보며' ㉰ '가난한 아버지를 가진 것과' ① '내가 오래 그려오던 처녀가 시집을 간 것과' ② '그렇게도 살뜰하던 동무가 나를 버린 일을 생각한다'. 여기서 ㉮의 '하이얀 자리'는 '배달겨레의 삶'으로 읽고, ㉯의 '마른 팔뚝의 / 새파란 핏대'는 '배달겨레의 얼'로 읽고, ㉰의 '가난한 아버지'는 '가난을 달게 받으며 나라 찾는 길에 목숨을 걸고 나선 어른들'로 읽어야 옳을 듯하다. 이들 ㉮와 ㉯와 ㉰는 바뀌며 흥성거리는 세상에 '나'가 발맞출 수 없게 하는 까닭의 뿌리다. 그리고 ①과 ②는 '나'를 세상에 발맞추지 못하게 하는 까닭의 가지다. ① 느닷없이 1937년 4월에 동무에게 시집을 가버린 난이와 ② '나'를 버리고 난이를 가로챈, 그렇게도 살뜰하던 동무는 올바름을 팽개치고 세상에 발맞추며 흥성거리는 사람들이었음이 드러났다. '나'는 그들과 발맞추어 흥성거릴 수가 없다고 생각한다.

셋째 묶음에서는 바뀌고 흥성거리는 세상에 발맞추지 못하는 '나'의 속내를 둘째 묶음보다 더 가까운 삶에서 열어 보이며 생각한다. '내가 아는' ① '몸이 성하고' ② '돈도 있는 사람들이' ③ '즐거이 술을 먹으러 다닐 것'이지만, '나'는 ㉮ '내 손에는 신간서 하나도 없'고 ㉯ 그 '아서라 세상사'라도 들을 / 유성기도 없는 것을 생각한다'. 시인 백석이 '아는' 이른바 문인, 예술가, 언론인 가운데 ① 몸(건강)·② 돈(재물)·③ 즐거움(향락)을 찾아다니는 사람들과 ㉮ 지식과 ㉯ 예술에 목마른 '나'를 나란히 놓고 생각한다.

마지막 넷째 묶음에서는 둘째와 셋째 묶음에서 짚어보고 열어 보인 생각들이 '내 눈가'를 뜨겁게 하고, '내 가슴가'를 뜨겁게 하는 것도 생각한다. 노래 마무리답게, 바뀌고 흥성거리는 세상에 어우러져 발맞추지 못하는 삶의 아픔이 노래하는 이의 눈가와 가슴가를 뜨겁게 한다. 슬픔을 끝내 숨기지 못했다. 하지만 아무리 더러운 세상이라도 그런 세상이 자신의 삶과 마음에 어떤 생채기를 내고 있는지 곰곰이 들여다보며 생각할 수 있었기 때문에 끝까지 무릎을 꿇지 않고 버틸 수 있었을 터이다. 돌아가는 세상을 꿰뚫어보면서 내 마음 깊은 속내까지 뚫어지게 바라보는 노릇보다 사람답게 사는 길은 없는 듯하다.

67

내가 이렇게 외면하고

내가 이렇게 외면하고 거리를 걸어가는 것은 잠풍 날씨가 너무나 좋은 탓이고

가난한 동무가 새 구두를 신고 지나간 탓이고 언제나 꼭같은 넥타이를 매고 고운 사람을 사랑하는 탓이다

내가 이렇게 외면하고 거리를 걸어가는 것은 또 내 많지 못한 월급이 얼마나 고마운 탓이고

이렇게 젊은 나이로 코밑수염도 길러보는 탓이고 그리고 어느 가난한 집 부엌으로 달재 생선을 진장에 꼿꼿이 지진 것은 맛도 있다는 말이 자꾸 들려오는 탓이다

《여성》3권 5호(1938년 5월)

말뜻 풀이

잠풍: 잔풍. 아주 잔잔하게 부는 바람.

달재: '달강어'의 평안도·함경도 사투리. 성대과에 딸린 바닷물고기. 몸길이는 30cm에 달한다. 몸빛은 전체가 붉은 벽돌빛이나 배 쪽은 연하다. 살은 엷게 붉은 빛이고 겨울에 맛이 있어 우리나라 사람들이 즐겨 먹는다. '달궁이', '당굴이'라 부르기도 한다.

진장: 진간장. 오래 묵어서 진하게 된 간장.

군소리

노래 짜임새는 두 줄짜리 묶음 둘로 이루어졌다. 게다가 앞 묶음도 '내가 이렇게 외면하고 거리를 걸어가는 것은'으로 문을 열고, 뒤 묶음도 '내가 이렇게 외면하고 거리를 걸어가는 것은'으로 첫말을 꺼냈다. 그리고 이 첫 말마디의 앞쪽 절반을 잘라 '내가 이렇게 외면하고'를 그냥 노래 이름으로 삼았다. 이들 두 묶음의 첫 말마디와 그것의 절반인 노래 이름에 아주 무거운 몫이 담겼다는 뜻이지만, 일부러 장난스럽게 드러냈다.

그래서 '내가 이렇게 외면하고 거리를 걸어가는 것은'을 가만히 보고 있으면 바로 앞에서 읽은 노래 〈내가 생각하는 것은〉이 떠오른다. 우선 노래 이름이 '내가 ~는 것은'이라는 같은 말마디 틀에 얹혀 있다. 게다가 이처럼 노래하는 이가 스스로 나서서 '내가 ~ ' 하며 생각과 행동을 털어놓은 노래는 백석에게 이들 두 마리밖에 더는 없다. 그뿐 아니라 앞의 노래는 '나'가 집 안 '하이얀 자리 위에 앉아서' 스스로의 삶과 마음을 속으로 들여다보며 '생각하는 것'인데, 뒤의 노래는 '나'가 '이렇게

67 내가 이렇게 외면하고

외면하고 거리를 걸어가는 것'이라 마음의 안과 밖을 나란히 다루어 영락없이 서로 맞서는 짝을 이룬다.

그러나 거리에 나왔지만 바뀌고 흥성거리는 세상에 어우러지거나 발맞추지 않고 '이렇게 외면하고' 걸어가는 것이니 노래 속살의 과녁은 앞의 노래와 조금도 다르지 않다. 무엇보다도 '내가 이렇게 외면하고 거리를 걸어가는 것은' 제 뜻이나 생각이 아니라 여러 가지 '탓'으로 어쩔 수가 없는 노릇이라 한다. 앞 묶음에서는 '잠풍 날씨가 너무나 좋은 탓', '가난한 동무가 새 구두를 신고 지나간 탓', (가난한 동무가) '언제나 꼭 같은 넥타이를 매고 고운 사람을 사랑하는 탓'이라 한다. 뒤 묶음에서는 '또 내 많지 못한 월급이 얼마나 고마운 탓', (내가) '이렇게 젊은 나이로 코밑수염도 길러보는 탓', '어느 가난한 집 부엌으로 달재 생선을 진장에 꼿꼿이 지진 것은 맛도 있다는 말이 자꾸 들려오는 탓'이라 한다.

이들 '탓' 타령을 귓전으로 들으면 웃음을 머금고 업신여길 수도 있을 듯하다. 그러나 우리네 삶을 곰곰이 헤아리며 마음을 가다듬고 읽어보면, 아무리 더러운 세상이라도 삶을 싹둑 끊어버리지 않는다면 이런저런 탓으로 함께 뒤섞여 걸어가지 않을 수가 없는 노릇이다. 열쇠는 함께 뒤섞여 걸어가면서도 더러운 것과 더럽지 않은 것을 올바로 가려서 참으로 더러운 것에는 눈길도 주지 말며 외면하고 걸어가는 그것이다. 이처럼 거룩하고 무거운 삶의 체험을 시인은 마치 우스개처럼 가볍게 펼쳐놓았다.

68

삼호 〔물닭의 소리〕

문 기슭에 바다 해 자를 거꾸로 붙인 집
산뜻한 청삿자리 우에서 찌륵찌륵
우는 전복 회를 먹어 한여름을 보낸다

이렇게 한여름을 보내면서 나는 하늑이는
물살에 나이금이 느는 꽃조개와 함께
허리도리가 굵어가는 한 사람을 연연해 한다

《조광》4권 10호(1938년 10월)

말뜻 풀이

삼호: 함흥에서 멀지 않은 함남 홍원군 보청면의 바닷가 마을. 명태, 가자미, 정어리, 공미리, 해삼 따위가 많이 잡히고 명란젓과 창란젓으로 이름난 삼호만에서 가장 큰 마을.

물닭: 오리과의 물새. (☞ 2.〈늙은 갈대의 독백〉)

문 기슭: 대문 기둥의 맨 아래 자락. '기슭'은 ① 뫼(재, 갓)나 처마 따위에서 비탈진 곳의 아래 자락, ② 내(가람, 개천)나 바다에서 물과 닿아 있는 땅의 자락이다.

바다 해 자: 바다를 뜻하는 한자, 곧 *海*(바다 해).

청삿자리: 푸른 삿자리. (☞ 삿자리 – 2. 〈늙은 갈대의 독백〉)

하늑이는: 물결이 가볍게 일어나며 흔들려 굼실거리는.

나이금: 한 해에 하나씩 생겨서 나이를 나타내는 금. 나이테.

꽃조개: 어린 새끼 조개. 꽃처럼 아름다운 조개. 아직 어려서 꽃처럼 예쁜 조개.

허리도리: 허리께에서 엉덩이까지 내려오는 몸통 언저리의 둘레.

연연해 한다: 애틋하게 그리워 잊지 못한다.

군소리

이 노래는 '물닭의 소리'라는 이름으로 묶어서 내놓은 여섯 마리 노래에서 첫째다. '물닭의 소리'란 두 가지 뜻으로 다가온다. 하나는 백석이 스스로를 '물닭'으로 낮추어 자처한다는 뜻으로 다가오고, 또 하나는 제 입으로 똑바로 말하기 어려운 속살을 '물닭의 소리'로 떠넘긴다는 뜻으로 다가온다. 어느 쪽이든 1930년대 후반이라는 어둡고 무서운 세월을 만나 어쩔 수 없이 찾아낸 길이었다. '물닭의 소리' 여섯 마리는 모두 함흥에서 머지않은 바닷가, 곧 동해를 부둥켜안고 지은 겨레 사랑이 무르익은 노래들이다. 그런데 백석이 이들 노래의 씨앗을 마음에 배어 키우고 있을 적에 솟구치는 느낌을 이기지 못하여 〈동해〉라는 이름으로 줄글 수필[12]을 써서 신문에 내놓았다. 뱃속에서 자라던 노래 씨앗의 기운이 줄글 〈동해〉로 먼저 비집고 세상에 나왔으나 씨앗의 노른자위는 뱃속에 그냥 남아서 고이 자라며 때를 채우고 '물닭의 소리'라는 이름으로 여섯 마리 노래가 되어 태어났다. 그래서 노래를 읽기에 앞서 줄글 〈동해〉를 읽으면 백석이 겨레 삶의 터전과 거기 몸 붙여 살아가는 온갖 목숨을 얼마나 가슴 저리게 사랑하고 있었는지를 또 다른 느낌으로 가늠해 볼 수 있을 듯하다.

동해

동해여, 오늘 밤은 이렇게 무더워 나는 맥고모자를 쓰고 삐루를 마시고 거리를 거닙네. 맥고모자를 쓰고 삐루를 마시고 거리를 거닐면 어데서 닉닉한 비릿한 짠물 내음새 풍겨 오는데, 동해여, 아마 이것은 그대의 바윗등에 모래장변에 날미역이 한불 널린 탓인가 본데 미역 널린 곳엔 방게가 어성기는가, 도요가 씨양씨양 우는가, 안마을 처녀가 누구를 기다리고 섰는가, 또 나와 같이 이 밤이 무더워서 소주에 취한 사람이 기웃들이 누웠는가. 분명히 이것은 날미역의 내음새인데 오늘 낮 물기가 쳐서 물가에 미역이 많이 떠들어 온 것이겠지.

이렇게 맥고모자를 쓰고 삐루를 마시고 날미역 내음새 맡으면 동해여, 나는 그대의 조개가 되고 싶읍네. 어려서는 꽃조개가, 자라서는 명주조개가, 늙어서는 강에지조개가. 기운이 나면 혀를 빼어 물고 물속 십 리를 단숨에 날고 싶읍네. 달이 밝은 밤엔 해정한 모래장변에서 달바라기를 하고 싶읍네. 궂은비 부슬거리는 저녁엔 물 위를 떠서 애원성이나 부르고, 그리고 햇살이 간지럽게 따뜻한 아침엔 이남박 같은 물바닥을 오르락내리락하고 놀고 싶읍네. 그리고, 그리고 내가 정말

---

12 '줄글 수필'이라 했으나 글에 가락이 살아 있어서 '줄글 노래', 이른바 '산문시'라 해도 모자람이 없는 글이다.

조개가 되고 싶은 것은 잔잔한 물밑 보드라운 세모래 속에 누워서 나를 쑤시러 오는 어여쁜 처녀들의 발뒤꿈치나 쓰다듬고 손길이나 붙잡고 놀고 싶은 탓입네.

동해여! 이렇게 맥고모자를 쓰고 삐루를 마시고 조개가 되고 싶어 하는 심사를 알 친구가 하나 있는데, 이는 밤이면 그대의 작은 섬-사람 없는 섬이나 또 어느 외진 바위 판에 떼로 몰려 올라서는 눕고 앉았고 모두들 세상 이야기를 하고 지껄이고 잠이 들고 하는 물개들입네. 물에 살아도 숨은 물 밖에 대고 쉬는 양반이고 죽을 때엔 물 밑에 가라앉아 바윗돌을 붙들고 절개 있게 죽는 선비이고 또 때로는 갈매기를 따르며 노는 한량인데 나는 이 친구가 좋아서 칠월이 오기 바쁘게 그대한테로 가야 하겠습네.

이렇게 맥고모자를 쓰고 삐루를 마시고 친구를 생각하기는 그대의 언제나 자랑하는 털게에 청포채를 무친 맛나는 안주 탓인데, 정말이지 그대도 잘 아는 함경도 함흥 만세교 다리 밑에 넘이 오는 털게 맛에 해가우손이를 치고 사는 사람입네.

하기야 또 내가 친하기로야 가재미가 빠질겝네. 회국수에 들어 일미이고 식해에 들어 절미지. 하기야 또 버들개 봉구이가 좀 좋은가. 횟대 생선 된장지짐이는 어떻고. 명태골국, 해삼탕, 도미회, 은어젓이 다 그대 자랑감이지. 그리고 한 가지 그대나 나밖에 모를 것이지만 공미리는 아랫주둥이가 길고 꽁치는 윗주둥이가 길지. 이것은 크게 할 말 아니지만 산뜻한 청삿자리 위에서 전복 회를 놓고 함소주 잔을 거듭하는 맛은 신선 아니면 모를 일이지.

이렇게 맥고모자를 쓰고 삐루를 마시고 전복에 해삼을 생각하면 또 생각나는 것이 있습네. 칠팔월이면 으레히 오는 노랑 바탕에 까만 등을 단 제주 배 말입네. 제주 배만 오면 그대네 물가엔 말이 많아지지. 제주 배 아즈맹이 몸집이 절구통 같다는 둥, 제주 배 아뱅인 조밥에 소금만 먹는다는 둥, 제주 배 아즈맹이 언제 어느 모롱고지 이슥한 바위 뒤에서 혼자 해삼을 따다가 무슨 일이 있었다는 둥……, 참 말이 많지. 제주 배 들면 그대네 마을이 반갑고 제주 배 나면 서운하지. 아이들은 제주 배를 물가를 돌아 따르고 나귀는 산등성에서 눈을 들어 따르지. 이번 칠월 그대한테로 가선 제주 배에 올라 제주 색시하고 살렵네.

내가 이렇게 맥고모자를 쓰고 삐루를 마시고 제주 색시를 생각해도 미역 내음 새에 내 마음이 가는 곳이 있습네. 조개껍질이 나이금을 먹는 물살에 낱낱이 키가 자라는 처녀 하나가 나를 무척 생각하는 일과, 그대 가까이 송진 내음새 나는 집에 아내를 잃고 슬피 사는 사람 하나가 있는 것과, 그리고 그 영어를 잘하는 총명한 4년생 금이가 그대네 홍원군 홍원면 동상리에서 난 것도 생각하는 것입네.

〈동아일보〉(1938년 6월 7일)

첫 노래 〈삼호〉는 갯가에 자리 잡은 한 마을을 이름으로 내걸고, 석 줄씩 두 묶음으로 질끈 묶어 아주 소박하게 짠 노래다. 고른 가락은 없지만 두 묶음이 마치 시조처럼 길이가 가지런한 석 줄씩이라 노래 모습도 낯익다. 게다가 줄바꾸기를 하지 않고 석 줄 한 묶음을 잇달아 놓으면 아무 데서나 쉽게 만날 수 있는 여느 줄글 한 월에 지나지 않는다.

㉮ 문 기슭에 바다 해 자를 거꾸로 붙인 집 산뜻한 청삿자리 우에서 (나는) 쩌륵쩌륵 우는 전복 회를 먹어 한여름을 보낸다.
㉯ 이렇게 한여름을 보내면서 나는 하늑이는 물살에 나이금이 느는 꽃조개와 함께 허리도리가 굵어가는 한 사람을 연연해 한다.

이렇게 줄글로 읽으면 ㉮는 동해 바닷가 허름한 횟집에서 한여름을 보내는 '나'의 겉으로 드러난 삶을 이야기하고, ㉯는 거기서 그렇게 한여름을 보내는 '나'의 마음속에 감추어진 삶을 이야기한다. 그래서 ㉮는 뒤따르는 ㉯의 디딤돌 노릇을 하고, 노래의 과녁은 '나'의 마음속에 감추어진 삶, 곧 '허리도리가 굵어가는 한 사람을 연연해' 하는 사랑에

68 삼호〔물닭의 소리〕

맞추어진다. 나의 사랑을 차갑게 뿌리쳐 버리고 벗과 혼인을 해서 이제쯤 아기를 가져 허리도리가 굵어가고 있을 여인을 애틋하게 잊지 못한다는 이야기, 참으로 어이없고 서글픈 사랑의 노래로 읽힌다. 그러나 이렇게 줄글로 읽으면 그것은 백석의 노래 〈삼호〉가 아니다.

㉠ 문 기슭에 바다 해 자를 거꾸로 붙인 집
㉡ 산뜻한 청삿자리 우에서 찌륵찌륵
㉢ 우는 전복 회를 먹어 한여름을 보낸다

이렇게 줄바꾸기를 제대로 놓치지 않고 마음을 쓰며 '노래'로 읽으면 이야기는 달라진다. ㉠과 ㉡과 ㉢이 저마다 서로 저만의 이야기를 들려주기 때문이다. ㉠은 무슨 이야기를 하는가? 어쩌면 '東海' 또는 '東海食堂' 또는 '東海 횟집'이라 써서 붙였던 간판이 부서지고 떨어져 나가서 겨우 '海'만 문 기슭으로 흘러내려 거꾸로 붙어 있다고 한다. 간판이 무엇인가로부터 감당하기 어려운 상처를 입었다는 이야기를 들려주고 있다. 아니, 대문에 걸린 간판의 모습으로 이 '집'이 겪은 억울하고 서러운 수난을 이야기하고 있는 것으로 보아야겠다. ㉡은 무슨 이야기를 하나? '산뜻한 청삿자리 위에서 찌륵찌륵' 소리를 듣는다. 대문 밖에서 간판만 보았을 때의 느낌과는 달리 집 안은 마루일지 방일지 모르지만 산뜻한 청삿자리를 깔아서 깨끗하고 말끔하다. 그런 삿자리 위에 앉아서 '찌륵찌륵', 곧 살아 있는 전복의 소리를 듣는다. 밖에서 들어온 수난과 상처를 말끔히 이겨내며 깨끗하고 품위 있게 살아가는 삶을 느낄 수가 있다. ㉢은 또 무슨 이야기를 하나? '나'를 글로 드러내지는 않았으나

'나'의 이야기를 한다. 소리 내어 우는 전복으로 회를 쳐서 먹으며 견디기 어려운 한여름을 보내는 '나'를 이야기한다. 소리 내어 우는 전복을 산 채로 칼로 썰어 양념에 찍어 먹는 '나', 아무리 견디기 어려워도 가난한 동포들은 눈물을 머금고 견디며 땀 흘려 일하는데 홀로 시원한 바닷가 횟집(?)에 방을 얻어놓고 전복 회를 먹으며 한여름을 포시럽게 보내는 '나'를 스스로 꾸짖고 있지 않은가?

    ㉣ 이렇게 한여름을 보내면서 나는 하늑이는
    ㉤ 물살에 나이금이 느는 꽃조개와 함께
    ㉥ 허리도리가 굵어가는 한 사람을 연연해 한다

'나'의 마음속에 감추어진 삶을 이야기하는 둘째 묶음의 줄바꾸기는 더욱 놀랍다. ㉣의 꼬리 '하늑이는'은 누가 보아도 ㉤의 머리 '물살에'를 매김하는 말이라야 자연스럽다. 그러나 노래는 그처럼 빤한 인연을 끊어버리고, 굳이 '나는 하늑이는'이라는 뜻밖의 인연으로 끌어 붙여놓았다. 그래서 이렇게 한여름을 보내면서 '나는 하늑이는' 중이다, 또는 '나는 하늑이는' 사람이 되었다, 또는 '나는 하늑이는' 사람으로 바뀌어간다. 이런 여러 가지 뜻으로 읽히게 되고, 나아가 '하늑이는 나는' 이렇게도 읽을 수 있도록 만들었다는 이야기다. ㉤의 꼬리 '꽃조개와 함께'도 마찬가지다. 여기서 줄바꾸기를 하지 않았으면 '꽃조개와 함께'는 마땅히 뒤따르는 '허리도리가 굵어가는 한 사람'과 어우러져서 '나이금이 느는 꽃조개와 함께 허리도리가 굵어가는 한 여인'으로 자연스럽게 읽히는 것이다. 그런데 노래는 굳이 줄바꾸기를 하여 '허리도리가 굵어가는 한 사람'과의 인연을 끊어놓았다. 그러니까 이제 '꽃조개와 함께'는 ㉣의 '나는 하늑이는' 또는 '하늑이는 나는' 또는 '나는' 쪽으로 손을 내밀어 '나는 꽃조개와 함께 한 여인을 연연해' 한다는 둘째 묶음의 속뜻 뼈대를 올바로 잡아주는 노릇을 제대로 해내게 되었다.

얼핏 보면 낯익은 석 줄 두 묶음의 소박한 노래 같지만, 안으로 들어가 속살을 더듬어보면 빛나는 줄바꾸기에 힘입어 처음부터 끝까지 팽팽한 긴장을 느끼게 하는 빼어난 노래다. 앞 묶음 석 줄에서 침략 일제에 시달리는 겨레의 아픔, 그런 아픔을 딛고 일어서 깨끗하고 기품 있게 살아가는 삶, 이처럼 모두들 아픔을 견디며 당당하게 사는데 홀로 시원한 바닷가에서 포시럽게 쉬고 있는 자신을 드러내 소리 없이 꾸짖는 백석을 만났다. 그런 뉘우침을 지나 뒤 묶음 석 줄에서 물결처럼 흔들려 굼실거리는 '나'는 물살에 나이금이 느는 꽃조개와 함께 이 땅의 자연과 하나가 되어, 자기를 버리고 가까운 동무로 지내던 벗과 혼인을 한 여인을 잊지 못하고 연연해 하는 백석의 깨끗한 사랑을 만났다. 보잘것없는 몸집과 볼품없는 모습이지만 암수가 그지없는 사랑으로 하나 되어 새끼를 목숨 바쳐 키워내는 '물닭'이 되어 백석은 이런 노래를 했다.

69

물계리 〔물닭의 소리〕

물밑 – 이 세모래 이남박은 콩조개만 일다
모래장변 – 바다가 널어놓고 못 미더워 드나드는 명주 필을
　　　　　짓궂이 발뒤축으로 찢으면
　　　　　날과 씨는 모두 양금 줄이 되어
　　　　　짜랑짜랑 울었다

《조광》 4권 10호(1938년 10월)

말뜻 풀이

물계리: 함남 홍원군 보청면 삼호에서 멀지 않은 남녘의 바닷가 마을 '무계리 (茂桂里)'를 일부러 '물계리(物界里, 뭍과 물의 어름을 이루는 마을)'라 일컬었다. 그러니까 '물계리'란 실제 세상에는 없고 백석이 상상으로 만들어낸 마을의 이름이다.

세모래: 알갱이가 가는 모래.

이남박: 쌀 따위 곡식을 씻어 일 때에 돌이나 모래가 가라앉도록 안쪽에 여러

줄로 작은 고랑을 돌려 파서 만든 나무바가지.

콩조개: 껍데기가 콩알처럼 동그랗고 매끈하며 자줏빛을 띤 갈색의 무늬가 있는 조개.

일다: 쌀 따위 곡식을 그릇에 담아 물을 붓고 이리저리 흔들어서 쓸 것과 못 쓸 것을 가려내다.

모래장변: 강가나 바닷가에 넓게 펼쳐져 있는 모래벌판. 모래사장.

명주 필: 명주의 필들. '필'은 옷감 길이를 재는 데 쓰인 셈말인데, 한 필은 대략 마흔 자(30cm쯤)였으나 때와 곳에 따라 달라져서 한결같지는 않았다.

날과 씨: 베를 이루는 날줄(세로줄)과 씨줄(가로줄). 명주, 무명, 삼베, 모시베 같은 베는 모두 긴 날줄을 바디에 꿰어 도투마리에 말아서 베틀에 얹고, 북에다 씨줄을 감은 꾸리를 담아서 날줄 사이를 오가게 하여 바디로 쳐서 베를 짰다.

양금: 서양 거문고. 사다리꼴의 오동나무 겹 널빤지에 받침을 세우고 놋쇠로 만든 줄을 굵기 차례로 열네 가닥으로 매어, 대나무로 만든 채로 그 줄을 쳐서 소리를 낸다.

군소리

바닷가에 이남박처럼 동그랗게 만(湾)을 이루고 있는 마을을 노래 이름으로 삼았다. 그러나 노래는 사람 사는 마을이 아니라 뭍의 모래장변이 바다의 물과 서로 만나는 어름(경계, 곧 물계)을 그려내고 있다. '그려내고 있다' 했으나 사실을 그대로 그려낸 노래가 아니라 온전한 상상으로 만들어낸 세상을 그려낸 노래다. 그리고 그 세상을 '물밑'과 '모래장변'으로 나누어 그려내고, 볼썽사납게 노랫말 앞에다 '물밑'과 '모래장변'이라고 미리 적어놓았다. 이렇게 해놓지 않으면 읽는 이들이 노래를 제대로 읽어내기 어려우리라는 시인 백석의 따뜻한 마음씀씀이를 느낄 수 있다.

물밑, 가는 모래가 이남박처럼 둥글게 여러 줄로 작은 고랑을 이루었고, 들어오는 물과 나가는 물이 일렁거리면서 콩조개만 일렁일렁 일어지고 있다. 물계리 동그란 만의 물밑은 조물주가 이남박으로 만들어놓고 밤낮없이 콩조개만 일고 있다고 노래하는 것이다.

모래장변, 넉 줄로 그려낸 모래장변의 모습은 물밑과는 사뭇 다르다. 첫째 줄은 바다가 모래장변에 명주 여러 필을 넣어놓고 누가 해코지라도 할까 봐 못 미더워서 쉬지 않고 드나들며 지킨다고 했다. 가파르지 않고 평평하게 깔려 있는 모래장변에 비단 같은 물결이 쉴 없이 들고 나는 모습을 바다가 명주 필을 넣어놓고 지키느라 드나들고 있는 것으로 보았다. 빨랫줄에 넣어놓은 명주 필이 바람에 흔들리며 만들어내는 세로의 펄럭임을 바닷가 모래장변에 드나드는 물결이 만들어내는 가로의 물굽이로 보아낸 상상력은 참으로 놀랍다.

둘째 줄은 '짓궂이 발뒤축으로 (넣어놓은 명주 필을, 곧 밀려오는 물결을) 찢으면'이라고 했다. 아이들은 바닷가 모래장변에서 물결이 밀려오고 물러나가는 것을 보면 다투어 물결을 밟으며 부수고 싶어 온갖 장난을 다 한다. 지금은 한여름 더운 철이니 어른 아이 할 것 없이 물계리 바닷가를 적잖이 찾아왔을 터이지. 하지만 '짓궂이 발뒤축으로 (넣어놓은 명주 필을) 찢으면'을 그런 아이들의 즐거운 장난으로 읽고 말아도 좋을까? '짓궂이', '발뒤축', '찢으면' 같은 낱말이 아이들의 즐거운 장난을 드러내기에는 지나치게 거칠고 무겁지 않은가? 셋째 줄은 그 명주의 '날과 씨' 한 올 한 올이 '모두 양금 줄이 된'다 하고, 마지막 넷째 줄은 그 한 올 한 올이 '짜랑짜랑' 소리를 내며 '울었다' 한다.

　이처럼 물밑과 모래장변으로 나누어 그려낸 세상이 서로 아주 다르다. 물밑은 조용하고 아늑하지만, 모래장변은 야단스럽고 시끄럽다. 이런 물밑과 모래장변의 모습은 실제의 사실을 드러낸 것일 수 없고 상상으로 만들어낸 세상이라고 말했다. 무엇을 말하고 싶어 이런 상상의 세상을 만들어 보여줄까? 말하고 싶은 무엇은 왜 실제의 사실로 드러내어 말할 수 없었던가? 아니, 이런 상상의 세상을 더듬으면서 우리는 어떤 느낌을 받는가? 우선 물밑 세상의 아늑하고 조용함은 무엇이며, 모래장변 세상의 불안하고 시끄러움은 무엇인가? 바다가 널어놓고 못 미더워 드나드는 명주 필은 무엇이며, 짓궂게 발뒤축으로 찢는 짓은 무엇이며 누구의 짓인가? 날과 씨는 무엇이며, 모두 양금 줄이 되어 짜랑짜랑 울었다니 그것은 무엇을 뜻하는가? 이런 물음에 나름대로 대답할 수 있어야 노래를 제대로 맛보았다 하겠는데, 이런 대답은 읽는 사람 저마다의 몫이다.

70

대산동 〔물닭의 소리〕

비애고지 비애고지는
제비야 네 말이다
저 건너 노루섬에 노루 없더란 말이지
신미도 삼각산엔 가무래기만 나더란 말이지

비애고지 비애고지는
제비야 네 말이다
푸른 바다 흰 하늘이 좋기도 좋단 말이지
해밝은 모래장변에 돌비 하나 섰단 말이지

비애고지 비애고지는
제비야 네 말이다
눈빨갱이 갈매기 발빨갱이 갈매기 가란 말이지
승냥이처럼 우는 갈매기
무서워 가란 말이지

《조광》 4권 10호(1938년 10월)

말뜻 풀이

대산동: 평북 정주군 덕언면에 있는 마을. 백석이 태어난 갈산면 익성동 바로 위에 있다. 덕언면 앞쪽 가까운 바다에 노루섬이 있고, 그 위쪽에 큰 섬 신미도 가 있다.

비얘고지: 제비가 지저귀는 소리를 흉내 내는 소리말. 백석이 만들어낸 말이다.

노루섬: 평북 정주군 앞쪽의 가까운 바다에 있는 섬으로 안섬과 밖섬 둘로 이 루어졌다. 한자로 '장도(獐島)'라 한다.

신미도: 평북 선천군의 남쪽 바다에 있는 섬. 노루섬 위쪽에 있으며 평북에서 둘째로 큰 섬으로 연평도와 함께 조기잡이로 이름 높고, 섬 가운데 자리 잡은 운종산에는 갖가지 푸나무가 자라며 보리수나무, 서어나무, 초피나무와 같이 남녘에서 자라는 나무들이 많다. 경치가 좋아서 바위산 위에 정자를 지어 아름 다운 바다와 자연을 즐겼다는 학견봉이며 사자를 닮은 기암괴석과 사자바위도 이름나고, 임경업 장군이 무술을 갈고닦았다는 운종산도 빼놓을 수 없다.

삼각산: 신미도 한가운데 있는 해발 532m 높이 '운종산'의 다른 이름이다. 봉 우리가 세모꼴로 생겨서 '삼각산'이라고 부른다.

가무래기: 백합과의 조개. 개펄의 진흙에 파묻혀 살고, 껍데기는 갈색이며 가 장자리는 붉은빛을 띤다. 남해안과 서해안에 두루 살기 때문에 사는 곳에 따라 가무레기, 가무라기, 가무락조개, 가막조개, 모시조개 같은 여러 가지 이름으로 불리는 아주 흔한 조개다.

해밝은: 희고 밝은. 하얗게 밝은.

돌비: 돌에다 글을 새겨 세운 비석.

노래는 평북 정주군 덕언면 대산동에서 제비가 말을 하고 노래하는 시
인이 그 말을 알아듣고 우리말로 뒤쳐주는 이야기 세 묶음이다. 묶음마
다 제비의 말도 한결같은 두 마디씩이고 물론 뒤쳐주는 우리말도 두 마
디씩이다. 그런데 제비의 말은 세 묶음이 모두 한결같은 '비애고지 비
애고지' 뿐이지만, 뒤쳐주는 우리말은 저마다 다르다. 제비의 말은 사
람의 말처럼 진화하지 못했기 때문에 그럴 수밖에 없었다고 하자. 하지
만 제비의 말에 담긴 뜻을 알리는 우리말이 아무리 서로 달라도, 그것
은 모두 제비의 말 '비애고지'에 담긴 뜻을 뒤쳐놓았을 뿐이고 노래하
는 시인이 마음에 담긴 말을 털어놓은 것은 결코 아니다. 아아, 참으로
얼마나 빼어난 말솜씨며 놀라운 계략인가!

　　그런데 더욱 빼어나고 놀라운 것은 제비의 말 '비애고지'가 우리나라
를 내려다보고 나라 상태를 밝혀낸 진단서라는 점이다. 첫째 묶음에서
제비의 말 '비애고지 비애고지'는 '저 건너 노루섬에 노루 없더란 말'이
고 '신미도 삼각산엔 가무래기만 나더란 말'이다. '노루섬에 노루가 없
더라', '삼각산에 가무래기만 나더라' 이것이 제비의 말에 담긴 우리나
라 진단서라는 말이다. 노루섬에 노루가 없다면 그 섬은 노루섬이 아니
고, 삼각산에 가무래기만 난다면 그 삼각산은 갯벌이지 산이 아니다!
둘째 묶음에서 제비의 말 '비애고지 비애고지'는 '푸른 바다 흰 하늘이
좋기도 좋단 말'이고 '해밝은 모래장변에 돌비 하나 섰단 말'이다. 본디
우리나라는 '파란 바다에 파란 하늘'이 좋기도 좋았는데, 이제는 '푸른
바다에 흰 하늘이 좋기도 좋다'니 무슨 말인가? 바다와 하늘이 바뀌고

그것을 좋아하는 사람의 마음도 바뀌었다는 말이 아닌가! '해밝은 모래 장변에 돌비 하나 섰다'니 모래장변에 '돌비 하나' 세웠다 한들 성난 물결 한 차례 휩쓸고 지나가면 곧장 쓰러지고 파묻힐 신세 아닌가! 셋째 묶음에서 제비의 말 '비애고지 비애고지'는 '눈빨갱이 갈매기 발빨갱이 갈매기 가란 말'이고 '승냥이처럼 우는 갈매기 / 무서워 가란 말'이다. 떼를 지어 날아다니며 눈에 보이는 대로 잡아먹는 갈매기, 게다가 눈알이 빨갛도록 핏대를 세워 닥치는 대로 잡아먹는 갈매기는 제집으로 돌아가라는 말이고, 가장 모지고 사나운 짐승 승냥이처럼 울부짖는 갈매기는 무서우니 제집으로 돌아가라는 말이다!

일제 침략 반세기에 그들이 저지른 짐승 같은 짓거리를 겨냥한 직격탄으로 이만한 노래를 나는 아직 읽어보지 못했다. 그런데도 이육사(1904~1944)를 죽이고, 이상(1910~1937)을 죽이고, 윤동주(1917~1945)를 죽인 일제가 이런 노래를 부른 백석에게는 눈길 한번 제대로 주지 못했다. 온통 사랑으로 가득한 백석의 노래 솜씨에 갈매기처럼 눈 밝고 승냥이처럼 사나운 일제도 감쪽같이 속아 넘어간 것이 아닌가!

71

남향 〔물닭의 소리〕

푸른 바닷가의 하이얀 하이얀 길이다

아이들은 늘늘히 청대나무말을 몰고
대모풍잠한 늙은이 또요 한 마리를 드리우고 갔다

이 길이다
얼마 가서 감로 같은 물이 솟는 마을 하이얀 회담벽에 옛적 본의 장
반시계를 걸어놓은 집 홀어미와 사는 물새 같은 외딸의 혼삿말이 아지
랑이같이 낀 곳은

《조광》 4권 10호(1938년 10월)

말뜻 풀이

남향: 남녘 고을. 노래 속살로 보면 경남 통영을 일컫는 줄 알 수 있다.
늘늘히: 여럿이 줄을 나란히 지어서.

청대나무말: 푸른 대나무말. '대나무말'은 한자로 '죽마(竹馬)'라고 하는데 아이들이 두 다리 사이에 끼어 끌고 다니며 말 탄 듯이 노는 대나무막대다. '푸른 대나무'는 베어낸 지가 오래되지 않은 대나무다. 베고 시간이 지나면 누른빛으로 다시 흰빛으로 바뀐다.

대모풍잠: 바다거북의 등 껍데기로 만든 풍잠. '풍잠'은 지난날 남자들이 상투를 틀 때 머리카락이 흐트러지지 않도록 머리에 둘러매던 망건 앞쪽에 달아 갓이 바람에 날아가지 않도록 하던 장식품이다. '대모풍잠한 늙은이'란 먹고 사는 노릇에 아쉬움이 없어서 남들 보란듯이 멋까지 부리며 사는 늙은이다.

또요: '도요새'의 옛말. 도요새는 몸길이 15~30cm쯤으로 등은 갈색 또는 잿빛이고 배는 흰빛인데, 다리와 부리가 길어 얕은 물 속을 걸어 다니며 물고기나 벌레 따위를 잡아먹는다.

감로: 단맛 나는 이슬.

회담벽: 석회를 발라서 흰빛이 나는 담벽. 여기서 '담벽'은 집을 둘러싸고 있는 담장이 아니라 쟁반시계를 걸어놓은 집채 안의 벽이다.

옛적 본: 옛적 모습. (☞ 42. 〈이두국주가도〉)

장반시계: 쟁반시계. 글자판이 쟁반처럼 둥글고 납작하게 생긴 벽시계.

군소리

세 묶음으로 짜인 이 노래는 때의 흐름을 제대로 읽지 않으면 알아듣기 어렵다. 첫째 묶음 한 줄, 한 월의 때는 말할 나위 없이 '오늘'이다. 굳이 어딘지를 짚자면 함경남도 함흥에서 멀지 않은 홍원군 보청면 바닷가,

곧 시인 백석이 노래 '물닭의 소리'를 머릿속에서 키우며 수필 〈동해〉를 쓰던 마을로 짚을 수 있다. 노래하는 이는 오늘 그 바닷가 '하이얀 하이얀 길'을 걷고 있다.

둘째 묶음 두 줄은 첫째 묶음의 '바닷가 하이얀 길'에서 노래하는 이가 만난 아이들과 늙은이와 도요새를 노래한다. 앞줄에서는 아이들이 늘늘히 푸른 대나무 말을 몰며 뛰노는 모습을 만나고, 뒷줄에서는 대모 풍잠을 장식한 망건을 쓴 늙은이가 바람을 쐬며 지나가는 모습과 잇달아 도요새 한 마리가 공중에서 내려앉는 모습을 만났다.

셋째 묶음 첫째 줄 '이 길이다'는 깜짝 놀란 느낌을 담은 노래다. 오늘 함경도 동해안의 길에서 지난날 경상도 통영에서 만났던 그 길이 떠올랐기 때문이다. 눈으로는 오늘 동해안의 길을 보면서 마음으로는 지난날 남해안의 길을 떠올려 놀란 것이다. 잇따르는 줄은 모두 지난날의 그 '남녘 고을'이다. 하얀 이 길을 '얼마 가면 감로 같은 물이 솟는 마을(명정)'이 나오고, 그 마을에서 '하이얀 회담벽에 옛적 본의 쟁반시계를 걸어놓은 집 홀어미와 사는 물새 같은 외딸의 혼사'가 이루어졌다니! 마지막은 '아지랑이같이 낀 곳은' 하고는 뒷말을 잇지 못한 채로 노래가 끝났다. '혼삿말이 아지랑이같이 낀 곳은' 통영이면서 바로 오늘 백석의 눈앞이다.

목마른 그의 사랑을 뿌리치고 벗으로 지내던 이와 혼인하여 한 해를 훌쩍 넘긴 난이를 여태 마음속에 담고 있었단 말인가? 갑자기 목이 메어 말을 잇지 못하는 시인 백석의 사랑이 눈물겹다.

야우소회 〔물닭의 소리〕

캄캄한 빗속에
새빨간 달이 뜨고
하이얀 꽃이 피고
먼바루 개가 짖는 밤은
어데서 물외 내음새 나는 밤이다

캄캄한 빗속에
새빨간 달이 뜨고
하이얀 꽃이 피고
먼바루 개가 짖고
어데서 물외 내음새 나는 밤은

나의 정다운 것들 가지 명태 노루 메추리 질동이 노랑나비 바구지꽃
모밀국수 남치마 자개짚세기 그리고 천희라는 이름이 한없이 그리워지
는 밤이로구나

《조광》 4권 10호(1938년 10월)

말뜻 풀이

야우소회(夜雨小懷): '밤비(야우) 작은 느낌(소회)'이라는 뜻의 한자말.

먼바루: 먼발치. 멀리서. '바루'는 평북 사투리로 거리의 대략을 나타내는 접미사다.

물외: 오이. '참외'처럼 달지 않고 시원한 물이 많다는 뜻으로 부르는 '오이'의 본디 이름. '오이'란 보다시피 '외'의 본딧말이고, '외'의 갈래로 참외·물외·울외가 있다.

질동이: 질그릇 만드는 흙으로 빚어 구워서 만든 동이. (☞ 12. 〈고방〉)

바구지꽃: '박꽃'의 평북 사투리인 듯하다. 꽃잎이 하얀빛으로 여름에 피는데, 저녁에 피었다가 아침이면 꽃잎의 빛이 누렇게 바뀌면서 시든다.

자개짚세기: 짜개짚신. 엄지발가락과 나머지 발가락이 따로 들어가도록 앞쪽이 짜개진(둘로 쪼개진) 짚신(짚세기).

천희라는 이름: 처녀라는 이름. (☞ 천희 - 8. 〈통영〉)

군소리

세 묶음으로 짜인 노래로서 앞쪽 두 묶음은 다섯 줄씩 이루어진 쌍둥이 같다. 같은 모습과 속살의 묶음을 거의 쌍둥이로 되풀이해 놓았으니 아주 무겁게 읽어달라는 뜻이다. 그런데 노래를 줄글처럼 풀어보면, 첫 묶음이 한 월로 끝나고 둘째와 셋째 묶음이 또 한 월이다. 줄글 한 줄로 늘어진 셋째 묶음이 다섯 줄짜리 둘째 묶음을 임자마디(주부)로 삼아 더불어 한 월이 되도록 마련했다. 앞쪽으로 두 묶음은 쌍둥이로서 떨어지지 않고, 뒤쪽으로 두 묶음은 한 월로서 떨어지지 않으니 노래의 얼개가 튼튼하다.

첫 묶음으로 가서 보면, 첫 줄부터 '캄캄한 빗속에'라니? 캄캄하게 어두운 밤인데 주룩주룩 비까지 내리는가? 비가 억수 발비로 쏟아져서 하늘땅이 캄캄한가? 여기가 어디란 말인가? 둘째 줄은 '새빨간 달이 뜨고'라니? 캄캄한데 웬 '달'이 뜨며 게다가 '새빨간 달'이라니? 천지에 무슨 일이 터져 핏빛같이 새빨간 달이 떴는가? 셋째 줄은 '하이얀 꽃이 피고'라니? 목숨 가운데 가장 부드럽고 아름다운 목숨이 '꽃'이고, 꽃 가운데 가장 부드럽고 수줍은 것이 '하이얀 꽃', 곧 밤에만 피는 '박꽃'이다. '캄캄한 빗속에', '새빨간 달이 뜨고', 거기에 '하이얀 꽃이 피'어서 어떻게 살겠는가? 말이 안 되는 세상, 있을 수 없는 세상, 끝장이 나는 세상을 그렸다. 그리고 넷째 줄은 '먼바루 개가 짖는 밤은' 했다. 말이 안 되는 세상, 끝장이 나는 세상인 '밤'을 '먼 데서 개가 짖는 밤'으로 매김하고, 게다가 '~ 밤은'이라 하여 넉 줄의 임자말로 세웠다. 마지막 다섯째 줄은 '어데서 물외 내음새 나는 밤이다' 했다. 목마름을 달래며 시원하게 다가오는 '물외 내음새'가 '어데서 나는 밤'이다. 있을 수 없는 세상, 끝장이 나는 세상이지만 이제 어디선가 목마름을 달래며 살맛으로 다가오는 냄새가 난다는 뜻이 아닌가! 또렷하지 않으나 안개처럼 피어오르는 바람의 냄새가 난다는 뜻이다.

둘째 묶음 다섯 줄은 첫 묶음을 고스란히 되풀이하고, 넷째와 다섯째 줄을 조금씩 고쳐서 따라오는 셋째 묶음의 임자마디 노릇을 하도록 했다. 그리고 이어지는 셋째 묶음은 한 줄에 줄글처럼 잇달아서 앞선 둘째 묶음의 풀이마디(술부) 노릇을 하도록 했다. 도무지 말이 안 되는 세상이며 있을 수 없는 세상이지만 이제 어디선가 목마름을 달래며 살맛으로 다가오는 냄새가 안개처럼 피어오르는 이 '밤은'(둘째 묶음), '나의 정다운 것들'이 '한없이 그리워지는 밤이로구나' 했다. 그리고 '나의 정다운 것들'로 '가지 명태 노루 메추리 질동이 노랑나비 바구지꽃 모밀국수 남치마 자개짚세기 그리고 천희라는 이름'을 낱낱이 꼽았다. 뭍에서 얻는 먹거리(가지), 바다에서 얻는 먹거리(명태), 뫼에 사는 멧짐승(노루), 하늘을 나는 날짐승(메추리), 아득한 예로부터 써온 그릇(질동이), 알에서 애벌레·번데기를 거쳐 탈바꿈하는 벌레(노랑나비), 목숨 가운데 가장 여리고 아름다운 목숨의 집(바구니꽃), 사람이 손수 만들어 먹는 먹거리(모밀국수), 사람이 손수 만들어 입는 입성(남치마), 사람이 손수 만들어 신는 신발(자개짚세기), 마음으로 가장 사랑하는 사람의 이름(천희라는 이름) 들이 '한없이 그리워지는 밤이로구나' 했다.

침략 일제가 꼬리 잘린 짐승처럼 마지막 발악을 하던 1938년 그 시절 겨레의 삶을 떠올리며 이 노래를 눈물 없이 읽을 수가 없다.

꼴뚜기 〔물닭의 소리〕

신새벽 들망에
내가 좋아하는 꼴뚜기가 들었다
갓 쓰고 사는 마음이 어진데
새끼 그물에 걸리는 건 어인 일인가

갈매기 날아온다

입으로 먹을 뿜는 건
몇십 년 도를 닦아 피는 조환가
앞뒤로 가기를 마음대로 하는 건
손자의 병서도 읽은 것이다
갈매기 쫑얼댄다

그러나 시방 꼴뚜기는 배창에 너부러져 새 새끼 같은 울음을 우는 곁
에서
뱃사람들의 언젠가 아홉이서 회를 쳐 먹고도 남아 한 깃씩 논아가지
고 갔다는 크디큰 꼴뚜기의 이야기를 들으며 나는 슬프다

갈매기 날아난다

《조광》 4권 10호(1938년 10월)

말뜻 풀이

꼴뚜기: 화살오징엇과에 딸린 오징어. 여느 오징어처럼 생겼으나 몸집이 훨씬 작다.

신새벽: 첫새벽. 이른 새벽.

들망: 두 손으로 들어올릴 수 있도록 만든 작은 그물.

손자의 병서: 중국 오나라 임금 합려를 섬기던 손무가 전쟁하는 기술을 다루어 쓴 책.

배창: 배의 갑판 밑 창고. (☞ 32. 〈시기의 바다〉)

너부러져: 힘이 빠져서 바다에 너부죽이 늘어져.

한 깃씩: 한 조각씩. 여기 쓰인 '깃'은 '옷깃'으로 쓰이는 것과 같이 가장자리 자락에 자리 잡은 작은 조각이라는 뜻이다.

논아가지고: 나누어 가지고.

날아난다: 날아서 사방으로 흩어져 간다.

노래는 세 묶음으로 나뉘어 꼴뚜기를 노래한다. 그리고 세 묶음 다음에
는 빠짐없이 한 줄의 갈매기 노래가 뒤따르는데, 둘째 묶음 뒤의 갈매
기 노래는 아예 꼴뚜기 노래 묶음 안으로 들어와 있다. 그래서 이 노래
를 꼴뚜기와 갈매기 노래라 할 수도 있을 듯하다.

첫 묶음 넉 줄의 속살을 보면, 첫새벽 뱃사람들이 오늘 고기잡이 운
세를 점치듯 던진 작은 그물(들망)에 '꼴뚜기가 들었다'. '내가 좋아하는
꼴뚜기'다. 예까지 앞선 두 줄은 현실을 노래했다. 꼴뚜기는 갓을 쓰고
(바다에 살며 헤엄칠 때 머리 쪽의 날개가 갓처럼 생겼다.) 살아서 마음이 어
질다. 이처럼 어질게 살아가는 꼴뚜기가 새끼 그물에 걸리다니, 이게
어인 일인가? 예까지 뒤따른 두 줄은 '나'의 생각을 노래했다. 그러니까
첫 묶음은 들망에 들어 올라온 꼴뚜기의 현실과 그것을 보고 놀란 '나'
의 생각을 나란히 펼쳐놓았다. 그리고 줄을 띄워 묶음 밖에서 난데없이
'갈매기 날아온다' 했다.

둘째 묶음의 앞선 두 줄은 '꼴뚜기가 몇십 년 도를 닦아서 입으로 먹
물을 품어내는 조화를 피운다' 했다. 꼴뚜기의 뛰어난 재주를 노래한
것이다. 뒤따른 두 줄은 '손자병법을 익혀서 앞이나 뒤로 가기를 마음
대로 한다' 했다. 꼴뚜기의 빼어난 능력을 노래한 것이다. 그리고 잇따
른 다섯째 줄에서 '갈매기 중얼댄다' 했다. 꼴뚜기의 능력과 재주를 공
중에 날아온 갈매기가 잘 알고 있다는 것이다. 둘째 묶음은 갈매기의
노래인 셈이다.

셋째 묶음은 다시 꼴뚜기의 현실로 돌아왔다. 그물에 들었던 그 꼴뚜

기가 이제는 배창에 너부러져 새 새끼처럼 울고 있다. 이때 '나'는 불쌍한 이 꼴뚜기 곁에서 뱃사람들이 지난날 큰 꼴뚜기를 잡아 아홉이서 함께 먹고도 남아서 나누어 가져갔던 이야기를 듣고 있으며, 마음이 '슬프다'고 한다. 그리고 줄을 띄워 묶음 밖에서 '갈매기 날아난다' 했다.

멋대로 하늘을 날아서 오고 가는 갈매기는 꼴뚜기의 뛰어난 재주와 능력을 잘 알고 있지만, 정작 현실의 꼴뚜기는 뱃사람들의 그물에 걸리고, 저들의 배창에 너부러지고, 저들에게 회를 쳐 먹힐 뿐이다. 이처럼 갈매기와 꼴뚜기의 삶을 견주면서 놓칠 수 없는 것은 꼴뚜기의 삶을 망가뜨린 '뱃사람들'이다. 그물을 쳐서 꼴뚜기를 잡아 울리고 회를 쳐 먹고 나누어 가지는 뱃사람들을 눈여겨 읽으면 노래는 꼴뚜기와 뱃사람들 이야기로 보이고, 갈매기는 꼴뚜기의 슬픈 삶을 더욱 돋보이게 해주는 도우미에 지나지 않는다.

이쯤에서 '꼴뚜기'와 '뱃사람'과 '갈매기'가 무엇을 드러내고 있는지를 헤아려보지 않을 수가 없다. 꼴뚜기도 오늘 '첫새벽'에 잡힌 작은 꼴뚜기와 지난날 '언젠가' 잡혔던 큰 꼴뚜기는 저마다 무엇을 드러내고 있는가도 헤아려보지 않을 수 없다. 이들 세 낱말의 뜻겹침을 제대로 읽어내는 노릇이 이 노래를 올바로 맛보는 열쇠가 아닐까 싶다.

가무래기의 락

가무락조개 난 뒷간 거리에
빚을 얻으러 나는 왔다
빚이 안 되어 가는 탓에
가무래기도 나도 모두 춥다
추운 거리의 그도 추운 능당 쪽을 걸어가며
내 마음은 우쭐댄다 그 무슨 기쁨에 우쭐댄다
이 추운 세상의 한구석에
맑고 가난한 친구가 하나 있어서
내가 이렇게 추운 거리를 지나온 걸
얼마나 기뻐하며 락단하고
그즈런히 손깍지베개 하고 누워서
이 못된 놈의 세상을 크게 크게 욕할 것이다

《여성》 3권 10호(1938년 10월)

말뜻 풀이

가무래기의 락: 가무래기의 즐거움. 갯벌 더러운 뻘밭에 파묻혀 사는 가무래기처럼 보잘것없고 하찮은 곳에서 흔하디흔한 사람으로 살아가는 즐거움. (☞ 가무래기 - 70. 〈대산동〉)

뒷간 거리: 한길 뒤쪽에 있는 거리, 곧 뒷골목. '뒷간'은 본디 뒤쪽에 있는 방인데, 흔히 오줌과 똥을 누는 방으로 썼으나 '변소'와 '화장실'에 밀려서 거의 쓰지 않는 말이 되었다. 여기서는 본디 뜻대로 뒤쪽에 있는 거리라는 뜻으로 썼다.

그도 추운: 그것도 추운. 그것보다도 추운. 거기서도 추운.

능당: 능달. '응달'의 잘못으로 본다. '능달(응달)'은 햇볕이 잘 들지 않아서 그늘이 많이 지는 곳이다.

락단하고: 무릎을 치며 좋아하고.

그즈런히: 가지런히. (☞ 56. 〈산숙〉)

군소리

노래는 묶음으로 나누지 않고 열두 줄로 펼쳐졌다. 그런데 보다시피 앞쪽 여섯 줄과 뒤쪽 여섯 줄이 서로 다른 모습이다. 앞쪽 여섯 줄은 둘씩 짝지어 한 월을 이루어서 줄글로 읽으면 세 월인데, 뒤쪽 여섯 줄은 줄글로 읽으면 모두가 잇달아 한 월이다. 겉으로 드러나는 짜임새의 모습이 그렇듯이 속에 감추어진 속살도 앞쪽 여섯 줄과 뒤쪽 여섯 줄은 절반으로 나뉘어 그만큼 서로 다르다.

맨 첫 두 줄은 '가무락조개를 팔려고 내놓은 뒷간 거리에 빚을 얻으려고 나는 왔다'고 했다. 가장 낮은 곳에 살고 가장 값싸게 팔리는 가무락조개를 팔려고 내놓은 뒷간 거리에 빚을 얻으러 온 '나'는 가무락조개보다 더욱 낮고 값싼 사람이라는 뜻이 드러난다.

다음 두 줄은 '빚이 안 되어(빚을 얻지 못하여 허탕치고) 가는 탓에 가무래기도 나도 모두 춥다' 했다. 가무래기는 가여운 '나'에게 빚을 주지 못해서 춥고, '나'는 아쉬운 빚을 얻지 못해서 춥겠지. 이렇게 '나와 가무래기'는 추위를 함께 나누는 벗이 되었고 하나가 되었다. 노래 이름인 '가무래기의 락'은 이렇게 가무락조개와 하나가 된 '나'의 즐거움을 뜻하는 것임을 알겠다.

다음 두 줄은 '추운 거리, 거기서도 가장 추운 응달쪽을 걸어가며 내 마음은 우쭐댄다, 그 무슨 기쁨에 우쭐댄다' 했다. 더없이 춥고 가난한 뒷간 거리에서도 가장 추운 응달쪽을 일부러 찾아 걸어가며 '나'의 마음은 춤을 춘다, 딱히 손에 잡히지 않는 그 무슨 기쁨에 우쭐댄다. 이 낮고 가난하고 추운 뒷간 거리에서도 가장 추운 응달을 찾아 걸으면서 '나'는 마음속에 느닷없이 용솟음치는 기쁨에 온몸이 우쭐대고 있다.

다음 여섯 줄은 '그 무슨 기쁨에 우쭐대는' 까닭을 끄집어내고 있다. 그 기쁨의 까닭은 '이 추운 세상의 한구석에 / 맑고 가난한 친구가 하나 있어서'이다. 맑고 가난한 친구 하나가 이 추운 세상의 한구석을 지키고 있다는 사실을 깨달으며 '나'의 몸이 우쭐댔던 것이다. 게다가 '내가 이렇게 추운 거리, 가장 추운 응달을 걸어서 지나온 걸' 그가 '얼마나 기뻐하며 락단하고' 좋아할까? 틀림없이 그 친구는 '그즈런히 손깍지베개 하고 누워서(이까짓 추위, 이따위 추운 세상에 맞서자고 일어나 앉을 것도 없이)', '이 못된 놈의 세상을 크게 크게 욕할 것이다' 했다.

가무래기처럼 가장 가난하고 하찮은 데서 가장 흔하디흔한 존재로 낮아져서 모질게 추운 세상, 이 못된 놈의 세상을 끝까지 이겨낼 수 있다는 믿음을 샘솟게 하는 그 친구, 온몸을 즐거움으로 우쭐대게 하는 그 친구는 누구일까? 아마도 허준일 듯하다. 1940년에 내놓은 노래 〈허준〉을 읽어보면 짐작할 수 있지 않을까 싶다.

75

멧새 소리

처마 끝에 명태를 말린다

명태는 꽁꽁 얼었다

명태는 길다랗고 파리한 물고긴데

꼬리에 길다란 고드름이 달렸다

해는 저물고 날은 다 가고 볕은 서러움게 차갑다

나도 길다랗고 파리한 명태다

문턱에 꽁꽁 얼어서

가슴에 길다란 고드름이 달렸다

《여성》3권 10호(1938년 10월)

말뜻 풀이

멧새: 되샛과('되새'는 '오랑캐새'라는 말이다. 시베리아·몽골에서 내려온 새이기 때문에 붙은 이름이다.)에 딸린 텃새로 몸길이 17cm쯤으로 참새와 비슷하다. 노랑턱멧새, 붉은뺨멧새, 북방멧새 따위를 통틀어 일컫는다. 우리나라뿐 아니라 시베

리아, 몽골, 중국에 두루 사는데, 요즘은 흔히 '산새'라 부른다.

멧새 소리: 사철에 쉬지 않고 갖가지 사연으로 소리를 지르며 울지만 아무도 귀 기울여 들어주지 않는 소리라는 뜻에서, 시인 백석도 스스로 그런 멧새와 다를 바 없음에 가슴 치며 노래의 이름으로 삼았다.

파리한: 몸이 여위고 낯빛이나 살갗에 핏기가 없는.

군소리

이 노래에는 군소리가 더욱 부질없다. 낱말도 어려울 것이 없고, 줄바꾸기를 비롯하여 묶음을 나누지도 않은 짜임새까지 군소리로 보탤 것이 도무지 없다. 굳이 두어 마디를 붙여본다면, 앞 넉 줄은 명태의 신세를 노래하고 뒤 넉 줄은 '나'의 신세를 노래한다. 게다가 뒤 넉 줄은 곧장 '나'의 신세로 들어가지 않고, 첫 줄에서 '나'를 둘러싸고 있는 세상이 끝장나고 있음을 먼저 짚고 들어간다.

'해는 저물고 날은 다 가고 볕은 서러웁게 차갑다'라고 한 줄에 가볍게 담아놓았다. 그러나 가만히 읽어보면, '해는 저물고 / 날은 다 가고 / 볕은 서러웁게 차갑다' 이렇게 석 줄인 듯이 읽어도 좋겠다. 보배롭고 아름다운 '자연'으로, 더러운 세상이 어쩔 수 없이 사라져가고 있는 섭리를, 깨어 있는 시인의 느낌은 놓치지 않았다. 그만큼 그 시절 '나', 곧 시인 백석이 몸담고 있던 우리 겨레와 나라가(본디 따뜻한 '볕'이었는데) '서러웁게 차가웠기' 때문이다.

처마 끝에 대롱대롱 매달려 꼬리에 고드름을 달고 꽁꽁 얼어가는 명태, 그 길다랗고 파리한 물고기를 본다. 명태를 이렇게 만드는 세상을 떠올리자 '나'의 신세가 명태와 하나가 되었다. 그리고 명태는 '꼬리'에 고드름을 달고 있지만, '나'는 나가지도 들어가지도 못하고 문턱에 서서 '가슴'에 고드름을 달고 있음을 깨닫는다. 그래서 '나'의 노래는 들어줄 이 없이 외롭고 서러운 '멧새 소리'가 된다.

박각시 오는 저녁

당콩밥에 가지냉국에 저녁을 먹고 나서
바가지꽃 하이얀 지붕에 박각시 주락시 붕붕 날아오면
집은 안팎 문을 횅하니 열젖기고
인간들은 모두 뒷등성으로 올라 멍석자리를 하고 바람을 쐬이는데
풀밭에는 어느새 하이얀 대림질감들이 한불 널리고
돌우래며 팟중이 산 옆이 들썩하니 울어댄다
이리하여 하늘에 별이 잔콩 마당 같고
강냉밭에 이슬이 비 오듯 하는 밤이 된다

《조선문학독본》(1938년 10월)

말뜻 풀이

박각시: 나비목 박각시과에 드는 나방. 해 질 무렵에 나와서 주로 박꽃 따위를 찾아다니며 긴 주둥이로 꿀을 빨아 먹는데, 공중에 날면서 먹이를 삭이는 까닭에 언제나 소리가 붕붕 크게 난다.

당콩밥: 당콩(강낭콩)으로 지은 밥. (☞ 당콩 – 49. 〈노루〉)

바가지꽃: 박꽃. (☞ 72. 〈야우소회〉)

주락시: '줄박각시'를 가리키는 말일 듯하다. '줄박각시'는 박각시과의 곤충으로 몸은 녹갈색이고 등과 배에는 어두운 빛의 세로줄이 몇 개 있다. 앞날개는 누런 갈색, 뒷날개는 검은 갈색이다. (고형진, 2015: 480)

열젖기고: 열어젖히고.

인간: '집안 식구'를 흔히 이르는 평북 사투리.

뒷등성: 마을 뒤에 있는 산등성이.

대림질감: 다리미질을 해야 할 천이나 옷감.

한불: 한벌. 쭉 널려 있는 모습. (☞ 35. 〈여우난골〉)

돌우래: 도루래. '땅강아지'의 평북 사투리. 몸길이는 3cm쯤이고 빛깔은 노란 갈색 또는 검은 갈색이고 온몸에 짧고 부드러운 털이 촘촘히 나 있다. 날개는 짧으나 잘 날며 앞다리는 땅을 파기에 알맞게 되었다. 낮에는 땅속에서 가만히 있다가 밤에 기어다니면서 풀이나 곡식의 뿌리를 갉아먹거나 파헤치고 끊어놓는다.

팥중이: 메뚜깃과의 곤충으로 몸길이는 3~4cm쯤이고 모습이 콩중이와 비슷하나 그보다 작다. 몸빛이 팥과 비슷한 검은 갈색에 앞가슴 가운데 X자 모양의 무늬가 있으며 날개는 검은 갈색이고 앞날개에 잿빛 누런색의 무늬가 있다.

산 옆이: 산의 옆 한쪽이.

잔콩: ① 가늘고 작은 콩. ② '팥'의 함경도 사투리.

강낭밭: 강냉이밭, 옥수수밭. '강낭'은 '강냉이(옥수수)'의 평안도 사투리.

군소리

노래 짜임새가 여덟 줄 한 묶음이라 아주 수수하다. 그리고 여덟 줄 한 묶음을 줄글로 읽으면 두 월이다. 앞 긴 월은 여섯 줄로 나누고, 뒤 짧은 월은 두 줄로 나누었다.

두 월을 줄글로 읽어보자. '당콩밥에 가지냉국으로 저녁을 먹고 나서, 박꽃 하이얀 지붕에 박각시 주락시 붕붕 날아오면, 집은 안팎 문을 횅하게 열어젖히고, 집안 식구들은 모두 뒷등성으로 올라 멍석자리를 깔고 바람을 쐬이는데, 풀밭에는 어느새 하이얀 다림질감들이 한불 널리고, 도루래며 팥중이가 산 옆이 들썩하도록 울어댄다. 이리하여 하늘에 별이 잔콩 마당 같고, 강냉이 밭에 이슬이 비 오듯 하는 밤이 된다.' 이렇게 줄글로 읽으면 뜻은 쉽게 들어오지만 느낌은 일어나지 않는다. 노래, 곧 예술이 아니기 때문이다.

노래는 낱말 하나하나의 소리에 귀를 기울여 느낌을 맛보아야 한다. 게다가 낱말 하나하나의 속뜻에도 마음을 열어 생각을 깨워야 한다. 이렇게 한 줄의 말을 모두 끝내면, 비어 있는 자리는 그만큼의 시간을 갖고 소리와 속뜻으로 빚어지는 뜻겹침과 뜻건넘까지도 만날 수 있어야 한다. 그러면 노래는 우리말을 알아듣는 누구에게나 삶이 주는 참된 기쁨과 즐거움, 참된 슬픔과 괴로움을 깊숙이 맛보게 해준다.

77

넘언집 범 같은 노큰마니

황토 마루 수무나무에 얼럭궁덜럭궁 색동헝겊 뜯개조박 베짜배기 걸리고 오쟁이 끼애리 달리고 소삼은 엄신 같은 짚세기도 열린 국수당고개를 몇 번이고 튀튀 침을 뱉고 넘어가면 골 안에 아늑히 묵은 녕동이 무겁기도 할 집이 한 채 안기었는데

집에는 언제나 센개 같은 게사니가 벅작궁 고아내고 말 같은 개들이 떠들석 짖어대고 그리고 소 거름 내음새 구수한 속에 엇송아지 히물쩍 너들씨는데

집에는 아배에 삼춘에 오마니에 오마니가 있어서 젖먹이를 마을 청능 그늘 밑에 삿갓을 씌워 한종일 내 뉘어두고 김을 매러 다녔고 아이들이 큰마누라에 작은마누라에 제구실을 할 때면 종아지물본도 모르고 행길에 아이 송장이 거적뙈기에 말려 나가면 속으로 얼마나 부러워하였고 그리고 끼때에는 부뚜막에 바가지를 아이들 수대로 주룬히 늘어놓고 밥 한 덩이 질게 한 술 들어트려서는 먹였다는 소리를 언제나 두고두고 하는데

일가들이 모두 범같이 무서워하는 이 노큰마니는 구덕살이같이 욱실

욱실하는 손자 증손자를 방구석에 들매나무 회초리를 단으로 쩌다 두고 때리고 싸리갱이에 갓진창을 매여놓고 때리는데

내가 엄매 등에 업혀가서 상사말같이 항약에 야기를 쓰면 한창 피는 함박꽃을 밑가지째 꺾어 주고 종대에 달린 제물 배도 가지째 쩌 주고 그리고 그 아끼는 게사니 알도 두 손에 쥐어 주곤 하는데

우리 엄매가 나를 가지는 때 이 노큰마니는 어느 밤 크나큰 범이 한 마리 우리 선산으로 들어오는 꿈을 꾼 것을 우리 엄매가 서울서 시집을 온 것을 그리고 무엇보다도 내가 이 노큰마니의 당조카의 맏손자로 난 것을 대견하니 알뜰하니 기꺼이 여기는 것이었다

《문장》 1권 3호(1939년 4월)

말뜻 풀이

넘언집: (담이나 언덕, 재나 고개 따위) 너머에 있는 집. 여기서는 국사당고개를 넘어서 골짜기 안에 아늑히 안겨 있는 노큰마니의 집이다.

노큰마니: 노할머니. 증조할머니.

수무나무: 시무나무. (☞ 31. 〈오금덩이라는 곳〉)

얼럭궁덜럭궁: 얼러꿍덜러꿍. 아주 많이 얼룩덜룩하게.

뜯개조박: 뜯게조박. 헤어지고 낡아버린 옷에서 뜯겨 나온 헝겊 조각.

베짜배기: 베(모시베, 무명베, 삼베, 명주베 따위)에서 잘라낸 작은 조각.

오쟁이: 흔히 먹거리를 담아 어깨에 메고 다니거나 집 안에 걸어둘 수도 있도록 짚으로 엮어서 만든 조그마한 망태 그릇.

끼애리: '꾸러미'의 평안도 사투리. '꾸러미'는 물건을 꾸려서 함께 모아둔 것이니, 열쇠꾸러미처럼 한 곳에 모아 꾸린 것도 있고 달걀꾸러미처럼 짚 따위로 길게 묶은 가운데 여럿으로 나란히 동여 꾸린 것도 있다.

소삼은: 성글게 삼은. '삼은'은 '삼다'의 매김꼴. '삼다'는 '삼을 삼다' 또는 '신을 삼다' 하듯이 줄을 잇거나 엮는 노릇을 뜻한다.

엄신: 엄짚신. 상제가 초상에서 졸곡까지 신는 짚신. 상제는 죄인이라 아주 험하게 너슷너슷 성글게 삼은(소삼은) 짚신을 신었다.

국수당고개: 국사당이 있던 고개. (☞ 국사당 - 31. 〈오금덩이라는 곳〉)

녕동: 영동. 지붕과 마룻대. '마룻대'는 서까래를 걸어서 지붕의 마루가 되도록 가장 높이 올리는 큰 도리. 집을 지으면 마룻대를 올리는 이른바 상량식을 빠뜨리지 않았다.

센개: 털이 하얗게 센 개.

게사니: 집을 지키는 거위. 낯선 사람을 보면 목을 낮추어 길게 빼고 날개를 치면서 소리를 꽥꽥 지르며 무섭게 달려든다.

센개 같은 게사니: 게사니(집 지키는 거위)는 본디 털빛이 하얗기 때문에 '센개 같은 게사니'라 했다.

벅작궁: 법석을 떨며. '벅장'은 '법석'의 평안도 사투리.

고아내고: 떠들어대고. '고다'는 '떠들다'의 평안도 사투리.

엇송아지: 아직 어린 송아지.

히물쩍: 입술을 크게 일그러뜨려 소리 없이 계면쩍게 웃는 모습.

너들씨는데: 분수없이 함부로 자꾸 까부는데.

청능: 푸르고 시원한 언덕.

큰마누라: 큰손님. 천연두.

작은마누라: 작은손님. 홍역이나 수두.

종아지물본: 세상 물정이나 형편.

주룬히: 줄을 지어 가지런히.

질게: '반찬'의 함경도 사투리.

들어트려서: 성의 없이 함부로 집어넣거나 떨어뜨려서.

구덕살이: '구더기'의 평안도 사투리. '구더기'는 파리의 알에서 깬 애벌레로 뒷간 똥통에서 욱시글거리며 자라서 똥파리가 된다.

욱실욱실하는: 욱시글욱시글하는. 여럿이 한데 모여 몹시 들끓는.

들매나무: 들메나무. (☞ 40. 〈황일〉)

쩌다 두고: 찌어내 두고. '찌다'는 나무나 풀 따위를 베어내다.

싸리갱이: 싸리나무 줄기를 잘라서 만든 막대기.

갓진창: 짐승 가죽으로 만든 신의 밑창. (☞ 13. 〈모닥불〉)

상사말: '생말'(길들이지 않아 거친 말)의 평안도 사투리. 또는 생리 변화를 겪으면서 암말을 찾아 몹시 사나워진 수말.

항약: 흔히 아이들이나 젊은 여인들이 악을 쓰면서 대드는 노릇.

야기: 주로 어린아이들이 불만스러워 떼를 쓰는 짓. '야기 쓰다'는 '떼를 쓰다'의 평안도 사투리.

종대: 과일나무나 파·마늘 따위의 가지에서 한가운데로 힘차게 곧장 위로 자라 가장 고운 꽃을 피우고 탐스러운 열매를 맺는 가지.

쩌 주고: 베어내 주고.

당조카: 장조카. 맏조카. 큰조카.

대견하니: 대견하게.

군소리

보다시피 노래는 여섯 묶음으로 짰다. 여섯 묶음이 모두 줄바꾸기를 하지 않은 한 줄인데, 여기서는 종이가 좁아 사려놓았을 뿐이다. 게다가 여섯 묶음이 모두 이어진 하나의 월이다. 말을 바꾸면 노래는 줄바꾸기도 없이 기나긴 한 월로 이루어졌는데, 그것을 여섯 묶음으로 나누었다. 그러니까 맨 뒤에 있는 여섯째 묶음을 겨냥하여 앞에 다섯 묶음은 한결같은 이음씨끝 '-는데'로서 마지막 묶음의 매김말 노릇을 하고 있다. 나는 이처럼 이백 낱말을 하나의 월로 엮어 한 마리의 노래로 만들어낸 노릇을 일찍이 본 기억이 없다. 시인 백석의 슬기와 솜씨에 놀랄 뿐 아니라, 우리 겨레의 말이 이처럼 아름답고 거룩한 삶을 노래로 담아낼 수도 있구나 싶어 소스라치겠다.

노래 안에 살아 숨쉬는 겨레의 삶을 만나자면 먼저 노래하는 이, 곧 '나'를 만나지 않을 수 없다. 그런데 노래에서 '나'를 다섯째 묶음에서 처음 만날 수 있는데 '엄마 등에 업혀' 있고, 여섯째 묶음에서 또 만나지만 엄마가 '나'를 '뱃속에 가지던 때'다. 그러니까 노래는 모두 '나'의 머릿속에 남아 있는 지난날일 뿐이고, 눈앞에 있는 오늘이 아니다. 앞에서 줄곧 보았듯이 백석의 노래가 보여준 눈앞에 있는 오늘 우리 겨레의 삶은 깜깜한 밤이고 꽁꽁 얼어붙은 겨울이었다. 눈앞에 있는 오늘이 이처럼 어둡고 춥기 때문에 지난날 아름답고 거룩한 삶이 더욱 간절하게 시인의 마음에 되살아났나 보다.

첫째 묶음은 엄마 등에 업혀서 겨레 신앙의 성지였던 국사당이 있던 고개를 넘어 골 안에 아늑히 안겨 있는 집으로 간다. 둘째 묶음은 집 안에 들어서면 달려와 맞이하는 게사니와 개들과 엇송아지와 만난다. 셋째 묶음은 아배에 삼촌에 오마니에 오마니(노큰마니)가 시집와서 젊은 시절 힘들게 살았던 소리를 들려준다. 넷째 묶음은 노큰마니가 큰 집 안의 어른이 되어 손주와 증손주들을 회초리로 무섭게 다스리는 모습을 보인다. 다섯째 묶음은 일가가 모두 범같이 무서워하는 노큰마니가 '나'에게는 아무리 귀한 것이라도 손에 쥐어 주는 모습을 보인다. 여섯째 묶음은 노큰마니가 '나'를 알뜰하고 기꺼이 여기는 까닭을 밝힌다. 까닭이 셋인데, 첫째는 '우리 엄마가 나를 가질 때 노큰마니는 어느 밤 크나큰 범 한 마리가 우리 선산으로 들어오는 꿈을 꾼 것'이고, 둘째는 '우리 엄마가 서울서 시집을 온 것'이고, 셋째는 무엇보다도 '내가 이 노큰마니의 장조카의 맏손자로 태어난 것'이라 한다.

한 묶음 한 묶음씩 우리 토박이말이 길어 올리는 겨레의 삶을 일가 사람이 모두 무서워하는 노큰마니를 모시고 사대가 함께 어우러지는 삶으로, 무엇보다도 집안의 기둥인 종손을 신성하게 여기며 끔찍이 사랑하는 노큰마니의 믿음의 삶으로 보여주는 노래다.

78

동뇨부

봄철 날 한종일 내 노곤하니 벌 불장난을 한 날 밤이면 으레히 싸개
동당을 지나는데 잘망하니 누워 싸는 오줌이 넓적다리를 흐르는 따근
따근한 맛 자리에 평하니 괴이는 척척한 맛

첫여름 이른 저녁을 해치우고 인간들이 모두 터 앞에 나와서 물외 포
기에 당콩 포기에 오줌을 주는 때 터 앞에 밭마당에 샛길에 떠도는 오
줌의 매캐한 재릿한 내음새

긴 긴 겨울밤 인간들이 모두 한잠이 들은 재밤중에 나 혼자 일어나서
머리맡 쥐발 같은 새끼 요강에 한없이 누는 잘 마렵던 오줌의 사르릉
쪼로록 하는 소리

그리고 또 엄매의 말엔 내가 아직 굳은 밥을 모르던 때 살갗 퍼런 막
내 고무가 잘도 받아 세수를 하였다는 내 오줌 빛은 이슬같이 샛말갛기
도 샛말갛다는 것이다

《문장》 1권 5호(1939년 6월)

말뜻 풀이

동뇨부(童尿賦): 어린아이 오줌 노래. '동뇨'는 어린아이 오줌이라는 한자말이고, '부'는 옛날부터 중국 사람들이 즐겨 짓던 노래 갈래의 이름이다. '부'는 눈에 보이는 세상이나 거기서 오는 느낌을 뜻겹침 없이 그대로 그려 보이면서 말소리로 가락을 맞추는 노래다. 우리 겨레도 신라 최치원에서 비롯하여 고려를 거쳐 조선까지 한문 잘하던 선비들이 즐겨 짓던 노래 갈래다.

벌 불장난: 벌판에서 여러 아이들이 뛰어다니며 벌이는 불장난.

싸개동당: 어린아이가 자면서 오줌똥을 가리지 못하고 마구 싸서 자리를 온통 질펀하게 만들어놓는 노릇.

잘망하니: 잘망하게. 하는 짓이나 모양새가 조금은 뻔뻔하고 얄밉게. 어떻게 되나 어디 두고 보자 하는 마음으로.

재밤중: 한밤중. 깊은 밤중.

쥐발: 주발. 놋쇠로 만든 조그만 밥그릇.

고무: 고모.

군소리

노래는 이름 그대로 '아이들이 누는 오줌'을 두고 네 묶음으로 만들었다. 묶음을 넷으로 나누기는 했으나 줄바꾸기를 하지 않아서 묶음이 모두 한 줄씩이다. 게다가 그 한 줄들이 모두 월로서 끝나지 않도록 이음꼴로 열어놓아 맨 끝 넷째 묶음에 와서야 끝이 났다. 줄글로는 하나의 월이지만 노래로는 묶음 사이에 시간이 길게 흘러서 한달음에 맛보기는 어렵다. 그러니까 묶음으로 나누었지만 월이 끝나지 않아서 서두르고 싶은 마음과 묶음 사이에 시간이 멀리 흘러 서두르지 말아야겠다 싶은 마음이 서로 맞서 읽는 이의 마음이 팽팽하게 당겨지는 짜임새다. 게다가 지난날 중국 노래 '부'를 우리말로도 만들 수 있다는 듯이 눈에 보이는 세상과 거기서 오는 느낌을 고스란히 그려 보이면서 '자리에 펑하니 괴이는 척척한 맛', '샛길에 떠도는 오줌의 매캐한 재릿한 내음새', '마렵던 오줌의 사르릉 쪼로록 하는 소리' 이렇게 묶음의 끝자락에 가락을 그럴듯하게 맞추는 솜씨를 보이기도 했다.

노래 속살을 들여다보면, 시간이 봄철인 첫째 묶음에서는 밤에 자다가 꾸는 꿈속에서 다스리지 못하고 시원하게 싸는 오줌의 따끈따끈하고 척척한 '맛', 시간이 첫여름인 둘째 묶음에서는 저녁을 먹고 나서 식구들(안식구는 아니고)이 모두 터 앞에 나와 서서 물외와 당콩 포기에 오줌을 주는 바람에 마을 곳곳에 떠도는 매캐하고 재릿한 '냄새', 시간이 한겨울인 셋째 묶음에서는 자다가 한밤중에 '나' 혼자 일어나 방 안에서 주발 같은 새끼 요강에 누는 오줌의 사르릉 쪼로록 하는 '소리'를 노래한다. 마지막 묶음에서는 엄마의 말을 빌려 '나'가 아직 엄마 젖밖에 모르던 옛날로 돌아가 살갗 퍼런 막내 고모가 늘 받아서 세수를 하던 '내 오줌'의 이슬같이 새맑았던 '빛'을 노래한다.

모든 동물이 목숨을 이어가려면 숨을 쉬지 않을 수 없듯이 똥오줌을 누지 않을 수 없다. 그러니까 오줌을 누는 것은 생명 현상의 기본이면서 정신의 해방과 자유와 쾌락을 맛보게 하는 이른바 카타르시스의 앞잡이다. 곤하게 잠든 아이들이 꿈속에서 싸개동당을 하든지, 저녁을 먹고 남자 식구들이 남새밭에 느런히 서서 물외나 당콩 포기에 거름을 주든지, 자다가 한밤중에 혼자 일어나 방 안에서 새끼 요강에다 시원하게 누든지 그것은 모두 몸과 마음에 자유와 해방을 안겨주는 축제다. 백석은 이것을 몸으로 느끼는 맛, 코로 느끼는 냄새, 귀로 느끼는 소리, 눈으로 느끼는 빛깔로 드러냈으니 입안의 혀로 맛보는 것을 빼고 모든 감각으로 드러낸 노래다. 아침마다 막내 고모가 받아서 퍼런 살갗의 얼굴을 씻던 '내 오줌'처럼 이슬같이 새맑은 영혼을 지닌 사람이 아니면 부를 수 없는 노래다.

안동

이방 거리는
비 오듯 안개가 내리는 속에
안개 같은 비가 내리는 속에

이방 거리는
콩기름 졸이는 내음새 속에
섶누에 번디 삶는 내음새 속에

이방 거리는
도끼날 벼리는 돌물레 소리 속에
되광대 켜는 되양금 소리 속에

손톱을 시퍼러니 기르고 기나긴 창꽈쯔를 질질 끌고 싶었다
만두고깔을 눌러쓰고 곰방대를 물고 가고 싶었다
이왕이면 향내 높은 취향리 돌배 움퍽움퍽 씹으며 머리채 치렁치렁
발굽을 차는 꾸냥과 가즈런히 쌍마차 몰아가고 싶었다

<조선일보>(1939년 9월 13일)

말뜻 풀이

안동: 지금 중국의 랴오닝성 단둥(丹東)시다. 압록강을 사이에 두고 신의주와 마주 보고 있다. 옛 조선에서 고구려까지 우리 땅이었으나 당나라가 신라와 손을 잡고 고구려를 무너뜨린 다음 안동도호부를 두면서 잠깐 중국의 '안동'이 되었으나 곧장 발해가 일어나 되찾았다. 금나라 때는 '파속부로'였고, 원나라 때도 '파속부'였다. 청나라는 중국인이 만주에 발들이지 못하게 막다가 1874년에 풀고 1876년에 안동현으로 삼았다. 1903년 안동항을 열자 압록강 언저리에서 나는 갖가지 물자가 몰려들어 이름난 항구가 되었다. 1931년 일본이 만주를 침략하여 만주국을 세우고, 1934년 안동성의 성도로 삼았다. 1937년 안동현이 안동시가 되면서 일본 기업들이 밀려들었다.

이방: 남의 나라. 남의 나라 땅.

졸이는: 솥이나 냄비에 먹거리 감을 넣고 반찬을 만들 적에 물기가 바닥에 자작자작하도록 불을 끄지 않는.

섶누에: 멧누에. 집에서 사람이 키우는 집누에와 달리 자연 수풀 속의 섶에서 사는 누에. 누에는 본디 모두 섶누에였고 사람이 섶누에 고치를 따서 실을 뽑아 옷감을 짜다가 섶누에 알을 받아 집에서 키우며 집누에가 생겼다. 집누에도 자라서 넉잠을 자고 나면 반드시 사람이 만들어주는 섶에 올라가 고치를 짓고 고치 안에서 번데기로 탈바꿈한다. 이때 사람이 고치를 따서 삶으며 실을 뽑으면 번데기만 남는다. 고치를 섶에 두고 기다리면 번데기는 나방으로 탈바꿈하여 고치를 뚫고 세상에 나와서 짝짓기를 하여 암컷은 알을 낳고 죽으며 삶을 마친다. (☞ 섶 - 27. 〈여승〉)

번디: '번데기'의 경기·경남·평북 사투리.

벼리는: 무디어진 연장의 날을 갈아서 날카롭게 만드는.

돌물레: 물레처럼 뱅뱅 돌아가도록 만든 숫돌. 쇠로 만든 연모의 날을 날카롭게 버릴 적에 쓰는 연모다.

되광대: 오랑캐 광대. 중국인 광대. '되'는 본디 오랑캐를 뜻하였으나 일제 때 와서는 중국 사람을 '되'라고 했다. '광대'는 본디 탈을 쓰고 놀이하는 사람을 뜻했으나, 세월이 흐르면서 갖가지 놀이로 살아가는 놀이꾼을 뜻하게 되었다.

되양금: 중국 양금. (☞ 양금 - 69. 〈물계리〉)

창꽈즈: 중국 사람들이 입는 긴 홑저고리로, '장괘자(長掛子)'의 중국말 소리를 그대로 적은 것이다.

만두고깔: 만두처럼 꼭지가 뾰족하고 쭈글쭈글하게 생긴 고깔모자.

곰방대: 주머니나 호주머니에 넣고 다닐 수 있도록 한 뼘 남짓 짤막하게 만든 담뱃대.

취향리: 추향배. 우리나라 함경도와 평안도 지방에 많이 나는 배의 한 갈래로 신맛이 많으면서 부드럽다.

돌배: 돌배나무의 열매. (☞ 35. 〈여우난골〉)

꾸냥: '처녀'를 뜻하는 중국말 '姑娘(고낭)'의 중국말 소리를 그대로 적은 것.

쌍마차: 두 마리 말이 끌고 다니는 마차.

군소리

보다시피 노래 짜임새의 모습이 곧장 눈길을 끈다. 네 묶음이 모두 석 줄씩이고, 앞쪽 세 묶음은 쌍둥이처럼 가지런한 석 줄인데 풀이말 없이 말마디로 끝나버렸다. 그러면서 말소리의 가락을 가지런히 되풀이하여 살려놓았으므로 가락을 제대로 살려 읽으면 말소리에서 일어나는 느낌을 고즈넉이 맛볼 수 있다.

말소리의 가락은 그처럼 고즈넉하지만, 앞쪽 세 묶음은 임자말 '이방 거리는'을 보란듯이 한 줄로 내놓고는 마무리하는 풀이말을 내놓지 않은 채로 끝내었다. 그런데 마지막 묶음 석 줄은 거꾸로 임자말을 드러내지 않은 채로 풀이말을 제대로 갖추어 온전한 월들로 마무리했다. 앞쪽 세 묶음과 마지막 한 묶음이 이처럼 동떨어진 모습을 하고 있는데, 노래의 속살을 가만히 더듬어보면 그런 모습에 담긴 뜻을 헤아릴 수도 있을 듯하다.

시인 백석이 만주국 '안동(단둥)'에 가서[13] '안동'을 노래하며 첫머리에 '이방 거리는' 하고 임자말로 입을 떼었다. 임자말 '이방 거리'를 거듭 세 차례나 되풀이할 적마다 버리고 떠나려는 '본방(내 나라, 내 땅)'을 잊지 못하는 슬픔이 솟는다. 게다가 이들 세 묶음은 모두들 풀이말을 찾지 못한 채로 끝나고 말았다. 이방 거리는, 비가 오듯 안개가 내리는 속에, 콩기름 졸이고 번데기 삶는 냄새 속에, 돌물레와 되양금 소리 속에 이방의 본색을 감추고 있었다. 자연을 보는 눈과 냄새를 맡는 코와 소리를 듣는 귀를 활짝 열어젖히고 '이방 거리'의 속내를 찾았으나 끝내 찾지 못하여 풀이말을 채우지 못한 채로 끝낼 수밖에 없었다.

---

13 백석은 1939년 9월 초에 서울에서 안동을 잠깐 다녀왔다. 일제가 파멸로 내달리던 1938년 4월에 '국가총동원법'을 만들어 들볶다가 1939년 7월에는 '국민징용법'을 만들어 젊은이를 닥치는 대로 끌어가니까 저들의 올가미를 벗어나 볼 마음으로 만주 사정을 살피러 잠시 갔다 돌아온 것이다(안도현, 앞의 책, 213-215쪽).

한편 마지막 묶음 석 줄은 임자말을 드러내지 않았다. 드러낸다면 말할 나위도 없이 '나는'이 임자말이겠지만 굳이 드러내지 않았다.[14] 손톱을 시퍼렇게 기르고 기다란 쾌자를 질질 끌고 싶다거나, 만두고깔을 눌러쓰고 곰방대를 물고 가고 싶다거나, '이방 거리'에 팔려 와 천대받으며 견디는 고향의 추향배를 움퍽움퍽 씹으며 머리채 치렁치렁 발굽을 차는 꾸냥과 가지런히 쌍마차를 몰아가고 싶다거나, 이런 말은 모두 '나'를 버리고 중국 사람 흉내라도 내고 싶다는 울음으로 들린다. 내 나라와 내 땅을 빼앗기고 '이방'으로 쫓겨서라도 살아보겠다고 찾아온 신세의 서러움을 이렇게 울부짖고 있는 것이다.

---

14 말하는 사람이 임자말 노릇을 할 적에는 임자말을 굳이 드러내지 않는 것이 올바른 말본이지만, 여기서는 제 땅에서 쫓겨나 이방으로 도망치려는 '나'를 내세우는 노릇이 부끄러워 그런 것으로 읽어야겠다.

80

함남 도안

고원선 종점인 이 작은 정거장엔
그렇게도 우쭐대며 달가불시며 뛰어오던 뽕뽕차가
가엾이 쓸쓸하니도 우두머니 서 있다

햇빛이 초롱불같이 히맑은데
해정한 모래부리 플랫폼에선
모두들 쩔쩔 끓는 구수한 귀리차를 마신다

칠성고기라는 고기의 쩜벙쩜벙 뛰노는 소리가
쨋쨋하니 들려오는 호수까지는
들쭉이 한불 새까마니 익어가는 망연한 벌판을 지나가야 한다

《문장》1권 9호(1939년 10월)

말뜻 풀이

함남 도안: 함경남도 신흥군(지금은 부전군) 도안. 침략 일제가 부전강을 막아 부전호수를 만든 바로 그 아래 마을이다. 일제는 부전호수로 부전강발전소를 만들어 그 전기로 흥남질소비료공장을 돌렸으며, 이처럼 깊은 산골의 산림자원을 빼내 가느라 함흥에서 도안까지 철길을 깔아 기차가 다니도록 했다.

고원선: 함경남도 함흥과 도안 사이를 오가는 철길의 이름이다. 고원지대에 놓인 철로라고 '고원선'이라 불렀다.

달가불시며: 들까불시며. 들까불며. 가만히 있지 못하고 몸을 자꾸 흔들어대며.

뿡뿡차: 기차. 열차. 기차가 달리면서 길을 비키라고 내는 소리를 본떠 만들어 낸 이름이다.

우두머니: 우두커니.

히맑은데: 희붐하게 말간데. 안개가 끼어 희붐하면서 말간데.

해정한: 맑고 깨끗한.

모래부리: 모래톱이 위로 치솟아 날짐승의 부리처럼 뾰족하게 생긴 곳.

귀리차: 귀리를 넣고 끓인 차. '귀리'는 한해 또는 두해살이 볏과의 풀인데, 흔히 산골 밭에서 키우고 열매는 여러 가지 먹거리로 쓰고 집짐승의 먹이로도 준다.

칠성고기: 칠성장어과의 물고기. 뱀장어 비슷하게 생겼으며 기름이 많고 맛이 좋다.

쨋쨋하니: 소리가 높고 날카롭게.

들쭉: 들쭉나무의 열매. 빛깔은 진하게 붉고 생김새와 맛은 포도와 비슷하여 날것으로 먹거나 술을 빚어 마신다.

한불: 한벌. 쭉 널려 있는 모습. (☞ 35. ⟨여우난골⟩)

망연한: 드넓게 확 트인.

군소리

노래를 세 묶음으로 짰다. 세 묶음은 모두 석 줄씩이고, 석 줄씩은 모두 한 월씩이다. 말을 바꾸면, 줄글로 보면 세 월인데 세 월을 저마다 석 줄씩 나누고, 석 줄씩을 또 저마다 한 묶음으로 묶어서 노래가 되었다. 노래의 짜임새는 그만큼 알아보기 쉽다는 말이다. 그러나 노래의 속살은 짜임새처럼 그렇게 쉽사리 드러나지 않는다.

첫째 묶음을 줄글의 뼈대로 간추리면 이렇다. '정거장엔 ~ 뿡뿡차가 ~ 서 있다'. 풀이말 '서 있다'가 셋째 줄 끝에 있고, 그 앞에 임자말 '뿡뿡차'가 둘째 줄 끝에 있고, 풀이말을 돕는 어찌씨 '정거장엔'이 첫째 줄 끝에 있다. 줄글의 뼈대 셋이 노래 석 줄의 맨 끝에 하나씩 나누어 자리 잡고 있어서 그만큼 첫째 묶음은 줄글의 월로서 뼈대를 잘 갖추었다.

줄글 뼈대는 그렇지만 노래의 속살을 이루는 살과 피는 뜻밖으로 우스꽝스럽다. 무엇보다도 둘째 줄 끝에 있는 임자말 '뿡뿡차'라는 기차 이름이 그렇다. 기차가 달리면서 '뿡뿡' 지르는 소리를 흉내 내어 지은 이름인데, 철없는 어린애들 장난감을 떠올리게 한다. 게다가 그 뿡뿡차가 '우쭐대며', '달가불시며', '뛰어오던' 그 모습은 웃음을 참기 어렵다. 그리고 그 뿡뿡차가 마지막 정거장에 들어와 '가엾이', '쓸쓸하니도',

'우두머니', '서 있다' 하는 데 이르면 그 뿅뿅차가 사뭇 불쌍하다.

둘째 묶음은 첫째 묶음과는 달리 월의 뼈대가 셋째 줄에 '모두들 ~ 귀리차를 ~ 마신다'로 몰려 있다. 그리고 첫째와 둘째 줄은 셋째 줄을 돕는 무대다. 첫째 줄은 바깥 무대로서 햇빛이 초롱불처럼 희붐하게 말갛다. 깊은 호수 밑이라 안개가 많이 끼기 때문에 그렇겠다. 둘째 줄은 안쪽 무대로서 맑고 깨끗한 모래부리에 얹혀 있는 플랫폼이다. 둘째 묶음도 줄글의 한 월로서 나무랄 데 없는 뼈대를 갖추었다.

둘째 묶음의 임자말 '모두들'은 누구인가? 도안역 플랫폼에 모인 사람들 모두다. 무엇을 하려고 모인 사람들일까? 아마도 기차를 타고 큰 도시 함흥으로 살길을 찾아 떠나가는 사람들이겠지. 그래서 '모두들'은 '쩔쩔 끓는', '구수한', '귀리차를' 마실 따름이다! 말을 주고받거나 떠들지도 않고 뜨거운 귀리차만 홀홀 마시며 기차 떠날 시간만 기다리는 사람들이 임자말 '모두들'이다. 그러고 보니 노래 무대인 첫째와 둘째 줄도 다시 읽어야겠다. 한낮인데도 햇빛이 초롱불처럼 희붐하게 말갛고, 맑고 깨끗한 모래부리에 플랫폼이 얹혀 있다니! 사람이 살 수 없는 자연이고…… 아차, 큰물이라도 지면 모래부리와 플랫폼은 그냥 쓸려가 사라져버릴 환경이다.

셋째 묶음은 앞의 두 묶음과는 달리 월의 뼈대를 갖추지 않았다. 줄글로 읽도록 월의 뼈대를 갖추려면 다음처럼 말을 보태고 손질을 해야 한다. '(너희가) (정거장에서) 칠성고기라는 고기의 쩜벙쩜벙 뛰노는 소리가 / 쩃쩃하니 들려오는 호수까지(가는 데)는 / 들쭉이 한불 새까마니 익어가는 망연한 벌판을 지나가야 한다'. 이렇게 낱말을 보태고 손질을 해서만 간신히 알아들을 수 있다.

그러나 노래는 줄글처럼 사실을 알리려는 것이 아니라 느낌과 뜻을 일으키고자 한다. 첫째와 둘째 줄에서 우리는 맛도 좋은 '칠성고기'가 '쩜벙쩜벙' '뛰노는 소리가' '쨋쨋하니 들려오는 호수'를 만난다. 그렇게 아름답던 삶터를 짓밟고 망가뜨려 만든 '호수'에서 맛도 좋다는 칠성고기가 보란듯이 힘차게 살아 뛰놀고 있는 소리를 듣는다. 셋째 줄은 노래의 무대인 '정거장(플랫폼)'에서 고기들이 뛰노는 호수까지는 '들쭉이 한불 새까마니 익어가는 망연한 벌판을 지나가야 한다' 했다. 짓밟혀 망가진 '호수'와 '기차역' 사이에도 '들쭉이 한불 새까마니 익어가는' 벌판이 예나 다름없는 모습으로 드넓게 살아 있음을 드러낸다.

세 묶음은 저마다 홀로 서서 도구인 기차를 빌려 침략 수탈의 어리석음을 비웃고, 침략 수탈에 맞선 겨레 사람들의 굳건한 모습을 그리고, 침략 수탈이 안긴 상처를 아랑곳하지 않고 싱싱하게 살아 있는 자연의 놀라운 힘을 노래하고 있다.

81

구장로〔서행시초 1〕

삼 리 밖 강쟁변엔 자갯돌에서
비멀이한 옷을 부숭부숭 말려 입고 오는 길인데
산모롱고지 하나 도는 동안에 옷은 또 함북 젖었다

한 이십 리 가면 거리라는데
한껏 남아 걸어도 거리는 보이지 않는다
나는 어느 외진 산길에서 만난 새악시가 곱기도 하던 것과
어느메 강물 속에 들여다보이던 쏘가리가 한 자나 되게 크던 것을 생
각하며
산비에 젖었다는 말렸다 하며 오는 길이다

이젠 배도 출출히 고팠는데
어서 그 옹기장사가 온다는 거리로 들어가면 무엇보다도 먼저 '주류
판매업'이라고 써 붙인 집으로 들어가자

그 뜨수한 구들에서
따끈한 삼십오도 소주나 한잔 마시고
그리고 그 시래기국에 소피를 넣고 두부를 두고 끓인 구수한 술국을

트근히 몇 사발이고 왕사발로 몇 사발이고 먹자

〈조선일보〉(1939년 11월 8일)

말뜻 풀이

구장로: 구장으로 가는 길. '구장'은 지금 평안북도 구장군·읍으로 청천강 기슭에 있는데 평양·회천고속도로가 지나다닌다. 예로부터 장터가 있던 마을로서 '백령술'로 이름이 높았다. 백석이 노래를 짓던 침략 일제 때는 평안북도 영변군 용산면 구장동이었다.

강쟁변: '강변'의 평안도 사투리.

자갯돌: '자갈'의 평안도 사투리.

비멀이한: 비말이한. 빗물을 옷으로 흠뻑 만. 옷이 비에 흠뻑 젖은.

산모롱고지: '산모롱이'의 평안도 사투리.

함북: '함뿍'의 여린말. 함뿍은 '흠뻑'의 사투리다. '흠뻑'은 가득 차고 넘치도록.

거리: 길이 세 갈래 넘게 얽혀 있는 곳. 장터거리.

한겻: 반나절. 나절의 절반. '나절'은 낮의 절반을 줄여 쓰는 말이니 아침나절(오전)과 저녁나절(오후)로 나누어진다.

어느메: 어디에. 어느 곳에.

쏘가리: 농어목 꺽지과에 드는 민물고기. 주로 작은 고기를 잡아먹고 큰 강의 중류 지역에서도 물이 맑고 바위가 많아 물살이 빠른 곳에 살며 바위나 돌 틈

에 잘 숨는다. 사람이 기를 수도 있으며, 민물고기의 임금이라 불릴 만큼 맛이 뛰어나 회와 탕으로 많이 먹는다.

주류판매업: '술을 파는 직업'이라는 일본말이다. 우리 겨레는 예로부터 집집이 갖가지 술을 철철이 빚어서 먹으며 살았는데, 침략 일제가 나라를 빼앗고 술 빚어 먹는 전통까지 빼앗아 저들이 만든 양조장(술 빚는 공장)의 술을 사서 먹도록 했다. 집에서 몰래 술을 빚어 먹다가 들키면 징역을 살리고 벌금을 물렸다. 술을 파는 장사를 하고 싶으면 문 앞에 '주류판매업'이라 써서 붙이고, 양조장의 술을 사서 팔게 해놓고 게다가 세금까지 걸었다.

시래기국: 시래기를 넣어 끓인 국. (☞ 시래기 - 15. 〈초동일〉)

소피: 소를 잡아서 받은 피. '선지'라고도 한다. 식어서 굳어진 덩어리를 국이나 찌개 따위에 넣어서 먹는다.

술국: 술로 시달린 속을 풀기 위해 먹는 국. (☞ 18. 〈미명계〉)

트근히: 뜨근히.

군소리

노래를 네 묶음으로 짰는데, 모두 '저 혼자 주고받는 이야기'다. 앞 두 묶음은 이미 겪으며 지나온 이야기고, 뒤 두 묶음은 앞으로 겪으며 지나가고 싶은 이야기다. 그러니까 노래는 시간의 흐름을 순순히 따라가며 노래하는 이가 겪어나가는 삶의 이야기를 들려준다. 알다시피 사람은 누구나 '저 혼자 이야기를 주고받는' 때가 있다. 그럴 때는 거의 스스로의 삶이 외로움이나 서러움에 젖었을 때다.

노래의 속살은 노래하는 이가 '구장'이라는 장터를 찾아가는 이야기다. 노래하는 이가 처음에 강쟁변에서 비말이한 옷을 보송보송 말려 입고 삼 리 정도 걸어서 산모롱이 하나를 돌았는데 옷이 또 흠뻑 젖었다. 산비가 그럴 만큼 쉬지 않고 부슬부슬 내리는 날씨다(첫째 묶음). 거기서 구장까지 이십 리 남짓 남았다는 말을 듣고, 반나절 넘게 걸어도 장터는 아직 보이지 않는다. 반나절 남짓 걸어오는 동안 외진 산골에서 고운 색시도 만나고 강물 속에 한 자나 되게 큰 쏘가리를 보기도 한 일을 생각하며, 산비에 옷이 젖었다가 말랐다가 하면서 오는 길이다(둘째 묶음). 이때 여기, 장터가 보이지는 않지만 한 모롱이만 돌아가면 장터에 닿을 듯한 여기에 노래하는 이가 서 있다. 이제 출출하게 배도 고팠으니 어서 장터로 들어가서 먼저 '주류판매업'이라 써 붙인 집으로 들어가자(셋째 묶음). 그 따뜻한 방에서 따끈한 35도 소주나 한잔 마시고, 시래기국에 소피를 넣고 두부를 두고 끓인 구수한 술국을 뜨근히 몇 사발이고 왕사발로 몇 사발이고 먹자(넷째 묶음).

벌써 느낄 수 있었겠지만, 앞쪽 두 묶음의 노래는 지난날 우리 겨레가 살아온 자연이며 삶이다. 사람과 자연이 하나로 어우러져 곱기도 하던 색시도 만나고 한 자나 되게 큰 쏘가리도 생각하며 아쉬울 것 없이 평화롭고 넉넉하던 세월의 모습이다. 뒤쪽 두 묶음의 노래는 침략 일제가 들어와 망가뜨린 삶이다. 배는 고프고 할 짓은 없고 침략 일제에게 빌붙어('주류판매업'을 써 붙인 집으로 들어가서) 오직 35도 독한 소주나 먹고 싶다. 뜨근한 술국이나 몇 사발이고 왕사발로 몇 사발이고 먹고 싶다.

시인 백석의 노래 솜씨가 참으로 놀랍다. 이런 노래를 부르면서 가슴 깊은 바닥에서는 얼마나 뜨거운 눈물을 흘렸을까!

81 구장로 〔서행시초 1〕

82

북신 〔서행시초 2〕

거리에서는 모밀내가 났다

부처를 위하는 정갈한 노친네의 내음새 같은 모밀내가 났다

어쩐지 향산 부처님이 가까웁다는 거린데

국수집에서는 농짝 같은 도야지를 잡아 걸고 국수에 치는 도야지고기는 돗바늘 같은 털이 드문드문 박혔다

나는 이 털도 안 뽑은 도야지고기를 물끄러미 바라보며

또 털도 안 뽑는 고기를 시끼면 맨 모밀국수에 얹어서 한입에 꿀꺽 삼키는 사람들을 바라보며

나는 문득 가슴에 뜨끈한 것을 느끼며

소수림왕을 생각한다 광개토대왕을 생각한다

〈조선일보〉(1939년 11월 9일)

말뜻 풀이

북신: 침략 일제 때에 평안북도 영변군 북신현면(고형진, 2015: 256-257)이다. 묘향산 자락으로 향로봉 아래에 있으며 단군이 태어났다는 단군굴을 비롯하여 역사 깊은 유적이 많다.

모밀: 메밀. (☞ 56. 〈산숙〉)

노친네: '노인·노인네'보다 가까이 정답게 부르는 말이다. 다만, 노인을 앞에 마주하여 쓰는 말은 아니고 이른바 삼인칭 말이다.

향산: 묘향산. 지금 평안북도 향산군·구장군과 평안남도 영원군·자강도 회천시에 걸쳐 있는 산으로 가장 높은 비로봉이 해발 1909m이다. 측백나무같이 향기로운 나무가 많아 고려 이전부터 묘향산이라 불렀다. 웅녀가 사람이 되어 단군을 낳았다는 단군굴, 단군이 활쏘기를 했다는 단군대, 활의 과녁으로 삼았다는 천추대도 있다. 신라와 같은 때에 일어난 행인국 임금이 고구려 주몽이 보낸 장수들에게 쫓겨 석굴에 숨었다가 잡혔다는 국진굴(나라 다한 굴)도 있고, 이름 높은 보현사는 행인국 궁궐터에 세웠다 한다. 임진왜란을 만나 보현사에 머물던 서산대사 휴정(그때 73세)은 금강산의 유정과 지리산의 처영과 더불어 승병을 크게 일으켜 선조가 팔도선교도총섭의 버슬을 내렸으나 제자인 유정에게 넘겨주고 절로 돌아와 열반에 들었다. 우리 겨레의 빛나는 삶의 자취가 골골이 남아 있는 산이다.

향산 부처님: 묘향산에는 부처님을 모신 절과 암자가 많지만 가장 손꼽을 부처님은 보현사의 부처님, 곧 석가모니 부처님을 온전히 따르고자 했던 보현보살을 뜻한다 하겠다.

농짝 같은: 부피가 아주 크고 두꺼운. '농짝'은 지난날 집안 살림에 쓰는 그릇

(가구) 가운데 부피가 가장 크고 두꺼운 것이었다.

국수에 치는: 국수에 넣는. 국수에 얹는. '치다'는 여러 뜻으로 쓰는 움직씨 낱말인데, 여기서는 음식에다 맛이나 영양을 높이고자 양념이나 고명 따위를 더 넣는 노릇을 뜻한다.

돗바늘: 왕골로 돗자리를 짜거나 짚으로 가마니를 짜면서 마무리로 꿰맬 적에 쓰는 길고 굵은 바늘.

소수림왕: 고구려 제17대 임금으로 열네 해 동안(371~384) 나라를 다스리며 불교를 들여오고(372), 태학을 세우고(372), 율령을 마련하여(373) 나라의 기틀을 세웠다. 아들 없이 세상을 떠나면서 아우에게 자리를 물렸으니 그가 광개토대왕의 아버지 고국양왕이다.

광개토대왕: 고구려 제19대 임금으로 스물두 해 동안(391~412) 나라를 다스리며 남녘으로는 왜와 손잡고 올라오는 백제를 밀어내리고 서북으로는 중국 후연을 밀어붙여 후한 무제에게 빼앗겼던 요하지역까지 700년 만에 되찾으면서 고구려의 전성기를 이루었다.

군소리

노래를 두 묶음으로 짰는데, 첫째 묶음은 두 줄이면서 그대로 두 월이다. 월의 뼈대는 다 같이 '모밀내가'가 임자말이고 '났다'가 풀이말이다. 그러니까 같은 말을 두 월에 거듭한 것이니 '모밀내'를 맡은 코의 느낌을 무겁게 드러낸 셈이다. 그러나 첫째 줄의 모밀내는 북신 장터거리를 들어서자 느닷없이 다가온 내음이지만, 둘째 줄의 모밀내는 마음을 가

다듬고 곰곰이 맑은 내음이라 속살이 크게 다르다. '부처를' 모시며 속마음을 닦아서 겉모습까지 맑고 고운 노친네 내음 같다고 했다.

둘째 묶음은 장터거리 안으로 들어와 국수집에 들어서서 눈에 들어오는 모습으로 노래를 시작하고 있다. 노래가 여섯 줄인데 앞 두 줄이 한 월이고, 뒤 넉 줄이 한 월이다. 첫째·둘째 줄에서는 두 가지 놀라움을 노래한다. 하나는 향산 부처님(보현보살)이 가까이 계시는 거린데 어떻게 국수집에서는 농짝 같은 돼지를 잡아 걸어놓았느냐는 놀라움, 또 하나는 국수에 쳐서 먹는 돼지고기에 어찌 돗바늘같이 굵은 털이 박혔느냐는 놀라움이다. 아무리 하찮은 목숨이라도 죽이지 마라는 부처님을 가까이 모시고 살면서 어찌 농짝 같은 돼지를 잡아 걸어놓았으며, 돗바늘처럼 굵은 털이 박혀 있는 돼지고기를 어찌 국수에 쳐서 먹을 수 있느냐? 참으로 놀랍다는 것이다. 한 월이지만 마무리를 하지 않은 셋째·넷째 줄에서도 두 가지를 바라보며 입을 다물지 못했다. 하나는 털도 뽑지 않은 돼지고기를 바라보면서, 또 하나는 털도 뽑지 않는 돼지고기를 시커먼 모밀국수에 얹어서 한입에 꿀꺽 삼키는 사람들을 바라보면서 놀라움에 입을 다물지 못했다. 마무리를 하는 다섯째·여섯째 줄은 온 마음을 뒤흔든 놀라움으로 일어난 '느낌'과 '생각'을 숨기지 않고 털어놓은 말이다. '문득 가슴에 뜨끈한 것을 느끼며' 하는 앞줄에서 노래하는 이는 앞 넉 줄에서 부딪혔던 '놀라움'을 뛰어넘고 가슴에 뜨끈한 것을 느꼈다. '소수림왕을 생각한다 광개토대왕을 생각한다' 하는 뒷줄은 그런 느낌을 그대로 털어놓았다.

침략 일제가 온갖 짓으로 모질게 짓밟아도 아랑곳하지 않고 보란듯이 겨레의 삶을 지키며 살고 있는 산골 사람들을 바라보며 꿋꿋하게 살아 있는 겨레의 힘을 가슴 뜨겁게 느꼈다. 그리고 거기서 지난날 빛나는 고구려의 지도자들을 생각한다는 노래다.

83

팔원 〔서행시초 3〕

차디찬 아침인데

묘향산행 승합자동차는 텅하니 비어서

나이 어린 계집아이 하나가 오른다

옛말속같이 진진초록 새 저고리를 입고

손잔등이 밭고랑처럼 몹시도 터졌다

계집아이는 자성으로 간다고 하는데

자성은 예서 삼백오십 리 묘향산 백오십 리

묘향산 어디메서 삼촌이 산다고 한다

새하얗게 얼은 자동차 유리창 밖에

내지인 주재소장 같은 어른과 어린아이들이 내임을 낸다

계집아이는 운다 느끼며 운다

텅 비인 차 안 한구석에서 어느 한 사람도 눈을 씻는다

계집아이는 몇 해고 내지인 주재소장 집에서

밥을 짓고 걸레를 치고 아이보개를 하면서

이렇게 추운 아침에도 손이 꽁꽁 얼어서

찬물에 걸레를 쳤을 것이다

〈조선일보〉(1939년 11월 10일)

말뜻 풀이

팔원: 평안북도 영변군 팔원면. 영변군의 서북녘에 있어 태천군과 운산군의 이웃이다.

승합자동차: 여러 사람을 함께 태우도록 만든 자동차. 침략 일제가 쓰다가 버리고 떠난 자동차 종류의 이름인데 오늘까지 쓰고 있다.

진진초록: 아주 진하게 푸른 빛. '진초록'보다 더욱 진하게 푸른 빛.

손잔등: '손등'을 낮잡고 거칠게 이르는 말.

밭고랑: 밭의 이랑과 이랑 사이에 아래로 홈이 진 곳.

자성: 평안북도에서 가장 북녘 끝에 있는 자성군. 자성군에는 우리나라에서 가장 추운 중강진이 있다.

내지인: 일제 침략 시절 우리나라에 건너와 살던 일본 사람을 부르는 말.

주재소장: 주재소의 우두머리. '주재소'는 일제 침략 시절 순사들이 머물면서 식민지 통치를 돕는 여러 가지 일을 보던 맨 끝자락 집(말단 기관).

내임: 냄. '배웅'의 평안도 사투리. 떠나가는 사람을 일정한 곳까지 따라 나와서 인사하여 보내는 노릇.

치고: 빨고.

아이보개: '아이 보는 사람'을 낮잡아 일컬은 말. '보개'는 베개(베는 도구), 지개(지는 도구)처럼 '보는 도구'라는 뜻으로 일컬은 말이다.

군소리

노래가 열여섯 줄인데 묶음으로 나누어 쉬어 가지 않고 잇달아 내달린다. 줄거리를 붙들어 볼 수 있도록 줄글처럼 읽어보면, 월이 일곱이다. 첫째 월은 '차디찬 아침'이라는 자연환경, '묘향산 가는 승합자동차가 텅 비어'라는 인공 환경, '차에 오르는 어린 계집아이 하나'라는 주인공, 이렇게 석 줄로 이야기 바탕을 마련했다. 둘째 월은 차에 오른 주인공의 입성과 모습을 두 줄로 소개했다. 셋째 월은 주인공이 가야 할 앞길, 그 앞길의 머나먼 거리, '묘향산 어디에 사는 삼촌'으로, 석 줄이다. 넷째 월은 새하얗게 언 자동차 유리창 밖, 거기 주인공을 배웅하는 내지인 주재소장 식구로, 두 줄이다. 다섯째 월은 흐느껴 우는 주인공의 울음으로, 한 줄이다. 여섯째 월은 텅 빈 차 안 한구석에서 눈을 씻는 또 한 사람으로, 한 줄이다. 마지막 일곱째 월은 주인공이 겪었을 지난 몇 해 동안의 삶을 헤아려보는 마음으로, 넉 줄이다.

노래하는 이의 눈은 모든 것을 보고 귀는 모든 것을 듣는다. 눈앞에 벌어지는 일의 모든 것을 보고 들을 뿐만 아니라 지나간 몇 해 동안에 벌어진 일까지 헤아려 보고 듣는다. 그러나 그 눈과 귀는 마음대로 움직이지 않고 승합자동차 안의 모든 것이 잘 보이는 한 곳에 못 박혀 있다. 그래서 노래의 흐름은 조금도 흔들리지 않는다.

노래하는 이를 시인 백석으로 볼 수도 있을 듯하지만, 시인 백석은 여섯째 월(열두째 줄)에 한 사람의 손님으로 이미 들어와 있다. 자동차 안 한구석에서 느끼며 우는 계집아이의 서러움에 물들어 '눈을 씻는' 한 사람, 그가 바로 시인 백석이다. 이것은 스스로 영화감독으로 작품을 만들며 거기 등장인물로 나와서 배꼽을 쥐게 하던 찰리 채플린의 코미디와 비슷한 즐거움을 맛보게 한다.

하지만 노래의 맛을 제대로 보려면 역시 주인공 '계집아이'를 제대로 읽어야 한다. 그를 제대로 읽으려면 무엇보다도 '내임 내는 주재소장 같은 어른'과 '어린아이들'이 '계집아이'에게 과연 '누구인가'를 제대로 읽어야 하겠다. 그리고 '계집아이'가 우리나라에서 가장 추운 곳이며 여기서 삼백오십 리나 떨어져 있는 '자성'이라는 곳으로 찾아가게 하는 힘이 무엇인지를 읽어야 하고, 손잔등이 밭고랑처럼 몹시도 터진 데다 진진초록 새 저고리를 입고 있는 어긋남의 뜻도 읽어야 하겠다. 이런 것들을 제대로 읽도록 돕고자 노래하는 이는 마지막 일곱째 월 넉 줄을 덤으로 얹어놓았다.

이런 것들을 제대로 읽으면 마지막으로, 주인공 계집아이가 내임 내는 주재소장 같은 어른과 어린아이들에게 느끼며 우는 울음과 그것을 보고 눈을 씻는 어느 한 사람의 눈물의 뜻도 제대로 읽을 수 있을 것이다. '주재소장 같은 어른과 어린아이들'은 잔인과 교활이라는 두 날 칼로 '아이보개 계집아이'를 부리는데, 계집아이는 저들의 교활에 얼을 빼앗겨 잔인을 깨닫지 못하고 있음을 제대로 읽을 수 있을 것이다. 이런 계집아이의 어리석은 울음이 안타깝고 슬퍼서 노래 속의 백석은 슬픔의 눈물을 씻고 있는 것이다.

84

월림장 〔서행시초 4〕

'자시동북팔○천희천'의 푯말이 선 곳
돌능와집에 소달구지에 싸리신에 옛날이 사는 장거리에
어느 근방 산천에서 덜거기 꺽꺽 건방지게 운다

초아흐레 장판에
산 멧도야지 너구리가죽 튀튀새 났다
또 가얌에 귀리에 도토리묵 도토리범벅도 났다

나는 주먹다시 같은 떨당이에 꿀보다도 달다는 강냥엿을 산다
그리고 물이라도 들듯이 샛노랗디샛노란 산골 마가을 볕에 눈이 시
울도록 샛노랗디샛노란 햇기장쌀을 주무르며
기장쌀은 기장차떡이 좋고 기장차랍이 좋고 기장감주가 좋고 그리고
기장쌀로 쑨 호박죽은 맛도 있는 것을 생각하며 나는 기쁘다

〈조선일보〉(1939년 11월 11일)

말뜻 풀이

월림장: 월림에서 열리는 장. '월림'은 평안북도 영변군 북신현면에 있는 마을 이름. 묘향산에서 흘러 서해로 들어가며 굽이치는 냇물을 사이에 두고 이루어진 마을이라 일찍이 뱃길로 사람들이 모여드는 나루를 끼고 장이 섰다. 일제 침략 시절인 1930년대에도 내를 사이에 두고 구월림과 신월림이 나누어졌고 여전히 산골 교통의 중심지 노릇을 했다.

자시동북팔○천희천(自是東北八○粁熙川): '여기서 동북으로 80km 가면 희천이다.'라는 말이다. 푯말에 글자 하나를 '○'으로 적은 것은 푯말이 오래되어 글씨가 보이지 않는 사실을 드러낸다. 월림에서 희천까지 거리로 보면 '○'는 '십(十)'임이 틀림없다. '천(粁)'은 '천(千)미터(米)'를 뜻하는 일본식 한자다.

희천: 평안북도 희천군(현재 자강도 희천시). 영변군의 동북쪽으로 이웃하여 있고, 지금 평양에서 묘향산까지 뚫린 고속도로 이름이 '평양·희천고속도로'다.

돌능와집: 돌너와집. (☞ 52. 〈산곡〉)

싸리신: 싸리 껍질을 벗겨 짚신처럼 삼은 신.

덜거기: '수꿩'의 평안도 사투리. '장끼'라고도 부르는 수꿩은 깃과 털의 빛깔이 아주 곱고 푸른빛의 목 위에 흰 줄이 있으며 꽁지가 길고 아름답다. '까투리'라고 부른 암꿩보다 큰 소리로 운다. 우리나라 어디서나 사는 텃새다.

초아흐레 장판: 월림장은 다달이 나흘과 아흐레에 서는 장이라는 뜻이다. 옛날 장은 일정한 곳에서 닷새 만에 섰기 때문에 초하루·초엿새·열하루·열엿새·스무하루·스무엿새에 서는 장이 있으면, 가까운 이웃에는 초이틀·초이레·열이틀·열이레·스무이틀·스무이레에 서는 장이 있고, 이렇게 해서 가장 늦게 서는 장이 초나흘·초아흐레·열나흘·열아흐레·스무나흘·스무아흐레에 섰다.

가난한 장수라도 쉬지 않고 장터를 돌며 살 수가 있었다.

뛰뛰새: 티티새. 개똥지빠귀. (☞ 40. 〈황일〉)

가얌: '개암'의 평안도 사투리. 개암나무의 열매. 개암나무 열매인 '개암'은 좀 납작한 도토리 비슷하고 껍데기와 보늬는 노르스름하며 속살은 젖빛이고 맛은 밤맛 비슷하되 고소하다. 본디 '개감→개암→고욤'으로 넘어온 '고욤'과 '개암'이 아직도 서로 넘나들며 쓰이는 곳이 적지 않아 함께 적어둔다. 고욤나무 열매인 '고욤'은 감과 비슷하나 썩 작고 갸름하며 검붉고 달면서도 좀 떫다(한 글학회,《우리말 큰사전》).

도토리범벅: 도토리가루로 만든 범벅. (☞ 범벅 - 11. 〈가즈랑집〉)

주먹다시: '주먹'을 속되게 일컫는 말.

떨당이: 떡덩이.

강낭엿: 강냉이를 고아서 만든 엿. 한자말에서 온 '옥수수'를 표준말로 잡고 온 나라 어디서나 농사짓는 사람들이 쓰는 '강냉이'를 사투리로 밀어낸 일은 참으로 옳지 않았다.

마가을: 막 가을. 늦가을.

햇기장쌀: 그해에 새로 난 기장 열매를 찧어 껍질을 벗긴 낟알. '기장'은 볏과의 한해살이풀로 밭에서 50~120cm쯤 자라고, 이삭은 가을에 익으며 가뭄과 병충해를 잘 견딘다. 열매는 엷은 누른빛으로 떡, 술, 엿, 빵 따위를 만들고 집짐승의 먹이로 쓴다.

기장차떡: 기장 찰떡. 찰기 있는 기장쌀로 빚은 떡.

기장차랍: 기장 찰밥. 찰기 있는 기장쌀로 지은 밥.

군소리

노래를 세 묶음으로 짰다. 노래하는 이 '나'가 월림장을 만나 그 안으로 들어가는 깊이에 발맞추어 묶음을 나누었다.

첫째 묶음은 마을 들머리에서 월림장의 겉모습을 만난다. 낡은 '푯말'을 만나고, 옛날부터 있던 '돌능와집'을 만나고, 옛날에 다니던 '소달구지'를 만나고, 옛날 사람이 신고 다니던 '싸리신'을 만났다. 월림장의 겉모습이 아직도 '옛날이 살아 있는' 곳임을 눈으로 본다. 게다가 까투리를 꾀려고 큰 소리로 울어쌓는 장끼 소리에서 뫼와 내와 거기 깃든 짐승도 옛날 그대로 살아 있음을 귀로 듣는다.

둘째 묶음은 장판에 들어와서 팔려고 내놓은 물건들에서 월림장의 속모습을 만난다. 살아 있는 멧돼지를 만나고, 너구리 가죽을 만나고, 티티새를 만났다. 짐승에서 얻는 이들 물건이 모두 옛날에 나던 그대로다. 개암, 귀리, 도토리묵, 도토리범벅 같은 푸나무의 열매며 음식들도 만났다. 푸나무에서 얻은 열매며 음식도 옛날에 나던 그것에서 조금도 달라지지 않았음을 눈으로 보았다.

셋째 묶음에서 이제 '나'는 월림장을 보고 듣기만 하는 것이 아니다. 주먹 같은 떡덩이와 꿀보다 단 강냉이엿을 산다. 떡과 엿을 사서 먹을 터인데, 떡과 엿과 '나'는 하나가 되려는 것이다. 그리고 물들인 듯이 샛노란 늦가을 볕에 눈이 부시도록 샛노란 햇기장쌀을 주무른다. 일부러 물을 들인 듯이 샛노란 늦가을 볕 아래 샛노란 햇기장쌀이 옛날 그대로인 것에 취해서 마냥 주무른다. 기장쌀로 찰떡을 만들어도 좋고 찰밥을 만들어도 좋고 감주를 만들어도 좋고 호박죽을 만들어도 좋고 맛있었던 옛날을 생각하니 '기쁘다'며 노래를 마쳤다.

　침략 일제가 날이 갈수록 미친 듯이 우리 겨레의 삶을 짓밟고 망가뜨리려 날뛰지만 월림장은 겉모습이나 속모습이나 옛날 그대로 싱싱하게 살아 있다. 조금도 짓눌리지 않고 아무 일도 없다는 듯이 옛날 그대로 살아 있는 겨레의 삶을 만나 마음으로 끌어안고 함께 어우러지며 '나'는 기쁘다고 한다.

85

목구

오대나 내린다는 크나큰 집 다 찌그러진 돌지고방 어득시근한 구석에서 쌀독과 말쿠지와 숫돌과 신뚝과 그리고 엿적과 또 열두 제석님과 친하니 살으면서

한 해에 몇 번 매연 지난 먼 조상들의 최방등 제사에는 컴컴한 고방 구석을 나와서 대멀머리에 외얏맹건을 지르터 맨 늙은 제관의 손에 정갈히 몸을 씻고 교우 우에 모신 신주 앞에 환한 촛불 밑에 피나무 소담한 제상 위에 떡 보탕 식혜 산적 나물지짐 반봉 과일들을 공손하니 받들고 먼 후손들의 공경스러운 절과 잔을 굽어보고 또 애끊는 통곡과 축을 귀에하고 그리고 합문 뒤에는 흠향 오는 구신들과 호호히 접하는 것

구신과 사람과 넋과 목숨과 있는 것과 없는 것과 한줌 흙과 한 점 살과 먼 옛 조상과 먼 훗자손의 거룩한 아득한 슬픔을 담는 것

내 손자의 손자와 손자와 나와 할아버지와 할아버지의 할아버지와 할아버지의 할아버지의 할아버지와…… 수원 백씨 정주 백촌의 힘세고 꿋꿋하나 어질고 정 많은 호랑이 같은 곰 같은 소 같은 피의 비 같은 밤 같은 달 같은 슬픔을 담는 것 아 슬픔을 담는 것

《문장》 2권 2호(1940년 2월)

말뜻 풀이

목구(木具): 나무그릇. 세상을 떠난 이들에게 드리는 제사에서 음식을 담아 올리는 나무그릇. 흔히 쓰는 목기·제기보다 넓은 뜻을 담고자 만들어 쓴 낱말이다.

오대나 내린다는: 고조할아버지 → 증조할아버지 → 할아버지 → 아버지 → 지금 임자, 이렇게 '다섯 대'를 내려왔다는. 여기서 '대'는 사람의 한 삶을 헤아리는 셈말이다.

돌지고방: 들쥐고방. 수풀 속에 사는 들쥐가 마음대로 드나들며 주인 노릇을 하는 고방. 백석이 만들어 쓴 말인 듯하다.

어득시근한: 어둑시근한. 해가 저물어 무엇을 제대로 가려보기 어려울 만큼 어둑어둑한.

말쿠지: 물건을 걸 수 있도록 달아둔 나무 갈고리. (☞ 12. 〈고방〉)

신뚝: 신쭉, 곧 신죽. '신죽'은 짚신 열 켤레를 새끼줄에 꿰어서 매달아 놓은 것. 장날에 내다 팔기도 하고, 먼 길 떠날 적에 괴나리봇짐 위에 매달고 나서기도 한다. '죽'은 옷·신·그릇 따위의 열 벌을 하나로 헤아리는 셈말이다. 이와 달리 이동순(1987), 송준(2005), 이숭원(2008), 고형진(2015)에서는 '신뚝'을 방이나 마루 앞에 신발을 올리도록 놓아둔 돌이나 나무로 풀이한다.

열두 제석님: 집을 지키는 열두 서낭님. 지난날 정월 초나흘부터 열나흘까지 온 마을 집을 돌며 집안 열두 서낭을 모시고 지신밟기 굿판을 벌였다. 길놀이 ⇒ ① 대문, 문굿 → ② 마당, 액맥이굿 → ③ 마루, 성주굿 → ④~⑤ 방마다, 방치장굿 → ⑥ 부엌, 조왕굿 → ⑦ 장독간, 장독굿 → ⑧ 뒤란, 철륭굿 → ⑨ 우물, 샘굿 → ⑩ 고방, 광굿 → ⑪ 뒷간, 정낭굿 → ⑫ 마굿간, 마구굿 ⇒ 대동놀이.

매연 지난: 핏줄로 맺어진 인연이 멀리 지나간. (고형진, 2015: 322-323)

최방등 제사: 평북 정주 지방의 전통적인 풍속으로 오대부터 위로 더 먼 선조는 차손(次孫)이 지내는 제사. (고형진, 2015: 396)

대멀머리: '대머리'의 평안도 사투리.

외얏맹건: 오얏망건. 망건의 관자에 오얏 문양을 넣은 망건을 가리키는 것으로 짐작할 수 있겠다. (고형진, 2015: 129)

지르터 맨: 지르처 맨. 세게 눌러 단단히 감아 맨. (고형진, 2015: 616)

교우: 교의. 제사 때에 신주(위패 또는 지방)를 모시는 다리 긴 의자.

피나무: 목재, 나무껍질, 꽃, 열매 모두 옛사람들의 삶에 커다란 보탬을 주었다. 빠르게 자라고 키가 20m에 몸통이 두세 아름까지 자란다. 목재는 연한 황갈색으로 부드럽고 결이 고와 가는 무늬가 들어가는 조각품을 비롯하여 가구 내장재, 밥상, 김칫독, 궤짝, 바둑판까지 값지게 쓰이고, 《조선왕조실록》도 피나무 상자에 갈무리해 두었다. 꽃은 진한 향기를 품고 꿀이 많아 '벌나무'란 별명도 얻었다. 열매 씨앗으로 염주를 만들기도 해서 '염주나무'라고도 부른다. 껍질은 섬유가 길고 질겨서 끈으로 쓰고, 새끼로 꼬아 굵은 밧줄도 만들었다. 촘촘히 엮어 삿자리를 만들기도 하고, 껍질을 잘게 쪼개 옷도 만들어 입었다. (박상진, 《우리 나무의 세계 2》, 김영사, 2011에서 도움을 받았다.)

보탕: 젯상에 메와 더불어 올리는 국.

나물지짐: 나물로 만든 부침개. 나물로 만든 지짐이. 나물로 만든 전.

반봉: 사전에 올라 있지 않고, 뜻을 밝히기 어려운 낱말이다. 노래에서 보면 제상에 오른 음식의 하나임이 틀림없고, 그렇다면 거기서 빠진 '물고기'를 뜻하는 말이겠다.

축: 제사를 모시면서 넋에게 올리며 비는 말씀.

귀에하고: 귀애하고. 이숭원(2008), 고형진(2015)에서는 '귀여겨듣고', '귀로 들

고'로 풀이한다.

합문: 제상에 올린 음식을 조상신들이 드실 만큼 시간을 드리는 절차. 제사 모시는 사람 모두 제청 밖으로 나가고 제청 문을 닫거나 제상 앞에 병풍이나 휘장을 치고 그 바깥쪽에 모두 엎드려 수저를 아홉 차례 드는 시간이 지나도록 기다린다.

흠향 오는: 제사에 올린 음식 기운을 받아먹으러 넋들이 찾아오는.

호호히 접하는: 서로 좋아하며 만나는(互好히 接하는).

수원 백씨 정주 백촌: 경기도 수원을 관향으로 쓰는 백씨들이 평안북도 정주에 모여 사는 마을(白村). '정주 백촌'은 시인 백석이 태어나 자란 정주군 갈산면 익성동을 그쪽 고을 사람들이 쉽게 부르던 이름일 듯하다.

군소리

노래를 네 묶음으로 짰는데, 첫째 묶음은 노래 이름으로 잡은 '목구', 곧 '나무그릇'이 어디서 어떻게 살고 있는지를 노래한다. '오대나 내린다는 크나큰 집'의 '다 찌그러진 돌지고방' 안의 '어득시근한 구석에서' '쌀독과 말쿠지와 숫돌과 신뚝과 그리고 옛적과 또 열두 제석님과 친하게 살으면서' 하고는 묶음을 맺었다. 그러나 우리는 이것으로 이미 놀라지 않을 수가 없다. '쌀독'과 '말쿠지'와 '숫돌'과 '신뚝' 같은 목숨 없는 살림살이뿐 아니라 멀리 흘러가 버린 '옛적' 시간과 낡아 허물어지는 집안을 땅 밑에서 지켜주는 '열두 제석님'과 더불어 '나무그릇'이 친하게 살고 있음을 알아보다니 참으로 놀랍지 않은가.

둘째 묶음은 '나무그릇'이 '한 해에 몇 번씩 드는 최방등 제사(대수가 아주 멀어진 선조에게 장손도 아닌 차손이 드리자니 정성스럽지 못할 수도 있는 제사)에는' '컴컴한 고방 구석을 나와서' 정성껏 제사를 살려내는 노릇을 보여준다. 먼저 스스로 '늙은 제관의 손에 정갈히 몸을 씻고(제수 담을 그릇이니 제관이 깨끗이 씻을 수밖에)', 교의 위에 모신 신주 앞에 환한 촛불 켜놓은 밑에 피나무 제상 위에서 갖추어 차린 음식을 '공손하게 받들고(제수 음식은 모두 나무그릇에 담아 올리니까)', '먼 후손들이 잔을 올리고 공경스럽게 절을 하는 모습을 굽어보고(잔이 곧 나무그릇이니 후손들의 절을 모두 제가 받으니까)', '혹시라도 곡을 하거나 축문을 읽으면(최방등 제사에 그럴 일은 없을 것이지만)' 곡소리와 축문 읽는 소리를 '귀하게 여기고 사랑하면서(제상에 올려 있는 모든 나무그릇이 함께 소리를 들으니까)', 제사의 끝인 합문 때에는 '찾아온 모든 넋들과 서로 좋아하며 만나는 것'이다. 나무그릇이 들어와서 정성 없는 제사를 '먼 선조와 먼 후손의 정성과 사랑이 넘치는 만남의 잔치'가 되게 만들었다는 노래다.

앞의 두 묶음에서는 눈에 보이고 귀에 들리는 제사 잔치를 노래했다면, 셋째 묶음은 눈에 보이지 않고 귀에 들리지 않는 제사의 '뜻'을 노래한다. '구신과 사람과 넋과 목숨과 있는 것과 없는 것과 한 줌 흙과 한 점 살과 먼 옛 조상과 먼 훗자손의 거룩한 아득한 슬픔을 담는 것'이라 노래했다. 구신과 사람, 넋과 목숨, 있는 것과 없는 것, 한 줌 흙과 한 점 살, 먼 옛 조상과 먼 훗자손이 함께 어우러져 빚어낸 '거룩한 아득한 슬픔을 담는 것'이 곧 '나무그릇'이라고 노래한다. '거룩한 아득한 슬픔'이라는 이들 세 낱말을 제대로 풀어 읽어내면 두꺼운 책이 하나씩 되지 않을까 싶다. 이렇게 짤막한 한 묶음, 끝맺지도 못한 한 월 안에 담은 제사와 나무그릇의 '뜻'은 배달겨레가 살아온 삶의 깊이와 넓이와 높이를 밝혀낸 가장 빛나는 노래로 꼽을 만하다.

마지막 넷째 묶음은 앞의 셋째 묶음을 적으나마 풀어주는 노래하는 이의 선물이다. '내 손자의 손자와 손자와 나와 할아버지와 할아버지의 할아버지와 할아버지의 할아버지의 할아버지와……' 가운데 있는 '손자와 나와 할아버지'는 함께 이승에 살아 있는 '우리'다. 먼저 꼽은 '내 손자의 손자'는 앞으로 이승에서 이어질 후손이고, 뒤에 꼽은 '할아버지의 할아버지와 할아버지의 할아버지의 할아버지'는 먼저 저승으로 가신 선조다. 길이길이 이어졌고 이어질 노래하는 이 '나'의 집안이면서 곧 길이길이 이어졌고 이어질 배달겨레다. '수원 백씨 정주 백촌의 힘세고 꿋꿋하나 어질고 정 많은 호랑이 같은 곰 같은 소 같은 피의 비 같은 밤 같은 달 같은 슬픔을 담는 것 아 슬픔을 담는 것'. '수원 백씨 정주 백촌'이라는 말로 노래하는 이가 바로 시인 백석임을 털어놓고, '힘세고 꿋꿋하나 어질고 정 많은 호랑이 같은 곰 같은 소 같은 피'라고 보란듯이 밝힌다. 알다시피 '호랑이 같은 피', '곰 같은 피', '소 같은 피'의 '호랑이'와 '곰'과 '소'는 아득한 예로부터 배달겨레 두 뿌리의 상징이다. 호랑이는 하늘에서 내려와 고조선과 부여와 고구려를 세운 북방계 뿌리의 상징이고, 곰과 소는 땅 밑에서 올라와 탐라와 삼한과 가야와 신라를 세운 남방계 뿌리의 상징이다. 그런데 그 '피'의 '비 같은 밤 같은 달 같은 슬픔을 담는 것 아 슬픔을 담는 것' 이렇게 탄식하며 노래를 끝냈다. 아득한 예로부터 길이길이 '거룩하'던 겨레의 '피'가 지금 '비'와 '밤'과 '달'같이 '아득한' 슬픔에 빠져 있고, 한탄스러운 그 '슬픔'

을 제사 때에 '나무그릇'이 담아내는 것이라고 탄식하며 노래를 끝냈
다. 시인 백석이 그지없는 겨레 사랑을 이처럼 슬픈 소리로 노래한 적
은 일찍이 없었다.

86

수박씨, 호박씨

어진 사람이 많은 나라에 와서
어진 사람의 짓을 어진 사람의 마음을 배워서
수박씨 닦은 것을 호박씨 닦은 것을 입으로 앞니빨로 밝는다

수박씨 호박씨를 입에 넣는 마음은
참으로 철없고 어리석고 게으른 마음이나
이것은 또 참으로 밝고 그윽하고 깊고 무거운 마음이라
이 마음 안에 아득하니 오랜 세월이 아득하니 오랜 지혜가 또 아득하
니 오랜 인정이 깃들인 것이다
태산의 구름도 황하의 물도 옛 임금의 땅과 나무의 덕도 이 마음 안
에 아득하니 보이는 것이다

이 작고 가부엽고 갤족한 희고 까만 씨가
조용하니 또 도고하니 손에서 입으로 입에서 손으로 오르내리는 때
벌에 우는 새소리도 듣고 싶고 거문고도 한 곡조 뜯고 싶고 한 오천
말 남기고 함곡관도 넘어가고 싶고
기쁨이 마음에 뜨는 때는 희고 까만 씨를 앞니로 까서 잔나비가 되고
근심이 마음에 앉는 때는 희고 까만 씨를 혀끝에 물어 까막까치가 되고

어진 사람이 많은 나라에서는

오두미를 버리고 버드나무 아래로 돌아온 사람도

그 옆차개에 수박씨 닦은 것은 호박씨 닦은 것은 있었을 것이다

나물 먹고 물 마시고 팔베개하고 누웠던 사람도

그 머리맡에 수박씨 닦은 것은 호박씨 닦은 것은 있었을 것이다.

《인문평론》 2권 6호 (1940년 6월)

말뜻 풀이

닦은: 볶은. '닦다'는 '볶다'의 함경도·평안도·황해도 사투리.

밝는다: 알맹이를 빼내어 먹는다. (☞ 10. 〈고야〉)

태산: 중국 산둥성 태안 북쪽에 있는 뫼. 가장 높은 옥황봉이 해발 1535m이다. 본디 상(은)나라 임금들이 마루에 올라 하늘에 제사를 올리던 뫼다. 그로부터 진시황을 비롯하여 중국을 통일한 여러 임금이 여기 올라 하늘에 제사(봉선)를 올리면서 온 중국 사람들이 가장 거룩한 산으로 여기게 되었다.

옛 임금: 중국 역사책에 적힌 먼 옛날 임금이었다는 삼황(천황·지황·인황 또는 태호 복희·염제 신농·황제 헌원)과 오제(소호·전욱·고신·당요·우순)를 일컫는 것으로 보겠다.

나무의 덕: 중국 원나라 증선지가 《십팔사략》 첫머리에서 "옛날 천황씨는 '나무 덕'으로 범의 해에 일어나 임금이 되니 가만히 있어도 나라가 저절로 다스

려졌다."라고 한 데서 따온 말이다. 오행설이 퍼지면서 하(夏)나라를 세운 우(禹)임금이 '나무 덕'으로 일어났다고 생각하게 되었다.

가부엽고: 가볍고.

갤족한: 갈쭉한. '갤족하다'는 '갈쭉하다(알맞게 좀 길다)'의 평안도 사투리.

도고하니: 수양이 높고 사람됨이 의젓하게. 한자말 '도고(道高)'에 '-하다'를 붙여 만든 말로 보인다.

오천 말 남기고 함곡관도 넘어가고 싶고: 노자(기원전 6세기 주나라 사람으로 본다.)가 주나라가 무너지는 꼴을 보고 싶지 않아서 진나라로 들어가느라 함곡관을 지나는데, 관문지기가 삶의 가르침을 써달라고 졸라서 오천 자로 적은《도덕경》을 써주었다는 이야기(사마천의《사기》〈노자전〉)를 빌려 하는 말이다.

함곡관: 중국 하남성 북서녘에 있으며 동쪽의 중원에서 서쪽의 섬서성으로 오가는 관문이다. 동서 8km에 걸친 황토층의 깊은 골짜기로 이루어져서 양옆 벼랑이 깎아지른 듯 솟아 있고, 벼랑 위의 나무가 햇빛을 막아 낮에도 어두우며, 골짜기가 함(函)처럼 깊이 깎여서 함곡관이라 부른다.

잔나비: 원숭이. '잔나비'는 예로부터 써온 우리 토박이말로서 본디는 '납'이었다(아직도 한자사전은 '申'을 '납 신'이라 하여 뜻은 '납'이며 소리는 '신'이라 가르친다). '납이→나비→잿나비→잰나비→잔나비'로 바뀌어온 말이다. '원숭이'는 18세기 말부터 한자말 '원성(猿猩)'에서 들어온 말이다. (홍윤표,《살아있는 우리말의 역사》, 태학사, 2009. 383-386쪽에서 도움을 받았다.)

까막까치: 까마귀와 까치.

오두미를 버리고 버드나무 아래로 돌아온 사람: 중국 동진의 강주 심양군 사람으로 이름 높은 시인 도연명(365~427)을 일컫는다. 집 앞에 버드나무 다섯 그루를 심어놓고 스스로 호를 '오류선생'이라 했다. 그가 마흔한 살에 팽택 현령이 되어 겨우 석 달도 채우지 못했을 적에 심양군 장관의 독우(순찰관)가 온다고 하여 아랫사람이 "반드시 의관을 갖추어 맞이하십시오." 하였더니, "오두미(쌀 다섯 말, 곧 월급) 때문에 시골 하찮은 벼슬아치에게 어찌 허리를 굽혀 섬기겠는가?" 하고는 그날로 벼슬을 던지고 집으로 갔다는 이야기가 있다.

옆차개: '옆에 차는 것'이라는 말이니, 곧 허리춤 옆에 차고 다니는 주머니를 일컫는다. 이때 '-개'는 '지개·베개'처럼 도구를 뜻하는 이름꼴 씨끝이다.

나물 먹고 물 마시고 팔베개하고 누웠던 사람: 공자(기원전 552~479)를 일컫는다. 공자가 《논어》 〈술이〉 편에서 "나물 먹고 물 마시고 팔을 베고 누웠으니 즐거움 또한 그 가운데 있었네."라고 한 말에서 따왔다.

군소리

백석은 1939년 9월 초에 만주 '안동'에 잠시 가서 사정을 살피고 돌아왔다. 그리고 이듬해 2월에 마음먹고 만주국 서울인 신징[15]으로 넘어갔다. 3월부터 만주국 국무원 경제부에서 낮은 일을 하다가 거기서도 창씨개명을 다그치는 바람에 여섯 달 만에 그만두었다. 〈수박씨, 호박씨〉는 신징에서 만주국 국무원 일을 하면서 맨 먼저 내놓은 노래다.

〈수박씨, 호박씨〉는 두 가지로 재미있고 놀랍다. 하나는 수박씨나 호박씨를 볶아서 너나없이 주전부리로 즐기는 중국 사람들의 버릇을 첫

---

15 1800년부터 창춘(長春)이었는데 1932년 침략 일제가 꼭두각시 나라를 세우면서 '신징(新京)'이라는 이름으로 만주국의 서울로 삼았다.

눈에 깊이 꿰뚫어 보는 눈썰미다. 또 하나는 그 수박씨·호박씨의 주전 부리 버릇으로 중국의 하늘과 땅, 구름과 물, 사람과 삶, 마음과 인정의 어짊을 두루 꿰어 올리는 상상력이다. 그래서 일본제국의 모진 침략을 아랑곳하지 않으면서 오랜 세월 이룩한 저들의 뿌리 깊은 삶을 고스란 히 지켜내고 있는 '어진 사람들'을 드높이는 노래가 되었다.

보다시피 노래를 네 묶음으로 짰는데, 석 줄로 이루어진 첫째 묶음은 노래하는 사람 스스로를 노래한다. '어진 사람이 많은 나라에 와서(첫째 줄)', '어진 사람의 짓과 마음을 배워(둘째 줄)', '수박씨, 호박씨 닦은 것 을 입으로 앞니빨로 밝는다(셋째 줄)'. 일본제국의 꼭두각시가 되어 있 는 만주국을 '어진 사람이 많은 나라'로 먼저 드높인 다음, 그들의 '짓 과 마음(몸으로 드러내는 '짓'과 가슴에 갈무리한 '마음')'을 배우고 싶어 수 박씨·호박씨 주전부리부터 본받는 스스로를 노래한다.

다섯 줄로 이루어진 둘째 묶음은, 수박씨·호박씨 주전부리하는 저 사람들의 '마음'을 노래한다. 첫째 줄이 '마음은'을 임자말로 세우니, 둘 째와 셋째 줄은 '마음이나·마음이라'를 풀이말로 받았다. '마음은 마음 이나, 마음은 마음이라' 임자말과 풀이말이 이처럼 같은 말을 되풀이하 면 빈말이기 십상이다. 그러나 임자말의 마음은 '수박씨 호박씨를 입에 넣는' 짓에 갈무리된 '마음'이고, 풀이말의 마음은 '참으로 철없고 어리 석고 게으른' 마음이나 '참으로 밝고 그윽하고 깊고 무거운' 마음이라 짓 속에 갈무리된 그 마음의 속살을 남김없이 밝혔으므로 더없이 알찬 말이 되었다. 게다가 넷째와 다섯째 줄은 짓 속에 갈무리된 그 마음의 속살을 이루고 있는 '속마음'을 노래한다. 그 속마음 안에 '아득하게 오 랜 세월이, 아득하게 오랜 지혜가, 또 아득하게 오랜 인정이 깃들인 것'

이고, 또 이 속마음 안에 '태산의 구름도, 황하의 물도, 옛 임금의 땅과 나무의 덕도 아득하게 보이는 것'이라 했다.

셋째 묶음 다섯 줄은 수박씨·호박씨로 주전부리하고 있는 '때'를 노래한다. '이 작고 가부엽고 갤족한 희고 까만 씨가' 주전부리하는 사람의 손에서 입으로, 입에서 손으로 오르내리는 바로 '그때'에 주전부리하는 사람의 마음(느낌·생각·뜻·얼) 속에서 벌어지는 소용돌이를 노래한다. 겉으로 보기에는 '조용하니 또 도고하니' 손으로 오르내릴 뿐이지만 마음속에서는 그때 '벌에 우는 새소리도 듣고 싶고(자연의 소리?)', '거문고도 한 곡조 뜯고 싶고(예술의 소리?)', '한 오천 말 남기고 함곡관도 넘어가고 싶고(철학의 삶?)', 게다가 '그때'가 '마음에 기쁨이 뜨는 때'와 겹쳐지면 '잔나비가 되어' 뛰놀고 싶고, '마음에 근심이 앉는 때'와 겹쳐지면 '까막까치가 되어' 울부짖고 싶어진다고 했다.

마지막 묶음 다섯 줄은 중국에서 수박씨·호박씨 주전부리 버릇의 뿌리가 얼마나 깊고 넓은 것인지를 노래한다. 둘째와 셋째 줄에서는 먼 남녘 강서성 강주 심양군 사람으로 이름 높은 시인 도연명도 집 밖으로 나갈 적에는 반드시 옆차개에 수박씨·호박씨 닦은 것을 넣어 다녔을 것이라 했다. 넷째와 다섯째 줄에서는 먼 북녘 산둥성 곡부 사람으로 동양에서 첫손 꼽히는 성현 공자도 방 안에 누워 쉴 적에는 머리맡에 수박씨·호박씨 닦은 것을 두고 밝아 먹었으리라고 했다.

남을 괴롭히지 않고 제 삶의 뿌리를 지키며 조용히 즐기는 어진 사람들의 작은 주전부리 버릇 하나로 깊고 넓고 높은 문명의 속살을 노래하고 있다. 조선을 짓밟고, 만주를 짓밟고, 중국으로 짓밟아 들어가는 일본제국의 모진 침략과 노략질을 겨냥한 노래로 읽어도 좋겠다.

87

북방에서 – 정현웅에게

아득한 옛날에 나는 떠났다
부여를 숙신을 발해를 여진을 요를 금을
흥안령을 음산을 아무우르를 숭가리를
범과 사슴과 너구리를 배반하고
송어와 메기와 개구리를 속이고 나는 떠났다

나는 그때
자작나무와 이깔나무의 슬퍼하던 것을 기억한다
갈대와 장풍의 붙드는 말도 잊지 않았다
오로촌이 멧돝을 잡아 나를 잔치해 보내던 것도
쏠론이 십 리 길을 따라 나와 울던 것도 잊지 않았다

나는 그때
아무 이기지 못할 슬픔도 시름도 없이
다만 게을리 먼 앞대로 떠나 나왔다
그리하여 따사한 햇귀에서 하이얀 옷을 입고 매끄러운 밥을 먹고 단
샘을 마시고 낮잠을 잤다
밤에는 먼 개소리에 놀라 나고

아침에는 지나가는 사람마다에게 절을 하면서도
나는 나의 부끄러움을 알지 못했다

그동안 돌비는 깨어지고 많은 은금보화는 땅에 묻히고 까마귀도 긴
족보를 이루었는데
이리하여 또 한 아득한 새 옛날이 비롯하는 때
이제는 참으로 이기지 못할 슬픔과 시름에 쫓겨
나는 나의 옛 하늘로 땅으로 — 나의 태반으로 돌아왔으나

이미 해는 늙고 달은 파리하고 바람은 미치고 보래구름만 혼자 넋 없
이 떠도는데

아, 나의 조상은 형제는 일가친척은 정다운 이웃은 그리운 것은 사랑
하는 것은 우러르는 것은 나의 자랑은 나의 힘은 없다 바람과 물과 세
월과 같이 지나가고 없다

《문장》 2권 6호(1940년 7월)

말뜻 풀이

정현웅: 1910년 서울 종로구 궁정동에서 태어난 화가·삽화가·문필가로 조선

일보사에서 1930년대 후반에 백석과 깊이 사귄 벗이다. 백석의 옆모습 스케치에 인상기를 곁들인 〈백석의 프로필〉을 《문장》(1939년 여름특집호)에 실었다. 6·25 때 북녘으로 넘어가 화가로 활동하다가 1976년 폐암으로 죽었다.

부여·숙신·발해·여진·요·금: 옛조선(환웅조선·단군조선) 시절부터 서녘으로 난하(열하)에서 동녘으로 연해주에 이르는 드넓은 벌판에 어우러져 살던 우리 겨레와 나라의 이름들이다. 숙신과 여진은 겨레 이름이고, 그밖에 부여·발해·요·금은 모두 우리 겨레가 세워서 다스리던 나라 이름이다.

흥안령·음산·아무우르·숭가리: 옛조선의 드넓은 터전을 지키고 살리는 멧줄기(산맥)와 가람의 이름들이다. '음산'은 음산큰줄기의 으뜸뫼로 몽골고원 남쪽에서 동서로 뻗어 동녘으로 흥안령에 이어주면 '흥안령'은 흑룡강성 북녘으로 뻗어 겨레의 터전을 감싸 안고 지킨다. '아무르'는 내몽고에서 흘러내려 동녘으로 겨레의 터전을 굽이굽이 휘돌아가며 온갖 목숨을 살리는 '흑룡강'이고, '숭가리'는 겨레의 뿌리며 믿음의 고향인 백두산에서 북녘으로 흘러내려 흑룡강과 어우러지는 '송화강'이다.

범·사슴·너구리: 드넓은 겨레 터전의 뭍에서 살아가는 신령스러운 짐승들 가운데 셋을 꼽은 것이다.

송어·메기·개구리: 드넓은 겨레 터전의 물에서 살아가는 신령스러운 짐승들 가운데 셋을 꼽은 것이다.

자작나무·이깔나무: 드넓은 겨레 터전의 뫼에서 자라는 나무들 가운데 가장 튼튼하고 아름답고 쓸모 있는 둘을 꼽은 것이다. '자작나무'는 우리나라 북녘 높은 지대에서 잘 자라는 잎 지고 키 큰 나무의 한 가지다. 봄에 꽃과 잎이 함께 피며 암수딴그루다. 나무는 집안 살림살이 만드는 데 쓰고 껍질은 약으로 쓴다. '이깔나무'도 우리나라 북녘 높은 곳에서 잘 자라는 잎 지고 키 큰 나무의 한 가지다. 햇볕을 좋아하고 추위에 잘 견디며 나뭇결이 소나무보다 더 굳어서 집짓기에, 동발(갱이나 굴이 무너지지 않도록 떠받치는 기둥)로, 전봇대 같은 것으로 쓴다.

갈대·장풍: 드넓은 겨레 터전의 물가에서 자라는 풀들 가운데 가장 아름답고 쓸모 있는 둘을 꼽은 것이다. '장풍'은 천남성과에 딸린 여러해살이풀의 하나다. 뿌리줄기는 길게 옆으로 뻗는데 마디가 많고 굵다. 잎은 뿌리줄기에서 모여 나오며 긴 칼 모양이다. 몸에서 은은한 냄새를 피우고 초여름 잎 사이에서 꽃줄기가 나와 누른 풀빛 작은 꽃들이 피는데 열매는 익으면 붉은빛을 띤다. 늪이나 개울가에 두루 사는데 뿌리와 줄기는 약재로 쓰이고, 한자말로 '창포(菖蒲)'라 한다. (사회과학원 언어연구소,《조선말대사전》)

오로촌: 오로촌(Orochon) 겨레. 동아시아 북동부 흥안령 깊은 산속에 흩어져 사는 북방 퉁구스겨레의 한 갈래다. 사냥을 많이 하며 짐승을 길러서 살아가는데, 노루·멧돼지·족제비 따위를 잡아서 고기는 먹고 가죽은 옷과 집의 덮개(텐트)로 쓴다.

멧돌: 묏돝. 멧돼지.

쏠론: 솔론(Solon) 겨레. 아무르강(흑룡강) 언저리에 흩어져 사는 남방 퉁구스겨레의 한 갈래다. 농사를 지으면서, 짐승을 키우고, 사냥을 하여 살아간다. 무교(샤머니즘)를 믿고 죽은 이를 불에 태우는 장례 풍습이 있다.

앞대: 어떤 땅에서 그 남녘의 땅을 일컫는 말. '뒷대'는 어떤 땅에서 그 북녘의 땅을 일컫는 말이다.

햇귀: 햇살이 비치는 곳. 햇살이 비치는 구석.

돌비는 깨어지고 많은 은금보화는 땅에 묻히고: 지난날 거룩하고 값진 것들은 모두 쓸모없는 것처럼 짓밟혀 사라지고 말았다는 말이다.

까마귀도 긴 족보를 이루었는데: 하찮고 보잘것없는 사람들도 거룩한 사람처럼 꾸미며 겉으로 탈바꿈을 했다는 말이다.

태반으로 돌아왔으나: 본디 있던 제자리로 돌아왔으나. '태반'은 태어나기에 앞서 아홉 달 동안 머물며 자라던 어머니 뱃속의 '아기집'을 뜻하는 한자말이다.

파리하고: 몸이 여위고 낯빛이나 살갗에 핏기가 없고.

보래구름: 보라구름. 잘게 부스러져 가루처럼 흩어지는 구름. 여기서 '보라'는 눈보라·물보라의 '보라'와 뿌리가 같을 듯하다. 이동순(1987)은 보랏빛 구름으로, 고형진(2015)은 '보라색 구름'의 평북 사투리로 여기서 '보라색'은 자흑색을 가리킨다고 풀이했다.

군소리

여섯 묶음으로 이루어진 노래는 앞쪽 세 묶음과 뒤쪽 세 묶음으로 뚜렷하게 갈라진다. 노래 안에 들어와 이야기하고 있는 '나'를 따라가 보면, 앞쪽 세 묶음은 지난날 '나'가 떠나간 노래고, 뒤쪽 세 묶음은 오늘날 '나'가 돌아온 노래임을 쉽게 알 수 있다. 앞쪽 떠나간 노래는 지난날의 잘못을 뉘우치며 숨기지 않고 드러내는 노래고, 뒤쪽 돌아온 노래는 지난날의 잘못을 기워 갚을 길조차 사라지고 없어 피눈물을 삼키며 울부짖는 노래다.

첫째 묶음 다섯 줄은 두 월이다. 앞 월은 한 줄로 아득한 옛날에 '나'가 떠난 사실만을 노래했고, 뒤 월은 넉 줄로 '나'가 떠난 사실의 속내를 노래했다. 첫째 줄은 겨레(숙신·여진)와 나라(부여·발해·요·금)를, 둘

87 북방에서 - 정현웅에게

째 줄은 겨레의 터전을 지키고 기르는 멧줄기(홍안령·음산)와 가람(아무르·숭가리)을 '아득한 옛날'에 떠났고, 셋째 줄은 겨레 터전의 뭍에서 살아가는 신령스러운 짐승(범·사슴·너구리)을 '배반하고', 넷째 줄은 겨레 터전의 물에서 살아가는 신령스러운 짐승(송어·메기·개구리)을 '속이고' 떠났다고 노래한다.

둘째 묶음 다섯 줄은 겨레와 나라, 겨레 터전의 멧줄기와 가람, 겨레 터전의 뭍짐승과 물짐승을 배반하고 속이며 떠나던 '그때'를 노래한다. '나'는 아득한 옛날에 겨레의 모든 것을 그것도 배반하고 속이고 떠나던 그때 겨레의 푸나무(자작나무와 이깔나무, 갈대와 장풍)들이 슬퍼하며 붙들었고(둘째와 셋째 줄), 겨레 가운데 가장 먼 북방 오로촌 겨레는 멧돝을 잡아 잔치해서 배웅하고 남방 솔론 겨레조차 십 리 길을 따라 나와 울면서 보내주었다(넷째와 다섯째 줄). 배반하고 속이며 떠나던 '나'를 겨레의 푸나무와 먼 겨레까지 뜨거운 사랑으로 함께 견디며 버티자고 슬퍼하며 붙들었으며, 철없던 '나'는 끝내 뿌리치고 떠났는데도 겨레들은 그지없는 사랑으로 보내주었음을 '나'는 잊지 않았다고 노래한다.

셋째 묶음 일곱 줄은 '나'가 배반하고 속이며 떠나던 '그때의 나'를 노래한다. 겨레와 나라와 겨레 터전의 모든 것이 온통 짓밟히고 있었으나 그때 '나'는 '아무 이기지 못할 슬픔도 시름도 없이 / 다만 게을리 먼 앞대로 떠나 나왔다', '그리하여 따사한 햇귀에서 하이얀 옷을 입고 매끄러운 밥을 먹고 단 샘을 마시고 낮잠을 잤다'. 그런데 마음 깊은 곳에 양심은 꺼지지 않아서 '밤에는 먼 개소리에 놀라 나고' 또다시 날이 새면 '아침에는 지나가는 사람마다에게 절을 하면서도', '나는 나의 부끄러움을 알지 못했다'고 노래한다. 그때의 '나'는 그지없이 창피하고 어리석고 못난이었음을 숨김없이 고백한다.

넉 줄로 이루어진 넷째 묶음, 한 줄로 이루어진 다섯째 묶음, 또 한 줄로 이루어진 여섯째 묶음은 줄글로 읽으면 모두가 한 월이다. 넷째와 다섯째 묶음은 이야기를 마무리하는 풀이말을 하지 못한 채로, 마지막 여섯째 묶음으로 이야기를 넘겨주었다. 그렇게 넘겨받은 여섯째 묶음은 한 줄인데 마무리하는 풀이말이 둘이다. 이처럼 노래 뒤쪽 세 묶음의 짜임새는 몹시 어지러운데, 거기 담긴 속살이 그지없이 막막하고 소용돌이치기 때문이다.

그동안 돌비는 깨어지고 많은 은금보화는 땅에 묻히고 까마귀도 긴 족보를 이루었는데
이리하여 또 한 아득한 새 옛날이 비롯하는 때
이제는 참으로 이기지 못할 슬픔과 시름에 쫓겨
나는 나의 옛 하늘로 땅으로 — 나의 태반으로 돌아왔으나

넷째 묶음 넉 줄은 보다시피 '나'의 삶이 뒤집어졌음을 노래한다. 첫째 줄은 '나'가 떠나가 버렸던 '그동안'에 겨레가 어처구니없이 무너져 내린 모습을 노래했다. 둘째 줄은 '이리하여 또 한 아득한 새 옛날이 비롯하는 때'가 왔다 한다. 여기서 '새 옛날'을 어떻게 알아들을까? '새'와 '옛날'은 서로 어우러질 수 없는 이른바 '모순'인데 시인이 굳이 만들어 썼으니 우리는 읽어내지 않을 수 없다. '새 옛날이 비롯하는 때'라 했으니 '새 옛날'은 '앞으로 다가올 옛날'이 아닌가? 그렇다. 지나간 '옛날'은 '돌비는 깨어지고 많은 은금보화는 땅에 묻히고 까마귀도 긴 족보를 이

루었'으니, 앞으로 다가올 '새 옛날'은 깨어진 돌비를 다시 세우고 땅에 묻힌 금은보화를 되찾아 지나간 옛날보다 더욱 거룩하고 가멸진 겨레를 일으켜 세우는 그날이다. '아득한 새 옛날이 비롯하는 때'라는 말마디는 참으로 놀랍다.

셋째·넷째 줄은 '아득한 새 옛날이 비롯하는 때'가 찾아왔음을 깨닫고 '이제는 참으로 이기지 못할 슬픔과 시름에 쫓겨' 헐레벌떡 '나는 나의 옛 하늘로 땅으로 — 나의 태반으로 돌아왔'다. 그런데 이렇게 '돌아왔으나' 하면서도 말을 잇지 못한 채로 묶음을 끝내고 말았다.

다섯째 묶음은 한 줄이다. 임자말과 풀이말을 네 차례나 되풀이하면서도 월로서 마무리하지 못한 채로 마지막 여섯째 묶음에다 떠넘기고 말았다.

　　이미 해는 늙고 달은 파리하고 바람은 미치고 보래구름만 혼자 넋 없
　이 떠도는데

해는 늙고, 달은 파리하고, 바람은 미치고, 뿔뿔이 흩어진 보래구름들도 혼자 넋 없이 떠도는데, 온 누리 모두가 '새 옛날을 비롯하는 때'에 아무 힘도 보태지 못할 것만 같다. 어이없는 막막함에 부딪친 것이다.

　　아, 나의 조상은 형제는 일가친척은 정다운 이웃은 그리운 것은 사랑
　하는 것은 우러르는 것은 나의 자랑은 나의 힘은 없다 바람과 물과 세월
　과 같이 지나가고 없다

마지막 묶음을 이렇게 끝내고 말았다. '아, 나의 조상은 없다 나의 형제는 없다 나의 일가친척은 없다 나의 정다운 이웃은 없다 나의 그리운 것은 없다 나의 사랑하는 것은 없다 나의 우러르는 것은 없다 나의 자랑은 없다 나의 힘은 없다 바람과 물과 세월과 같이 지나가고 없다'. 마지막 '없다'에 마침표도 찍지 않은 채로 끝내고 말았다. 이것은 노래가 아니라 바랄 데가 아주 없다는 지독한 절망의 울부짖음이다.

구석기 시대와 신석기 시대와 옥기 시대를 거치고 환웅조선과 단군조선을 거쳐 부여와 고구려로 이어오는 수만 년 동안 거룩하고 빛나는 겨레의 터전이었던 이 땅(북방)을 버리고 떠났다가 이제야 '아득한 새 옛날이 비롯하는 때'임을 깨닫고 허겁지겁 돌아왔으나 누리 안에 우리를 도와줄 어떤 힘도 없다는 절망에 빠져 울부짖는 노래다. 백석이 이 노래를 부르고 일흔여섯 해를 지난 오늘 우리는 이 거룩한 배달겨레의 터전에 황허와 양쯔강 문명보다 이천 년 앞서서 훨씬 거룩하고 빛나는 삶을 일구며 살았던 자취를 훤히 보면서 살고 있다. 하늘에서 백석은 오늘 우리를 굽어보며 어떤 노래를 부르고 있을까?

이쯤에서 노래를 조금 벗어난 이야기를 한마디 하고 싶다. 시인 백석은 어떻게 '부여를 숙신을 발해를 여진을 요를 금을 흥안령을 음산을 아무우르를 숭가리를' 우리 겨레의 나라며 터전이었다는 역사를 알았던 것일까? 그리고 어떻게 그 터전의 삶을 버리고 '나'가 떠나던 때에도 메와 가람과 푸나무가 베풀어준 뜨거운 사랑을 알았던 것인가? 시인 백석이 아득한 옛날부터 저 드넓은 터전에서 뜨거운 사랑을 나누며 살던 우리 겨레의 삶을 모르고 이런 노래를 부를 수는 없다.

여기서 우리는 단재 신채호(1880~1936) 선생을 떠올리게 된다. 단재 선생은 백석이 시집 《사슴》으로 떠오르던 그해 만주국 여순 감옥에서 침략 일제의 손에 세상을 떠나셨지만, 감옥에서 쓰신 글을 1931년 안재홍(1891~1965)이 〈조선일보〉에 연재해 세상에 알렸던 《조선상고사》를 백석은 꿰뚫어 읽었던 것으로 보인다. 어쩌면 1924~1925년 〈동아일보〉에 실었던 단재 선생의 논문을 홍명희(1888~1968) 같은 분들이 엮어낸 《조선사연구초》도 백석은 틀림없이 읽었을 듯하다. 그러고 보니 백석의 뜨거운 겨레 사랑 노래는 그 뿌리가 단재 선생 같은 겨레의 큰 스승들에 닿아 있다는 생각을 새삼 하지 않을 수 없다. 나의 이런 생각은 앞으로 백석의 노래를 깊이 맛보고자 하는 사람들이 새로운 눈으로 더욱 깊이 살피고 헤아려보아야 할 일이다.

88

허준

그 맑고 거룩한 눈물의 나라에서 온 사람이여
그 따사하고 살뜰한 볕살의 나라에서 온 사람이여

눈물의 또 볕살의 나라에서 당신은
이 세상에 나들이를 온 것이다
쓸쓸한 나들이를 다니러 온 것이다

눈물의 또 볕살의 나라 사람이여
당신이 그 긴 허리를 굽히고 뒷짐을 지고 지친 다리로
싸움과 흥정으로 왁자지껄하는 거리를 지날 때든가
추운 겨울밤 병들어 누운 가난한 동무의 머리맡에 앉아
말없이 무릎 우 어린 고양이의 등만 쓰다듬는 때든가
당신의 그 고요한 가슴 안에 온순한 눈가에
당신네 나라의 맑은 하늘이 떠오를 것이고
당신의 그 푸른 이마에 삐어진 어깻죽지에
당신네 나라의 따사한 바람결이 스치고 갈 것이다

높은 산도 높은 꼭대기에 있는 듯한

아니면 깊은 물도 깊은 밑바닥에 있는 듯한 당신네 나라의
하늘은 얼마나 맑고 높을 것인가
바람은 얼마나 따사하고 향기로울 것인가
그리고 이 하늘 아래 바람결 속에 퍼진
그 풍속은 인정은 그리고 그 말은 얼마나 좋고 아름다울 것인가

다만 한 사람 목이 긴 시인은 안다
도스토옙스키며 조이스며 누구보다도 잘 알고 일등 가는 소설도 쓰
지만
아무것도 모르는 듯이 어드근한 방 안에 굴어 게으르는 것을 좋아하
는 그 풍속을
사랑하는 어린것에게 엿 한 가락을 아끼고 위하는 아내에겐 해진 옷
을 입히면서도
마음이 가난한 낯선 사람에게 수백 냥 돈을 거저 주는 그 인정을
그리고 또 그 말을
사람은 모든 것을 다 잃어버리고 넋 하나를 얻는다는 크나큰 그 말을

그 멀은 눈물의 또 별살의 나라에서
이 세상에 나들이를 온 사람이여
이 목이 긴 시인이 또 게사니처럼 떠든다고
당신은 쓸쓸히 웃으며 바둑판을 당기는구려

《문장》 2권 9호(1940년 11월)

말뜻 풀이

허준: 평북 용천에서 1910년에 태어난 소설가로 백석과 가장 가까이 사귄 믿음의 벗이다. 〈모체〉(1935), 〈탁류〉(1936), 소설집 《잔등》(1946) 같은 작품이 있다. 2015년 문학과지성사에서 〈탁류〉, 〈습작실에서〉, 〈잔등〉, 〈속습작실에서〉, 〈평대저울〉을 묶어 허준 중단편선 《잔등》을 펴냈다.

삐어진: 속에서 겉으로 쑥 불거져 나온.

높은 산도 높은: 높은 산에서도 가장 높은.

깊은 물도 깊은: 깊은 물에서도 가장 깊은.

목이 긴 시인: 백석이 스스로를 그렇게 적었다.

도스토옙스키(1821~1881): 표도르 미하일로비치 도스토옙스키. 제정 러시아 소설가. 〈가난한 사람들〉(1845), 《이중인격》(1846), 〈백야〉(1848), 《죄와 벌》(1866), 《백치》(1868), 《악령》(1871~1872), 《미성년》(1875), 《카라마조프가의 형제들》(1879~1880) 같은 작품이 있다.

조이스(1882~1941): 제임스 오거스틴 앨로이시어스 조이스. 아일랜드 소설가. 단편소설집 《아일랜드 사람들》(1914), 장편소설 《젊은 예술가의 초상》(1916), 《율리시즈》(1922) 같은 작품이 있다.

어드근한: 조금 어두운 듯한. '어둡다'의 어간에 '-근하다'를 붙여 백석이 만든 말로 보인다. '희다'에서 만든 '허근하니(조금 흰 듯하게)'도 있다.

게사니: 집을 지키는 거위. (☞ 77. 〈넘언집 범 같은 노큰마니〉)

군소리

1940년 늦가을, 허준이 일본의 꼭두각시 나라인 만주국의 서울 신징으로 백석을 찾아왔다. 남녘 서울은 늦가을이지만 북녘 신징은 이미 추운 겨울이었고, 백석은 몸이 아파 방 안에 누워 앓고 있었다. 먼 나라를 버리고 떠나와 병들어 누워 있는 가난한 '동무'가 먼 나라에서 쓸쓸한 나들이를 다니러 온 '당신'을 맞아 깨닫는 눈물겨운 느꺼움을 가다듬은 노래다.

첫째 묶음 두 줄은 찾아온 '사람'을 거듭 부른다. 그러나 속셈은 찾아온 사람보다도 그가 꿋꿋이 지키며 살고 있는 '나라', 맑고 거룩한 '눈물의 나라'이며 따사하고 살뜰한 '볕살의 나라'를 더욱 목놓아 부르는 듯하다. 모진 침략자에게 빼앗겨 어쩔 수 없는 '눈물'의 나라지만, '맑고 거룩하고', '따사하고 살뜰한 볕살'의 나라로 살아 있다는 사실을 깨달으며 거듭 불러보는 듯하다.

둘째 묶음 석 줄은 첫째 묶음의 알맹이 '눈물의 또 볕살의 나라'를 디딤돌 삼았으나 말의 느낌을 조금 돌렸다. '사람'이라 부른 벗을 '당신'이라 불러 거리를 떼어놓고, 스스로 몸 붙여 살고 있는 이곳을 '이 세상'이라 하여 당신의 '나라'와 아주 멀리 떼어놓았다. 그리고 '당신은 / 이 세상에 나들이를 온 것이다 / 쓸쓸한 나들이를 다니러 온 것이다' 이렇게 '나들이 온 것'임을 거듭 못박는다. '나라'를 버리고(?) '이 세상'으로 도망친 스스로의 비겁함과 멀리 떼어놓으려 한다. 그의 가슴 저미는 뉘우침이 눈물겹게 다가온다.

아홉 줄로 짜인 셋째 묶음은 그 첫 줄에서 목소리와 말투를 다시 첫째 묶음 같은 도타움으로 돌렸다. '눈물의 또 볕살의 나라 사람이여' 이처럼 다정한 목소리로 이 세상(신징)에 나들이 온 사람의 나들이 삶을 드러내는 노래다. 둘째와 셋째 줄은 신징 거리를 지날 적에, 넷째와 다섯째 줄은 동무의 머리맡에 앉았을 적에, 그 '사람'의 지치고 쓸쓸한 겉모습을 드러냈다. 그리고 여섯째와 일곱째 줄에서 그의 가슴 안과 눈가에 '당신네 나라의 맑은 하늘이 떠오를 것이고', 여덟째와 아홉째 줄에서 그의 이마와 어깻죽지에 '당신네 나라의 따사한 바람결이 스치고 갈 것이'라 했다. 잠깐 나들이 나온 동안에도 그의 온 몸과 마음은 떠나온 당신네 나라의 하늘과 바람결을 떠나지 않을 것이라 한다. 그를 우러르는 마음이 뜨겁다.

넷째 묶음 여섯 줄은 잠깐 나들이 온 사람이 그처럼 잊지 못하는 '당신네 나라'의 하늘과 바람을 마음껏 우러르며 드높이고, 그런 하늘과 바람에서 퍼진 '풍속'과 '인정'과 '말'은 얼마나 좋고 아름다울 것인지를 묻는다. 첫째와 둘째 줄은 '당신네 나라'를 '높은 산도 높은 꼭대기에 있는 듯한' 나라, '아니면 깊은 물도 깊은 밑바닥에 있는 듯한' 나라로 한껏 드높였다. 셋째와 넷째 줄이 하늘과 바람을 마음껏 우러르며 드높이고, 마침내 다섯째와 여섯째 줄에서 하늘과 바람으로부터 퍼져 나온 풍속과 인정과 말이라는 삶은 '얼마나 좋고 아름다울 것인가' 하는 놀라움으로 마쳤다. 그러니까 모진 침략자에게 빼앗긴 '당신네 나라'의 하늘과 바람이라는 자연을 찬미하고, 그런 자연에서 말미암은 겨레의 '풍속'과 '인정'과 '말'이라는 문화를 마음껏 드높였다.

일곱 줄로 짜인 다섯째 묶음은 '다만 한 사람 목이 긴 시인은 안다'로 문을 열었다. 뒤따르는 여섯 줄은 모두 '안다'의 대답인 '그 풍속을', '그 인정을', '그 말을' 이렇게 끝냈다. 그런데 '목이 긴 시인'이 내놓은 대답은 뜻밖에도 '나들이를 온 사람'에게서 나왔다. '도스토옙스키며 조이스며 누구보다도 잘 알고 일등 가는 소설도 쓰지만 / 아무것도 모르는 듯이 어드근한 방 안에 굴어 게으르는 것을 좋아하는 그 풍속'은 허준의 사람됨을 이른 것이고, '사랑하는 어린것에게 엿 한 가락을 아끼고 위하는 아내에겐 해진 옷을 입히면서도 / 마을에 가난한 낯선 사람에게 수백 냥 돈을 거저 주는 그 인정'은 허준의 삶을 이른 것이며, '사람은 모든 것을 다 잃어버리고 넋 하나를 얻는다는 크나큰 그 말'은 허준의 입에서 나온 말을 이른 것이다. 허준이 우리 겨레의 거룩함을 고스란히 지니고 산다는 말이다.

마무리하는 여섯째 묶음의 첫째와 둘째 줄은 노래의 첫째와 둘째 묶음을 간추려 옮겨놓았다. 노래의 머리와 꼬리를 가지런히 하여 짜임새를 튼튼히 굳히려는 뜻이다. 나머지 두 줄 '이 목이 긴 시인이 또 게사니처럼 떠든다고 / 당신은 쓸쓸히 웃으며 바둑판을 당기는구려'에서는 앓아누운 벗이 게사니처럼 떠들어도 '쓸쓸히 웃으며 바둑판을 당기는' 당신의 몸짓을 드러냈다. 당신의 그 몸짓, 사랑을 가슴에 간직하고 쓸쓸히 웃으며 내뱉지 않는 그 말 없는 몸짓은 다섯째 묶음 '크나큰 그 말'의 참모습을 보여준다.

묶음과 묶음 사이, 줄과 줄 사이를 같은 낱말이나 말마디로 고리처럼 엮어서 노래 짜임새가 빈틈없이 튼튼하다. 가볍게 읽으면, 먼 북녘 추운 겨울에 홀로 외로이 앓아누운 시인이 멀리 따뜻한 남녘에서 찾아온 오랜 벗을 맞아 고마운 마음을 바치는 노래로 다가온다. 그것으로도 두 사람의 따뜻하고 눈물겨운 사랑이 커다란 울림으로 마음을 흔들기에 넉넉하다. 그러나 조금 더 톺아 읽으면, 아름다운 '나라 땅'을 침략자에게 빼앗겨 짓밟히고 쫓기면서도 서로 다른 모습으로 드높은 '나라 얼'을 빼앗기지 않고 지켜내는 삶을 그려낸 노래다. '나라 땅과 얼'을 높이 우러르면서 이야기와 노래라는 말꽃으로 모진 채찍을 견뎌내는 두 사람의 여리지만 꿋꿋한 삶은 오늘 우리네 삶을 돌아보며 옷깃을 여미게 한다.

89

《호박꽃 초롱》서시

하늘은
울파주 가에 우는 병아리를 사랑한다
우물 돌 아래 우는 돌우래를 사랑한다
그리고 또
버드나무 밑 당나귀 소리를 임내 내는 시인을 사랑한다

하늘은
풀 그늘 밑에 삿갓 쓰고 사는 버섯을 사랑한다
모래 속에 문 잠그고 사는 조개를 사랑한다
그리고 또
두툼한 초가지붕 밑에 호박꽃 초롱 켜고 사는 시인을 사랑한다

하늘은
공중에 떠도는 흰 구름을 사랑한다
골짜구니로 숨어 흐르는 개울물을 사랑한다
그리고 또
아늑하고 고요한 시골 거리에서 쟁글쟁글 햇볕만 바래는 시인을 사
랑한다

하늘은

이러한 시인이 우리들 속에 있는 것을 더욱 사랑하는데

이러한 시인이 누구인 것을 세상은 몰라도 좋으나

그러나

그 이름이 강소천인 것을 송아지와 꿀벌은 알을 것이다

《호박꽃 초롱》(1941년 1월)

말뜻 풀이

《호박꽃 초롱》: 1941년 2월 박문서관에서 펴낸 강소천의 어린이노래책(동시집). 다섯 매(5부)로 나누어 '호박꽃 초롱'에 아홉 마리, '모래알'에 열두 마리, '조그만 하늘'에 열두 마리, '돌멩이'에 두 마리로 모두 서른다섯 마리 노래를 싣고, 어린이이야기(동화)를 실었다. 강소천이 1930년 문단에 올라 십여 년에 걸쳐 내놓은 노래들인데, 우리말을 뿌리 뽑겠다고 몸부림치던 일제에 맞서 아름다운 우리말로 고운 어린이노래를 지어 묶어낸 책이니 그 값어치가 더욱 돋보인다.

울파주: 울바자. 갈대, 수수깡, 싸리, 대 따위로 엮어서 만든 울타리.

돌우래: 땅강아지. (☞ 76. 〈박각시 오는 저녁〉)

임내: 흉내. (☞ 12. 〈고방〉)

두툼한 초가지붕: 오래된 집이라는 뜻을 드러낸다. 초가지붕은 해마다 헌 이엉

을 걷어내고 새 짚으로 엮은 새 이엉으로 덮기 때문에 세월이 흐를수록 지붕이 두툼해지게 마련이다.

쟁글쟁글: 햇볕이 살갗을 간질이는 듯이 따스한. (☞ 40. 〈황일〉)

바래는: 바라는. 바라보는.

군소리

강소천은 백석이 함흥 영생고보에서 시를 가르쳤던 제자다.[16] 강소천의 첫 어린이노래책 《호박꽃 초롱》의 장정을 백석의 가장 가까운 벗이며 뛰어난 디자이너였던 정현웅에게 맡기고, 그 시절 가장 이름이 높은 출판사 박문서관에서 펴내게 하고, 책 들머리에 스스로 붙여준 노래다. 강소천의 사람과 예술을 백석이 얼마나 사랑했는지 알 수 있는 노래다.

보다시피 노래를 다섯 줄씩 가지런히 네 묶음으로 짰다. 게다가 다섯 줄의 가락과 짜임새를 조금도 흩트리지 않고 네 묶음마다 고스란히 거듭 되풀이해 놓았다. 강소천의 《호박꽃 초롱》에 실린 어린이노래의 고른 가락과 짜임새를 깊이 사랑하여 더불어 어우러지고 싶은 마음에서 빚어낸 모습으로 다가온다.

그러나 묶음들에 담긴 노래의 속살은 가락과 짜임새처럼 그렇게 한결같지 않다. 무엇보다도 마지막 넷째 묶음의 속살이 앞쪽 세 묶음과

---

16 두 사람이 제자·스승 사이지만 나이는 세 살 차이다. (백석은 1912년에, 강소천은 1915년에 태어났다.)

뚜렷이 다르다. 그러니까 노래 속살의 흐름으로 보면 앞쪽 세 묶음과 마지막 한 묶음은 아주 동떨어지게 다르다. 노래의 마무리를 또렷하게 매듭짓는 노릇을 노래의 모습이 아니라 속살이 짊어지게 만든 셈이다.[17] 그러므로 앞쪽 세 묶음은 한몫에 싸잡아 더듬어보고, 마무리 넷째 묶음만 따로 더듬어보는 쪽이 바람직하겠다.

앞쪽 세 묶음의 다섯 줄은 모두 앞 석 줄과 뒤 두 줄씩 서로 나누어진다. 앞 석 줄에서는 하늘이 병아리와 돌우래·버섯과 조개·흰 구름과 개울물을 사랑한다 했다. 하늘은 당신의 피조물 가운데서도 가장 힘이 없어 울고, 숨어 살고, 떠돌거나 낮은 데로 숨어 흐르는 것들을 사랑한다는 노래다. 뒤 두 줄에서는 '그리고 또'(하늘은) 버드나무 밑 당나귀 소리를 임내 내고, 두툼한 초가지붕 밑에 호박꽃 초롱을 켜고 살며, 아늑하고 고요한 시골 거리에서 쟁글쟁글 햇볕바라기만 하는 시인을 사랑한다 했다. 하늘은 가장 힘이 없어 울고, 숨어 살고, 떠돌거나 낮은 데로 숨어 흐르는 당신의 피조물을 사랑하듯이 그런 피조물과 더불어 살아가는 시인을 사랑한다는 노래다.

마지막 묶음 다섯 줄은 앞쪽 세 묶음의 다섯 줄과는 달리 노래의 속살이 앞 두 줄과 뒤 석 줄로 나누어진다. 앞 두 줄에서는 이러한 시인이 우리들 속에 있는 것을 하늘은 더욱 사랑한다 했다. 하늘의 사랑이 다섯 줄에 두루 미치던 앞쪽 세 묶음과는 달리 여기서는 하늘의 사랑이 이렇게 두 줄로서 끝났다. 그러나 '하늘은 / 이러한 시인이 우리들 속에

---

17 여기서 그냥 지나치기 어려운 점은 네 묶음의 노래에서 오래 써온 이른바 기승전결(일으키고, 이어받고, 돌려서, 마무리하는)이라는 중국 한시의 뿌리 깊은 짜임새를 아랑곳하지 않았다는 사실이다.

있는 것을 더욱 사랑한'다 하고, 잇달아 '이러한 시인이 누구인 것을 세상은 몰라도 좋으나 / 그러나 / 그 이름이 강소천인 것을 송아지와 꿀벌은 알 것이다' 하고 노래를 마쳤다.

강소천이 우리들 속에 함께 살아가는 것을 하늘은 더욱 사랑하고, 하늘의 사랑을 그지없이 받으며 사는 당신의 피조물 송아지와 꿀벌이 강소천의 이름을 알 것이라 했다. 나라를 빼앗겨 어처구니없이 기막힌 세상을 살아가는 현실을 아랑곳하지 않고, 하늘의 사랑을 받는 자연에 어우러져 더없이 맑고 깊은 사랑을 나누며 살아가는 강소천을 놀랍도록 드높였다.

90

귀농

백구둔의 눈 녹이는 밭 가운데 땅 풀리는 밭 가운데
촌부자 노왕하고 같이 서서
밭최뚝에 즘부러진 땅버들의 버들개지 피어나는 데서
볕은 장글장글 따사롭고 바람은 솔솔 보드라운데
나는 땅임자 노왕한테 석섬지기 밭을 얻는다

노왕은 집에 말과 나귀며 오리에 닭도 우글거리고
고방엔 그득히 감자에 콩 곡식도 들여 쌓이고
노왕은 채매도 힘이 들고 하루 종일 백령조 소리나 들으려고
밭을 오늘 나한테 주는 것이고
나는 이젠 귀치 않은 측량도 문서도 싫증이 나고
낮에는 마음 놓고 낮잠도 한잠 자고 싶어서
아전노릇을 그만두고 밭을 노왕한테 얻는 것이다

날은 챙챙 좋기도 좋은데
눈도 녹으며 술렁거리고 버들도 잎 트며 수선거리고
저 한쪽 마을에는 마돝에 닭 개 짐승도 들떠들고
또 아이 어른 행길에 뜨락에 사람도 웅성웅성 흥성거려

나는 가슴이 이 무슨 흥에 벅차오며

　이 봄에는 이 밭에 감자 강냉이 수박에 오이며 당콩에 마늘과 파도

심으리라 생각한다

　수박이 열면 수박을 먹으며 팔며

　감자가 앉으면 감자를 먹으며 팔며

　까막까치나 두더지 돝벌기가 와서 먹으면 먹는 대로 두어두고

　도적이 조금 걷어가도 걷어가는 대로 두어두고

　아, 노왕, 나는 이렇게 생각하노라

　나는 노왕을 보고 웃어 말한다

　이리하여 노왕은 밭을 주어 마음이 한가하고

　나는 밭을 얻어 마음이 편안하고

　지퍽지퍽 눈을 밟으며 터벅터벅 흙도 덮으며

　사물사물 햇볕은 목덜미에 간지러워서

　노왕은 팔짱을 끼고 이랑을 걸어

　나는 뒷짐을 지고 고랑을 걸어

　밭을 나와 밭둑을 돌아 도랑을 건너 행길을 돌아

　지붕에 바람벽에 울바주에 볕살 쇠리쇠리한 마을을 가리키며

　노왕은 나귀를 타고 앞에 가고

　나는 노새를 타고 뒤에 따르고

　마을 끝 충왕묘에 충왕을 찾아뵈러 가는 길이다

　토신묘에 토신도 찾아뵈러 가는 길이다

《조광》 7권 4호(1941년 4월)

말뜻 풀이

귀농: 많은 사람이 모여 사는 큰 고을에서 다른 일을 하며 살던 사람이 그런 일을 버리고 농사를 지으며 살고자 시골 농촌으로 돌아가는 노릇을 뜻한다. 그러나 여기서는 나라를 침략자에게 빼앗기고 그들의 채찍을 피해 남의 나라 서울에 쫓겨 와서, 하찮은 벼슬살이로 빌붙어 살다가 싫증을 느끼고 농사를 지어 보겠다고 변두리 농촌으로 나가는 노릇을 뜻한다.

백구둔: 바이구툰. 중국 지린성 창춘시(1941년에는 만주국 서울 신징이었다.) 가장자리에 있는 작은 마을. 중국의 행정구역 체계는 '성(省) → 시(市) → 구(区) → 향(鄕) → 촌(村) → 둔(屯)'으로 되어 있다. (고형진, 2015: 255)

노왕: 왕 씨. 왕 선생. 중국에서 사람을 부를 적에 나이가 많으면 성씨 앞에 '노(老, 라오)'를 붙이고, 나이가 적으면 '소(小, 샤오)'를 붙인다.

밭최뚝: 밭가에 있는 최뚝. '최뚝'은 밭이나 논 가장자리에 풀이 자라고 사람이 다니고 잠시 앉아 쉴 수도 있는 둑이다.

즘부러진: 서로 얼기설기 얽힌 채로 여기저기 퍼드러져 있는.

땅버들: 버드나무과에 드는 나무. (☞ 24. 〈쓸쓸한 길〉)

버들개지: 버들강아지. (☞ 53. 〈바다〉)

석섬지기: 벼농사를 지어 나락을 석 섬쯤 거둘 만한 넓이의 땅. 지난날 논밭의 넓이를 헤아리는 셈말은 '마지기'와 '섬지기'를 썼다. '마지기'는 한 '말'을 거두는 넓이, '섬지기'는 한 '섬'을 거두는 넓이다. 뒷날 땅의 넓이를 '평'으로 헤아리게 되어 한 마지기는 대략 이백 평을 잣대로 잡았다. 그렇게 치면 석섬지기는 육천 평쯤 되는 셈이다.

채매: 채마. '채마'는 반찬으로 먹으려고 씨앗을 넣어 가꾸고 기르는 푸성귀다.

노래에서 '채매도 힘이 들고' 했을 적에 '채매'는 밭에 푸성귀 씨앗을 넣어 가꾸고 기르는 노릇을 뜻한다.

백령조: 종다릿과에 딸린 새. '몽고종다리'라고도 한다. 여느 종다리보다는 등이 크고 살이 쪘는데, 등은 옅은 갈색, 배는 흰빛, 목 양쪽에 검은 줄이 있고 꽁지는 갈색에 흰 깃이 섞여 있다. 부리는 굵고 붉으며 다리는 적갈색이다. 사막에 많이 살고 소리가 고우며 해충을 먹어서 농사를 이롭게 한다.

측량도 문서도: '측량'은 땅의 넓이를 재는 일이고, '문서'는 측량한 바를 종이에 적는 일이니, 백석이 만주국 경제부의 낮은 자리에서 하던 일을 두고 한 말이다.

아전노릇: '아전'은 조선 시대 중앙과 지방의 관청에서 일하던 중인 신분의 관리다. 이런 일자리 이름에 '노릇'을 붙이면 그 일을 낮잡는 느낌을 드러낸다.

마돝: 말과 돝(돼지).

들떠들고: 여럿이 모여서 시끄럽게 떠들고.

당콩: 강낭콩. (☞ 76. 〈박각시 오는 저녁〉)

돝벌기: '돝벌레'의 사투리. 돝벌레는 '돼지벌레'와 같은 말이며, 잎벌렛과에 딸린 딱정벌레를 통틀어 이르는 말이다. 그냥 '잎벌레'라고도 부른다.

도랑: 개울과 마찬가지로 골짜기에서 흘러 마을과 들판을 지나 실개천이나 개천으로 들어가는 물길이다. '개울'은 저절로 생겨난 물길인 것과 달리 '도랑'은 사람이 만들어낸 물길이다.

충왕묘: 벌레임금(충왕)을 모신 사당. 중국에는 벌레가 농사를 망치지 못하도록 벌레임금에게 제사를 드리는 풍속이 있었다.

토신묘: 땅을 다스리는 서낭(토신)을 모신 사당.

다섯 묶음으로 이루어진 노래다. 가장 작은 첫째 묶음이 다섯 줄이고, 가장 큰 마지막 묶음은 열두 줄이나 된다. 속살을 이야기처럼 풀어놓아서 쉽게 알아들을 수 있는 노래다. 게다가 묶음들 사이에 흐르는 시간이 자연에 따라 흐르니까 알아듣기가 더욱 어렵지 않다.

첫째 묶음은 노래 이름 '귀농'의 첫걸음 떼는 '사실'을 노래한다. '노왕하고 같이 서서, 밭을 얻는다'. 둘째 묶음은 첫째 묶음에서 보여준 그 사실 너머 있는 '노왕은 주고, 나는 얻는' '말미'를 노래한다. 셋째 묶음은 '나' 혼자 가슴에 벅차오는 흥에 겨워 농사 씨앗 넣을 꿈같은 '생각'을 노래한다. '나는 가슴이 이 무슨 흥에 벅차오며' 제 처지를 까맣게 잊었다. 넷째 묶음은 농사를 지어 열매를 거두면 즐길 '생각'을 노래한다. '아, 노왕, 나는 이렇게 생각하노라 / 나는 노왕을 보고 웃어 말한다' 노왕과의 관계도 까맣게 잊었다. 마지막 묶음은 노왕을 따라 '나'도 편안한 마음으로 마을 끝에 있는 벌레임금과 땅서낭의 사당에 찾아뵈러 가는 '사실'을 노래한다. '노왕은 이랑을 걸어, 나는 고랑을 걸어', '노왕은 앞에 가고, 나는 뒤에 따르고' 노왕은 높은 이랑으로 앞서 가고, '나'는 낮은 고랑으로 뒤따른다. 이렇게 '나'와 노왕 사이가 또렷한 차이로 드러났으나 '나'는 이런 현실을 까맣게 모른다.

이처럼 뼈대를 따라 붙든 '뜻'을 디딤돌 삼아 낱말과 낱말, 말마디와 말마디, 줄과 줄, 월과 월, 묶음과 묶음을 맑은 마음으로 더듬어 그런 말들이 일으키는 '느낌'을 놓치지 않아야 비로소 노래를 맛보는 것이다. 첫째 묶음에서는 새봄에 깨어나는 여러 목숨의 싱싱한 움직임을, 둘째 묶음에서는 노왕의 푸짐한 살림살이와 모든 게 귀찮은 '나'의 서글픈 삶을, 셋째 묶음에서는 새봄의 푸나무와 짐승과 사람의 흥성거림에 물든 '나'의 뜬금없는 흥겨움을, 넷째 묶음에서는 꿈꾸는 농사일의 열매로 펼치는 꿈같은 '나'의 헛된 앞날을, 모두 느낌으로 맛보기 어렵지 않다. 다섯째 묶음 열두 줄은 넉 줄씩 묶어 세 묶음으로 나누거나, 또는 두 줄·넉 줄·넉 줄·두 줄씩 네 묶음으로 나누어보면 신비한 짜임새의 맛까지 느낄 수 있다. 게다가 '장글장글'과 '솔솔'(첫째 묶음), '쨍쨍', '술렁거리고'와 '수선거리고'(셋째 묶음), '지픽지픽'과 '터벅터벅', '사물사물'과 '쇠리쇠리한'(다섯째 묶음) 같은 어찌씨와 그림씨 낱말들까지 눈과 귀와 살갗으로 느낌을 맛보는 데에 한몫을 거들고 있다.

이렇게 묶음 차례대로 뼈대를 이루는 사실과 생각들을 더듬어 얻어낸 '뜻'은 노래하는 이의 삶이 그지없이 서럽고 눈물겹다는 것이다. 한편, 노래의 뼈대에 입혀진 핏줄과 살결인 자연과 날씨의 움직임이 일으키는 '느낌'은 뜻으로 맛본 '나'의 삶과는 딴판으로 밝고 따뜻하고 싱싱하다. 이런 뜻과 느낌의 어긋남을 어떻게 받아들일까? 노래의 핏줄과 살결로 빚어내는 밝고 따뜻하고 싱싱한 '느낌'이 노래의 뼈대가 드러내는 서럽고 눈물겨운 삶의 '뜻'을 더욱 서럽고 눈물겹도록 들어올리는 지렛대 노릇을 하고 있는 것은 아닌가?

91

국수

눈이 많이 와서
산엣새가 벌로 내려멕이고
눈구덩이에 토끼가 더러 빠지기도 하면
마을에는 그 무슨 반가운 것이 오는가 보다
한가한 아동들은 어둡도록 꿩 사냥을 하고
가난한 엄매는 밤중에 김치가재미로 가고
마을을 구수한 즐거움에 싸서 은근하니 흥성흥성 들뜨게 하며
이것은 오는 것이다
이것은 어느 양지귀 혹은 능달쪽 외따른 산 옆 은댕이 예데가리밭
에서
하루 밤 뽀오얀 흰 김 속에 접시귀 소기름 불이 뿌우연 부엌에
산멍에 같은 분틀을 타고 오는 것이다
이것은 아득한 옛날 한가하고 즐겁던 세월로부터
실 같은 봄비 속을 타는 듯한 여름 볕 속을 지나서 들쿠레한 구시월
갈바람 속을 지나서
대대로 나며 죽으며 죽으며 나며 하는 이 마을 사람들의 의젓한 마음
을 지나서 텁텁한 꿈을 지나서
지붕에 마당에 우물든덩에 함박눈이 푹푹 쌓이는 여느 하루 밤

아배 앞에 그 어린 아들 앞에 아배 앞에는 왕사발에 아들 앞에는 새
끼사발에 그득히 사리워 오는 것이다
　이것은 그 곰의 잔등에 업혀서 길러 났다는 먼 옛적 큰마니가
　또 그 집등색이에 서서 자채기를 하면 산넘엣 마을까지 들렸다는
　먼 옛적 큰아바지가 오는 것같이 오는 것이다

　아, 이 반가운 것은 무엇인가
　이 히수무레하고 부드럽고 수수하고 슴슴한 것은 무엇인가
　겨울밤 쩡 하니 익은 동치미국을 좋아하고 얼얼한 댕추가루를 좋아
하고 싱싱한 산꿩의 고기를 좋아하고
　그리고 담배 내음새 탄수 내음새 또 수육을 삶는 육수국 내음새 자욱
한 더북한 삿방 쩔쩔 끓는 아르굳을 좋아하는 이것은 무엇인가

　이 조용한 마을과 이 마을의 의젓한 사람들과 살뜰하니 친한 것은 무
엇인가
　이 그지없이 고담하고 소박한 것은 무엇인가

《문장》 3권 4호(1941년 4월)

말뜻 풀이

산엣새: 산에 사는 새. 곧 산새·멧새(본디는 '묏새').

벌로: 벌판으로.

내려멕이고: 아래로 쏟아지듯이 내려앉고. 책마다 말뜻 풀이가 조금씩 다르다. 이동순(1987)은 '내려와 쏘다니고', 송준(2005)은 '내려와 활발히 움직이고', 이숭원(2008)은 〈오리〉에도 나오는 '멕이기에'처럼 '울음소리를 내고', 고형진(2015)은 '멕이다'를 '먹이다(어떤 작용이 이루어지게 하다)'로 보아 '내려먹이고, 내려오고'의 뜻으로 본다.

김치가재미: 김칫독을 묻어 덮어두는 움막. (☞ 65. 〈개〉)

양지귀: 양지쪽 귀퉁이. 햇볕을 잘 받을 수 있는 땅의 귀퉁이.

능달쪽: 응달쪽. (☞ 74. 〈가무래기의 락〉)

은댕이: 평안도 사투리로 '산마루' 또는 '언덕마루'를 뜻하는 말로 보인다. 경상도 사투리 '먼댕이'와 뿌리가 같을 듯하다. 이와 달리 이동순(1987), 송준(2005)은 '언저리', 이숭원(2008)은 '산비탈에 턱이 져 평평한 곳'으로 풀이하고, 고형진(2015)은 '평평한 곳' 또는 '어떤 특정 지역의 이름'으로 추정한다.

예데가리밭: 예제가리밭. '(좁은 땅을) 여기저기 갈아서 어설프게 만든 밭'이라는 평안도 사투리일 듯하다.

산멍에: '산몽애'의 평안도 사투리. '산몽애'는 옛말 '산므에비얌 〉 산무애뱀'에서 '뱀'이 떨어지고 '산무애 〉 산몽애'가 되었다. 몸빛이 어두운 갈색인데 흰 줄이 양쪽으로 목에서 꼬리까지 내려가고 흰 줄을 따라 검은 점이 온몸에 흩어져 무늬를 이루며 뱃바닥은 희읍스름한 뱀이다. 한방에서 '화사(花蛇)'라 하여 나병이나 풍병을 다스리는 약 또는 보신제로 쓴다.

분틀: '국수분틀'의 준말. (☞ 56. 〈산숙〉)

들쿠레한: 들크레한. 조금 들큼하다는 뜻의 평안도 사투리. '들큼하다'는 맛깔스럽지 않게 조금 달다는 뜻이다.

갈바람: 가을철에 서녘에서 불어오는 바람.

텁텁한: 말끔하지 않은. 개운하지 않은. 생밤의 보늬를 씹을 적에 느끼는 맛이다.

우물든덩: '우물둔덕'의 평북 사투리. '우물둔덕'은 우물 둘레에 작은 둑 모양으로 된 곳이다.

사리워: 사리어. 삶은 국수를 건져 물이 빠지면 동그랗게 말아두는 것을 이른다.

큰마니: 할머니.

집등색이: 집등새기. '집등성이'의 평북 사투리. '집등성이'는 집 뒤에 있는 높은 자리.

자채기: '재채기'의 북녘 사투리.

산넘엣: 산 너머에 있는.

큰아바지: '할아버지'의 평북 사투리.

히수무레하고: 희스무레하고. 흰빛이 엷은 어둠에 가려 어스름하고.

슴슴한: 간이 세게 느껴지지 않을 만큼 시원하고 싱거운.

동치미국: 동치미 국물. (☞ 65. 〈개〉)

댕추가루: 고춧가루. '댕추'는 '고추'의 평안도 사투리.

탄수: 목탄을 태울 적에 피어나는 수증기.

더북한: 조금 더워서 거북한.

삿방: 삿자리를 바닥에 깐 방. (☞ 삿자리 - 2. 〈늙은 갈대의 독백〉)

아르굳: '아랫목'의 평안도 사투리. '아랫목'은 온돌방에서 아궁이쪽의 방바닥이다. '아르굳'은 '아르'와 '굳' 두 낱말이 어우러진 말이며, '아르'는 '아래'고

'굳'은 '구들'이다. 그러니까 '아랫목'과 '구들목'이 겹쳐진 셈이다.

고담하고: 오래되어서 메마르고 꾸미지 않아서 편안하고. '고담(枯淡)'은 한자 말이다.

군소리

노래를 세 묶음으로 짰는데 첫 묶음은 열아홉 줄이고, 가운데 묶음은 넉 줄이고, 끝 묶음은 두 줄이다. 줄글이라면 몸집 크기가 곧 뜻의 무게 지만, 줄을 바꾸고 묶음으로 짜는 노래는 묶음의 몸집이 서로 달라도 뜻의 무게는 가지런히 보는 이치를 따라야 한다. 그러니까 몸집이 작은 묶음일수록 그만큼 더욱 곰곰이 살피며 깊이 맛보아야 하는 것이다.

첫 묶음 열아홉 줄을 줄글처럼 잇달아 읽으면 월이 다섯이고, 가운데 묶음 넉 줄은 월이 셋이고, 끝 묶음 두 줄은 월이 둘이다. 첫 묶음 월 다섯의 풀이말을 보면 첫 월만 '오는가 보다'로 짐작하는 풀이말이고, 나머지 네 월은 모두 한결같이 '오는 것이다'로 단정하는 풀이말이다. 그런데 가운데 묶음 월 셋과 끝 묶음 월 둘은 풀이말이 모두 한결같이 '무엇인가'로 묻는 풀이말이라 첫 묶음과 뚜렷이 다르다.

노래 이름으로 먹거리 '국수'를 걸어놓았으나 정작 노래 안에서는 오직 가난한 산골 '마을'에 '오는 것'을 되풀이 노래하고, 그것이 '무엇인가' 물어만 놓고 노래를 끝냈다. '국수'를 사물인 먹거리로서 또는 맛으로서 다루지 않았다는 말이다. 첫 묶음 월 다섯에서 첫째 월은 '마을'이 큰 어려움에 빠졌을 때에 맞추어 '반가운 것으로 오는가 보다' 하고,

둘째 월은 '마을'을 구수한 즐거움에 싸서 '흥성흥성 들뜨게 하며 오는 것'이며, 셋째 월은 '가난한 삶터에서' 부엌을 거쳐 산몽애같이 '신령스러운 분틀을 타고 오는 것'이라 단정했고, 넷째 월은 아득한 예로부터 세월을 지나고 철을 지나고 죽음도 지나고 마음을 지나고 꿈을 지나서 '아버지와 아들의 사발에 사리로 얹혀서 오는 것'이며, 다섯째 월은 더 먼 옛날 신령한 힘으로 살았던 '할머니와 할아버지가 오듯이 오는 것'이라 단정했다. 국수를 어떤 어려움이 닥쳐도 굽히지 않고 즐거움과 꿈을 잃지 않으며 길이길이 살아온 겨레의 자랑스러운 '역사'라고 노래한 것이다.

가운데 묶음 월 셋의 물음, 곧 '아, 이 반가운 것', '희스무레하고 부드럽고 수수하고 슴슴한 것', '삿방 쩔쩔 끓는 아르굳을 좋아하는 이것'은 국수를 겨레의 '마음'과 '삶'이라 노래했다. 끝 묶음 월 둘의 물음, 곧 '이 조용한 마을과 의젓한 사람들과 살뜰하니 친한 것', '이 그지없이 고담하고 소박한 것'은 보다시피 국수를 겨레의 '땅'과 '사람'과 '문화'라고 노래했다.

국수라는 먹거리를 글감으로 잡고, 국수에 배인 깊고 넓게 살아 숨 쉬는 거룩한 겨레의 삶을 드러내고 깨우치는 노래다. 한편으로 노래 굽이굽이에 흥건히 젖어 있는 겨레 삶의 슬픔에도 느낌의 눈을 감을 수는 없다. 게다가 여기 함께 맛보는 〈국수〉, 〈흰 바람벽이 있어〉, 〈촌에서 온 아이〉 세 마리를 실은 《문장》 26호(1941년 4월)가 침략 일제의 칼 아래 목숨이 끊어지는 '폐간호'였다는 사실을 떠올리면, 노래에 담긴 백석의 겨레 사랑이 우리의 슬픔을 더욱 견딜 수 없게 만든다.

92

흰 바람벽이 있어

오늘 저녁 이 좁다란 방의 흰 바람벽에
어쩐지 쓸쓸한 것만이 오고 간다
이 흰 바람벽에
희미한 십오 촉 전등이 지치운 불빛을 내어던지고
때 글은 다 낡은 무명 셔츠가 어두운 그림자를 쉬이고
그리고 또 달디단 따끈한 감주나 한잔 먹고 싶다고 생각하는 내 가지
가지 외로운 생각이 헤매인다
그런데 이것은 또 어인 일인가
이 흰 바람벽에
내 가난한 늙은 어머니가 있다
내 가난한 늙은 어머니가
이렇게 시퍼러둥둥하니 추운 날인데 차디찬 물에 손은 담그고 무이
며 배추를 씻고 있다
또 내 사랑하는 사람이 있다
내 사랑하는 어여쁜 사람이
어느 먼 앞대 조용한 개포 가의 나즈막한 집에서
그의 지아비와 마주 앉아 대구국을 끓여놓고 저녁을 먹는다
벌써 어린것도 생겨서 옆에 끼고 저녁을 먹는다

그런데 또 이즈막하야 어느 사이엔가

이 흰 바람벽엔

내 쓸쓸한 얼굴을 쳐다보며

이러한 글자들이 지나간다

—나는 이 세상에서 가난하고 외롭고 높고 쓸쓸하니 살아가도록 태
어났다

그리고 이 세상을 살아가는데

내 가슴은 너무도 많이 뜨거운 것으로 호젓한 것으로 사랑으로 슬
픔으로 가득찬다

그리고 이번에는 나를 위로하는 듯이 나를 울력하는 듯이

눈질을 하며 주먹질을 하며 이런 글자들이 지나간다

—하늘이 이 세상을 내일 적에 그가 가장 귀해하고 사랑하는 것들은
모두

가난하고 외롭고 높고 쓸쓸하니 그리고 언제나 넘치는 사랑과 슬
픔 속에 살도록 만드신 것이다

초승달과 바구지꽃과 짝새와 당나귀가 그러하듯이

그리고 또 '프란시스 잼'과 도연명과 '라이너 마리아 릴케'가 그러
하듯이

《문장》 3권 4호(1941년 4월)

말뜻 풀이

바람벽: 벽. (☞ 50. 〈고사〉)

글은: 그을은. '그을다'는 햇볕이나 불, 연기 따위를 오래 쐬어 검게 되다는 뜻이다.

시퍼러둥둥하니: 시푸르뎅뎅하니. 매우 짙게 푸르뎅뎅하니. '푸르뎅뎅하다'는 푸른빛이 좀 스산한 느낌을 주게 칙칙하다는 뜻이다.

앞대: 앞쪽의 남녘 땅. (☞ 87. 〈북방에서〉)

개포: 뭍에 닿은 바다에서 배를 댈 수 있을 만큼 바다가 뭍으로 쑥 들어간 자리. '개포'는 바닷가 얕은 물을 뜻하는 토박이말 '개'와 바닷가 배를 대는 곳을 뜻하는 한자말 '포(浦)'가 어우러진 말이다.

이즈막하야: 이즈음에 이르러.

울력하는: 여러 사람이 힘을 모아서 돕는.

바구지꽃: 박꽃. (☞ 72. 〈야우소회〉)

짝새: 뱁새. '붉은머리오목눈이'라고도 부른다. 우리나라 곳곳에 살고 있는 텃새다.

프란시스 잼(1868~1938): 프랑스 남서부 피레네 산맥의 산간 지방에 살면서 보잘것없는 여느 사람의 삶에서 아름다움과 사랑을 이끌어내며 맑고 깨끗한 어린이 같은 눈으로 부드러운 노래를 부른 프랑스 시인이다. 《새벽 삼종에서 저녁 삼종까지》(1898) 같은 시집이 이름 높다.

라이너 마리아 릴케(1875~1926): 오스트리아에서 태어난, 20세기 독일에서 가장 뛰어난 시인으로 꼽힌다. 말을 갈고닦아 느낌을 고스란히 드러내는 솜씨가 빼어나 '말의 연금술사'라고들 하고, 1910년에 내놓은 장편소설 《말테의 수기》

는 현대소설의 문을 연 작품으로 이름 높으며, 수많은 훌륭한 노래 가운데서 흔히 1912년 두이노에서 쓴《두이노의 슬픈 노래》를 첫손으로 꼽는다.

군소리

보다시피 노래는 스물아홉 줄을 나누지 않고 한 묶음에 싸잡았다. 묶음으로 나누면 숨 돌릴 겨를이 끼어들기 때문에 그런 틈을 막으려 했을 듯하다. 그러나 뜻으로 속살부터 맛보고자 하는 우리는, 우선 줄글처럼 읽으며 '월'을 챙겨 속살의 흐름을 더듬어볼 수는 있다.

그러고 보니 옹근 월이 열셋이고 끝에 옹글지 못한 두 줄이 따랐다. 월 열셋이 모래처럼 흩어지지 않고 가까운 월끼리 서로 손을 잡고 있어서 덩이를 지어볼 수는 있다. 맨 앞에 두 월(첫째 덩이), 다음 세 월(둘째 덩이), 그다음 세 월(셋째 덩이), 또 그다음 세 월(넷째 덩이), 마지막 두 월과 안옹근 두 줄(다섯째 덩이), 이렇게 다섯 덩이로 나눌 수 있다. 한 걸음 더 나가면, 덩이들끼리도 서로 손을 잡고 있어서 첫째 덩이는 홀로 서고, 둘째와 셋째 덩이끼리 손잡고 넷째와 다섯째 덩이끼리 손잡아, 큰 덩이 셋으로 나눌 수도 있다. 어쩌면 노래를 만들던 백석도 이들 큰 덩이 셋을 아예 묶음으로 삼으면 어떨까 싶기도 했을지 모른다. 그러나 노래에 담는 그의 슬픔이 숨 돌릴 틈을 주지 않으니까 이처럼 한 묶음으로 싸잡지 않을 수 없었을 듯하다.

첫째 덩이 두 월은 노래의 들머리다. 둘째와 셋째 덩이는 백석의 가슴 깊이 옹이처럼 박혀 있는 두 여인을 보여준다. 넷째와 다섯째 덩이는 백석의 쓸쓸한 얼굴을 쳐다보며 지나가는 두 가지 글자들을 보여준다. 촘촘한 계산으로 신비롭다 할 만큼 빈틈없는 짜임새를 마련하고, 그 안에 속살을 하나로 아우러지게 채워서 높고 빛나는 노래로 가다듬어 놓았음을 알아보겠다.

첫째 덩이 들머리는 '오늘 저녁'이라는 때에, '이 좁다란 방'이라는 극장에서, '이 흰 바람벽'을 스크린 삼고, 십오 촉 전등의 조명으로, 백석의 쓸쓸하고 외롭고 슬픈 삶을 보이겠다는 예고편이다. 둘째 덩이 제1막은 '내 가난한 늙은 어머니가 시퍼러둥둥하니 추운 날인데 차디찬 물에 손은 담그고 무와 배추를 씻고 있는' 그림으로, 어린 시절의 서러운 삶이다. 셋째 덩이 제2막은 '내 사랑하는 어여쁜 사람이, 어느 먼 앞대 조용한 개포 가 나즈막한 집에서, 그의 지아비와 마주 앉아 대구국을 끓여놓고, 벌써 생겨난 어린것도 옆에 끼고, 저녁을 먹는' 그림으로, 젊은 시절의 서글픈 삶이다. 넷째 덩이 제3막은 '내 쓸쓸한 얼굴을 쳐다보며 ─ 나는 이 세상에서 가난하고 외롭고 높고 쓸쓸하니 살아가도록 태어났다' 이런 글자들이 지나가는 그림으로, 이 세상을 살아가는 동안 겪은 사랑과 슬픔으로 가득한 삶이다. 다섯째 덩이 제4막은 '나를 위로하는 듯이 나를 울력하는 듯이 눈질을 하며 주먹질을 하며 ─ 하늘이 이 세상을 내일 적에 그가 가장 사랑하는 것들은 모두 가난하고 외롭고 높고 쓸쓸하게 넘치는 사랑과 슬픔 속에 살도록 만드신 것이다. 초승달과 박꽃과 짝새와 당나귀가 그러하고 또 프란시스 잼과 도연명과 라이너 마리아 릴케가 그러하듯이' 이런 글자들이 지나가는 그림으로, 넘치는 사랑과 슬픔 속에 살도록 마련된 거룩한 삶의 깨달음이다.

이 노래는 일찍이 비평가 유종호가 "흰 바람벽이 화자의 의식의 스크린 구실을 하고 있는데, 예사로워 보이지만 절묘한 착상이요 전개"이며 "자기 속내를 직접 토로하지 않고 지나가는 글자들로 말하게 한 데서 박력과 호소력이 생긴다. 그 점 발명에 가까운 창의적 수법이다."[18]라고 두 가지 솜씨를 짚어 높은 값을 매긴 바가 있다. 그뿐 아니라, 그런 솜씨로 드러낸 노래의 속살은 겉으로 외롭고 쓸쓸하지만 '가슴은 너무도 많이 뜨거운 것으로, 호젓한 것으로, 사랑으로, 슬픔으로, 가득찬다' 했으니 안으로는 굽힐 줄 모르는 힘을 드러내고 있음도 놓치지 말아야 한다.

18　유종호,《다시 읽는 한국 시인》, 문학동네, 2002, 294-295쪽.

93

촌에서 온 아이

촌에서 온 아이여

촌에서 어젯밤에 승합자동차를 타고 온 아이여

이렇게 추운데 웃동에 무슨 두룽이 같은 것을 하나 걸치고 아래두리
는 쪽 발가벗은 아이여

뽈다구에는 징기징기 앙광이를 그리고 머리칼이 노란 아이여

힘을 쓰려고 벌써부터 두 다리가 푸둥푸둥하니 살이 찐 아이여

너는 오늘 아침 무엇에 놀라서 우는구나

분명코 무슨 거짓되고 쓸데없는 것에 놀라서

그것이 네 맑고 참된 마음에 분해서 우는구나

이 집에 있는 다른 많은 아이들이

모두들 욕심사납게 지게굳게 일부러 청을 돋혀서

어린아이들치고는 너무나 큰 소리로 너무나 뛰겁 많은 소리로 울어
대는데

너만은 타고난 그 외마디 소리로 스스로웁게 삼가면서 우는구나

네 소리는 조금 썩심하니 쉬인 듯도 하다

네 소리에 내 마음은 반끗히 밝아 오고 또 호끈히 더워 오고 그리고
즐거워 온다

나는 너를 껴안아 올려서 네 머리를 쓰다듬고 힘껏 네 작은 손을 쥐

고 흔들고 싶다

네 소리에 나는 촌 농삿집의 저녁을 짓는 때

나주볕이 가득 드리운 밝은 방 안에 혼자 앉아서

실 감기며 버선 짝을 가지고 쓰렁쓰렁 노는 아이를 생각한다

또 여름날 낮 기운 때 어른들이 모두 벌에 나가고 텅 빈 집 토방에서

햇강아지의 쌀랑대는 성화를 받아가며 닭의 똥을 주워 먹는 아이를

생각한다

촌에서 와서 오늘 아침 무엇이 분해서 우는 아이여

너는 분명히 하늘이 사랑하는 시인이나 농사꾼이 될 것이로다

《문장》 3권 4호(1941년 4월)

말뜻 풀이

웃동: '윗동아리'의 준말. '윗동아리'는 윗몸, 윗도리를 말한다.

두룽이: 도롱이. '도롱이'는 짚이나 띠 따위로 엮어 허리나 어깨에 걸쳐 두르는 비옷을 뜻하지만, 노래에서는 '두룽이 같은 것'이라 했으니 그것과 비슷하게 생긴 허름한 웃옷이라 하겠다.

아래두리: 아랫도리. 허리 아래로 두 다리를 지나 발바닥까지.

뽈다구: '볼'의 평안도 사투리. '볼'을 낮잡아 이르는 말로도 쓰인다.

징기징기: 여기저기 낙서나 그림을 그려놓은 모습을 나타내는 어찌씨 낱말.

앙광이: 앙괭이. 얼굴에 무엇을 어지럽게 칠하여 그려놓은 모양.

푸둥푸둥하니: 퉁퉁하게 살이 찌고 부드럽게. '포동포동하다'의 큰말.

지게군게: 지게가 굳게. 고집이 세어서 남의 말을 잘 듣지 않게. '지게'는 '고집'의 평안도 사투리로 보지만, 중국 한자말 '고집'에 밀려서 사라진 토박이말일 수도 있을 듯하다.

청을 돋혀서: 목청을 돋게 하여서. 목소리를 높게 질러.

튀겁: '기겁'의 평안도 사투리 '디겁'을 거세게 소리 낸 것이다. '기겁'은 흔히 '질겁'으로 널리 쓴다.

스스로웁게: 스스럽게. 서로 사귄 사이가 깊지 않아 조심스럽게. 수줍고 부끄러운 느낌이 남아 있게.

썩심하니: 썩쉼하게. 목소리가 웅숭깊고 쉰 듯하게.

반끗히: 방끗이.

호끈히: 갑자기 조금 따뜻하게.

나주볕: 저녁볕. 저녁때의 햇볕. '나주'는 저녁의 평북 사투리.

쓰렁쓰렁: 슬렁슬렁. 어슬렁어슬렁. 바쁘게 서두르지 않고 천천히 걷거나 움직이는 모습.

햇강아지: 이제 막 새로 태어난 강아지.

군소리

이 노래도 스물두 줄을 한 묶음에 싸잡았다. 이 노래 또한 담아내는 삶의 속살이 말할 수 없는 슬픔으로 웅어리져 있어 묶음으로 나누어 숨

돌릴 틈을 줄 수가 없었다. 그러나 역시 노래를 속살의 뜻으로 맛보고 자 하는 우리는, 마음을 가다듬고 줄글처럼 읽으며 월을 챙겨 속살의 흐름을 더듬어볼 수는 있다. 월을 챙겨보면, 월의 임자말과 풀이말이 바뀌면서 노래가 덩이들로 나뉘는 것을 어렵지 않게 알아볼 수 있다.

맨 처음 다섯 줄은 '아이여' 하는 부름말을 가지런히 풀이말로 삼은 월 다섯이 한 덩이를 이룬다(첫째 덩이). 그다음 일곱 줄은 '우는구나' 하는 느낌의 풀이말이 월 셋을 만들어 한 덩이를 이룬다(둘째 덩이). 또 그 다음 석 줄은 임자말이 '네 소리는' '내 마음은' '나는'의 셋으로 또렷이 드러나 한 덩이를 이룬다(셋째 덩이). 다시 그다음 다섯 줄은 임자말 '나 는'에 풀이말 '생각한다'로 월 둘이 한 덩이를 이루었다(넷째 덩이). 그리 고 끝 두 줄은 맨 앞의 첫째 덩이처럼 '아이여' 하는 부름말을 풀이말로 삼은 한 줄(월)과 둘째 덩이처럼 임자말 '너는'에 풀이말 '될 것이로다' 로 만든 한 줄(월)이 손잡고 한 덩이를 이루었다(다섯째 덩이). 머리와 꼬 리를 하나로 꿰어서 노래 마무리를 튼튼하게 만든 노릇이다.

노래 이름 '촌에서 온 아이'에게 눈을 맞추면, 아이는 뿌리 내려 살던 '촌'에서 '어젯밤에', '승합자동차를 타고', '이 집에' 왔다. 윗도리로 도 롱이 같은 것 하나 걸치고 아랫도리는 발가벗었으며, 볼에는 앙괭이를 그리고 머리카락은 노란데, 힘을 쓰려고 두 다리는 피둥피둥 살이 쪘 다. 이 집에서 처음 맞는 '오늘 아침', 낯선 집과 제 또래의 '다른 많은 아이들' 성화에 '놀라서', '분해서' 그러나 '스스롭게 삼가면서 우는' 아 이의 처지가 마치 사냥꾼의 덫에 걸려 끌려와 짐승우리에 가두어진 멧 짐승의 신세처럼 서럽고 가엾다.

이런 '아이'를 보고 있는 '나'는 누구인가? '나'도 이 짐승우리에 일찍부터 갇혀서 살고 있는 사람일 수밖에 없겠다. '조금 쉰 듯한 네 소리에', '내 마음은 밝아 오고 더워 오고 즐거워 온다', '너를 껴안아 올려서 머리를 쓰다듬고 힘껏 작은 손을 쥐고 흔들고 싶다'. 그러나 그것은 '마음'뿐이고 네 우는 소리에 '나'는 아무런 도움을 줄 수가 없다. 그래서 엉뚱하게도 아이가 이 짐승우리로 끌려오기 훨씬 앞서 촌에 살던 때에도 여기 짐승우리와 진배없이 아이의 삶은 이미 가엾고 서러웠음을 생각한다. '촌 농삿집에서 저녁을 짓던 때 저녁볕이 가득 드리운 밝은 방안에 혼자 앉아서 실 감기며 버선 짝을 가지고 노는 아이를 생각하고', '또 여름날 낮이 기운 때 어른들이 모두 벌에 나가고 텅 빈 집 토방에서 햇강아지의 성화를 받아가며 닭의 똥을 주워 먹는 아이를 생각한다'.

그리고 노래의 끝을 '촌에서 와서 오늘 아침 무엇이 분해서 우는 아이여' 이렇게 불러놓고 '너는 분명히 하늘이 사랑하는 시인이나 농사꾼이 될 것이로다'라고 마무리했다. '나'도 '아이'도 '하늘이 사랑하는 시인이나 농사꾼이 되어서' 슬프고 가여운 이 겨레의 삶을 끝까지 사랑하며 노래하겠다는 맹세의 말이 아닌가? 이보다 더 슬픈 노래를 이 시대 어디서 다시 만날 수 있을까?

94

조당에서

나는 지나나라 사람들과 같이 목욕을 한다

무슨 은이며 상이며 월이며 하는 나라 사람들의 후손들과 같이

한 물통 안에 들어 목욕을 한다

서로 나라가 다른 사람인데

다들 쪽 발가벗고 같이 물에 몸을 녹이고 있는 것은

대대로 조상도 서로 모르고 말도 제가끔 틀리고 먹고 입는 것도 모두

다른데

이렇게 발가들 벗고 한 물에 몸을 씻는 것은

생각하면 쓸쓸한 일이다

이 딴 나라 사람들이 모두 이마들이 번번하니 넓고 눈은 컴컴하니 흐

리고

그리고 길쭉한 다리에 모두 민숭민숭하니 다리털이 없는 것이

이것이 나는 왜 자꾸 슬퍼지는 것일까

그런데 저기 나무판자에 반쯤 나가누워서

나주볕을 한없이 바라보며 혼자 무엇을 즐기는 듯한 목이 긴 사람은

도연명은 저러한 사람이었을 것이고

또 여기 더운 물에 뛰어들며

무슨 물새처럼 악악 소리를 지르는 삐삐 파리한 사람은

양자라는 사람은 아무래도 이와 같았을 것만 같다

나는 시방 옛날 진이라는 나라나 위라는 나라에 와서

내가 좋아하는 사람들을 만나는 것만 같다

이리하야 어쩐지 내 마음은 갑자기 반가워지나

그러나 나는 조금 무서웁고 외로워진다

그런데 참으로 그 은이며 상이며 월이며 위며 진이며 하는 나라 사람들의 이 후손들은

얼마나 마음이 한가하고 게으른가

더운 물에 몸을 불키거나 때를 밀거나 하는 것도 잊어버리고

제 배꼽을 들여다보거나 남의 낯을 쳐다보거나 하는 것인데

이러면서 그 무슨 제비의 춤이라는 연소탕이 맛도 있는 것과

또 어느바루 새악시가 곱기도 한 것 같은 것을 생각하는 것일 것인데

나는 이렇게 한가하고 게으르고 그러면서 목숨이라든가 인생이라든가 하는 것을 정말 사랑할 줄 아는

그 오래고 깊은 마음들이 참으로 좋고 우러러진다

그러나 나라가 서로 다른 사람들이

글쎄 어린아이들도 아닌데 쪽 발가벗고 있는 것은

어쩐지 조금 우수웁기도 하다

《인문평론》 3권 3호(1941년 4월)

말뜻 풀이

조당: 목욕탕의 중국말 '짜오탕'. 욕조가 있는 옛날 형식의 대중목욕탕을 가리킨다.

지나: 중국의 또 다른 이름으로 '지나(支那)'라 쓴다. 말밑은 또렷하지 않으나 맨 처음 중원을 아우른 나라 '진(秦)'의 소리(chi'n)가 서양으로 퍼져서 치나(Cina), 틴(Thin)으로 바뀌고 오늘의 영어 'China'나 불어 'Chine' 같은 말이 되었다고 본다.

은(殷)나라와 상(商)나라: 중국을 다스린 나라 가운데 그 역사가 글로 적혀 있는 첫째 나라(기원전 1600~1046). 처음은 산둥반도 황허가 발해로 들어가는 어름에서 상나라로 일어나 다스리는 땅이 넓어지면서 여러 차례 서울을 옮기며 황허 중류로 들어갔다. 19대 '반경' 문성왕이 은으로 서울을 옮기면서 은나라로 불렀으며, 갑골문자를 써서 세계 4대 문명발상지로 꼽히며 빛나는 청동기 문화를 일으켰다. 왕족을 비롯해서 나라를 다스린 사람들은 이른바 동이족, 곧 배달겨레였다.

월(越): 중국 춘추시대에 양쯔강 남녘 저장 지방을 중심으로 광둥, 장시, 푸젠의 중국 동남부와 월남(베트남) 북부에 이르렀던 나라(?~기원전 306). 일찍이 양쯔강 하류를 타고 바다로 멀리 다녀서 우리 겨레의 마한·백제와도 깊은 교류가 있었다.

양자(기원전 440?~360?): 본명은 양주. 중국 전국시대 위(衛)나라의 철학자. 자기만 즐거우면 좋다는 위아설, 곧 이기적인 쾌락설을 주장했으나 지나침을 미워하고 자연스러움을 좋아한 것으로 보아 노장사상의 한 줄기로 여긴다.

진(晉): 중국에서 사마염이 뤄양에서 265년에 일으킨 나라. 280년 오나라를 무너뜨리고 중국을 통일하여 다스린 서진(西晉, 265~316)과 오호십육국이 일어나면서 동남녘으로 쫓겨간 동진(東晉, 317~419)으로 나뉜다. 도연명은 동진의 시인이었다.

위(衛): 중국 주나라 때에 은나라 유민을 다스리려고 주공의 아우 강숙을 은나라 옛 서울 조가에 봉하여 세운 나라(?~기원전 209), 곧 주나라의 제후나라다.

불키거나: 불쿠거나. '불리다'의 평북 사투리. '불리다'는 '붇다'(물에 젖어서 부피가 커지다)의 사동형.

춤: '침'의 사투리.

연소탕: 중국 요리의 하나로 연소, 곧 제비집을 끓여 만든 탕국. 여기서 말하는 제비집은 금사연이라는 바다제비가 바닷가 절벽 사이에 만든 둥지인데 금사연이 바다풀을 먹었다가 뱉어낸 침 같은 것으로 만들었다. 연소탕은 중국에서 아주 값진 음식으로 여긴다.

어느바루: 어느 곳. 어디쯤. (☞ 바루 - 72. 〈야우소회〉)

군소리

보다시피 노래는 펼쳐놓은 줄이 서른둘이나 되지만 한 묶음에 싸잡혀 있다. 그래도 무엇을 노래하느냐고 물으면 누구나 '나'가 중국의 대중목욕탕에 들어가서 보고, 느끼고, 생각한 바를 노래한다고 대답할 수 있다. 이런 대답은 노래 안에 갈무리된 속내를 우리 안에 있는 '직관'으로 알아본 것이다. 노래의 속내를 '이성'으로 헤아리며 알아보려면 줄글 읽듯이 월을 더듬어 글의 졸가리(문맥)를 짚어보는 것이 길이다. 노래의 줄가리를 짚어보면 겉으로는 한 묶음이었으나 속으로는 덩이가 다섯으로 나누어진다.

맨 앞에는 월 셋이 한 덩이를 이루어 목욕하는 이야기를 거듭한다. '지나나라 사람들과 같이'를 '은이며 상이며 월이며 하는 나라 사람들의 후손들과 같이'로 늘려 거듭하고, 같은 말을 '서로 나라가 다른 사람인데'로 바꿔서 '대대로 조상도 서로 모르고 말도 제가끔 틀리고 먹고 입는 것도 모두 다른데'로 펼쳐 거듭하고, '목욕을 한다'를 '한 물통 안에 들어 목욕을 한다'로 늘려 거듭하고, '다들 쪽 발가벗고 같이 물에 몸을 녹이고 있는 것은'을 '이렇게 발가들 벗고 한 물에 몸을 씻는 것은'으로 바꾸어 거듭했다. 그리고 이처럼 서로 낯선 사람들이 한 물통 안에서 몸을 씻는 노릇은 '생각하면 쓸쓸한 일이다' 이렇게 넌지시 비꼬는 것으로 끝났다.

'서로 모르는 사람들이 한 물통 안에 들어앉아 목욕하는 노릇'을 이처럼 말을 바꾸며 되풀이하니까 뜻겹침으로 감추어진 속뜻이 떠오른다. 그러니까 목욕탕에서 벌어지는 일이 시인 백석이 살고 있던 만주국의 정치 현실로 읽는 이들의 마음에 떠오르는 것이다. 일본제국이 청나라 마지막 임금 부의(溥儀)를 꼭두각시로 내세워 만주국을 세우고[19] '오족협화'[20]라는 억지소리를 만들어 저항을 잠재우고자 했던 노릇이 바로

---

19 일제는 1905년 러일전쟁에서 이기자 조선을 보호국으로 만들어 통감에게 조선을 다스리게 했다. 1907년 만주의 조선인을 보호한다며 통감부간도파출소를 세우고, 1909년 간도일본총영사관을 열어 무서운 경찰 조직으로 터전을 다져놓고, 1931년 관동군이 만주사변을 조작하여 만주를 점령한 뒤, 1932년에 만주국을 세웠다.

20 일본족, 조선족, 한족, 만주족, 몽골족, 이렇게 서로를 알지도 못하는 '다섯 종족이 서로 도우며 하나로 어우러져 살아가자'는 말이다.

그런 현실이다. 그리고 이처럼 아이들 장난같이 유치한 일제의 침략 행위를 '생각하면 쓸쓸한 일이다' 이렇게 비꼬았다.

둘째 덩이는 석 줄 한 월이다. '이 딴 나라 사람들이 모두 이마들이 번번하니 넓고 눈은 컴컴하니 흐리고 / 그리고 길쭉한 다리에 모두 민숭민숭하니 다리털이 없는 것이 / 이것이 나는 왜 자꾸 슬퍼지는 것일까' 앞에서는 '나라가 다르고, 조상도 모르고, 말도 틀리고, 먹고 입는 것도 모두 다른' 이른바 정신과 문화가 다른 사람들이 '한 물통 안에서 몸을 씻는 노릇'을 '쓸쓸한 일이라'고 낮잡아 비꼬았으나, 여기서는 그런 사람들의 발가벗은 겉모습이 '모두' 한결같아서 '나는 자꾸 슬퍼진다' 했다. '나'의 슬픔을 망설이지 않고 털어놓았다.

셋째 덩이는 열 줄에 월이 셋이다. 첫째 월은 여섯 줄로 도연명 같은 사람과 양자 같은 사람을 보았다. 둘째 월 두 줄은 앞 월에서 본 도연명과 양자 같은 사람으로 말미암아 옛날 도연명이 살던 진나라와 양자가 살던 위나라에 와서 좋아하는 사람을 만난 듯하다 했다. 셋째 월은 좋아하는 사람을 만난 '내 마음'의 느낌, 곧 '반가워지나 조금 무서웁고 외로워지는' 느낌의 헷갈림을 숨김없이 털어놓았다.

넷째 덩이는 두 월인데 여덟 줄이다. 앞 월은 두 줄로서 '은, 상, 월, 위, 진이며 하는 나라 사람들의 이 후손들은 마음이 얼마나 한가하고 게으른가!' 하며 감탄하고, 뒤 월은 여섯 줄로서 그들의 한가하고 게으른 모습을 낱낱이 드러내 보이면서 '이렇게 한가하고 게으르면서 목숨이며 인생을 정말 사랑할 줄 아는 그 오래고 깊은 마음들이 참으로 좋고 우러러진다'고 했다. 그들의 한가하고 게으른 모습 안에서 '목숨이며 인생을 정말 사랑할 줄 아는 그 오래고 깊은 마음들'을 알아보고 스스로의 존경심을 털어놓았다.

다섯째 덩이는 석 줄 한 월이다. '그러나 나라가 서로 다른 사람들이 / 글쎄 어린아이들도 아닌데 쪽 발가벗고 있는 것은 / 어쩐지 조금 우수 웁기도 하다'에서 맨 앞 낱말 '그러나'를 눈여겨보아야 한다. 둘째, 셋째, 넷째 덩이를 제쳐두고 첫째 덩이로 돌아가는 신호이기 때문이다. 그래서 '나라가 서로 다른 사람들이, 어린아이들도 아닌데 쪽 발가벗고 있는 것은'으로 첫째 덩이로 돌아가서 노래의 처음과 끝은 하나로 꿰어 내고, '조금 우스웁기도 하다' 하여서 다시 비웃음으로 노래를 끝냈다.

살펴본 바와 같이, 이 노래는 이제까지 읽은 백석의 노래 가운데 두 가지 점에서 색다르다. 하나는 현실의 정치 문제 곧 일제의 침략 행위를 다루었다는 점이고, 다른 하나는 스스로의 느낌과 생각을 걸러내지 않고 털어놓았다는 점이다. 보기에 따라서 이들 두 가지로 노래의 아름다움이 죽었다고 볼 수도 있겠지만, 시인 백석의 마음 안에 커다란 절망의 소용돌이가 일어나고 있었다는 사실을 그대로 받아들일 수 있으면 그의 그지없는 괴로움을 헤아려볼 수도 있을 듯하다. 아무튼 이 노래는 일본제국의 떳떳치 못한 침략 행위와 중국 사람들의 깊고 넓은 삶의 문화를 견주어 보여주면서 우리 겨레의 거룩한 문화에 대한 자존심을 지키고자 하는 바람을 담은 노래로 읽을 수도 있다.

95

두보나 이백같이

오늘은 정월 보름이다

대보름 명절인데

나는 멀리 고향을 나서 남의 나라 쓸쓸한 객고에 있는 신세로다

옛날 두보나 이백 같은 이 나라의 시인도

먼 타관에 나서 이날을 맞은 일이 있었을 것이다

오늘 고향의 내 집에 있는다면

새 옷을 입고 새 신도 신고 떡과 고기도 억병 먹고

일가친척들과 서로 모여 즐거이 웃음으로 지날 것이언만

나는 오늘 때 묻은 입던 옷에 마른 물고기 한 토막으로

혼자 외로이 앉아 이것저것 쓸쓸한 생각을 하는 것이다

옛날 그 두보나 이백 같은 이 나라의 시인도

이날 이렇게 마른 물고기 한 토막으로 외로이 쓸쓸한 생각을 한 적도 있었을 것이다

나는 이제 어느 먼 외진 거리에 한 고향 사람의 조그마한 가업집이 있는 것을 생각하고

이 집에 가서 그 맛스러운 떡국이라도 한 그릇 사 먹으리라 한다

우리네 조상들이 먼먼 옛날로부터 대대로 이날엔 으레히 그러하며 오듯이

먼 타관에 난 그 두보나 이백 같은 이 나라의 시인도

이날은 그 어느 한 고향 사람의 주막이나 반관을 찾아가서

그 조상들이 대대로 하던 본대로 원소라는 떡을 입에 대며

스스로 마음을 느꾸어 위안하지 않았을 것인가

그러면서 이 마음이 맑은 옛 시인들은

먼 훗날 그들의 먼 훗자손들도

그들의 본을 따서 이날에는 원소를 먹을 것을

외로이 타관에 나서도 이 원소를 먹을 것을 생각하며

그들이 아득하니 슬펐을 듯이

나도 떡국을 놓고 아득하니 슬플 것이로다

아, 이 정월 대보름 명절인데

거리에는 오독독이 탕탕 터지고 호궁 소리 삘삘 높아서

내 쓸쓸한 마음엔 자꾸 이 나라의 옛 시인들이 그들의 쓸쓸한 마음들
이 생각난다

내 쓸쓸한 마음은 아마 두보나 이백 같은 사람들의 마음인지도 모를
것이다

아무려나 이것은 옛투의 쓸쓸한 마음이다

《인문평론》 3권 3호(1941년 4월)

말뜻 풀이

두보(712~770): 중국 당나라 때의 시인. 자는 자미. 허난성 궁이에서 태어나 스물네 살에 진사 시험에 떨어지고 고향을 떠나 평생토록 벼슬길을 찾아 떠돌며, 배를 타고 악양과 담주 사이를 오르내리다가 쓸쓸히 세상을 떠났다. 이백과 더불어 중국에서 가장 이름 높은 시인으로 꼽힌다. 그의 시는 우리나라 조선 시대 유학자들에게 많은 사랑을 받았다.

이백(701~762): 중국 당나라 때의 시인. 자는 태백, 호는 청련거사. 촉나라 쓰촨 성에서 태어나 스물다섯 살 즈음에 고향을 떠나 평생토록 온 나라를 떠돌다가 안후이성 당투에서 세상을 떠났다. 중국에서 가장 이름 높은 시인으로 시선(시의 신선)이라 일컫는다.

객고: 제집을 떠나 떠돌이가 되어서 겪는 괴로움들.

억병: 매우 많은 양. '억병'은 본디 한없이 마시는 술의 양 또는 그렇게 마셔 매우 취한 상태를 나타내는 말인데, 백석은 이 말을 술에만 쓰지 않고 음식에 두루 '매우 많은 양'의 뜻으로 쓰고 있다. 본디 '억병'의 씨갈래는 이름씨인데, 여기서는 어찌씨로 쓰고 있다. (고형진, 2015: 364)

일가친척: 일가와 친척. '일가'는 본디 한집에서 사는 사람을 뜻했다. 옛날 중국의 벼슬아치들은 집을 넓게 짓고 고조부모 아래로 다섯 대까지 함께 살았기 때문에 우리나라에서도 유교로 다스리던 조선 시대에는 고조부모 아래 다섯 대로 팔촌까지를 일가라 부르면서 고조부모까지의 기제사를 함께 모셨다. '친척'은 본디 '친족·친당'과 '척족·척당'을 묶어 이르는 말로서 '친족(당)'은 아버지의 핏줄로 위아래 이어진 사람을 뜻하고, '척족(당)'은 아내 쪽의 처갓집 사람과 시집간 고모 쪽의 고모집 사람과 시집간 누나·누이와 딸 쪽의 사돈집 사

람과 어머니 친정 쪽의 외갓집과 이모집 사람을 싸잡아 뜻한다. 요즘은 이런 말을 가려서 쓰지 않으니 쓸모없는 풀이지만, 지난날의 삶을 알아보려는 사람에게는 쓸모가 있을까 싶어서 적었다.

가업집: 먼 선조로부터 대대로 이어오며 남다른 음식을 만들어 파는 집.

반관: 중국에서 음식을 파는 집. 음식점. 식당.

원소: 중국에서 정월 대보름에 먹는 전통음식으로, 찹쌀가루로 만든 둥근 공 모양 속에 소를 넣었으며 주로 삶아서 먹는다.

느꾸어: 느긋하게 하여.

오독독이: 오독도기. 불꽃놀이에 쓰는 딱총의 한 가지. 화약 심지에 불을 붙이면 터지는 소리를 내면서 불꽃이 떨어진다.

호궁: '오랑캐의 활'이라는 이름의 현악기다. 바이올린과 비슷하지만 현이 넉 줄이고 말총으로 맨 활로 탄다. 중국의 호금이나 우리의 해금과 비슷하다.

군소리

노래의 짜임새는 열한 월을 서른 줄로 나누어 한 묶음에 싸잡았다. 노래의 속살도 느낌과 생각과 뜻을 숨김없이 풀어서 드러내 놓았다. 뜻겹침이나 뜻건넘 같은 솜씨를 아예 부리지 않았다는 말이다. 그러므로 알아듣기 어려운 구석도 거의 없다. 그러니까 '군소리'가 쓸모없는 노래라 하겠다. 그런데 아무런 솜씨도 부리지 않고 마음속에서 솟아오르는 느낌과 생각과 뜻을 고스란히 풀어헤쳐 보여주는 노래보다 더 읽는 이들의 마음을 크게 흔들어놓는 노래가 또 어디 있던가?

노래는 '나'의 서러운 신세를 풀어놓으면서 중국의 시인 두보와 이백의 서러웠던 삶을 떠올려 위안으로 삼는 틀을 되풀이하고 있다. 그러므로 이들 되풀이하는 틀을 덩이로 여기며 더듬어보는 것도 노래의 속살을 맛보는 노릇으로 나쁘지 않을 듯하다. 덩이로 되풀이하는 틀이 다섯이니 차례대로 더듬어보기로 하자.

첫째 덩이는 이렇다. '오늘은 정월 보름이다 / 대보름 명절인데 / 나는 멀리 고향을 나서 남의 나라 쓸쓸한 객고에 있는 신세로다 / 옛날 두보나 이백 같은 이 나라의 시인도 / 먼 타관에 나서 이 날을 맞은 일이 있었을 것이다'. 앞 석 줄은 노래하는 '나'의 서러운 신세를 풀어놓았고, 뒤 두 줄은 이 나라 시인 두보와 이백도 먼 타관에서 이런 명절을 맞은 일이 있었을 것이라 생각한다. '나'에게는 큰 위로가 되었을 것이다.

둘째 덩이도 노래하는 '나'의 서러움을 앞서 다섯 줄로 풀어놓고 뒤따라 이 나라 시인 두보와 이백의 서러움을 두 줄로 끌어다 위로를 삼았다. 셋째 덩이도 노래하는 '나'의 신세를 먼저 석 줄로 풀어놓고 뒤따라 두보와 이백의 서러움을 넉 줄로 끌어다 놓았다. 보다시피 첫째 덩이에서는 앞서 '나'의 서러움 석 줄에 뒤따라 이 나라 두보와 이백의 서러움 두 줄, 둘째 덩이에서는 먼저 '나'의 서러움 다섯 줄에 이 나라 두보와 이백의 서러움 두 줄, 셋째 덩이에서는 앞서 '나'의 서러움 석 줄에 뒤따라 이 나라 두보와 이백의 서러움 넉 줄이 되었다. 뒤로 갈수록 '나'의 서러움은 작아지고 '두보와 이백'의 서러움이 커졌다.

그런데 넷째 덩이에서는 그런 틀이 뒤집어지고, 먼저 '두보와 이백'의 슬픔을 다섯 줄로 펼쳐놓은 다음 뒤따라 '나'의 슬픔을 다만 한 줄로 내놓았다. 그리고 다섯째 덩이는 '아, 이 정월 대보름 명절인데 / 거리에는 오독독이 탕탕 터지고 호궁 소리 삘삘 높아서 / 내 쓸쓸한 마음엔 자꾸 이 나라의 옛 시인들이 그들의 쓸쓸한 마음들이 생각난다 / 내 쓸쓸한 마음은 아마 두보나 이백 같은 사람들의 마음인지도 모를 것이다 / 아무려나 이것은 옛투의 쓸쓸한 마음이다' 이처럼 맨 첫 줄은 첫째 덩이로 돌아가서 노래의 머리와 꼬리를 하나로 꿰어놓고, 나머지 넉 줄은 '나'의 쓸쓸한 마음과 '두보와 이백'의 쓸쓸한 마음이 나뉠 수가 없도록 하나로 어우러지고 말았다. 일본제국의 만주국에서 벌어지는 중국의 대보름 명절이 노래하는 '나'의 우리나라 대보름과 하나로 어우러지고, '내 쓸쓸한 마음'도 '아마 두보나 이백 같은 사람들의 마음인지도 모를 것이다' 했으니 쓸쓸한 마음 또한 하나로 어우러지고 말았다.

앞에서 '아무런 솜씨도 부리지 않고 마음속에서 솟아오르는 느낌과 생각과 뜻을 고스란히 풀어헤쳐 보여주는 노래'라고 했으나, 노래의 짜임새를 더듬어보니 빈틈없이 헤아려 만들어낸 말꽃이며 삶꽃임을 알겠다. 얼핏 보면 아무런 솜씨도 부리지 않은 듯하여 누구나 쉽사리 맛볼 수 있는 삶꽃이야말로 가장 아름다운 꽃이 아닌가?

96

머리카락[21]

큰마니야 네 머리카락 엄매야 네 머리카락 삼춘엄매야 네 머리카락

머리 빗고 빗접에서 꽁지는 머리카락

큰마니야 엄매야 삼춘엄매야

머리카락을 텅납새에 끼우는 것은

큰마니 머리카락은 아룻칸 텅납새에 엄매 머리카락은 웃칸 텅납새에

삼춘엄매 머리카락도 웃칸 텅납새에 텅납새에 끼우는 것은

큰마니야 엄매야 삼춘엄매야

이른 봄철 산 너머 먼 데 해변에서 가무래기 오면

흰가무래기 검가무래기 가무래기 사서 화롯불에 구워먹잔 말이로구나

큰마니야 엄매야 삼춘엄매야

머리카락을 텅납새에 끼우는 것은 또

구시월 황해도서 황아장수 오면

---

21 친일 문인 김종한(1916~1944)이 1943년에 펴낸 《설백집》(박문서관)에 백석의 〈머리카락〉을 〈髮の毛〉라는 일본말 노래로 뒤쳐 실었고, 본디 노래는 사라졌다가 2004년 경남대 박태일 교수가 《한국 근대문학의 실증과 방법》(소명출판)에 《설백집》에서 〈髮の毛〉를 찾아 이름을 〈머리오리〉라 뒤치고 노랫말 모두도 우리말로 뒤쳐서 실었다. 2007년 원광대 김재용 교수가 김종한의 자료를 찾다가 1942년 11월 15일자 〈매일신보〉에 실린 김종한의 〈조선 시단의 진로〉라는 글 속에서 본디 모습의 〈머리카락〉을 찾아 잡지 《시인》 2009년 상반기호에 실어서 예순일곱 해 만에 일본말 감옥을 벗고 온전한 우리말로 돌아온 노래다.

막대 침에 가는 세침 바늘이며 취월옥색 꼭두서니 연분홍 물감도 사잔 말이로구나

〈매일신보〉[22](1942년 11월 15일)

말뜻 풀이

큰마니: 할머니.

삼춘엄매: 작은엄마. (☞ 7. 〈여우난골족〉)

빗접: 머리를 빗는 데 쓰는 빗, 빗솔, 빗치개 따위를 갈무리하는 쌈지나 그릇.

꽁지는: ① 꽁꽁 동이거나 작게 꾸려서 묶는. ② 붙잡아서 묶는. (사회과학원 언어연구소,《조선말대사전》)

텅납새: 청납새, 추녀.

아룻칸: 아르간. 아래채.

가무래기: 백합과의 조개. (☞ 70. 〈대산동〉)

황아장수: 온갖 자잘한 물건들을 파는 장수. (☞ 37. 〈통영〉)

막대 침: 막대처럼 굵은 바늘.

가는 세침: 아주 가는 바늘.

---

22 〈매일신보〉는 일제 총독부 기관지로서 침략전쟁의 앞잡이 노릇에 매달렸을 뿐 아니라 침략 기간 내내 일본한자말에 한글 토를 달아 '조선어신문'이라 내세우면서 우리글말을 일본말과 다름없게 만드는 노릇에 안간힘을 다했다.

취월옥색: 추월옥색. 맑게 갠 가을 밤하늘에 뜬 달의 빛과 짙게 파르스름한 옥돌의 빛깔.

꼭두서니: ① 꼭두서닛과에 딸린 여러해살이 덩굴풀. 뫼나 들의 그늘진 곳에 있는 나무에 달라붙어 자라며 어린잎은 나물로 먹고 뿌리는 물감의 원료나 진통제로 쓴다. ② 꼭두서니에서 뽑아낸 빨간 물감. 또는 그 물감의 빛깔.

군소리

노래의 짜임새는 열두 줄 한 묶음인데, 앞쪽 여덟 줄이 한 월이고 뒤쪽 넉 줄이 또 한 월이다. 이들 두 월을 뼈대만 간추리면, 앞 월은 '머리카락을 텅납새에 끼우는 것은 가무래기 사서 화롯불에 구워먹잔 말이로구나'이고, 뒤 월은 '머리카락을 텅납새에 끼우는 것은 연분홍 물감도 사잔 말이로구나'이다. 노래를 이루는 두 월의 뼈대가 꼭 같은 소리와 뜻의 낱말을 거듭하여 속살과 짜임새까지 되풀이하도록 만들었다.

말의 소리와 뜻이 알맞은 사이를 건너 되풀이하는 노릇은 노래라는 말꽃 갈래의 바탕이다. 그런 소리와 뜻의 되풀이가 노래의 목숨인 흔들리는 '가락'을 만들어내기 때문이다. 우리가 이미 앞에서 맛보았듯이 백석은 '되풀이'로 일으키는 가락을 남다른 솜씨로 만들어내고 있었다. 그런데 여기 지금 더듬고 맛보는 노래만큼 온통 소리와 뜻의 되풀이로 짜임새와 속살을 아름답게 살려낸 노래를 만난 적은 없었다. 서두르지 않고 천천히 읽으면서 소리와 뜻의 되풀이로 일어나는 가락의 아름다움을 제대로 맛볼 수 있다면 노래의 진국을 맛보는 기쁨과 즐거움을 누릴 수도 있을 것이다.

노래의 가락을 맛보는 터전 위에, 말에서 빚어지는 뜻겹침에서도 맛볼 만한 속살이 적지 않다. 먼저 침략 일제 아래에서 '머리카락'이란 노래 이름이 곧장 '단발령'[23]을 떠올리게 한다. 아침마다 잠자리에서 일어나면 시어머니와 두 며느리가 세수를 하고 머리를 곱게 빗다가 빠지는 머리카락 한 올 한 올을 깨끗하게 꾸려서 추녀에다 끼워두는 노릇이 "내 머리를 자를지언정 내 머리카락은 자르지 못한다."라고 호통을 치던 최익현 선생의 뜻에 겹침으로 다가온다는 말이다. 다음은 노래가 벌어지는 이 집안의 사정이다. 어른 남자는 없이 어린아이 하나와 늙은 시어머니와 젊은 며느리 두 사람이 함께 살고 있는 쓸쓸한 집안의 사정이 노래를 만들던 그때 겨레의 현실과 뜻겹침을 이룬다. 태평양전쟁까지 벌린 일제가 조선의 남자를 보이는 대로 끌고 가던 그 시절, 여자들만 남은 우리 집안의 기막히던 사연을 뜻겹침으로 느끼게 만든다.

게다가 '큰마니야 엄매야 삼촌엄매야' 하며 노래하는 '어린아이'의 목소리와 아이가 하는 이야기를 가볍게 지나치지 말아야겠다. 무엇보다도 빛이 보이지 않고 캄캄한 현실에서도 '이른 봄철 가무래기 장수가 찾아오면 화롯불에 가무래기를 구워 먹자는 말이로구나!', '구시월 황아장수가 찾아오면 갖가지 바늘과 아름다운 물감도 사자는 말이로구나!' 했다. 추운 겨울이 지나면 반드시 '이른 봄철'이 찾아와 맞나는 가

---

23 1895년(고종 32) 11월 15일(양력 12월 30일) 김홍집 내각이 공포한, 성년 남자의 상투를 자르라는 명령. 침략 일제에 떠밀려 느닷없이 내린 이 단발령은 온 나라 선비들의 저항에 부딪쳐 김홍집 내각은 물러나고, 조선왕조까지 무너지고, 독립만세운동을 나라 안팎으로 들불처럼 번져나가게 만든 기름이 되었다.

무래기 사서 구워서 먹고, 아니면 '구시월'까지 더 기다려 갖가지 바늘과 아름다운 물감들 사서 고운 옷 지어 입고 시집가고 장가드는 잔치를 기다리자는 이야기가 아닌가? 끝까지 희망을 버리지 말고 서럽고 괴로운 삶을 지키고 견디면서 기쁘고 즐거운 잔칫날을 기다리자는 말이로구나! 이렇게도 뜻겹침으로 읽힌다는 말이다.

뱀발(사족) 같은 소리 한마디 덧붙이면, 이 노래는 백석이 침략 일제 아래에 발표한 마지막 노래다. 이 노래를 김종한의 성화에 못 이겨《설백집》에 싣도록 건네주고, 일본말로 시를 쓰라며 날뛰는 일제에 따르지 않고 1947년까지 노래를 세상에 내놓지 않았다.

그러나 광복이 찾아오는 조짐을 알기라도 한 듯이, 붓을 꺾지는 않고 혼자서 노래를 불렀다. 광복 다음인 1947년 11월《새한민보》1권 14호에 실린 〈산〉, 같은 해《신천지》2권 10호에 실린 〈적막강산〉²⁴, 1948년 5월《신세대》3권 3호에 실린 〈마을은 맨천 구신이 돼서〉²⁵, 같은 해《문장》속간호(3권 5호)에 실린 〈칠월 백중〉²⁶이 일제가 날뛰던 그때 혼자 부른 노래들로 보인다.

---

24 이 노래 끝에는 "이 원고는 내가 이전에 가지고 있던 것이다. 허준"이라는 글이 적혀 있다.

25 이 노래 끝에는 "이 시는 전쟁 전부터 시인이 하나둘 써놓았던 작품들 중의 하나로 우연히도 내가 보관하여 두었던 것이다. 허준"이라는 글이 적혀 있다.

26 이 노래 끝에도 "이 시는 전쟁 전부터 내가 간직하여 두었던 것을 시인에게 묻지 않고 감히 발표한다. 허준"이라는 글이 적혀 있다. '전쟁 전부터'에서 '전쟁'이 어느 전쟁인지 가늠하기 어렵다. 1941년 12월 7일 새벽 일제가 하와이 진주만의 미군 기지를 선전포고도 없이 불바다로 만들어 태평양전쟁을 일으킨 다음에는 미국이 1945년 8월 6일과 9일 일본 히로시마와 나가사키에 원자탄을 던지기까지 동남아시아와 태평양 곳곳에 '전쟁'이 잇달아 터졌기 때문이다. 안도현은 백석과 허준 사이를 꼼꼼히 살펴서 이 '전쟁 전'을 '해방 이전'으로 짚었다(안도현, 앞의 책, 308-309쪽).

97

산

머리 빗기가 싫다면
이가 들고 나서
머리채를 끄을고 오른다는
산이 있었다

산 너머는
겨드랑이에 깃이 돋아서 장수가 된다는
떠꺼머리총각들이 살아서
색시 처녀들을 잘도 업어 간다고 했다
산마루에 서면
멀리 언제나 늘 그물그물
그늘만 친 건넌 산에서
벼락을 맞아 바윗돌이 되었다는
큰 땅괭이 한 마리
수염을 뻗치고 건너다보는 것이 무서웠다

그래도 그 쉬영꽃 진달래 빨가니 핀 꽃바위 너머
산잔등에는 가지취 뻐꾹채 게루기 고사리 산나물 판

산나물 냄새 물씬 물씬 나는데

나는 복장노루를 따라 뛰었다

《새한민보》1권 14호(1947년 11월)

말뜻 풀이

이: 포유류의 몸에 붙어 피를 빨아먹고 사는 몸길이 1~4mm인 이목의 작은 벌레. 피를 빨아먹으면서 몸을 가렵게 할 뿐만 아니라 발진티푸스, 재귀열 따위 질병을 옮긴다.

머리채: 길게 길러 늘어뜨린 머리털, 또는 그런 머리털을 땋아서 길게 늘어뜨린 머리.

떠꺼머리총각: 장가를 들지 못한 총각. (☞ 떠꺼머리 - 43. 〈창원도〉)

산마루: 산꼭대기.

그물그물: ① 불빛이 밝아졌다가 침침해졌다가 하는 모습. ② 멀리 있는 물건이 보일 듯 말 듯 희미하게 움직이는 모습. ③ 연기나 김 같은 것이 천천히 움직이는 모습. ④ 날씨가 개었다가 흐렸다가 하는 모습. (사회과학원 언어연구소, 《조선말대사전》)

땅괭이: '살쾡이'의 평북 사투리인 듯하다. 살쾡이는 고양잇과에 딸린 들짐승. 몸길이는 55~90cm이고, 털빛은 등 쪽이 누른 갈색이나 붉은 갈색이고 배 쪽은 흰빛으로 검은 점과 줄이 많으며, 눈 위와 코로부터 이마 양쪽에 흰무늬가

뚜렷하게 나타나 있다. 밤에 사냥감을 찾아다니며 새나 작은 젖빨이짐승(포유동물)을 잡아먹고, 닭이나 오리 같은 집짐승을 잡아먹기도 한다. 나무가 우거진 뫼 골짜기나 바위틈 가까운 데서 흔히 산다. 우리나라뿐 아니라 중국, 동남아시아, 인도까지 널리 퍼져 산다.

쉬영꽃: 수영꽃. '수영'은 마디풀과의 여러해살이풀이다. 키는 30~80cm, 잎은 어긋나고 넓은 피침 모양이다. 5~6월에 연붉은빛의 꽃이 원추꽃차례로 피고, 여윈 열매를 맺는다. 어린잎과 줄기는 나물로 먹고, 뿌리는 한약 재료로 쓰기도 한다. (고형진, 2015: 441)

빨가니: 빨갛게.

산잔등: 산등성이에서 짐승이나 사람의 등허리처럼 잘록하게 낮아진 자리. '잔등'은 사람이나 짐승의 등에서 아래 허리께로 내려와 잘록하게 좁아지고 낮아진 자리.

가지취: 참취나물. (☞ 11. 〈가즈랑집〉)

뻐꾹채: 국화과에 딸린 여러해살이풀. 메마르고 볕바른 곳에 자란다. 키는 30~70cm이고 흰털이 있으며 깃꼴의 갈라진 큰 뿌리잎이 모여 나고, 원줄기에는 세로줄이 있으며 6~8월에 그 끝에 붉은 자줏빛 꽃이 한 개씩 핀다. 어린잎은 나물로 먹거나 약재로 쓴다.

게루기: 게로기, 곧 모싯대. 초롱꽃과에 딸린 여러해살이풀. 숲속의 그늘진 곳에서 자란다. 키가 40~90cm쯤 자라며 뿌리가 굵고, 잎은 심장꼴 또는 넓은 바소꼴('바소'는 한의에서 곪은 데를 째는 침. 길이는 네 치(약 12cm), 너비는 두 푼 반(약 7.5mm)이며 끝의 양쪽에 날이 서 있다.)인데 톱니가 있으며 어긋맞게 난다. 8~9월에 자줏빛 꽃이 원추꽃차례로 핀다. 부드러운 줄기와 잎은 나물로 먹고, 뿌리는 해독제나 거담제로 쓴다.

복장노루: 복작노루, 곧 고라니. 사슴과에 딸린 젖빨이짐승이다. 몸길이는 90cm쯤이고 암수가 모두 뿔이 없으며 송곳니가 밖으로 벋어 나와 있다. 털은 거칠고 위쪽은 황갈색, 아래쪽은 부드러운 갈색, 앞다리는 붉은빛을 띤다. 키 큰 나무숲에 살며 홀로 살지만 더러는 무리를 이루어 살기도 한다.

군소리

무서운 산들이 빙 둘러싸고 있는 깊은 산골에 살았던 아이가 고향을 떠나 살면서 어른이 되어 어린 시절을 돌아보며 부르는 노래 같다. 노래를 세 묶음으로 짰는데, 첫째 묶음에서는 아이가 훨씬 어릴 적에 겪었던 산의 무서움을 노래하고, 둘째 묶음에서는 아이가 제법 자랐을 적에 겪은 산의 무서움을 노래했다. 셋째 묶음에서는 그런 무서움을 뿌리치고 복장노루를 따라 뛰었던 시절을 노래했다.

요즘 젊은이들은 첫째 묶음을 알아듣기 어려울 듯하다. 1940년 즈음까지 우리 겨레 시골 사람들의 삶을 겪지 않았기 때문이다. 그때에는 사내아이도 계집아이와 같이 머리를 땋았으며, 아침마다 얼굴을 씻고 나면 엄마가 머리를 빗겨서 땋아주었다. 아이들은 엄마가 날마다 머리를 빗기고 땋아주는 노릇이 싫어서 앙탈도 부렸지만, 머리를 날마다 빗지 않으면 이가 생겨 긁기 때문에 엄마는 빗기지 않을 수 없었던 삶을 알아야 이 묶음을 알아들을 수 있다. 그런데 이 묶음의 눈은 '산'이다. 머리를 빗지 않아서 이가 들면 머리채를 끌고 '산'으로 오른다는 으름장에 아이들의 앙탈은 쓸모없다. 그만큼 '산'은 무서웠다.

둘째 묶음에서는 산이 '왜', '어떻게' 무서운지를 두 월로 나누어 노래한다. 앞 월은 산 너머의 소문을 '귀로 들어서' 무서웠고, 뒤 월은 산마루에 서서 '눈으로 보고' 무서웠다. 셋째 묶음은 '그래도'로 비롯한다. 둘째 묶음이 노래한 무서움을 견딜 수 없었지만, '그래도' 복장노루를 따라 뛰었다고 노래한다. 무엇이 그에게 그런 힘을 주었나? 하늘이 내려준 아름다운 자연과 산속의 목숨들, 곧 수영꽃과 진달래로 빨갛게 뒤덮인 꽃바위와 산나물과 산나물 냄새와 마음껏 뛰노는 복장노루가 그런 힘을 주었음을 알아듣겠다.

골짜기나 등성이나 무서운 이야기가 곳곳에 묻혀 있는 산, 그런 산들로 둘러싸인 산골에서 티 없이 깨끗한 마음으로 그런 무서움을 이겨내며 씩씩하게 자라는 아이의 삶으로 읽어도 아름다운 노래다.

그런데 노래가 1947년 11월 즈음에 태어났다면 그 시절 시인 백석의 삶이 뜻겹침으로 다가온다. 남북에 침략 일제를 물리친 점령군으로 들이닥친 미국군과 소련군이 나라를 두 동강으로 내려고 으르렁거리던 때였기 때문이다. 이 무서운 '산골'이 우리나라 한반도로, 무서워 떨고 사는 '나'는 시인 백석으로 뜻겹침을 일으킨다. 게다가 평양에 머물던 백석에게 '소문을 귀로 들어서 무서워하는 산 너머'는 남쪽 나라로, '큰 땅꽹이 한 마리를 눈으로 보고 무서워하는 산마루'는 북쪽 나라로 뜻겹침이 쉽게 일어나도록 마련되었다. 그래서 이처럼 무서운 산에서도 '나'는 진달래 빨갛게 뒤덮인 꽃바위와 산나물과 산나물 냄새와 마음껏 뛰노는 복장노루를 따라 뛰었다는 노래가, 이때쯤 백석은 이미 북쪽에 남아서 살아갈 마음을 굳혔다는 뜻으로 들리기도 한다는 말이다.

98

적막강산

오이 밭에 벌 배채 통이 지는 때는
산에 오면 산 소리
벌로 오면 벌 소리

산에 오면
큰 솔밭에 뻐꾸기 소리
잔솔밭에 덜거기 소리

벌로 오면
논두렁에 물닭의 소리
갈밭에 갈새 소리

산으로 오면 산이 들썩 산 소리 속에 나 홀로
벌로 오면 벌이 들썩 벌 소리 속에 나 홀로

정주 동림 구십여 리 긴긴 하루 길에
산에 오면 산 소리 벌에 오면 벌 소리
적막강산에 나는 있노라

(이 원고는 내가 이전에 가지고 있던 것이다. 허준)

《신천지》 2권 10호(1947년 12월)

말뜻 풀이

적막강산: 아주 죽은 듯이 조용하고 쓸쓸하기 그지없는 강과 산, 곧 그런 세상.

오이 밭에 벌 배채: 오이를 심어 가꾸는 밭의 빈자리에 여기저기 벌로 심어 키우는 배추. '벌'은 일정한 테두리를 벗어났다는 뜻이다. '배채'는 여러 곳에서 두루 쓰는 사투리지만, '배추'의 옛말이라 할 수 있다. '배추'는 본디 중국 산둥 지역에서 비롯한 '백채(白菜)'가 우리나라로 들어와서 '백채 > 배채 > 배추'로 바뀐 것으로 보이기 때문이다.

통이 지는: 통이 가득히 차는. '통'은 배추의 속잎, 곧 속알을 뜻한다.

덜거기: 장끼. (☞ 84. 〈월림장〉)

정주 동림: 정주에서 동림까지. '동림'은 평안북도 선천군 심천면에 있는 마을 이름.

군소리

노래를 조용히 소리 내어 읽어보면 소리 가락이 가지런히 일어난다. 두 음절이 소리 덩이를 만들어 두 덩이 네 음절이 한 걸음을 이루었다. 이렇게 이루어진 네 음절 한 걸음에 발맞추는 짝으로 세 음절이 덩이져 한 걸음을 이루어 손을 잡는다. '오이 밭에 벌배채', '통이 지는 때는ㅇ', '산에 오면 산소리', '벌로 오면 벌소리' 이렇게 소리 덩이와 소리 걸음으로 가볍고 고른 가락을 만들어내었다.

이처럼 소리 덩이와 소리 걸음으로 만들어낸 가벼운 가락을 밑바탕으로 삼고서, 기계처럼 되풀이하는 지루함을 벗어나고자 덩이와 걸음을 가볍게 바꾸어 흔들어놓기도 한다. '산으로 오면 산이 들썩', '산 소리 속에 나홀로', '벌로 오면 벌이 들썩', '벌 소리 속에 나홀로' 이렇게 흔들어놓은 가락의 아름다움도 맛보며 느낄 수 있을 것이다.

노래 이름이 '적막강산'인데, 이미 말의 소리로 만든 가락을 맛본 것처럼 노래는 온통 '소리'로 가득히 차 있다. 보다시피 다섯 묶음마다 '소리'라는 낱말이 둘씩 짝지어 들어서 있으니 노래 이름 '적막강산'과는 딴판으로 노래의 속살은 '소리강산'이라 할 만하다. 이런 엇갈림을 마음에 담고 노래 안에서 조금 더 살펴보면, 다섯 묶음 노래에서 앞쪽 세 묶음은 '소리'로만 가득하다. 뒤쪽 두 묶음에 와서도 가득한 소리는 다름이 없는데, '산 소리 속에 나 홀로' '벌 소리 속에 나 홀로' 하면서 소리 속에 '나 홀로' 있다고 노래한다. 그리고 마침내 '정주 동림 구십 여 리 긴긴 하루 길'에서 말 한마디 건넬 사람이 없는 '적막강산에 나는 있노라' 하며 부르짖는다.

시끄러운 세상의 온갖 소리 속에 마음 터놓을 벗 하나 없어 홀로 외톨이가 되어 살아가는 사람의 서러운 부르짖음이다. 시끄러운 세상의 소리에 귀를 틀어막아 세상을 적막강산으로 만들어놓고 거기서 견디며 살아가는 사람의 눈물겨운 노래다. 그러나 한편으로 강철 같은 부르짖음이다. 이처럼 강철 같은 부르짖음을 가볍고 가지런한 가락, 흔들어서 더욱 아름다운 가락에 실어놓을 만큼 높은 시인의 정신과 솜씨에 놀라지 않을 수 없다.

노래가 말하는, 가는 곳마다 소리가 가득한 세상의 현실, 가도 가도 시끄러운 소리뿐인 적막강산의 현실이 우선은 침략 일제가 만들어내는 소용돌이일 것이다. 그러나 시인 백석에게 그보다 더욱 견디기 어렵고 시끄러운 적막강산도 있었다고 본다. 아래 글들로 그처럼 더욱 시끄러운 적막강산을 짐작할 수 있을 듯하다.

1942년부터 1944년까지 세 차례에 걸쳐 '대동아문학자대회'가 열렸다. 조선의 '국민문학'을 다시 일본을 중심으로 하는 '대동아문학'으로 상승시켜야 한다는 취지로 조선·일본·중화민국·만주국·몽골의 문학자들이 국제적 회합을 가진 것이었다. '성전(聖戰)'으로 미화된 태평양전쟁의 승리를 앞당기기 위해 일제는 문인들을 십분 활용했다.[27]

1943년 4월 조선문인보국회가 창립되었다. 일제에 협력하기 위해 만들어진 일제강점기 최대의 문인 조직이었다. 중일전쟁 이후 전시체제로 돌아선 일제는 명망 있는 문인들을 동원해 청년들에게 지원병에 지원할 것을 독려하라고 촉구했고, 이에 조선의 대표적 문인들이 조직적으로 호응하고 나선 것이었다. 이광수가 회장을 맡았고, 김동환·정인섭·주

---

27 안도현, 앞의 책, 287쪽.

요한·이기영·박영희·김문집이 간사로 참여했다. 심지어 좌익 문학계의 거두인 임화와 한설야마저 이름을 보탰다.[28]

---

28 안도현, 앞의 책, 284쪽.

99

마을은 맨천 구신이 돼서

나는 이 마을에 태어나기가 잘못이다
마을은 맨천 구신이 돼서
나는 무서워 오력을 펼 수 없다
자 방 안에는 성주님
나는 성주님이 무서워 토방으로 나오면 토방에는 지운구신
나는 무서워 부엌으로 들어가면 부엌에는 부뚜막에 조왕님

나는 뛰쳐나와 얼른 고방으로 숨어버리면 고방에는 또 시렁에 제석님
나는 이번에는 굴통 모퉁이로 달아가는데 굴통에는 굴대장군
얼혼이 나서 뒤울안으로 가면 뒤울안에는 곱새녕 아래 철륭구신
나는 이제는 할 수 없이 대문을 열고 나가려는데 대문간에는 근력 세인 수문장

나는 겨우 대문을 삐쳐나 바깥으로 나와서
밭 마당귀 연자간 앞을 지나가는데 연자간에는 또 연자망구신
나는 고만 디겁을 하여 큰 행길로 나서서 마음 놓고 화리서리 걸어가다 보니
아아 말 마라 내 발뒤축에는 오나가나 묻어 다니는 달걀구신

마을은 온데간데 구신이 돼서 나는 아무 데도 갈 수 없다

(이 시는 전쟁 전부터 시인이 하나둘 써놓았던 작품들 중의 하나로
우연히도 내가 보관하여 두었던 것이다. 허준)

《신세대》 3권 3호(1948년 5월)

말뜻 풀이

맨천: 온통. 사방팔방. 모든 곳.

구신: 귀신. 귓것. 이 노래 속에 나오는 여러 '구신'은 아득한 예로부터 우리 겨레가 집안의 평안과 행복을 지켜주는 신령한 힘으로 믿었던 서낭이다. 널리 알려진 바와 같이 우리 겨레는 남녘 더운 곳에서 땅 밑에 있는 신령을 모시고 시원한 북쪽으로 올라온 사람들과, 북녘 추운 곳에서 하늘 위의 해를 신령으로 모시고 따뜻한 남쪽으로 내려온 사람들이 어우러져 이루어졌다. 이 노래 안에 나오는 여러 서낭은 모두 남녘에서 올라온 사람들이 믿었던 땅 밑 서낭들이다.

오력: ① 오륙(五六). 오장육부라는 뜻으로 '온몸'을 이르는 말. ② 오금. 무릎의 뒤쪽. 무릎을 구부리는 안쪽.

성주님: 집안의 집채들을 맡아서 지켜주는 서낭.

지운구신: 땅의 기운을 맡아서 지켜주는 서낭.

조왕님: 부엌을 맡아서 지켜주는 서낭. (☞ 50. 〈고사〉)

제석님: 집안 사람들의 목숨, 먹거리, 입성, 건강, 하는 일 같은 삶을 맡아서 도와주는 서낭.

굴통: 굴뚝.

굴대장군: 굴뚝을 지키는 서낭. 키가 크고 몸이 남달리 굵고 살빛이 검으면서 시퍼런 옷을 입은 사람을 뜻하기도 한다.

얼혼이 나서: 얼혼이 나가서. 얼과 혼이 몸에서 빠져나가서. '얼'과 '혼'은 비슷한 뜻으로 쓰지만, '얼'은 우리말이고 '혼'은 중국에서 들온말이라 뜻이 꼭 같을 수는 없고 서로 견줄 수도 없다.

뒤울안: 집 뒤 울타리 안쪽. (☞ 11. 〈가즈랑집〉)

곱새녕: 초가집 지붕마루나 토담 위를 덮는, 짚으로 지네 모양으로 뒤틀어 엮은 이엉. (☞ 곱새 - 10. 〈고야〉)

철륭구신: 집안의 뒤란을 지키는 서낭으로 먹거리의 바탕인 갖가지 장들을 담아 갈무리하는 장독대를 지키는 서낭.

수문장: 대문을 지키며 잡귀와 잡신이 들어오지 못하도록 막아주는 서낭.

연자간: 연자방앗간. (☞ 39. 〈연자간〉)

연자망구신: 연자망을 지켜주는 서낭. '연자망'은 연자방앗간의 맷돌, 곧 연자매를 말한다.

디겁: 기겁. (☞ 93. 〈촌에서 온 아이〉)

화리서리: 거침없이 두 팔을 마음껏 휘저으며 걸어가는 모습.

발뒤축: 발뒤꿈치.

달걀구신: 달걀귀신. 달걀 같은 얼굴에 눈, 귀, 코, 입이 없으면서 머리카락만 풀어헤치고 굴러다닌다는 귀신.

노래를 세 묶음으로 짰는데, 노래하는 '나'가 움직여 옮기는 자리에 따라 묶었다. 첫째 묶음은 '나'가 집 안채에서 겪는 노릇을 노래하고, 둘째 묶음은 '나'가 안채에서 뛰쳐나와 집 얼안에서 겪는 노릇을 노래하고, 셋째 묶음은 '나'가 대문을 빠져나와 마을의 한길까지 나와서 겪는 노릇을 노래한다. 이렇게 '나'가 '집 안채에서', '집 얼안에서', '마을 행길까지 나와서' 귀신에게 쫓겨 다니는 노래구나 하겠다.

그런데 노래를 줄글 이야기처럼 '월'로 따라가 보면 첫째 묶음 앞쪽 석 줄이 두 월이고, 나머지 첫째 묶음 석 줄과 둘째 묶음 넉 줄과 셋째 묶음 다섯 줄까지 모두가 온통 한 월이다. 그러니까 첫째 묶음은 앞 석 줄이 두 월로서 노래 모두의 알갱이를 간추려 놓았고, 뒤 석 줄이 '나'가 '집 안채에서 겪는 노릇'을 노래했다. 말뜻, 곧 노래 속살의 덩어리인 월을 따라 읽으면 첫째 묶음은 마땅히 두 묶음으로 나누어야 옳겠다.

그런데 노래는 그렇게 하지 않고, 노래 모두의 알갱이를 간추려 놓은 앞쪽 석 줄과 '나'가 집 안채 안에서 겪은 노릇의 뒤쪽 석 줄을 굳이 하나로 묶었다. 무슨 까닭이 있을까? 말할 나위도 없이 앞쪽 석 줄과 뒤쪽 석 줄을 떼어놓아서는 안 되었기 때문이다. 그것들을 떼어놓으면 노래가 죽어버린다고 보았기 때문이다. 무엇으로 그런 까닭을 장담하는가?

장담이 아니라, 노래를 읽으며 맛보는 사람은 마땅히 그런 까닭을 찾지 않을 수가 없다. 두 가지로 말할 수 있겠다. 하나는, 뒤쪽 석 줄의 맨 앞에 있는 머리인 '자'다. 이 '자'라는 짧은 한마디 말이 앞쪽 석 줄의 꼬리 '오력을 펼 수 없다'에 찰싹 붙어 있다. 이것은 셋째 묶음 넷째 줄 머리인 '아아 말 마라'가 뒤따르는 마지막 줄을 꽉 붙잡고 있는 것과 짝을 이루었다. 또 하나는, 앞쪽 석 줄에서 뒤 두 줄 '마을은 맨천 구신이 돼서 / 나는 무서워 오력을 펼 수 없다'가 뒤따르는 '성주님'과 '지운구신'과 '조왕님'과 떨어지지 않은 것처럼, 셋째 묶음의 마지막 한 줄 '마을은 온데간데 구신이 돼서 나는 아무 데도 갈 수 없다'도 앞장선 '연자망구신', '달걀구신'과 떨어지지 않았다. 이들 둘을 보면, 노래를 만든 백석이 노래의 들머리와 마무리를 얼마나 꼼꼼하게 헤아리며 빈틈없는 하나가 되도록 애를 썼는지 놀라지 않을 수 없다.

〈마을은 맨천 구신이 돼서〉는 백석의 노래 가운데 가장 슬픈 노래다. 지친 몸을 뉘어 잠자고 쉬어야 하는 안채의 방 안에서부터 귀신에 쫓기어 토방으로, 부엌으로 쫓기다가 마당으로 뛰쳐나와 고방으로, 굴뚝으로, 뒤울안으로, 대문으로 쫓기고, 마침내 대문을 빠져나와서도 연자방앗간에서, 한길에서까지 귀신에게 쫓기고 있다. 마을이 온통 귀신이 되어버렸으니 '나'는 무서워 오력을 펼 수가 없고, 마을은 온 데나 간 데나 귀신이 되어서 '나'는 아무 데도 갈 수가 없다. 마을 안에 가득한 이들 '귀신'들이 본디는 모두 사람이 복되고 넉넉하고 튼튼하게 살아가도록 도와주고 지켜주던 '서낭'들이었다. 서낭님들이 모두 귀신으로 바뀌어 '나'를 못살게 쫓으니, 마침내 '나'는 이 마을에 태어난 것이 잘못이었다고 울부짖을 수밖에 없다. 무슨 말로 노래 속 '나'의 마음을 어루만질 수 있겠는가?

지금 우리가 살아가는 이 나라(노래에서는 '마을'이라 했다.)에도 노래 속의 '나'와 같이 돈과 힘의 귀신들 앞에서 이리저리 쫓기고 벌벌 떨며 소리 없이 부르짖는 사람이 얼마나 많을까?

100

칠월 백중

마을에서는 세불 김을 다 매고 들에서

개장 취념을 서너 번 하고 나면

백중 좋은 날이 슬그머니 오는데

백중날에는 새악시들이

생모시 치마 천진포 치마의 물팩치기 껑추렁한 치마에

쇠주포 적삼 항라 적삼의 자주고름이 기드렁한 적삼에

한끝 나게 상나들이옷을 있는 대로 다 내 입고

머리는 다리를 서너 켤레씩 들여서

시뻘건 꼬둘채 댕기를 삐뚜룩하니 해 꽂고

네날백이 따백이신을 맨발에 바꿔 신고

고개를 몇이라도 넘어서 약물터로 가는데

무썩무썩 더운 날에도 벌 길에는

건들건들 시원한 바람이 불어오고

허리에 찬 남갑사 주머니에는 오랜만에 돈푼이 들어 즈벅이고

광지보에서 나온 은장도에 바늘집에 원앙에 바둑에

번들번들 하는 노리개는 스르럭스르럭 소리가 나고

고개를 몇이라도 넘어서 약물터로 오면

약물터엔 사람들이 백차일 치듯 하였는데

본가집에서 온 사람들도 만나 반가워하고

깨죽이며 문주며 섭가락 앞에 송구떡을 사거니 권하거니 먹거니 하고

그러다는 백중물을 내는 소나기를 함뿍 맞고

호주를하니 젖어서 달아나는데

이번에는 꿈에도 못 잊는 본가집에 가는 것이다

본가집을 가면서도 칠월 그믐 초가을을 할 때까지

평안하니 집살이를 할 것을 생각하고

아끼는 옷을 다 적시어도 비는 시원만 하다고 생각한다

(이 시는 전쟁 전부터 내가 간직하여 두었던 것을

시인에겐 묻지 않고 감히 발표한다. 허준)

《문장》 속간호(3권 5호, 1948년 10월)

말뜻 풀이

칠월 백중: 음력 칠월 보름. 여러 가지 과일과 푸성귀가 많이 자라서 백 가지 나물을 해 먹는다고 '백종'이라 한다거나, 여름지이(농사) 일이 끝나서 써레씻이·호미씻이를 하면 무논에 들어갈 일이 없어 발꿈치를 하얗게 씻는다고 '백종'이라고도 한다. 이처럼 힘든 여름지이 일이 고비를 넘겼으니 즐거운 놀이들이 벌어지고, 여인들은 신경통에 좋다고 물맞이를 많이 가던 이름 높은 명절이다.

세불: 세 벌. 세 차례.

개장 취념: 개장 추렴. 저마다 얼마씩 돈을 거두어 함께 개장을 끓여 먹는 노릇. '개장'은 요즘 거의 '보신탕'이라 부르는 음식이고, '추렴'은 모임·놀이·잔치 같은 일에 드는 돈을 여럿이 얼마씩 나누어 거두는 노릇이다.

생모시 치마: 생모시로 만든 치마. '생모시'는 모시로 베를 짜서 잿물에 삶아 하얀 빛이 나도록 가꾸지 않고 그대로 있는 모시 베.

천진포 치마: 천진포로 만든 치마. '천진포'는 천진(톈진)에서 짠 베. '천진'은 베이징, 상하이 다음으로 중국에서 셋째로 큰 도시로 베이징과 이웃하여 동쪽에 있으며 산둥반도 북쪽 발해만에 닿아 있다. 백석이 이 노래를 부른 1940년대 후반에 중국에서 가장 좋은 베를 짜내던 곳이다.

물팩치기: 무르팍치기. 무릎치기. 무릎까지만 내려오는 짤막한 아랫도리 옷. '물팩', '물팍', '무르팍'은 모두 '무릎'의 사투리.

껑추렁한: '껑충한'에 '렁'을 끼워서 부드럽고 시원하게 만든 말. '껑충한'은 (주로 치마나 바지 같은 아랫도리 옷이) 덜렁하니 꽤 짤막한.

쇠주포 적삼: 소주포로 지은 적삼. '소주포'는 소주(쑤저우)에서 짠 베. '소주'는 타이후호 동쪽에 있으며 양쯔강 삼각주 지역을 다스리는 행정중심지. 일찍이 좋은 비단을 짜는 곳으로 이름났다. '적삼'은 홑저고리를 뜻한다.

항라 적삼: 항라로 지은 적삼. '항라'는 씨실을 꼬아서 짠 비단의 하나. 씨실을 가지런히 몇 올씩 짜다가 한 번씩 꼬아서 짜면 거기에 작은 구멍이 뚜렷이 나타나는 줄이 생긴다. 새 꼬치에서 뽑은 실을 쓰므로 천이 빳빳하고 그 작은 구멍으로 바람이 잘 통하여 여성들의 여름 옷감으로 많이 쓴다. (사회과학원 언어연구소,《조선말대사전》)

자주고름: 자줏빛 천으로 만든 옷고름.

기드렁한: '길다'의 '길-'에 '-드렁하다'를 붙여 '길드렁하다'가 되고, 'ㄹ'이 떨어져 '기드렁하다'가 된 듯하다. 비슷한 모습의 말에 '심드렁하다'가 있다. (고형진, 2015: 638)

한끝 나게: 한껏 나게. 할 수 있는 데까지.

상나들이옷: 가장 좋은 나들이옷.

다리: 예전에 여자들이 머리숱을 많아 보이게 하느라고 덧대어 드리우던 머리카락 묶음.

꼬둘채 댕기: 머리카락을 꼬둘꼬둘하게 땋아서 늘어뜨린 댕기. (고형진, 2015: 122)

네날백이: 네날박이. 날줄을 네 가닥으로 잡아 엉성하게 삼은 짚신.

따백이신: 따배기. 곱게 삼은 짚신. '따배기'가 곱게 삼은 짚신이므로 '신'은 덧붙은 겹말이다. (고형진, 2015: 127)

무썩무썩: 매우 메마르고 더운 느낌을 나타내는 말로 보인다. (고형진, 2015: 728)

건들건들: 바람이 일렁이며 선들거리며 부는 느낌을 드러내는 말.

남갑사: 쪽빛(남빛)을 내면서 결이 좋은 비단. '갑사'는 가장 좋은 비단으로 얇고 성거서 여인들의 여름 옷감으로 많이 쓴다.

즈벅이고: (주머니에 든 동전들이 서로 부딪치며) 즈벅즈벅 소리를 내고.

광지보: 광주리처럼 물건을 많이 넣어 묶어서 머리에 이고 다니는 보자기. '광지'는 '광주리'의 함경도·평안도 사투리.

은장도: 은으로 만든 장도. '장도'는 노리개로 차고 다니도록 만든 조그맣고 아름다운 칼. 여인들이 위험한 때를 만나면 몸을 지키는 무기로 쓸 수도 있다.

바늘집: 여인들이 바늘을 넣어 달고 다니는 조그마한 주머니. '바늘겨레'라고도 하는데 비단에 아름답게 수를 놓아 노리개로 달고 다니기도 했다.

원앙: 여기서 '원앙'은 암컷과 수컷의 사이가 너무 좋다는 오릿과의 물새가 아니라, 물감으로 곱게 원앙을 그리거나 수를 놓은 노리개를 뜻한다.

바둑: 여기서 '바둑'은 네모반듯한 판 위에 흰 돌과 검은 돌을 놓아 집을 짓는 놀이가 아니라, 물감으로 아름답게 둥글며 희고 검은 바둑돌을 그리거나 수를 놓은 노리개다.

백차일: 하얀 차일. '차일'은 햇볕을 가리려고 공중에 치는 넓은 천. 노래에서 '백차일 치듯 하였다'는 흰옷 입은 사람들이 빈틈없이 많이 모여 있는 모습을 뜻겹침으로 말한 것이다.

본가집: 친정집. 여자가 태어나서 시집갈 때까지 살던 본집. '시가집'과 짝이 되는 말.

깨죽: 참깨와 멥쌀을 함께 갈아서 쑨 죽.

문주: '부꾸미'의 평북 사투리. '부꾸미'는 찹쌀가루, 밀가루, 수수가루 따위를 반죽하여 둥글고 넓게 번철에 지진 다음 팥소를 넣고 반달 모습으로 접은 떡.

섭가락: 지금 우리는 알 수 없는 말이다. '섭가락'을 '섭+가락'으로 보고 '섭'은 섭산적, '가락'은 꼬치로 보아 '섭산적 꼬치'로 미루어볼 수 있겠다는 제안(고형진, 2015: 161)을 따른다. '섭산적'은 고기를 잘게 다져 주무른 다음에 갖은 양념을 치고 반대기를 지어서 구운 적(지지미).

송구떡: 송기떡. (☞ 7. 〈여우난골족〉)

백중물: 백중날 무렵에 흔히 내리는 비.

호주를하니: 후주른하게. 후줄근하게. (옷 같은 것이) 풀기가 없어 볼품없이 축 늘어지고 훌훌하다. (사회과학원 언어연구소,《조선말대사전》)

초가을: '초가을걷이'를 줄인 말. 초가을 일찍이 서둘러 하는 가을걷이.

집살이: 본가집살이. 친정살이.

군소리

노래가 스물여섯 줄인데, 한 묶음이다. 줄글처럼 읽어보면 월이 둘뿐이다. 앞에서 스물세 줄이 잇달아 한 월이고, 뒤에 남은 석 줄이 또 한 월이다. 줄과 월과 묶음의 짜임새로 보면 노래의 저울대가 앞으로 크게 기울었다. 시인은 이처럼 기울어진 짜임새에 노래의 속살을 어떻게 담았을까?

노래 이름은 '칠월 백중'으로 달았지만, 노래 속으로 들어가 보면 칠월 백중을 맞이한 '색시들'의 기쁨과 즐거움으로 채워진 노래다. 조금 더 들어가 보면, '색시들'도 아니고 오직 한 사람 '색시'의 기쁨과 즐거움에 노래의 겨냥이 맞추어져 있다. 나머지 석 줄인 한 월에서 '색시'가 누리는 기쁨과 즐거움은 앞에서 스물세 줄에 걸쳐 색시들이 함께 누린 기쁨과 즐거움을 훨씬 뛰어넘는다. 노래의 속살은 뒤쪽 석 줄 한 월이 앞쪽 스물세 줄 한 월에 조금도 모자라지 않으므로 무게 기울기가 반듯하다.

처음 석 줄은 노래 이름 '칠월 백중'을 영락없이 드러냈다. 다음 넷째 줄에서 노래 속살의 임자말 '새악시들이' 나타나고, 열한째 줄까지 색시들에게 기쁨과 즐거움을 일으키는 치마·적삼·옷·다리·댕기·신의 겉모습에 들떠서 '약물터에 가는' 움직임을 그렸다. 그다음 열두째 줄부터 시원한 바람·주머니의 돈푼·번들거리는 노리개로 색시들의 기쁨과 즐거움은 더욱 두드러지면서 고개를 몇이라도 넘어 '약물터에' 다다랐다. 약물터엔 사람들이 백차일 치듯 하였는데, 이제 '새악시들'은 백차일 속으로 모두 흩어지고 홀로 남은 '새악시'가 두드러지면서[29] 본가집 사람들과 어우러진다. '새악시'는 본가집 사람들과 더불어 맛있는 먹거리도 사거니 권커니 잡거니 하다가, 꿈에도 잊지 못하는 본가집으로 달려가느라 백중물 소나기를 흠뻑 맞아서 후줄근하게 젖어도 아랑곳하지 않는다.

이제 마지막 남은 석 줄이다. 본가집으로 달려가면서도 오직 칠월 그믐 초가을걷이를 할 때까지 평안하게 본가집살이를 할 일만 생각하니까, 색시는 아끼는 옷을 백중물 소나기에 다 적셔도 비는 시원하기만 하다고 느낀다. 오늘이 칠월 보름, 첫 가을걷이를 비롯하는 칠월 그믐까지 꼬박 보름 동안이 남았다. 여름농사와 시집살이에 지친 색시는 이 보름 동안 평안한 본가집살이를 다시 한다고 생각하면서 얼마나 기쁘고 즐거운 해방과 자유를 느꼈을까?

이 노래는 1948년 10월《문장》속간호에 실렸는데, '이 시는 전쟁 전부터 내가 간직하여 두었던 것을 시인에겐 묻지 않고 감히 발표한다.'라는 허준의 소개가 붙어 있다. 그러니까 광복을 맞이하고 지은 노래임이 틀림없다고 본다. 그렇다면 온갖 정성 다 들여 머리에서 발끝까지 갖은 차림을 다 하고 기쁨과 즐거움에 들떠 백중물을 뚫고 약물터로 달려가는 색시들과, 나라를 빼앗겨 고향도 빼앗기고 식구들까지 빼앗겨서 남의 땅 만주를 떠돌던 백석의 광복 맞은 마음이 뜻겹침으로 다가온다. 약물터로 몰려드는 '새악시들'과 빗물에 옷을 흠뻑 적시며 본가집으로 홀로 달려가는 '새악시'에 백석의 마음이 고스란히 겹쳐서 드러난다는 말이다.

---

29 이것은 노래 바깥의 실제 현실이 아니라, 노래 속에 그려진 현실에서 그렇다는 말이다.

백석의 노래가 모두 그렇고 게다가 칠월 백중이 겨레의 으뜸 세 명절 (설·백중·한가위) 가운데 하나이기에 더욱 그렇기도 하지만, 이 노래에 불려나온 토박이말들이 벌이는 아름답고 넉넉한 잔치를 그냥 지나칠 수 없다. 하나하나 짚으며 맛보는 기쁨과 즐거움도 놓치지 않았으면 좋겠다. 그러나 여기서는 하나하나 짚으며 맛볼 겨를이 없으므로 읽으시는 여러분께 넘겨드리는 아쉬움을 적어둔다.

101

남신의주 유동 박시봉 방

어느 사이에 나는 아내도 없고, 또,

아내와 같이 살던 집도 없어지고,

그리고 살뜰한 부모며 동생들과도 멀리 떨어져서,

그 어느 바람 센 쓸쓸한 거리 끝에 헤매었다.

바로 날도 저물어서,

바람은 더욱 세게 불고, 추위는 점점 더해 오는데,

나는 어느 목수네 집 헌 샅을 깐,

한 방에 들어서 쥔을 붙이었다.

이리하여 나는 이 습내 나는 춥고, 누긋한 방에서,

낮이나 밤이나 나는 나 혼자도 너무 많은 것같이 생각하며,

딜옹배기에 북덕불이라도 담겨 오면,

이것을 안고 손을 쬐며 재 우에 뜻 없이 글자를 쓰기도 하며,

또 문밖에 나가지도 않고 자리에 누워서,

머리에 손깍지베개를 하고 굴기도 하면서,

나는 내 슬픔이며 어리석음이며를 소처럼 연하여 새김질하는 것이

었다.

내 가슴이 꽉 메어 올 적이며,

내 눈에 뜨거운 것이 핑 괴일 적이며,

또 내 스스로 화끈 낯이 붉도록 부끄러울 적이며,

나는 내 슬픔과 어리석음에 눌리어 죽을 수밖에 없는 것을 느끼는 것이었다.

그러나 잠시 뒤에 나는 고개를 들어,

허연 문창을 바라보든가 또 눈을 떠서 높은 천장을 쳐다보는 것인데,

이때 나는 내 뜻이며 힘으로, 나를 이끌어 가는 것이 힘든 일인 것을 생각하고,

이것들보다 더 크고, 높은 것이 있어서, 나를 마음대로 굴려 가는 것을 생각하는 것인데,

이렇게 하여 여러 날이 지나는 동안에,

내 어지러운 마음에는 슬픔이며, 한탄이며, 가라앉을 것은 차츰 앙금이 되어 가라앉고,

외로운 생각만이 드는 때쯤 해서는,

더러 나줏손에 쌀랑쌀랑 싸락눈이 와서 문창을 치기도 하는 때도 있는데,

나는 이런 저녁에는 화로를 더욱 다가끼며, 무릎을 꿇어 보며,

어느 먼 산 뒷옆에 바위 섶에 따로 외로이 서서,

어두워 오는데 하이야니 눈을 맞을, 그 마른 잎새에는,

쌀랑쌀랑 소리도 나며 눈을 맞을,

그 드물다는 굳고 정한 갈매나무라는 나무를 생각하는 것이었다.

《학풍》 창간호(1948년 10월)

말뜻 풀이

남신의주 유동 박시봉 방: 편지 봉투에 적은 일본식 주소를 노래 이름으로 삼 았다. '남신의주'는 신의주의 남쪽 지역으로 유동이 싸잡혀 있는 자리다. '유동' 은 신의주 시가[30]에서 남동쪽으로 넓은 논밭을 지나 산악 지대를 넘어 가파르 지 않은 들판의 경의선 철길 동쪽에 자리 잡은 마을(고형진, 2015: 267). '박시봉 방'은 박시봉이라는 사람의 집에 삯을 주고 빌려 사는 방[31]이라는 말이다.

삽을 깐: 삿자리를 깔아놓은. (☞ 삿자리 - 2. 〈늙은 갈대의 독백〉)

쥔을 붙이었다: 주인을 붙이었다. 주인이 있는 집에 방을 빌려서 한 집처럼 살 아갔다.

습내: 축축한 데서 나는 냄새. 늘 축축하게 물기가 있어서 나는 곰팡이 냄새.

누긋한: 누긋한. 메마르지 않고 조금 눅눅한.

딜옹배기: 질옹배기. 질그릇으로 만든 옹배기. '옹배기'는 아가리가 넓게 벌어 지고 둥글넓적한 그릇.

북덕불: 북데기를 태우는 불. 불기운도 약하고 오래가지도 못한다. '북데기'는 나락이나 밀이나 보리의 낟알을 털어낼 적에 마른 잎사귀들이 함께 떨어진 부 스러기.

굴기도: 구르기도. 뒹굴기도. '굴다'는 '구르다'의 준말이다.

---

30 일제가 1904년 러일전쟁을 일으켜 서울-의주 사이 군용철도(경의선)를 서둘면서 '의주'라는
    본디 이름을 '신의주'로 바꾸고, 1906년에 철도를 모두 깔았으며 1908년에는 부산-신의주 사
    이에 급행열차 '융희호'까지 띄웠다. 1911년 압록강철교를 놓고, 1914년 철교 맞은편 안동(단
    둥)을 건너다보는 강가에 신도시를 만들어 '신의주부'로 격을 높였다.
31 백석이 참으로 이 집에 방을 얻어 살았는지, 살았으면 언제부터 언제까지 살았는지 아직은 알
    길이 없다. 시인이 머릿속에서 그려낸 집, 사람, 방으로 보는 것이 옳을지도 모르겠다.

나죗손: 저녁 무렵.

섶: '옆'의 평안도·함경도 사투리.

하이야니: 하얗게.

갈매나무: 갈매나뭇과에 딸린 잎 지는 떨기나무. 키는 2m쯤이고 가지에 가시가 나며, 잎은 넓은 바소꼴이고 톱니가 있으며 마주난다. 5월에 누렇고 푸른 빛의 잔 꽃이 잎의 아귀에서 한두 송이씩 피고, 둥글고 물렁한 열매가 9월에 까맣게 익는다. 골짜기나 개울가에서 자라는데 나무껍질은 '서리피', 열매는 '갈매' 또는 '서리자'라 하여 물감이나 약재로 쓴다. (한글학회,《우리말 큰사전》)

군소리

노래의 짜임새는 서른두 줄을 한 묶음에 싸잡고 별스런 솜씨를 부리지 않아 줄글처럼 읽어도 어렵지 않다. 서른두 줄을 다섯 월로 나누었는데, 첫째와 둘째 월은 넉 줄씩이고 셋째 월은 일곱 줄이며, 넷째 월은 다시 넉 줄이고 다섯째 월은 열석 줄이나 된다. 월의 크기를 4·4·7·4·13으로 숫자로 나타내면, 셋째 월이 우뚝 솟았고 마지막 월이 더욱 우뚝하다. 앞쪽 세 월과 뒤쪽 두 월로 덩이져 있음을 알겠다. 그러나 백석은 그런 덩이를 굳이 드러내지 않고 읽는 이들의 힘에 맡겼으니, 이런 짜임새가 노래의 속살과 어떻게 발을 맞추고 있을지를 밝히며 맛보는 노릇은 읽는 사람의 몫이다.

속살을 더듬어보면, 첫째 월 넉 줄은 노래하는 '나'의 삶에서 가장 가까운 핏줄이며 터전까지 잃고 어느 바람 센 쓸쓸한 거리 끝으로 쓸려

와서 헤매었다 한다. 둘째 월 넉 줄은 '나'의 삶이 날도 저물고, 바람은 더욱 세고, 추위는 점점 더해 와서 견디지 못해 어느 목수네 집 헌 삿자리 깐 방 한 칸에 주인을 붙였다 한다. 셋째 월 일곱 줄은 헌 삿자리 깐 한 칸 방에서 견디는 '나'의 삶의 속살을 속속들이 드러내 보인다. 습내 나는 춥고 누긋한 방에서, 밤낮없이 이런 신세를 '생각하고', 문밖으로 나가지도 않고 누워 뒹굴면서, 슬픔이며 어리석음을 소처럼 쉬지 않고 '새김질하는' 삶이었다. 삶의 서러움이 몸(겉)에서 일어나 마음(속)으로 번져 들어가는 모습을 알아볼 수 있을 만큼 드러냈다.

넷째 월 넉 줄은 노래하는 '나'의 가슴이 꽉 메어 오고, 눈에 뜨거운 것이 핑 괴이고, 스스로 화끈 낯이 붉도록 부끄러워지는 슬픔과 어리석음에 눌리어 '죽을 수밖에 없는 것을 느끼는' 벼랑까지 밀려왔다. 다섯째 월 열석 줄은 '그러나'로 비롯하여 '나는 고개를 들어' 허연 문창을 바라보고 높은 천장을 쳐다본다. 죽음의 벼랑 앞에 와서, '내 뜻이며 힘으로 나를 이끌어 가는 것이 힘든 일인 것'을 생각하고, '더 크고 높은 것이 있어서 나를 마음대로 굴려 가는 것'을 알았다. 그런 깨달음(?)에서 '나'는 '먼 산 뒷옆 바위 섶에 따로 외로이 서서' 하얗게 눈을 맞을 그 '굳고 정한 갈매나무'라는 나무를 생각하는 것이었다.

삶의 서러움이 '나의 가슴'에 꽉 메이고, '죽을 수밖에 없는 것을 느끼는' 거기에 이르러, '나'는 고개를 들어 높은 천장을 쳐다보며 곧장 무릎을 꿇고, 먼 산 바위 섶에 외로이 서서 차가운 바람과 하얀 눈을 맞으며 꿋꿋이 견디는 '굳고 정한 갈매나무'를 생각한다. 갈매나무처럼 어떤 아픔과 어려움에 시달려도 꿋꿋이 견디며 살아가겠다는 뜻을 드러낸 노래다. 하지만 죽을 수밖에 없다는 느낌에서 느닷없이 '그러나 잠시 뒤에 나는 고개를 듦'으로써 삶의 빛을 찾았으나, 그럴 말미가 제대로 드러나지 않아 우리는 잠시 어리둥절하지 않을 수 없다.

아무튼 여기서 우리는 백석이 조선민주주의인민공화국[32] 국민으로 살아가기로 마음먹는 스스로를 변호하는 노래가 아닌가 하는 느낌을 받게 된다. 따라서 대한민국[33] 국민의 마음[34]에서 부른 백석의 마지막 노래로 꼽을 수 있을 듯하다. 이 노래를 지어서 남쪽으로 보내놓고, 백석은 곧장 리윤희와 오가던 혼남을 매듭지어 1945년 12월 29일 평양에서 열네 살이나 어린 신부를 맞아 결혼식을 올린[35] 것으로 보이기도 한다.

백석은 1935년 8월 10일 조선일보에 〈정주성〉을 내어놓고 1945년 8월 15일 광복을 하는 그날까지 열 해 동안 자나깨나 겨레의 삶과 말을 가슴에 품고 사랑하며 나라를 되찾는 그날을 꿈꾸며 애를 끊어 태우면서 온한 마리의 노래로 겨레의 말과 삶을 드높였다. 그런데 다시 돌아온 나라는 빼앗길 적의 그 나라가 아니라 허리가 잘려 두 동강으로 갈라진 나라였다. 어이없는 모습으로 돌아온 나라를 끌어안고 어느 하나

---

32 1945년 8월 광복과 더불어 북쪽은 소련군의 점령 아래 들어갔고, 1946년 2월 8일 김일성을 책임자로 하는 북조선임시인민위원회를 만들고, 1948년 8월 25일 인민회의 대의원 선거를 마치고, 9월 2일 최고인민회의를 만들어, 9월 9일 김일성을 수상으로 하는 '조선민주주의인민공화국'을 세웠다.

33 '대한민국'은 1919년 4월 10일 상해 임시정부의 첫 임시 의정원회의에서 의결한 나라이름이다. 고종이 광무개혁에서 바꾼 나라이름 '대한제국'을 '대한민국'으로 다시 바꾸었다. '제국(황제의 나라)'을 '민국(백성의 나라)'으로 바꾸었으니 뜻이 매우 깊다.

34 여기서 '대한민국 국민의 마음'이라는 말은 백석이 조선민주주의인민공화국 국민으로 마음을 선뜻 내어놓지 못하고 나라의 앞날을 겨냥하며 괴로워하고 있던 때까지 지니고 있었던 그의 마음을 뜻한다.

35 안도현, 앞의 책, 300쪽.

만 품고 다른 하나는 버려야 하는 운명을 맞아 그것을 어떻게 받아들였을까? 이 물음 앞에 백석이 내놓은 대답이 곧 이 노래 〈남신의주 유동 박시봉 방〉이 아닌가 싶다. 그리고 조선민주주의인민공화국 국민으로 아들 셋과 딸 둘을 낳아 키우며 여든다섯 살까지 살았다. 온갖 슬픔과 갖은 아픔을 참고 견디며 갈매나무처럼 잔가지를 거느리고 그렇게 살다가 1996년 1월에 저승으로 돌아갔다.[36] 이런 백석을 어떻게 미워할 수 있겠는가?

---

36 안도현, 앞의 책, 419쪽.

백석의 삶과 노래 해적이(연보)

1912년(7월 1일, 태어남)

평안북도 정주군 길산면 익성동에서 부친 백시박과 모친 이봉우의 장남으로 태어났다. 본명은 백기행(白夔行)이라 알려져 있고, 기연(基衍)으로도 불렸다. 필명은 백석(白石, 白奭)인데 주로 白石으로 활동했다.

1918년(7살)

오산소학교에 입학했다.

1924년(13살)

이승훈이 세운 오산학교(4년제, 1926년 5년제로 바뀌어 오산고등보통학교가 됨)에 입학했다. 백석 재학 중에 고당 조만식과 벽초 홍명희가 교장으로 있었다. 6년 선배 김소월의 시를 좋아하면서 꿈을 키웠다.

1929년(18살)

오산고등보통학교를 졸업했다.

1930년(19살)

1월 조선일보 신년현상문예에 단편소설 〈그 모와 아들〉로 당선했다. 4월 정주 출신 금광왕 방응모가 세운 춘해장학회 장학생이 되어 일본 도쿄 아오야마학원 영어사범과에 입학했다.

1934년(23살)

도쿄 아오야마학원을 졸업하고, 우리나라로 돌아와 조선일보에 들어갔다.

1935년(24살)

7월(음력 6월)에 허준의 결혼 축하 모임에서 이화여고보에 다니던 박경련을 만난 뒤 통영을 방문했다. 8월 30일 조선일보에 〈정주성〉을 내놓아 시인으로 등단했다. 11월에 〈늙은 갈대의 독백〉·〈산지〉·〈주막〉·〈비〉·〈나와 지렁이〉를 내놓고, 12월에 〈여우난골족〉·〈통영〉·〈흰 밤〉을 내놓았다. 이 해에 내놓은 노래가 모두 아홉 마리다.

1936년(25살)

1월 초 〈고야〉를 내놓고, 20일에 신광인쇄주식회사에서 첫 시집《사슴》을 100부 한정판으로 출간했다. 1월 중순에 신현중과 일주일 동안 통영 일대를 방문한 뒤, 1월 23일 〈통영〉을 내놓았다. 2월에 〈오리〉, 3월에 〈연자간〉·〈황일〉·〈탕약〉·〈이두국주가도〉와 '남행시초' 네 마리, 곧 〈창원도〉, 〈통영〉, 〈고성가도〉, 〈삼천포〉를 내놓아 이 해에 모두 열한 마리 노래를 내놓았다. 4월 초에 함흥 영생고보 영어교사로 갔고, 늦가을에 함흥관에서 기생 김진향(자야)을 만났다. 12월 겨울방학을 맞아 허준과 함께 통영으로 내려가 박경련의 집에 청혼했으나 거절당했다.

《사슴》에 실린 노래들
제1부. 얼룩소 새끼의 영각
  〈가즈랑집〉〈여우난골족〉〈고방〉〈모닥불〉〈고야〉〈오리 망아지 토끼〉
제2부. 돌덜구의 물
  〈초동일〉〈하답〉〈주막〉〈적경〉〈미명계〉〈성외〉〈추일산조〉〈광원〉〈흰 밤〉
제3부. 노루
  〈청시〉〈산비〉〈쓸쓸한 길〉〈자류〉〈머루밤〉〈여승〉〈수라〉〈비〉〈노루〉
제4부. 국수당 넘어

〈절간의 소 이야기〉〈통영〉〈오금덩이라는 곳〉〈시기의 바다〉〈정주성〉〈창의문 외〉〈정문촌〉〈여우난골〉〈삼방〉

1937년(26살)

새학기가 되어 함흥으로 돌아와 러시아말 공부에 열중했다. 4월에 친구 신현중이 백석이 흠모하던 박경련과 혼인했다. 8월에 〈이주하 이곳에 눕다〉를 쓰고, 10월에 '함주시초' 다섯 마리(〈북관〉, 〈노루〉, 〈고사〉, 〈선우사〉, 〈산곡〉)와 〈바다〉, 〈단풍〉을 내놓았다. 이 해에 내놓은 노래가 모두 여덟 마리다. 12월에 부모의 강요로 첫 혼인을 했으나 열흘 넘길 즈음 함흥으로 돌아왔다.

1938년(27살)

1월 초에 자야는 경성 청진동에 집을 마련하고, 백석은 〈추야일경〉을 내놓았다. 2월에 함경도 성천강 상류 산골 지역을 여행한 뒤 3월에 '산중음' 네 마리(〈산숙〉, 〈향락〉, 〈야반〉, 〈백화〉)와 〈나와 나타샤와 흰 당나귀〉, 4월에 〈석양〉, 〈고향〉, 〈절망〉, 〈외갓집〉, 〈개〉, 〈내가 생각하는 것은〉, 5월에 〈내가 이렇게 외면하고〉, 10월에 '물닭의 소리' 여섯 마리(〈삼호〉, 〈물계리〉, 〈대산동〉, 〈남향〉, 〈야우소회〉, 〈꼴뚜기〉)와 〈가무래기의 락〉, 〈멧새 소리〉, 〈박각시 오는 저녁〉을 내놓았다. 이 해 노래가 모두 스물두 마리다. 12월에는 교사 생활을 접고 경성으로 돌아왔다.

1939년(28살)

자야의 집에서 동거하며 1월부터 조선일보의 《여성》 편집주임으로 일했다. 부모의 성화로 2월에 충북 진천에서 두 번째 혼인을 했으나 곧 자야에게로 돌아왔다. 4월에 〈넘언집 범 같은 노큰마니〉, 6월에 〈동뇨부〉를 내놓고, 9월에 일자리를 찾아 만주 안동(단동)을 헤맨 뒤 〈안동〉을 내놓았다. 10월 조선일보에 사표를 내고 고향인 평북 지역을 여행한 뒤 〈함남 도안〉을 내놓고, 11월에 '서행시초' 네 마리(〈구장로〉, 〈북신〉, 〈팔원〉, 〈월림장〉)를 내놓아 이 해에 모두 여덟 마리 노래를 내놓았다.

1940년(29살)

2월 초에 만주 신징으로 갔고, 〈목구〉를 내놓았다. 3월부터 만주국 국무원 경제부 말단으로 근무하다가 창씨개명에 시달려 6개월 만에 그만두었다. 6월에 〈수박씨, 호박씨〉, 7월에 〈북방에서〉, 11월에 〈허준〉을 내놓아 이 해 노래가 모두 네 마리다.

1941년(30살)

1월에 영생고보 제자 강소천의 시집 《호박꽃 초롱》에 《《호박꽃 초롱》 서시〉를 써주고, 봄에 농사를 지어볼 요량으로 신징 부근 바이구툰 마을에 땅을 빌렸으나 뜻을 이루지 못했다. 4월에 〈귀농〉, 〈국수〉, 〈흰 바람벽이 있어〉, 〈촌에서 온 아이〉, 〈조당에서〉, 〈두보나 이백같이〉를 내놓아 이 해에 모두 일곱 마리 노래가 나왔다. 이런 뒤로 광복 때까지 붓을 거의 꺾고 만주 일대에 숨어서 말없이 지냈다.

1942년(31살)

만주 안동 세관에 잠시 일할 적에 문경옥과 결혼해 1년 남짓 살림을 차렸으나 곧 헤어졌다. 2007년 원광대 김재용 교수가 1942년 11월 15일 매일신보에 실린 백석의 노래 〈머리카락〉을 찾아냈다.

1945년(34살)

광복을 맞아 신의주를 거쳐 고향 정주로 돌아왔다. 조만식의 부탁으로 평양으로 가서 러시아어 통역비서를 맡았다. 12월에 평양에서 리윤희와 결혼했다.

1946년(35살)

장남 '화제'가 태어났다. 백석은 남녘의 조선문학가동맹과 북녘의 북조선예술총연맹 어느 쪽에도 이름을 올리지 않았다.

1947년(36살)

이때부터 러시아 문학작품을 뒤치는 일에 매달렸으며, 10월에 한설야의 호의로 문

491

학예술총동맹 외국문학 분과위원에 이름을 올렸다. 이럴 즈음에 백석이 써서 지니고 있던 노래 네 마리를 허준이 광복을 맞아 서울로 가져와서 내놓았는데, 11월에 〈산〉, 〈적막강산〉 두 마리 노래가 먼저 나왔다.

1948년(37살)
남은 두 마리 노래 〈마을은 맨천 구신이 돼서〉, 〈칠월 백중〉이 5월, 7월에 차례로 나왔다. 10월에 역시 허준이 내놓은 것으로 짐작되는 〈남신의주 유동 박시봉 방〉이 나왔는데, 남녘에서 나온 백석의 마지막 노래다. 허준이 월북했다.

1949년(38살)
9월에 숄로호프의 《고요한 돈 1》을 뒤쳐서 펴냈다. 미하일 이사코프스키의 《이사코프스키 시초》도 뒤쳐서 펴내었으며, 이밖에도 푸시킨의 시를 비롯하여 여러 러시아 시를 뒤쳤다.

1950년(39살)
2월에 숄로호프의 《고요한 돈 2》를 뒤쳐서 펴냈다. 남북전쟁이 터지고, 9월에 정현웅이 월북했다.

1951년(40살)
7월부터 정현웅은 황해도 고구려 고분벽화를 베껴 그리기 시작했다. 딸 '지제'가 태어났다.

1953년(42살)
전쟁이 끝나기까지 노래는 내놓지 않고 러시아 문학작품 뒤치기에만 매달렸다.

1955년(44살)
둘째 아들 '중축'이 태어났다.

1956년(45살)

1월에 동화시 〈까치와 물까치〉, 〈집게네 네 형제〉를 내놓았다. 아동문학 평론을 쓰면서 논쟁을 불러 곤욕을 치렀다.

1957년(46살)

4월에 《집게네 네 형제》를 정현웅의 삽화로 펴냈다. 《아동문학》 4월호에 〈멧돼지〉, 〈강가루〉, 〈기린〉, 〈산양〉을 발표하였으나 거센 비판을 받았다. 문학신문에 〈등고지〉를 실으며 9월부터 노래를 내놓기 시작했다. 둘째 딸 '가제'가 태어났다.

1958년(47살)

9월 무렵부터 글을 거의 쓰지 못하게 되었다.

1959년(48살)

1월 초 현지지도 명령을 받고, 양강도 삼수군 관평리로 내려가 농업협동조합 축산반에서 양 치는 일을 맡았다. 막내아들 '구'가 태어났다.

1962년(51살)

10월에 북조선 문화계에 복고주의를 거칠게 비판하는 바람이 불면서 어떤 글도 쓸 수 없게 되었다.

1996년(1월, 85살)

삼수군 관평리에서 세상을 떠났다.

백석은 1935년(24살) 8월에서 1948년(37살) 10월, 곧 열세 해 두 달 사이에 온한 마리(101편) 노래를 내놓았다.

다듬은이들이 참고한 책

고형진,《백석 시 바로 읽기》, 현대문학, 2006. (2018. 초판 6쇄)

고형진 엮음,《정본 백석 시집》, 문학동네, 2007.

고형진,《백석 시의 물명고》, 고려대학교출판문화원, 2015.

김자야,《내 사랑 백석》, 문학동네, 1995. (2019. 3판)

김재용 엮음,《백석전집》, 실천문학사, 1998.

백석,《백석 시집 사슴 1936년 초판본 오리지널 디자인(복원본)》, 소와다리, 2016.

　　　(2판 1쇄)

송준,《백석시전집》, 도서출판 학영사, 1995. (2005. 중판)

송준,《백석 시 전집》, 흰당나귀, 2012.

송준,《시인 백석 1, 2, 3》, 흰당나귀, 2012.

안도현,《백석평전》, 다산책방, 2014.

이동순,《백석 시전집》, 창작과비평사, 1987.

이동순 엮음,《백석 시전집》, 지식을만드는지식, 2013.

이숭원 주해, 이지나 편,《원본 백석 시집》, 깊은샘, 2006.

이숭원,《백석을 만나다》, 태학사, 2008. (2017. 초판 5쇄)

최동호·방민호·유성호·김수이 외,《백석 시 읽기의 즐거움》, 서정시학, 2006.

현대시비평연구회 편저,《다시 읽는 백석 시》, 소명출판, 2014.

백석의 노래

1판 1쇄 발행일 2020년 6월 15일

지은이 김수업

발행인 김학원
발행처 (주)휴머니스트 출판그룹
출판등록 제313-2007-000007호(2007년 1월 5일)
주소 (03991) 서울시 마포구 동교로23길 76(연남동)
전화 02-335-4422 **팩스** 02-334-3427
저자·독자 서비스 humanist@humanistbooks.com
홈페이지 www.humanistbooks.com
유튜브 youtube.com/user/humanistma **포스트** post.naver.com/hmcv
페이스북 facebook.com/hmcv2001 **인스타그램** @humanist_insta

편집주간 황서현 **편집** 문성환 **디자인** 김태형
조판 홍영사 **용지** 화인페이퍼 **인쇄** 청아디앤피 **제본** 정민문화사

ⓒ 김수업, 2020

ISBN 979-11-405-8 03810

이 도서의 국립중앙도서관 출판예정도서목록(CIP)은 서지정보유통지원시스템 홈페이지(http://seoji.go.kr)와
국가자료공동목록시스템(http://www.nl.go.kr/kolisnet)에서 이용하실 수 있습니다.(CIP제어번호: CIP2020021157)